LA TUMBA
DE SARAH

ROBERT DUGONI

LA TUMBA
DE SARAH

Traducción de

David León Gómez

Título original: *My Sister's Grave*
Publicado originalmente por Thomas & Mercer, Estados Unidos, 2014

Edición en español publicada por:
AmazonCrossing, Amazon Media EU Sàrl
5 rue Plaetis, L-2338, Luxembourg
Mayo, 2016

Impreso por: Ver última página
Primera edición digital 2016

ISBN: 9781503933996

www.apub.com

ACERCA DEL AUTOR

Robert Dugoni nació en Idaho y creció en el norte de California. Aunque estudió comunicación, periodismo y escritura creativa en la Universidad de Stanford, dedicó su vida profesional a la abogacía. Hasta 1999, cuando se despertó un día decidido a dedicarse a escribir. Tras apartarse de la jurisprudencia, pudo completar tres primeras novelas con las que ganó el premio literario de la Pacific Northwest Writer's Conference. Desde entonces sus obras han encabezado las listas de éxitos editoriales de *The New York Times*, *The Wall Street Journal* y Amazon. Es autor de la serie de Tracy Crosswhite: *My Sister's Grave (La tumba de Sarah)*, *Her Final Breath* (septiembre de 2015) y *A Clearing in the Woods* (mayo de 2016); así como de la saga de David Sloane, que ha gozado de una acogida excelente: *The Jury Master*, *Wrongful Death*, *Bodily Harm*, *Murder One* y *The Conviction*. Ha figurado en dos ocasiones entre los aspirantes al Premio Harper Lee de ficción jurídica, fue finalista de los International Thriller Writers Awards de 2015 y ganador, ese mismo año, del Premio Nancy Pearl de novela. Sus libros se venden en más de veinte países y se han traducido a una docena de idiomas, incluidos el francés, el alemán, el italiano y el español.

Para más información sobre Robert Dugoni y sus novelas, véase www.robertdugoni.com.

A mi cuñado, Robert A. Kapela:
quiera Dios que encuentres en sus brazos la paz, el amor y el consuelo
que tan esquivos te fueron en los últimos años de tu vida.

PRIMERA PARTE

«Es preferible dejar escapar a diez culpables
a hacer sufrir a un inocente.»

SIR WILLIAM BLACKSTONE,
Comentarios sobre las leyes de Inglaterra

CAPÍTULO 1

El instructor de tácticas que le habían asignado en la academia de policía había disfrutado muchísimo burlándose de ella durante los ejercicios que debían realizar de madrugada.

—El sueño está sobrevalorado —le decía—. Ya aprenderás a prescindir de él.

Le había mentido; el sueño era como el sexo: cuanto menos se disfrutaba, más se deseaba, y últimamente Tracy Crosswhite no había tenido mucho ni de uno ni de otro.

Movió los hombros y estiró el cuello. Como tampoco había tenido tiempo de salir a correr por la mañana, sentía el cuerpo agarrotado y, por más años que hiciera que se había habituado a dormir poco o nada, se moría de sueño. Según su médico, no debía abusar tanto de la comida basura ni la cafeína. Sí, un buen consejo, pero alimentarse bien y hacer ejercicio eran cosas que requerían tiempo y, cuando investigaba un asesinato, a Tracy no le sobraba ni un segundo al día. Por otra parte, renunciar al café habría sido igual que dejar sin carburante el motor de un automóvil. A esas alturas, le resultaba imprescindible para vivir.

—¡Vaya! La maestra ha madrugado. ¿Quién ha muerto?

Vic Fazzio dobló su colosal perímetro para asomarse al tabique del cubículo de Tracy. Era un chiste muy viejo entre los de homicidios, aunque aún tenía gracia cuando se hacía con la voz bronca y el acento de Nueva Jersey de Faz. Aquel hombre de tupé entrecano y rasgos carnosos que se presentaba a sí mismo como el espagueti de la sección de homicidios, habría bordado el papel de guardaespaldas mudo de las películas de mafiosos. Llevaba en la mano el cruci- grama de *The New York Times* y un libro de la biblioteca, lo que significaba que ya le había hecho efecto el café. Desdichado aquel que tuviese que usar el servicio mientras él estaba dentro, pues nadie ignoraba que se abandonaba más de media hora si estaba rumiando una respuesta del primero o topaba con un capítulo absorbente en particular del segundo.

Tracy le tendió una de las fotografías del lugar de los hechos que había impreso aquella mañana.

—Han matado a una bailarina en la Aurora.

—Algo he oído. La cosa va de cochinadas, ¿no?

—Peores cosas he visto investigando crímenes sexuales.

—Se me había olvidado que has renunciado al sexo por la muerte.

—La muerte da menos quebraderos de cabeza —respondió ella robando a Faz otra de sus coletillas.

Habían encontrado a Nicole Hansen, la víctima, maniatada en una habitación de motel barato de la avenida Aurora del norte de Seattle. Llevaba una cuerda al cuello que le bajaba por la espalda y le ligaba las muñecas y los tobillos: un fino trabajo. Tracy le mostró también el informe del médico forense.

—Los músculos se le entumecieron y, al final, se le agarrotaron. Ella estiró las piernas para aliviar el dolor... y acabó ahogándose a sí misma. Agradable, ¿verdad?

Él estudió la instantánea.

—¿No deberían haberle hecho un nudo que pudiera desatar?

—Eso habría sido lo más lógico; ¿no crees?

—Entonces ¿cuál es tu teoría? ¿Que alguien se sentó a divertirse viéndola morir?

—O que metieron la pata y el otro se puso nervioso y salió corriendo. Lo que está claro es que no se ató sola.

—A lo mejor sí. ¿Y si era una Houdini?

—Houdini se desataba, Faz. En eso consistía precisamente su truco. —Tracy recuperó el informe y la fotografía y los dejó sobre su mesa—. Así que aquí estoy, a esta hora intempestiva, contigo y con los grillos.

—Los grillos y yo llevamos aquí desde las cinco, maestra. Ya sabes lo que dicen: es el pájaro temprano el que se zampa el gusano.

—Sí: siempre que el sueño no le impida darse cuenta de que lo tiene delante.

—¿Y Kins? ¿Cómo es que te ha dejado sola en la fiesta?

Ella miró el reloj.

—Tenía que estar pidiéndome una taza de café, aunque en el tiempo que está tardando me lo podría haber hecho yo. —Señaló con la cabeza el libro que llevaba Faz—: *Matar a un ruiseñor*. Me tienes impresionada...

—Estoy tratando de hacer de mí una mejor persona.

—Te lo ha elegido tu mujer, ¿no?

—No lo dudes... —Faz se apartó del tabique—. En fin: ha llegado mi momento intelectual. El ruiseñor se ha puesto a cantar y me estoy animando.

—No sigas, Faz; no necesito detalles.

Faz se alejó unos pasos del cubículo, pero se dio la vuelta con el lápiz en la mano.

—Ayúdame, maestra: necesito una palabra de diez letras. «Hace que el gas natural sea más seguro.»

Tracy había enseñado química en un centro de educación secundaria antes de dejar la profesión para entrar en la academia. De ahí le venía el mote.

—Mercaptano —respondió.

—¿Eh?

13

—Mercaptano: se añade al gas natural para que lo huelas en caso de que tengas una fuga en casa.

—¿En serio? ¿Y a qué huele?

—A azufre. A huevos podridos, vaya. —Se lo deletreó.

Fazzio chupó la punta del lápiz antes de coger las letras al dictado.

—Gracias.

Mientras se alejaba, llegó Kinsington Rowe, que entró en el cubículo del equipo A y entregó a Tracy una de las dos tazas altas que llevaba.

—Lo siento —dijo.

—Estaba a punto de llamar a los de búsqueda y rescate.

El A era uno de los cuatro equipos de homicidios que conformaban la sección de Crímenes Violentos, dotados a su vez de cuatro detectives cada uno. Tracy, Kins, Faz y Delmo Castigliano, la otra mitad del dúo dinámico italiano, conformaban el equipo A. Trabajaban en sendos escritorios dispuestos en los cuatro rincones de un cubículo de grandes dimensiones, dándose la espalda unos a otros tal como lo prefería Tracy. Homicidios era una pecera en la que la intimidad ya era un bien escaso. En el centro del cuadrado que compartían había una mesa común bajo la que almacenaban carpetas relativas a diversos casos, en tanto que cada uno de ellos guardaba en su escritorio el expediente del delito al que estaba dedicado en ese momento.

Tracy cogió la taza con las dos manos.

—Ven a mí, néctar agridulce de los dioses. —Tras tomar un sorbo se lamió la espuma del labio superior—. ¿Por qué has tardado tanto?

Kins hizo un mohín mientras tomaba asiento. Antes de retirarse —los médicos le diagnosticaron mal una lesión, lo que provocó una enfermedad degenerativa en la cadera—, había sido corredor de fútbol americano, cuatro años en la liga universitaria y uno en la nacional. Tarde o temprano terminaría con una prótesis; pero él decía que prefería aguantar cuanto le fuera posible para pasar por la intervención solo una vez en la vida. Entre tanto, combatía el dolor con ibuprofeno masticable.

—¿Tanto te duele? —le preguntó ella.

—Antes era solo cuando hacía frío.

—Entonces deberías arreglártela. ¿A qué estás esperando? Tengo entendido que hoy en día es un simple trámite.

—Nada es un trámite si el médico tiene que ponerte esa máscara en la cara y decirte que sueñes con los angelitos.

Miró para otro lado sin borrar la mueca de su rostro, lo que quería decir que no era solo la cadera lo que provocaba el gesto. Después de seis años juntos, Tracy conocía todos los estados de ánimo y las expresiones faciales de Kins. Le bastaba verlo por la mañana para saber si había pasado una mala noche o había estado retozando. Era el tercer compañero que había tenido en homicidios. El primero, Floyd Hattie, había dicho que prefería jubilarse a trabajar con una mujer. Y había obrado en consecuencia. El segundo le duró seis meses, justo hasta que la esposa de él la conoció en una barbacoa y decidió que no le convenía que su marido compartiese oficina con una rubia soltera de metro setenta y siete y treinta y seis años.

Lo cierto es que cuando Kins se ofreció voluntario para ser su pareja, ella podía haber sido un tanto más sensible.

—Vale, pero ¿y tu mujer? —le había preguntado—. No tendréis gresca, ¿no?

—Ojalá —había respondido él—. Con tres críos de menos de ocho años, no nos queda mucho tiempo para ese tipo de diversiones.

Ella supo de inmediato que tendría a su lado a alguien con quien podría trabajar. Habían acordado tratarse siempre con total sinceridad, sin recelos; y la cosa había funcionado tan bien que ya llevaban así seis años.

—Te preocupa algo diferente, ¿verdad, Kins?

Él dejó escapar un suspiro y la miró a los ojos.

—Me ha entretenido Billy en el vestíbulo —dijo, refiriéndose al sargento del equipo.

—Espero que haya tenido un buen motivo para interponerse entre mi café y yo, porque estaría dispuesta a matar por menos.

Kins no sonrió. El parloteo de las noticias de la mañana que difundía la televisión suspendida sobre el cubículo del equipo B se colaba en el suyo. En la mesa de alguien sonaba una llamada de teléfono que nadie atendía.

—¿Tiene algo que ver con lo de Hansen? ¿Se están empezando a enfadar los jefazos?

Él negó con la cabeza.

—Lo han llamado del despacho del forense, Tracy. —La miró a los ojos—. Dos cazadores han encontrado los restos de un cadáver en las colinas de Cedar Grove.

CAPÍTULO 2

Tracy agitó los dedos con ademán nervioso. La brisa suave que había ido aumentando su fuerza a lo largo del día comenzó a soplar a rachas y abrió el faldón de su guardapolvo avejentado. Esperó a que amainase. Después de dos días de competición, quedaba solo una última etapa para determinar quién ganaría el Campeonato Estatal de Tiro con Armas Clásicas de Washington de 1993. A sus veintidós años había obtenido ya tres veces el trofeo, aunque en la edición anterior había perdido ante Sarah, cuatro años menor que ella, y en la que estaban a punto de terminar, las dos hermanas iban casi empatadas.

El director sostenía el cronómetro cerca del oído de Tracy.

—Te toca, Crossdraw —susurró.

El nombre de vaquera que había elegido hacía alusión a su apellido y también al tipo de pistolera, la cruzada, que más les gustaba a Sarah y a ella. Tracy bajó el ala de su Stetson, se llenó los pulmones de aire y rindió homenaje a la mejor película que haya conocido el cine del Oeste:

—Gordo y tuerto, ¿eh? ¡Ahora veremos!

Se oyó el pitido del cronómetro. Ella sacó con la mano diestra el Colt que llevaba en la cadera contraria, lo amartilló y disparó. Con la pistola de la derecha fuera ya de la funda y montada, abatió el segundo blanco. Tomó ritmo y, cobrando velocidad, fue descargando las dos armas con tanta rapidez que apenas le era posible oír el tintineo metálico de los blancos por encima del ruido que hacían.

Mano derecha; percutor; fuego.

Mano izquierda; percutor; fuego.

Mano derecha; percutor; fuego.

Apuntó a la hilera inferior. Derecha, fuego; izquierda, fuego.

Los tres últimos disparos se sucedieron con prontitud. Pam, pam, pam.

Tracy hizo girar las pistolas en torno a sus dedos y las dejó de un golpe en la mesa de madera.

—¡Tiempo!

Entre el público se oyeron algunos aplausos, aunque se acallaron a medida que iban reparando los espectadores en lo que ya sabía Tracy: se habían oído diez disparos y solo nueve golpes metálicos. El quinto blanco de la última hilera seguía en pie. Había fallado.

Los tres observadores que se encontraban en las inmediaciones lo confirmaron levantando un dedo. El fallo iba a costarle caro: cinco segundos de penalización. Tracy observó el blanco con gesto incrédulo; pero sabía que mirándolo no iba a hacer que cayera. A regañadientes, recogió los revólveres, los enfundó con rabia y se apartó.

Todos los presentes volvieron entonces la vista a Sarah, The Kid.

∽

Los estuches con ruedas que les había fabricado su padre para que transportaran sus armas y su munición traqueteaban mientras Tracy y Sarah atravesaban con ellos la zona de aparcamiento de arena y grava. El cielo había oscurecido con rapidez sobre sus cabezas: la tormenta iba a presentarse antes de lo que había anunciado el hombre del tiempo.

Tracy abrió la cubierta de su camioneta Ford azul, bajó el portón trasero y se volvió hacia Sarah.

—¿Qué demonios ha sido eso? —preguntó alzando la voz más de lo que le habría gustado.

Su hermana lanzó el sombrero al suelo del automóvil y el cabello rubio le cayó por debajo de los hombros.

—¿Qué?

Sosteniendo en alto la hebilla de plata que le habían otorgado como premio del campeonato, respondió:

—Hace años que no fallas dos tiros. ¿Qué crees, que soy tonta?

—Ha sido el viento.

—Se te dan muy mal las mentiras, ¿lo sabías?

—Y a ti se te da muy mal ganar.

—Es que no he ganado; te has dejado ganar. —Tracy esperó a que pasaran dos espectadores que habían apretado el paso al ver caer las primeras gotas—. Tienes suerte de que no esté aquí papá —dijo a continuación.

El 21 de agosto era la fecha de las bodas de plata de sus padres y a James Crosswhite ni se le habría pasado por la cabeza pedir a su esposa que renunciase al viaje a Hawái para celebrarlas en un campo de tiro polvoriento de la capital del estado. Tracy suavizó el tono, pero seguía agitada.

—Ya hemos hablado de esto y te he dicho que, si no nos entregamos al máximo, la gente va a pensar que está amañado todo el certamen.

Antes de que pudiera responderle, las interrumpió el crujido de la grava bajo las ruedas de un vehículo. Tracy desvió la atención al ver a Ben que, haciendo girar su camioneta blanca al lado del Ford de ella, les dedicó una sonrisa desde su asiento. Aunque llevaba más de un año saliendo con Tracy, Ben no dejaba de alegrarse cada vez que la veía.

—Ya hablaremos mañana, cuando vuelva a casa —advirtió Tracy a Sarah antes de ir a saludar al recién llegado, quien en ese instante se apeó del automóvil para enfundarse en el chaquetón que le había regalado ella la Navidad anterior.

Se besaron.

—Siento llegar tarde. Se ve que el que prohibió beber a los conductores no tuvo que sufrir nunca el tráfico de Tacoma. A mí, desde luego,

no me vendría nada mal una cerveza. —Cuando Tracy fue a endere- zarle el cuello del abrigo, Ben reparó en la hebilla que llevaba en la mano—. ¡Oye! ¡Has ganado!

—Sí, he ganado. —Miró a su hermana.

—Hola, Sarah —saludó entonces Ben con un aire de confusión que también se reflejaba en su voz.

—Hola, Ben.

—¿Estás lista? —preguntó él a Tracy.

—Un minuto.

Tracy se quitó el guardapolvo y el pañuelo rojo y los lanzó al inte- rior de la Ford antes de sentarse en el borde de la puerta del maletero y levantar una pierna para que Sarah le quitase la bota. El cielo estaba ya negro por completo.

—No me hace gracia que tengas que volver sola con este tiempo.

Sarah arrojó la bota al suelo del automóvil mientras Tracy levan- taba la otra pierna.

—Tengo dieciocho años —contestó en tanto le sujetaba el talón—: Creo que seré capaz de conducir hasta casa. ¡Ni que fuera la primera vez que llueve aquí!

Tracy miró a Ben.

—A lo mejor debería venir con nosotros.

—No creo que quiera. Sarah, ¿te apetece?

—Pues no, no me apetece.

Tracy se colocó unos zapatos de tacón bajo.

—Va a haber tormenta.

—¡Tracy, por Dios, que no tengo diez años!

—Entonces no te comportes como si los tuvieras.

—No me trates tú como a una niña.

Ben miró el reloj.

—Siento tener que interrumpir un debate tan sesudo, seño- ritas; pero si queremos que nos respeten la reserva, tenemos que irnos ya.

Tracy tendió a Ben la bolsa de viaje que había preparado para aquella noche a fin de que la dejara en la camioneta mientras ella se dirigía a su hermana.

—Vete por la autopista —le dijo—: No vayas por la carretera comarcal. No hay visibilidad y con la lluvia vas a ver todavía menos.

—Pero por ahí llego antes.

—No discutas: mantente en la principal y da la vuelta al llegar a la salida.

Sarah alargó el brazo para coger las llaves.

—¿Me lo prometes?

Tracy no tenía intención de confiárselas si no le daba su palabra.

—De acuerdo: te lo prometo.

La pequeña selló su compromiso con un gesto.

Tracy le dejó el llavero en la palma de la mano y le cerró los dedos sobre él.

—Y la próxima vez, derriba los dichosos blancos. —Dicho esto, le dio la espalda.

—El sombrero —le advirtió Sarah.

Tracy se quitó el Stetson negro y se lo encasquetó a la hermana, quien por toda respuesta sacó la lengua. Quería enfadarse con ella, pero con Sarah resultaba imposible. Sintió que le asomaba una sonrisa al rostro.

—Eres una cría consentida.

La otra dibujó una sonrisa exagerada.

—Sí, pero me quieres precisamente por eso.

—Tienes razón; te quiero por eso.

—Y yo también te quiero —terció Ben, que se había inclinado para abrir desde su asiento la puerta del copiloto—; pero más te voy a querer si conseguimos que no nos anulen la reserva.

—Ya voy —dijo Tracy.

Entró de un salto al automóvil y cerró la puerta. Ben se despidió de Sarah con la mano y dio media vuelta con rapidez para situarse en la hilera de vehículos que se estaba formando en la salida. La lluvia parecía estar deshaciéndose en chorros de oro líquido a la luz de los faros de la camioneta. Tracy cambió de posición para mirar por la ventanilla y vio a Sarah que, aún de pie bajo la lluvia, los observaba mientras se alejaban. De pronto, como si hubiera olvidado algo, la acometió la necesidad de volver.

—¿Estás bien? —le preguntó Ben.

—Perfectamente —respondió ella, sintiendo aún aquella picazón.

Contempló a su hermana mientras esta abría los dedos, se daba cuenta de lo que había hecho Tracy y volvía a mirar hacia la camioneta de Ben. Tracy le había puesto la hebilla en la mano junto con las llaves.

Tardaría veinte años en volver a ver a su hermana y aquel galardón.

CAPÍTULO 3

Roy Calloway, el *sheriff* de Cedar Grove, llevaba puestos aún el chaleco de pesca y su gorra de la suerte, aunque se sentía ya muy lejos del suave balanceo de la embarcación de fondo plano. Había ido directamente a la comisaría desde el aeropuerto con su esposa sumida en silencio en el asiento del copiloto. A ninguno de los dos les había hecho gracia tener que suspender las primeras vacaciones de verdad que habían podido disfrutar en cuatro años. Ella no había hecho ademán de besarlo al coger el volante y despedirse de su marido y a él le había parecido más prudente no forzar la situación. Por descontado, cuando estuviesen a la mesa, tendría que oír hablar de ello. «Esta vez no me quedaba más remedio que ir», diría él, y ella le contestaría: «Llevo treinta y cuatro años oyendo lo mismo».

Calloway entró en la sala de juntas y cerró la puerta. Su ayudante, Finlay Armstrong, lo esperaba de pie en el extremo de la mesa de madera sin pulir, vestido con el uniforme caqui. Los fluorescentes le conferían cierta palidez, aunque no dejaba de tener aspecto sano en comparación con el tono blanquecino de Vance Clark. El fiscal del condado de Cascade se hallaba sentado al fondo de la sala con aire enfermizo. Había dejado su chaqueta informal de cuadros sobre una silla; se había aflojado el nudo de la corbata y llevaba desabrochado el cuello de la camisa. Sin molestarse siquiera en levantarse, recibió al recién llegado con una ligera inclinación de cabeza.

—Siento que haya tenido que volver, jefe.

Armstrong se encontraba delante de una pared de paneles que albergaba la galería de retratos de todos los *sheriffs* de Cedar Grove. El de Calloway ocupaba el último lugar de la derecha desde hacía treinta y cuatro años. Casi alcanzaba los dos metros de altura y, aunque seguía conservando el pecho ancho y recio del hombre de la fotografía, cuando se miraba al espejo por la mañana no podía evitar reparar en que las líneas curtidas de su rostro, en otro tiempo bien marcadas, como sus rasgos cincelados, se habían tornado en arrugas suaves y que le clareaba mucho el pelo y se había vuelto gris.

—No te preocupes, Finlay. —Calloway lanzó la gorra a lo alto de la mesa, retiró una de las sillas y tomó asiento—. Contadme qué sabemos.

Armstrong, hombre alto y flaco de treinta y tantos años que llevaba más de una década con él y estaba llamado a ser el siguiente que viera su retrato colgado en la sala de juntas, lo puso al tanto:

—Esta mañana ha llamado Todd Yarrow. Estaba cazando patos con Billy Richmond. Los dos estaban atajando por los antiguos terrenos de Cascadia para llegar a su puesto de tiro cuando *Hércules* olió algo. Dice que les costó horrores hacer que volviese y, cuando al fin lo consiguieron, el perro llevaba algo colgando de la boca. Yarrow se lo quita pensando que es un palo y, al verle aquella cosa blanca y viscosa en la mano, le dice Billy: «Es un hueso». No le dan mucha importancia, convencidos de que *Hércules* ha debido de desenterrar un ciervo muerto. El animal vuelve a echar a correr, ladrando y haciendo un ruido de mil demonios; pero esta vez lo siguen y se lo encuentran escarbando el suelo. Yarrow lo llama y, al ver que no le hace caso, acaba por sujetarlo del collar para tirar de él. Y entonces es cuando lo ve.

—Cuando ve ¿qué? —preguntó Calloway.

Armstrong tocó los botones de su iPhone mientras rodeaba la mesa. Calloway sacó del bolsillo de su chaleco de pesca los lentes para ver de cerca —sin las que ya le resultaba imposible enhebrar el sedal en la mosca—, se las colocó, cogió el teléfono y alargó el brazo para verlo con claridad. Armstrong se asomó por encima de su hombro y amplió la imagen con los dedos.

—Esas líneas blancas de ahí son huesos. Es un pie.

Estaban recortados en la tierra como un fósil exhumado. Armstrong fue pasando una serie de instantáneas que mostraban desde distintas distancias y ángulos la extremidad y el hoyo en que se hallaba.

—Les dije que marcasen el lugar y vinieran a verme con su automóvil. Trajeron el hueso en la parte trasera del Jeep de Todd. —Volvió a pasar el dedo por la pantalla hasta llegar a la imagen que lo mostraba junto a una linterna—. La antropóloga forense de Seattle quería hacerse una idea del tamaño. Dice que parece un fémur.

Calloway miró al otro extremo de la sala, pero al ver que Vance Clark seguía con la vista clavada en la superficie de la mesa, dirigió la pregunta a su ayudante:

—¿Habéis llamado al forense?

Armstrong recuperó el teléfono y se enderezó.

—Me dijeron que tenía que hablar con la antropóloga. —Tras consultar sus notas, prosiguió—: Se llama Kelly Rosa. Dice que va a venir con su equipo, pero que no llegarán hasta mañana por la mañana. He puesto a Tony a vigilar el lugar para que no se acerquen más animales, aunque necesitaré mandar a alguien que lo releve.

—¿Y te ha dicho si es humano?

—No lo sabe con seguridad, pero dice que tiene la medida de un fémur de mujer. Y la cosa blanca, la sustancia viscosa con que se manchó Yarrow las manos... —Armstrong volvió a revisar su cuadernillo—. Según ella es adipocira, grasa corporal en descomposición. Huele a carne echada a perder. El cadáver tiene que llevar ahí bastante tiempo.

Calloway cerró las patillas de sus lentes y los guardó de nuevo en el chaleco.

—¿Te encargas tú de acompañarlos cuando lleguen?

—Por supuesto —respondió el ayudante—. ¿Usted también estará presente, jefe?

El *sheriff* se puso en pie.

—Sí.

Abrió la puerta para ir por café, pero la siguiente pregunta de Armstrong lo detuvo en seco.

—¿Cree que podría ser ella? ¿Podría ser la muchacha que se perdió en los noventa?

Calloway miró a la silla que ocupaba Clark a las espaldas de Armstrong.

—No creo que tardemos en saberlo.

CAPÍTULO 4

Los rayos de luz de la mañana se filtraban por entre la densa fronda de los árboles y proyectaban sombras en la pared de piedra que se elevaba desde el arcén mismo de la carretera comarcal. Hacía ya un siglo que se habían desmontado con dinamita, picos y palas toneladas de roca a fin de dar forma al camino por el que habrían de transitar los camiones de las minas y se habían dejado al descubierto manantiales escondidos que derramaban sus lágrimas por la faz rocosa y la manchaban de óxido y depósitos minerales de plata. Tracy conducía como un autómata, con la radio apagada y el cerebro entumecido. En el despacho del forense no pudieron ofrecerle más información que la que ya tenía. Kelly Rosa estaba ausente y el subordinado con el que había hablado no había hecho sino confirmar lo que sabía por Kins: habían recibido la llamada del ayudante del *sheriff* de Cedar Grove y una fotografía de lo que parecía un fémur humano, desenterrado por el perro de dos cazadores de patos de camino al puesto cinegético que tenían en las colinas que se alzaban ante dicho municipio.

Cogió la salida que tan bien conocía, dobló a la izquierda tras la señal de alto y un minuto más tarde giró de nuevo para enfilar Market Street. Esperó en el único semáforo del centro urbano y contempló la ciudad que la había visto crecer y que, sin embargo, en aquel momento, le parecía extraña de tan apagada.

～

Tracy metió el cambio en uno de los bolsillos delanteros del vaquero, cogió las palomitas de maíz y la Coca-Cola del mostrador y recorrió con la mirada el vestíbulo sin dar con Sarah. Los sábados por la mañana, cuando proyectaban una película nueva en el cine de Hutchins, su madre le daba seis dólares: tres para ella y tres para Sarah. La entrada costaba uno y medio, así que les sobraba dinero para comprar palomitas y un refresco antes de entrar o un helado al salir, en el ultramarinos.

—¿Dónde está Sarah? —preguntó.

No hacía mucho había cedido a los deseos de su hermana de llevar su propia asignación, pero Tracy tenía once años y era responsable de Sarah. Tracy la había visto guardarse el dólar y medio de la vuelta en lugar de adquirir las golosinas de siempre y, en aquel momento, no la veía por ninguna parte y eso era muy frecuente.

Dan O'Leary, siguiendo una costumbre inveterada en él, se ajustó con el dedo los lentes de cristales gruesos y montura negra en el caballete de la nariz.

—No lo sé —respondió mirando a su alrededor—. Estaba aquí hace un momento.

—¡Qué más da! —Sunnie Witherspoon esperaba con sus palomitas al lado de las puertas oscilantes el momento de entrar en la sala oscura—. Siempre hace lo mismo. Vamos, que nos perdemos los tráilers.

Tracy solía decir que Sunnie y Sarah tenían una relación agridulce, porque a su hermana le resultaba de lo más dulce agriarle la vida a Sunnie.

—No puedo entrar sin ella, Sunnie. —A continuación preguntó a Dan—: ¿Habrá ido al baño?

—Voy a ver. —El muchacho dio dos pasos antes de darse cuenta—. No, espera; no puedo.

El señor Hutchins apoyó los antebrazos en el mostrador.

—Yo le diré que habéis entrado y la acompañaré a vuestros asientos, Tracy. Entrad vosotros, que si no os perderéis los tráilers de los próximos estrenos. Hoy ponemos el de Los Cazafantasmas.

—Vamos, Tracy —gimoteó Sunnie.

La niña escrutó por última vez el vestíbulo. Al final, Sarah se perdería los tráilers. A lo mejor así aprendía.

—De acuerdo. Gracias, señor Hutchins.

—Si quieres te llevo el refresco —se ofreció Dan. Tenía las manos vacías, porque sus padres solo le daban el dinero justo de la entrada.

Tracy le tendió la bebida y usó la mano que le quedaba libre para proteger las palomitas y evitar que se le cayeran al andar. El señor Hutchins siempre llenaba a rebosar su recipiente de cartón y el de Sarah y ella sabía que tenía algo que ver con los cuidados que brindaba su padre a la señora Hutchins, siempre aquejada de un montón de complicaciones médicas por culpa de la diabetes.

—Está a punto de empezar —dijo Sunnie—. ¿Qué te apuestas a que las butacas buenas ya están ocupadas?

Sunnie abrió la puerta oscilante con la espalda y Tracy y Dan la siguieron. Las luces estaban apagadas y, al cerrarse los batientes, Tracy se detuvo para adaptarse a la oscuridad. Oyó al resto de los críos, sentados ya en sus butacas, reír y proferir insultos, impacientes por ver al señor Hutchins entrar en la cabina y encender el proyector. Había también algún que otro padre tratando sin éxito de acallarlos. A Tracy le encantaban aquellos sábados de cine, le gustaba todo, desde el olor de las palomitas con sabor a mantequilla hasta la alfombra granate y las butacas de terciopelo de brazos raídos.

Su amiga había recorrido ya la mitad del pasillo cuando Tracy vio la sombra que acechaba tras una de las filas, pero lo advirtió ya demasiado tarde para avisar a Sunnie antes de que Sarah se lanzara al ataque.

—¡Uh!

Sunnie soltó un grito desgarrador que hizo callar a todo el auditorio y al que siguió una risa no menos reconocible.

—¡Sarah! —exclamó Tracy.

—Pero ¿tú eres tonta? —le soltó Sunnie.

Las luces se encendieron de inmediato y provocaron un coro de abucheos. El señor Hutchins echó a correr pasillo abajo con aire preocupado. La moqueta desgastada estaba sembrada de palomitas en torno al cubo de cartón de rayas rojas y blancas que había dejado caer Sunnie.

—¡Ha sido Sarah! Me ha querido asustar.

—Mentira —se defendió ella—: lo que pasa es que no me has visto.

—Se había escondido, señor Hutchins. Lo ha hecho a propósito, como siempre.

—Mentira.

El recién llegado miró a Sarah, pero Tracy tuvo la impresión de que, lejos de enfadarse, estaba haciendo lo posible por no sonreír.

—Sunnie, ¿por qué no sales y le pides a la señora Hutchins otro cubo de palomitas? —Y a continuación alzó las manos para decir—: Lo siento, muchachos; pero vais a tener que esperar un poco más mientras paso la aspiradora. Un minuto solo.

—No, señor Hutchins. —Tracy miró a su hermana—: Sarah, ve tú por la aspiradora y pásala.

—¿Y por qué tengo que limpiarlo yo?

—Porque lo has tirado tú.

—No; ha sido Sunnie.

—Recógelo.

—Tú no eres mi madre.

—Pero mamá me ha encargado que cuide de ti, conque vas a dejar todo como estaba si no quieres que les diga a ella y a papá que te estás guardando lo que te dan para palomitas y helado.

Sarah arrugó la nariz y movió la cabeza.

—*Está bien.* —*Se dio la vuelta para irse y, entonces, se detuvo y dijo*—: *Lo siento, señor Hutchins; lo limpio enseguida.* —*Corrió pasillo arriba y abrió la puerta de un empujón*—. *¡Señora Hutchins, necesito la aspiradora!*

—*Perdone, señor Hutchins* —*dijo la mayor*—. *Pienso contárselo a mis padres.*

—*No hace falta, Tracy: te has portado como una niña muy madura y creo que ella ha aprendido la lección. Nuestra Sarah es así, ¿verdad? Con ella no hay quien se aburra.*

—*Pero a veces nos tiene demasiado entretenidos* —*respondió la niña*—. *Hacemos lo que podemos por que aprenda a contenerse.*

—*Pues yo no lo haría; sin estas cosas, ella no sería nuestra Sarah.*

⁓

Al oír la bocina, Tracy miró por el retrovisor y vio a un hombre que señalaba desde la cabina de un camión añoso la luz del semáforo que tenían sobre la cabeza: ya se había puesto en verde.

Pasó al lado del cine, pero el rótulo luminoso de la marquesina estaba moteado de agujeros de pedradas y las cristaleras en las que se habían anunciado las películas en cartel y las que iban a proyectarse próximamente se hallaban cubiertas con tablones de contrachapado. El viento suave agitaba un periódico y otros desperdicios en el recoveco que había tras la taquilla. El resto de los edificios de una o dos plantas de ladrillo y piedra que poblaban el centro de Cedar Grove presentaba la misma decadencia. La mitad de los escaparates tenía un letrero de «Se alquila». En el restaurante chino que había ido a sustituir al bazar se anunciaba un menú especial de seis dólares en un cartón. El local de la barbería de Fred Digasparro estaba ocupado por una tienda de segunda mano, aunque la pared conservaba aún el poste con las espirales rojas y blancas. Una cafetería ofrecía su carta de bebidas bajo letras blancas desvaídas pintadas en la fachada de ladrillo en lo que había sido el comercio del señor Kaufman.

Giró a la derecha por la Segunda Avenida y estacionó al llegar a la mitad de la manzana. Las letras negras estarcidas en la puerta de cristal de la comisaría del *sheriff* del municipio no habían cambiado ni se mostraban descoloridas. En cualquier caso, Tracy no albergaba ilusión alguna acerca de aquella vuelta a casa.

CAPÍTULO 5

Al entrar enseñó la placa al ayudante del *sheriff* que esperaba sentado tras el escritorio situado al otro lado de la puerta de cristal y le anunció que formaba parte del equipo de Seattle. Él se dispuso enseguida a conducirla a la sala de juntas que había al fondo de la dependencia.

—Conozco el camino —dijo ella.

Los ocupantes de aquella habitación sin ventanas guardaron silencio al abrir ella la puerta. Delante de la mesa de madera había un ayudante de uniforme de pie ante un mapa topográfico fijado a un panel de corcho y con un rotulador en la mano. Roy Calloway se hallaba en el asiento inmediato a la puerta, con el ceño arrugado y aire de preocupación. Al otro extremo de la mesa estaban sentados Kelly Rosa, antropóloga forense de Seattle, y Bert Stanley y Anna Coles, voluntarios de la unidad de análisis del lugar del delito de la policía estatal de Washington. Tracy había colaborado con ellos en numerosos homicidios.

Entró sin esperar una invitación que sabía que no le iban a ofrecer.

—Jefe —dijo, pues así se dirigían a Calloway todos los de Cedar Grove, aun cuando técnicamente tenía la categoría de *sheriff*.

Él se puso en pie al verla pasar a su lado y desprenderse de la chaqueta de pana, con lo que expuso su pistolera de hombro y la placa que llevaba al cinturón.

—¿Adónde crees que vas?

Ella colocó la prenda en el respaldo de una de las sillas.

—Mejor vayamos al grano, Roy.

Él dio un paso hacia ella, estirándose y mostrando así toda su altura; siempre se le había dado muy bien intimidar a los demás y, si quizá para una jovencita aquello habría resultado aterrador, Tracy ya no era ninguna muchacha ni se dejaba acobardar.

—Me parece bien; así que, si estás aquí como policía, sabrás que esta no es tu jurisdicción, y...

—No he venido en calidad de agente —respondió ella—, aunque agradecería un poco de gentileza profesional.

—No puedo.

—Roy, sabes que no haría nada que pusiera en peligro la integridad del lugar de los hechos.

Calloway negó con la cabeza.

—No vas a tener la ocasión.

Los demás los miraban con gesto interrogante.

—En ese caso, considéralo un favor... a la hija de un amigo.

Él entornó los ojos azules y frunció el entrecejo. Tracy sabía que había metido el dedo en una llaga antigua y profunda que nunca había llegado a cicatrizar. El *sheriff* había sido compañero de caza y de pesca de su padre, quien a su vez había atendido a los padres ancianos de Calloway hasta su muerte. Y los dos habían tratado de sobrellevar juntos el peso de la culpa por no haber sido capaces de encontrar a Sarah. Apuntándola con un dedo como había hecho cuando, siendo niña, la veía andar con bicicleta por la acera, le dijo:

—No te quiero ver estorbando y, si te digo que te vayas, te vas. ¿Ha quedado claro?

Tracy no estaba en posición de decirle que había investigado en un año más asesinatos de los que él había conocido en toda su carrera.

—Clarísimo.

Calloway le sostuvo unos segundos la mirada antes de volverse hacia su subordinado.

—Sigue, Finlay —ordenó mientras volvía a su asiento.

El ayudante, quien al decir de su placa se apellidaba Armstrong, se detuvo un instante a recobrar el hilo de su exposición y se centró de nuevo en el mapa.

—Aquí fue donde encontramos el cadáver. —Marcó con una equis el lugar en el que habían topado con los restos los dos cazadores.

—No puede ser —lo interrumpió Tracy.

Armstrong apartó la mirada del mapa y, con gesto inseguro, la dirigió hacia su superior inmediato.

—Sigue, Finlay, he dicho.

—Aquí hay una vía de acceso —prosiguió— que debía llevar a una zona residencial que quedó sin construir.

—Esos son los terrenos de Cascadia.

Calloway tensó los músculos de la mandíbula.

—Sigue, Finlay.

—La obra está a poco menos de un kilómetro de la vía —dijo al fin Armstrong en tono menos convencido—. Hemos acordonado esta zona. —Trazó otra equis más pequeña—. La tumba en sí es poco profunda: tendrá dos palmos, más o menos. Además...

—Espere —lo cortó Rosa apartando la mirada de sus notas—. ¿Dice que no es profunda?

—El pie, al menos, no estaba muy hondo.

—Y, por lo demás, ¿estaba intacta? Quiero decir, aparte de lo que había removido el perro.

—Eso parecía. A lo mejor no hay nada más que la pierna.

—¿Por qué lo pregunta? —quiso saber Calloway.

—El sedimento glacial de la costa noroeste del Pacífico es duro como la piedra —respondió ella— y hace que resulte muy difícil cavar una fosa, sobre todo en un suelo como este, que imagino que debe de tener un sistema radicular muy extenso. Lo que me sorprende no es que sea poco profunda sino que no la haya revuelto ningún otro animal hasta ahora.

Fue Tracy quien la puso al corriente:

—En aquel solar habían empezado a construir una urbanización con campo de golf y de tenis que iban a llamar Cascadia. Habían echado abajo unos cuantos árboles y plantado cabañas portátiles como oficinas destinadas a la venta de las parcelas. ¿Te acuerdas del cadáver que descubrimos hace unos años en Maple Valley?

Rosa asintió y dirigió la siguiente pregunta a Armstrong:

—¿Puede ser que el cuerpo estuviese enterrado en uno de los agujeros que quedaron al desarraigar los árboles durante las obras?

—No lo sé —dijo Armstrong sacudiendo la cabeza con expresión confusa.

—¿Qué cambiaría eso? —preguntó Calloway.

—De entrada, podría ser indicativo de un acto premeditado —señaló Tracy—. Si alguien sabía que había obras en la zona, pudo haber planeado usar los agujeros.

—¿Y por qué iba a usar el asesino un solar que sabía que estaba en construcción? —quiso saber Rosa.

—Porque en ese caso sabría también que la urbanización no iba a hacerse nunca. Todo el mundo hablaba de lo mismo por aquí: el complejo iba a tener un gran impacto en la economía local y convertir Cedar Grove en un destino turístico. La constructora solicitó la recalificación del terreno para hacer un campo de golf y pistas de tenis, pero, poco después, la Comisión Energética Federal aprobó la creación de tres presas hidroeléctricas en el río Cascade.

Tracy se puso en pie para colocarse en el espacio situado ante la mesa y alargó el brazo para coger el rotulador de Finlay.

El ayudante del *sheriff* titubeó antes de confiárselo.

—La de Cascade Falls —dijo ella trazando una línea— fue la última que se puso en marcha, a mediados de octubre de 1993. El río retrocedió y el lago se extendió. —Dibujó el perímetro nuevo de la masa de agua—. Inundó esta zona.

—Lo que dejó la fosa bajo agua y fuera del alcance de los animales —concluyó Rosa.

—Y del nuestro. —Dicho esto, Tracy se volvió hacia Calloway—. Aquella área la registramos, Roy.

Ella lo sabía bien: no solo había formado parte del grupo de rastreo sino que había guardado el mapa topográfico tras la muerte de su padre. En todos los años transcurridos desde aquel entonces lo había repasado tantas veces que conocía mejor sus trazos que las líneas de su mano. Su padre lo había dividido en sectores para garantizar una batida exhaustiva y sistemática y cada uno de esos sectores se había recorrido dos veces.

Al ver que Calloway seguía sin prestarle atención, se dirigió de nuevo a Rosa.

—Este verano han echado abajo la presa de Cascade Falls —informó.

—Y el lago ha recuperado sus dimensiones naturales —concluyó la antropóloga con gesto de haber entendido el razonamiento.

—Acaban de abrir la zona a cazadores y excursionistas —añadió Armstrong, que también empezaba a comprender—. Ayer fue el primer día de la estación de caza del pato.

Tracy volvió a mirar al *sheriff*.

—Aquella parte la exploramos antes de que se inundara, Roy, y allí no había nadie.

—La zona no es pequeña. ¿Y si pasamos por alto ese lugar? —respondió él—. Además, podría no ser ella.

—¿Cuántas jóvenes desaparecieron por aquí en aquella época, Roy?

Calloway no contestó.

—Registramos dos veces aquel sitio —insistió Tracy— y no dimos con ningún cadáver. Quien lo pusiera allí tuvo que hacerlo después de nuestra batida y poco antes de que se inundara el terreno.

CAPÍTULO 6

Tracy se incorporó de un salto y la sábana le cayó hasta la cintura. Desorientada, estaba convencida de que el sonido que la había arrancado de golpe del sueño era el timbre del instituto de Cedar Grove, que resonaba en las paredes de las aulas y le indicaba que llegaba tarde a la próxima clase de química.

—El teléfono —gimió Ben, tendido a su lado y con la almohada sobre la cabeza para protegerse de los rayos de la hiriente luz de la mañana que se filtraban por las persianas.

La llamada se cortó a mitad de un tono. Tracy volvió a dejarse caer sobre la almohada, aunque su cerebro no había abandonado la intención de orientarse. Ben la había recogido de la competición de tiro para ir a cenar. Su imaginación recreó el momento en que él apartó la silla para hincar una rodilla en tierra. ¡El anillo! Dibujó poco a poco una sonrisa somnolienta mientras alzaba la mano izquierda e inclinaba la sortija a fin de crear prismas con el reflejo de la luz. Ben había estado tan nervioso que apenas había podido pronunciar lo que quería decir.

Su pensamiento, no obstante, siguió vagando para ir a centrarse en Sarah. Tracy había deseado llamarla para ponerla al corriente de la noticia al llegar a la casa que tenía alquilada; pero una vez allí con Ben, una cosa había llevado a otra y... De todos modos, Sarah ya lo sabía. Ben le había dicho que su hermana lo había ayudado a planear la velada. Por eso había fallado los dos blancos: temía que si no ganaba estuviera de mal humor en el momento en que Ben se declarase.

Con una punzada de culpabilidad por haberse enfadado con Sarah, se volvió sobre un lado para comprobar la hora del despertador digital que descansaba sobre la alfombra al lado del colchón. Los guarismos rojos le anunciaron con su destello que aún eran las seis y trece minutos de la mañana y a esas horas Sarah no iba a saltar de la cama para descolgar el teléfono del pasillo de la casa de sus padres; así que tendría que esperar para llamarla.

Dado que no abrigaba interés alguno en seguir durmiendo, se dio de nuevo la vuelta y, acercándose a Ben, se acurrucó contra su cuerpo mientras sentía el calor que irradiaba de él. Al ver que no reaccionaba, se arrimó aún más y recorrió con los dedos las depresiones de sus múscu-los abdominales para a continuación tomar su sexo entre los dedos y notar que se iba endureciendo.

Entonces sonó el teléfono. Ben gruñó, pero no de placer. Tracy retiró las sábanas, abandonó el colchón y trastabilló con la ropa de la que con tanta premura se habían desprendido la víspera. Descolgó el teléfono de su base de la pared de la cocina.

—*¿Hola?*

—*¿Tracy?*

—*¿Papá?*

—*Te he llamado antes.*

—*Lo siento: no lo habré oído…*

—*¿Está Sarah contigo?*

—*¿Sarah? No; está en casa.*

—*En casa no está.*

—*¿Qué? Espera. ¿No seguís en Hawái? ¿Qué hora es allí?*

—*Temprano. Roy Calloway dice que no contesta nadie en casa.*

—*¿Y qué hace Roy llamando a casa?*

—*Han encontrado tu camioneta. ¿Tuviste alguna avería anoche?*

A Tracy no le estaba resultando fácil seguir el hilo de la conversación: le dolía la cabeza por el vino tinto y la falta de sueño.

—¿Que han encontrado mi camioneta? ¿Dónde?

—En la comarcal. ¿Qué le ha pasado?

La invadió de pronto una sensación de terror. Le había dicho a Sarah que no se apartara de la principal.

—¿Estás seguro?

—¡Claro que estoy seguro! La ha reconocido por la pegatina de la ventanilla trasera. ¿No está Sarah contigo?

Sintió náuseas y temió desvanecerse.

—No; se fue a casa en la camioneta.

—¿Cómo que se fue a casa en la camioneta? ¿No estaba contigo?

—No; yo estaba con Ben.

—¿Que la dejaste volver a casa sola desde Olympia?

Su padre había elevado el tono.

—Pero si yo no la... Papá, yo le...

—Dios mío...

—Debe de estar en casa, papá.

—Acabo de llamar dos veces y no responde nadie.

—Sarah no contesta nunca. Seguro que está durmiendo.

—Roy ha llamado; ha llamado a la puerta.

—Voy para allá ahora mismo, papá. Sí; te llamo en cuanto llegue allí. Que te llamo cuando llegue.

Colgó el teléfono tratando de buscar sentido a la situación. «Roy Calloway dice que no contesta nadie en casa...» «Han encontrado tu camioneta...» Respiró hondo, tratando de alejar la ansiedad que comenzaba a apoderarse de ella, mientras se decía que no tenía por qué asustarse, que seguramente no había pasado nada. «Acabo de llamar dos veces...» Sarah debía de estar en la cama y, bien no había oído el teléfono, bien no le había hecho caso. No era raro que hiciera caso omiso de las llamadas. «Roy ha llamado; ha llamado a la puerta...» «Y no responde nadie.»

—¡Ben!

CAPÍTULO 7

Tracy estacionó al final de la hilera de vehículos que bordeaba la carretera de grava que conducía a la entrada sin construir del complejo turístico de Cascadia. Se recogió el cabello en una cola y se sentó en el parachoques trasero para cambiar sus zapatos planos por botas de montaña. Aunque el cielo estaba despejado y se sentía el fresco propio del mes de octubre, se ató una chaqueta de Gore-Tex en torno a la cintura, porque sabía que no era extraño que de pronto rompiera a llover y que la temperatura descendía de forma brusca cuando el sol se ocultaba tras las copas de los árboles.

Cuando llegaron todos, Finlay Armstrong los llevó por una pista de tierra seguido de Calloway y, tras ellos, Rosa y su equipo. La antropóloga llevaba una bolsa de arqueólogo del tamaño de una de viaje dotada de numerosos bolsillos exteriores para cosas como espátulas, pinceles y otros utensilios. Stanley y Coles llevaban rasquetas, un cedazo y cubos de plástico blanco. Las agujas de los pinos ponderosos habían empezado a adoptar sus acostumbradas tonalidades doradas y las que habían caído al suelo creaban una alfombra natural cuyo olor conocía bien. Las hojas de los arces y los alisos también anunciaban la llegada inminente del otoño. Avanzado el camino, rebasaron las señales de «Prohibido el paso» que tantas veces habían apedreado Tracy, Sarah y sus amigos mientras recorrían en bicicleta los senderos que conducían al lago.

Llevaban media hora caminando cuando dejaron la pista para acceder a una zona que había quedado a medio despejar. La última vez que había estado allí Tracy, el claro estaba poblado de las cabañas portátiles que hacían las veces de oficina provisional de ventas de Cascadia.

—Esperen aquí —dijo Calloway.

Tracy se apartó de los demás mientras se acercaban al lugar en que aguardaba un ayudante del *sheriff* al lado de los postes de madera que, clavados en el suelo y unidos entre sí con cinta amarilla y negra, formaban un tosco rectángulo de unos dos metros y medio de ancho por tres de largo que delimitaba el lugar del crimen. En la porción inferior izquierda pudo ver lo que parecía una estaca que sobresalía entre la tierra removida. Sintió que se le encogía el pecho.

—Vamos a colocar aquí el segundo perímetro —dijo Calloway a Armstrong con voz suave y reverente—. Aprovecha esos troncos.

Armstrong cogió la cinta y comenzó a definir un contorno exterior que a ella le pareció innecesario. No iba a acudir nadie más, porque a los ciudadanos de Cedar Grove no les importaba ya ni los periodistas serían capaces de llegar solos a aquel lugar remoto de las North Cascades.

Armstrong se acercó a Tracy para decirle con gesto casi compungido:

—Voy a necesitar que se eche un poco hacia atrás, detective.

Ella se apartó para que el ayudante acabase de envolver la zona con cinta amarilla y negra.

Rosa se puso a trabajar enseguida. Después de volver a demarcar la fosa para aumentar sus dimensiones, usó una cuerda a fin de dividirla en cuadrantes más pequeños y a continuación se arrodilló al lado de la sección en la que asomaba el pie y comenzó a apartar la tierra de forma metódica con el pincel. La fue echando con palas de mano en uno de los cubos de veinte litros. Cada uno de estos estaba etiquetado con una letra mayúscula, de la *A* a la *D*, que correspondía a uno de los cuatro cuadrantes. De cuando en cuando, Stanley volcaba el contenido en la criba apoyada sobre las dos rasquetas para cernerlo. Anna Coles iba tomando fotografías. A cada hueso o fragmento óseo que hallaban se le asignaba una minúscula y a todo lo demás —pedazos de tejido, metal, botones...—, un número. Rosa trabajaba de un modo sistemático, sin descanso, porque quería completar su labor antes de que se escondiera el sol otoñal tras los árboles.

Poco después de la una y media Tracy advirtió la primera parada en su trabajo: la antropóloga dejó de cavar y se sentó en el suelo. Habló con Stanley, quien comenzó a tenderle pinceles cada vez más pequeños que ella fue aplicando a una porción de terreno más y más reducida. Media hora más tarde se puso en pie. Fuera lo que fuere lo que había desenterrado, en ese instante lo tenía en el guante con que cubría su mano. Comentó el hallazgo con Roy Calloway y después se lo entregó a Stanley, que lo introdujo en una bolsa de plástico para pruebas y lo identificó con un rotulador negro. Tras catalogarlo, no se lo entregó a Rosa sino a Calloway, que parecía estar contemplando lo que había exhumado aquella.

Entonces se volvió y miró fijamente a Tracy. Ella sintió una descarga de adrenalina y el sudor que le empapaba las axilas y se deslizaba por sus costados debajo de la camisa. El corazón se le aceleró a medida que se aproximaba el *sheriff*. Cuando él le mostró la bolsa, ni siquiera logró dirigirle una mirada; siguió estudiando el rostro de Calloway hasta que este no pudo sostenérsela y la apartó. Entonces Tracy bajó la suya para ver lo que había desenterrado Kelly Rosa... y se le cortó el aliento.

CAPÍTULO 8

Tracy sintió una arcada.

—¿Estás bien? —Ben se inclinó sobre el asiento del copiloto para posarle una mano en el hombro, pero ella no reaccionó; mantuvo la vista clavada en el exterior de la ventanilla, en la ladera de la montaña y en los fragmentos de pizarra que sembraban el arcén.

No había encontrado las botas de Sarah en el porche de entrada ni en el recibidor. Su hermana tampoco había contestado cuando Tracy había subido corriendo la escalera gritando su nombre. No había dormido en su cama ni se había duchado. No estaba comiendo nada en la cocina ni viendo la televisión en la sala de estar. Sarah no estaba en casa, tampoco había nada que indicase que hubiera pasado por allí.

—Ahí la tienes —anunció Ben tras doblar una curva más.

Su camioneta azul parecía abandonada, estacionada en la cuneta que separaba la calzada de la pendiente que se internaba en la espesura de las North Cascades. Ben dio un giro, estacionó tras el Suburban de Roy Calloway y apagó el motor.

—¿Tracy?

Se sentía paralizada.

—Le dije que no tomase la comarcal, que siguiera por la autopista y cambiase de sentido. Tú me oíste decírselo.

Ben se acercó a ella desde su asiento y le apretó la mano.

—Verás como la encontramos.

—¿Por qué tiene que ser siempre tan cabezota?

—Tranquila, Tracy; todo va a ir bien.

Sin embargo, la sensación de miedo que se había apoderado de ella mientras corría de habitación en habitación en la casa de sus padres la constreñía cada vez más. Abrió la puerta del automóvil y descendió a la cuneta de tierra.

La temperatura de la mañana no había dejado de subir; el asfalto se había secado ya y no mostraba signo alguno de las fuertes lluvias de la noche anterior. Los insectos danzaban zumbando a su alrededor mientras se acercaba a la camioneta. Se sentía débil y mareada y no pudo evitar tambalearse. Ben la sostuvo. La cuneta daba la impresión de ser más estrecha y el talud más marcado de lo que recordaba.

—¿Puede ser que patinase? —preguntó a Roy Calloway, que esperaba apoyado en el parachoques de ella.

El sheriff *tendió la mano para coger la llave de repuesto.*

—Vamos a ir paso a paso, Tracy.

—¿Qué le pasa?

Había esperado encontrarse con una rueda pinchada, la carrocería abollada o el capó abierto por un fallo del motor, por más que todo aquello fuera poco probable, pues su padre cumplía religiosamente con el calendario de revisiones en la estación de servicio de Harley Holt.

—Vamos a averiguarlo.

Calloway se colocó un par de guantes de látex y abrió la puerta del conductor. En el suelo del asiento del copiloto había todavía una bolsa vacía de Cheetos y una botella acabada de Coca-Cola sin azúcar: eso era lo que había tomado Sarah por todo desayuno la mañana de la competición. Tracy la había reprendido por comer esa basura. Su forro polar seguía hecho una pelota en el angosto asiento corrido en el que lo había dejado. Miró al sheriff *y movió la cabeza; todo estaba como lo recordaba. Él se inclinó sobre el volante, introdujo la llave en el* contacto y la giró. El motor gimió y dio un chasquido. Entonces Calloway se estiró aún más para estudiar el salpicadero.

—Está seco.

—¿Qué? —preguntó ella.

Él se echó hacia atrás para que Tracy pudiera verlo por sí misma.

—Se ha quedado sin gasolina.

—Eso es imposible. ¡Si llené el depósito el viernes por la noche para que no tuviésemos que entretenernos por la mañana!

—¿Puede ser que no lo marque por no funcionar el motor? —se aventuró a decir Ben.

—No lo sé —dijo Calloway sin demasiada convicción.

El sheriff sacó la llave y se dirigió a la parte trasera del vehículo, seguido de Tracy y Ben. El cristal tintado les impedía ver el interior de la capota rígida. Al llegar atrás, le dijo:

—Será mejor que te des la vuelta.

Tracy sacudió la cabeza:

—No.

Ben la envolvió pasándole un brazo sobre los hombros. Calloway abrió la portezuela de la capota y se inclinó para escrutar antes de levantarla del todo. Entonces tiró también hacia abajo del portón trasero. También allí estaba todo, a simple vista, como lo recordaba Tracy. Los estuches de las armas estaban sujetos con correas a los laterales y el guardapolvo, las botas y el pañuelo rojo seguían desparramados por el suelo.

—¿Ese no es su sombrero? —preguntó Calloway señalando el Stetson marrón.

Sí. Tracy recordó entonces que le había dado el suyo negro.

—Llevaba puesto el mío.

Calloway empezó a cerrar el portón.

—¿Puedo entrar? —preguntó Tracy.

Él dio un paso atrás y ella subió a la caja, sin saber bien qué estaba buscando, pero con la misma sensación de urgencia que la había aco-

metido la víspera al despedirse de ella con Ben. Tenía la impresión de haber olvidado algo. Abrió los estuches: las escopetas estaban bien guardadas, con el cañón en alto, como tacos de billar en su estante. Las pistolas de Sarah seguían en el cajón interior y la munición, en su caja cerrada. En un segundo cajón, donde guardaba su hermana botones y placas de otras competiciones, dio con la fotografía de Wild Bill en el momento de otorgarle la hebilla de plata. Sarah y el participante que había quedado en tercer puesto se encontraban a uno y otro lado de ella. Se guardó la instantánea en el bolsillo trasero, levantó el guardapolvo y rebuscó en él.

—No está aquí —anunció al salir.

—¿Qué? —quiso saber Calloway.

—La hebilla del campeonato —respondió ella—. Se la di anoche, antes de que nos separásemos.

—No te sigo —dijo él.

—¿Por qué se iba a llevar la hebilla y no las armas? —preguntó Ben.

—No lo sé, pero...

—¿Pero qué? —dijo Calloway.

—A ver: ¿qué otro motivo podía tener para llevarse la hebilla si no era que pretendía devolvérmela por la mañana?

—Se fue caminando —señaló el sheriff—. *¿Es eso lo que me quieres decir? Tuvo tiempo para decidir lo que llevaba consigo antes de echarse a andar.*

Tracy miró a la carretera desierta. La línea blanca del centro serpeaba con el contorno de la falda de la colina y desaparecía tras una curva.

—¿Y dónde está?

CAPÍTULO 9

El revestimiento de plata había perdido todo el lustre, pero aún se distinguían con claridad el relieve de una vaquera disparando dos revólveres de acción simple y la inscripción que la bordeaba: «Campeón estatal-Washington 1993».

Habían encontrado la hebilla. Habían encontrado a Sarah. La emoción que sintió brotar en su interior la sorprendió. No era acritud ni culpa; ni siquiera pena: aquello era rabia, una rabia que se extendió por su cuerpo como el veneno. Lo sabía: siempre había sabido que su desaparición no era lo que se había empeñado en hacerle creer todo el mundo. Nunca había dudado; que había algo más. Y en ese momento tenía la sensación de que al fin iba a poder demostrarlo.

—Finlay. —La voz de Calloway le llegaba como procedente del extremo de un túnel larguísimo—. Llévatela de aquí.

Alguien le tocó el brazo, pero ella se zafó.

—No.

—No tienes por qué verlo —le dijo Calloway.

—La dejé sola una vez —repuso ella— y no pienso hacer lo mismo ahora. Me quedo. Hasta el final.

Calloway hizo un gesto de asentimiento a Armstrong, quien dio un paso atrás hasta donde se había puesto a cavar de nuevo Rosa.

—Voy a necesitar que me lo devuelvas —advirtió Calloway alargando el brazo hacia Tracy, que, sin embargo, siguió recorriendo con el pulgar la superficie de la hebilla para sentir el trazo de cada una de las letras—. Tracy —insistió el *sheriff.*

Ella le tendió el trofeo, pero cuando Calloway lo cogió, se negó a soltarlo para obligarlo a mirarla a los ojos.

—Te lo dije, Roy: esta zona la habíamos registrado. La habíamos registrado dos veces.

∾

Aunque se mantuvo a cierta distancia el resto de la tarde, logró ver lo suficiente para saber que habían enterrado a Sarah en posición fetal con las piernas más altas que la cabeza. Quienquiera que hubiese usado el hoyo creado en la tierra al arrancar el cepellón del árbol había calculado mal su tamaño, cosa que no era poco frecuente: la percepción espacial suele distorsionarse cuando se está sometido a tensión.

Tracy no echó a andar para salir del bosque y regresar a su automóvil hasta que Kelly Rosa hubo cerrado la cremallera de la bolsa negra para cadáveres y la hubo asegurado con un candado. Recorrió las curvas de la montaña sin pensar, con el cerebro embotado. El sol se había ocultado tras los árboles y las sombras parecían cruzar a rastras la carretera. Siempre lo había sabido; por supuesto. Por eso se adiestraba a los detectives para que pusieran todo su empeño en dar con las víctimas de secuestro antes de las primeras cuarenta y ocho horas. La estadística demostraba que transcurrido ese tiempo caían en picado las probabilidades de hallarlas con vida. Las de encontrar viva a Sarah después de veinte años eran del todo inexistentes. Sin embargo, una parte pequeñísima de su persona, la que compartía con otras familias a las que les han quitado a un ser querido al que no han encontrado nunca, se negaba a resignarse: la parte de cada ser humano que se aferra a la esperanza, por remota que sea, de salir victoriosa contra todo pronóstico. Al fin y al cabo, eso ya había ocurrido otras veces; al menos, el día que una joven de California que llevaba dieciocho años en paradero desconocido entró en una comisaría de policía y dijo su nombre. Aquello hizo que se avivara la esperanza en lo más hondo de cada familia que había perdido a uno de los suyos. También Tracy había conocido aquel destello de vida y había pensado que, algún día, aquella joven sería Sarah; aquella joven sería su hermana. Tan atroz puede llegar a ser la esperanza. Y, sin embargo, en veinte años era lo único que había tenido para sostenerse, para hacer retroceder las tinieblas que la habían acompañado acechadoras desde aquel día y aguardaban la menor ocasión para envolverla.

La esperanza. Tracy se había asido con fuerza a ella hasta aquel momento último en que Roy Calloway le había tendido la hebilla y extinguido con ella el último resplandor cruel.

Al pasar por el punto de la carretera comarcal en el que, hacía veinte años, habían encontrado su camioneta azul, tuvo la impresión de que apenas habían transcurrido unos días. Varios kilómetros más adelante tomó la salida que tan bien recordaba y siguió conduciendo hasta una ciudad que ya no reconocía y con la que ya no se sentía vinculada. Sin embargo, en lugar de doblar a la izquierda para tomar la salida a la autopista, giró a la derecha y recorrió las avenidas de casas de una planta que guardaba en la memoria como hogares llenos de vida que acogían a familiares y amigos, pese a que en ese momento se mostraban desgastadas y marchitas. A medida que avanzaba hacia la periferia de la ciudad iba creciendo el tamaño de las viviendas y los jardines. Avanzando como un autómata, redujo la velocidad para girar cuando vio los postes de piedra de la entrada y se detuvo al final del camino con pendiente que llevaba a la casa.

Los parterres, en otro tiempo poblados de lustrosas plantas perennes que cuidaba con regularidad su madre, se hallaban ocupados por los tallos desnudos de rosales. En lo alto de una extensión de césped cuidado, delineada por setos de boj recortados con primor, estaba el tronco cercenado del sauce llorón que en otra época se había erigido como una colosal sombrilla abierta. Christian Mattioli había contratado a un arquitecto inglés para que diseñara una casa de dos plantas de estilo reina Ana en los años en que había fundado la Cedar Grove Mining Company y había visto la luz el municipio. Se decía que luego había pedido al británico que añadiese una planta más para asegurarse de que no hubiera un edificio más alto ni espléndido en toda la ciudad. Un siglo más tarde, mucho después de que cerrasen las minas y se mudara la mayor parte de los habitantes, la residencia y sus jardines lucían decadentes. Aun así, la madre de Tracy se había enamorado a primera vista del revestimiento de láminas imbricadas como escamas y las torretas que se elevaban sobre los tejados bajos a dos aguas. Su marido, que pretendía establecerse en calidad de médico rural, compró aquella casa y juntos restauraron desde los suelos de madera de Brasil hasta los artesonados. Habían recuperado el revestimiento y la ebanistería original de caoba, el recibidor de mármol y las arañas de cristal hasta convertir de nuevo el conjunto en la vivienda más majestuosa de Cedar Grove. Con todo, su labor había ido mucho más allá de la de rehabilitar una estructura: habían creado un lugar digno de que dos hermanas lo considerasen su hogar.

⚬

Tracy apagó la luz del cuarto de baño y entró en su dormitorio con el pijama rojo de franela y la cabeza envuelta en una toalla dispuesta a modo de turbante. Cantaba acompañando a Kenny Rogers y Sheena Easton, que interpretaban «We've Got Tonight» en el magnetófono, cuando se echó en el banco de la ventana voladiza y se puso a estudiar el cielo nocturno. La magnífica luna llena teñía de azul pálido el sauce llorón, cuyas largas trenzas caían inmóviles como si el árbol se hubiera sumido en un sueño profundo. El otoño estaba dando paso lentamente al invierno y el hombre del tiempo había anunciado que las temperaturas nocturnas descenderían por debajo de los cero grados. Sin embargo, pudo comprobar con decepción que el cielo seguía cuajado de estrellas: la escuela de secundaria de Cedar Grove cerraba siempre que caía la primera nevada de la estación y ella tenía a la mañana siguiente un examen de fracciones para el que apenas podía decir que hubiese estudiado.

Paró la cinta y dejó a Sheena con la palabra en la boca mientras ella seguía cantando. A continuación apagó la lámpara de su escritorio. La luz de la luna se esparció por el edredón y la alfombra para volver a desaparecer cuando encendió la que tenía prendida a su cabecera. Tomó Historia de dos ciudades: *llevaban un semestre entero abriéndose paso por entre sus páginas y, aunque no le apetecía demasiado leer, si bajaban las notas, su padre no iba a llevarla al campeonato regional de tiro de finales de noviembre.*

Siguió cantando la letra de «We've Got Tonight» mientras retiraba el edredón.

—¡Uh!

Tracy lanzó un grito al mismo tiempo que saltaba hacia atrás, a un paso de perder el equilibrio.

—¡Ay, Dios! ¡Ay, Dios!

Sarah había salido de debajo de los cobertores como movida por un resorte y, en ese momento, se encontraba de espaldas, riendo con tales carcajadas que apenas era capaz de tomar aliento para articular palabra.

—¡Serás mocosa...! —le espetó Tracy—. ¿Se te ha ido la cabeza o qué?

Sarah se incorporó y trató de hablar, pero la risita incontenible le impedía inspirar.

—¡Tenías que haberte visto la cara!

Imitó el gesto de terror de la hermana antes de volver a derrumbarse sobre el edredón sin dejar de reír.

—¿Cuánto tiempo llevas ahí metida?

Sarah se puso de rodillas y cerró el puño como quien sostiene un micrófono mientras remedaba a la mayor cantando.

—¡Calla! —Tracy se deshizo el turbante, echó el cabello hacia delante y lo frotó con fuerza con la toalla.

—¿Estás enamorada de Jack Frates? —quiso saber la pequeña.

—¿Y a ti qué te importa? ¡Dios, si eres una cría!

—¡Qué va! Ya tengo ocho años. ¿Es verdad que os habéis dado un beso?

La mayor dejó de secarse el pelo y levantó la cabeza.

—¿Quién te ha dicho eso? ¿Te lo ha dicho Sunnie? ¡No; espera! —Miró hacia su estantería—. ¡Has leído mi diario!

Sarah abrazó la almohada y comenzó a besuquearla con estrépito.

—¡Oh, Jack! No quiero que esto acabe nunca. ¡Busquemos juntos el modo...!

—¡Un diario es algo muy personal, Sarah! ¿Dónde está? —Tracy se subió a la cama de un salto y, sentándose a horcajadas sobre su hermana, le aprisionó los brazos y las piernas—. No tiene gracia. ¡Ninguna gracia! ¿Dónde está?

La pequeña rompió a reír de nuevo.

—Lo digo en serio, Sarah. ¡Devuélvemelo!

En ese momento se abrió la puerta.

—¿Qué pasa aquí? —La madre entró en el cuarto ataviada con su bata rosa y sus zapatillas de casa y con el cepillo en la mano. El cabello rubio, sin el moño habitual, le caía hasta la mitad de la espalda—. ¡Tracy; deja a tu hermana!

Ella obedeció.

—Se había escondido debajo del edredón para darme un susto. Y, además, me ha quitado el... ¡Se había escondido debajo de mi edredón!

Abby Crosswhite se acercó a la cama.

—Sarah, ¿qué te he dicho de lo de asustar a los demás?

La interpelada se incorporó.

—Mamá, ha sido divertidísimo. ¡Tenías que haber visto la cara que ha puesto! —Ilustró sus palabras con un gesto que más parecía de un chimpancé con un ataque de nervios.

Su madre se tapó la boca e hizo cuanto pudo por no reír.

—¡Mamá! —exclamó Tracy—. No tiene gracia.

—Tienes razón. Sarah, vas a dejar de asustar a tu hermana y sus amigas. ¿Te acuerdas de lo que te conté del pastor que gritaba: «¡Al lobo!»?

—Cualquiera de estos días te vas a esconder y no te va a encontrar nadie —apuntó la mayor.

—¡Mamá!

—Yo, desde luego, ni me voy a molestar en buscarte.

—¡Mamá!

—Ya está bien —atajó la madre—. Sarah, vete a tu cuarto.

La niña bajó de la cama y se dirigió hacia la puerta del baño contiguo.

—Y devuélvele el diario a tu hermana —añadió aquella.

Tracy y Sarah se quedaron heladas: su madre tenía esas cosas; debía de ser vidente o algo así.

—Que sepas —añadió la madre— que es de muy mala educación leer lo que escribe de los besos que le da a Jack Frates.

—¡Mamá! —Esta vez fue Tracy quien protestó.

—Si te da vergüenza que lo lean, quizá deberías dejar de hacer esas cosas de las que escribes. Eres demasiado joven para ir besando a los chicos. —Dicho esto se volvió hacia Sarah, que, de pie en la puerta del cuarto de baño que separaba sus dormitorios, no dejaba de hacer ruiditos de besos con la boca—. Ya está bien, Sarah; devuélveselo.

La pequeña volvió a la cama, disfrutando de cada paso bajo la mirada fija de Tracy. Apenas había sacado de debajo de los cobertores el libro adornado con diseños florales cuando la hermana se lo arrebató de las manos y le asestó una cachetada que le hizo agachar la cabeza y salir corriendo de la habitación.

—*No deberías leer mi diario, mamá: es una invasión descarada de mi intimidad.*

—*Date la vuelta, que te quite los enredos.* —*Abby Crosswhite se puso a cepillar el cabello de su hija, que comenzó a relajarse al sentir en la cabeza el cosquilleo de las cerdas*—. *No he leído tu diario: ha sido intuición materna. Tú, sin embargo, me has hecho una confesión en toda regla. La próxima vez que venga a verte Jack Frates, dile que a tu padre le gustaría tener una charla con él.*

—*No va a venir; por lo menos mientras esté por aquí esa mocosa.*

—*No hables así de tu hermana* —*la reprendió mientras le pasaba el cepillo por última vez*—. *Vamos, a la cama.*

Tracy se metió bajo el edredón y sintió el calorcito que había dejado el cuerpo de Sarah. Se colocó la almohada bajo la cabeza y su madre se inclinó para besarle la frente.

—*Buenas noches.* —*Y recogiendo la toalla húmeda del suelo, dejó la puerta a medio cerrar antes de arrepentirse y volver a meter la cabeza*—. *Por cierto, Tracy.*

—*Dime.*

La señora Crosswhite se puso a cantar a voz en cuello la letra de la canción. Su hija soltó un gruñido y, cuando oyó al fin el pestillo de la puerta, bajó de la cama, cerró la del cuarto de baño y buscó un escondite mejor para su diario. Tras varios intentos se decidió a colocarlo bajo los jerséis del último estante de su armario, lejos del alcance de Sarah. Cuando volvió a taparse con el edredón, abrió al fin las páginas de Dickens.

Llevaba leyendo poco menos de media hora y estaba a punto de pasar la página para llegar al final del capítulo cuando oyó el crujido de la puerta del cuarto de baño al abrirse.

—*A la cama...* —*dijo.*

Sarah, aferrada a la manivela, se inclinó hasta quedar en el campo de visión de su hermana.

—*Tracy...*

—A la cama he dicho.

—Tengo miedo.

—Peor para ti.

Sarah se acercó a los pies de la cama. Llevaba puesto uno de los camisones de franela de Tracy y arrastraba el dobladillo por el suelo.

—¿Puedo dormir contigo?

—No.

—Es que en mi cuarto paso susto.

Tracy fingió que seguía leyendo.

—¿Cómo es que tienes miedo en tu cuarto y no escondida bajo las mantas?

—No lo sé, pero me pasa.

Tracy negó con la cabeza.

—Por favor —suplicó la pequeña.

Su hermana acabó por soltar un suspiro.

—Está bien...

Sarah se subió de un salto, pasó a gatas por encima de ella y se metió bajo las sábanas. Una vez dentro, quiso saber:

—¿Y cómo fue?

Tracy apartó la mirada del libro. Sarah yacía con la vista clavada en el techo.

—¿Cómo fue qué?

—Lo del beso con Jack Frates.

—A dormir.

—Yo creo que no voy a besar nunca a un niño.

—¿Y cómo piensas casarte si no besas nunca a un niño?

—Yo no voy a casarme; voy a vivir contigo.

—¿Y si me caso yo?

Sarah arrugó el ceño mientras pensaba.

—¿No puedo irme a vivir contigo?

—Tendré marido.

La pequeña se mordió una uña.

—¿*Podremos seguir viéndonos todos los días?*

Tracy levantó un brazo y Sarah se arrimó a ella.

—*Claro que sí. Aunque seas una mocosa, tú eres mi hermana favorita.*

—*Si no tienes otra.*

—*Duérmete ya.*

—*No puedo.*

Tracy dejó a Dickens en la mesilla y, tras arroparse, sacó la mano para apagar el interruptor de la lámpara.

—*Venga, cierra los ojos.*

Sarah obedeció.

—*Ahora llénate bien los pulmones de aire y suéltalo después.* —*Esperó a que exhalara y a continuación le preguntó*—: *¿Lista?*

—*Sí.*

—*No...*

—*No...* —*repitió la niña.*

—*No me da miedo...*

—*No me da miedo...*

—*No me da miedo la oscuridad* —*dijeron las dos a un tiempo, y Tracy apagó la luz.*

CAPÍTULO 10

De joven, a Roy Calloway le había gustado decir a todo el mundo que era «más duro que un filete de dos dólares». Podía pasarse días enteros sin más que una horas de sueño y no había pedido una sola baja en más de treinta años. Sin embargo, cumplidos los sesenta y dos, empezaba a hacérsele cuesta arriba tanto llevar esos horarios como convencerse de que quería hacerlo. La gripe lo había tumbado dos veces el año anterior: la primera, para toda una semana, y la segunda había pasado tres días en cama. Finlay había tenido que ejercer de *sheriff* en funciones y la señora Calloway no había dudado en subrayar que la ciudad no había ardido hasta los cimientos ni sufrido una oleada de delincuencia porque él estuviera ausente.

Colgó el abrigo en la percha que había tras la puerta y se detuvo un instante a admirar la trucha arcoíris que había pescado en las aguas del Yakima el octubre anterior. El pez era toda una preciosidad de casi sesenta centímetros y poco menos de dos kilos y vientre de colores muy vivos. Nora lo había mandado embalsamar y colgar en su despacho mientras él estaba fuera. Llevaba un tiempo haciendo todo lo posible por convencerlo para que aceptara jubilarse y aquella pieza tenía la función de recordarle a diario que había muchas más por cobrar. Sutileza, desde luego, no le sobraba a su esposa. Calloway le había dicho que la ciudad seguía necesitándolo y que Finlay aún no estaba preparado; pero se había dejado en el tintero que, en realidad, era a él a quien le hacían falta todavía la ciudad y también el trabajo. Uno no podía pasarse el día pescando y jugando al golf, tampoco el *sheriff* había sido nunca demasiado amigo de viajar. No soportaba la idea de convertirse en uno de esos tipos que vestían zapatos ortopédicos blancos y paseaban por la cubierta de un crucero fingiendo que tenían algo en común con el resto de viajeros aparte de estar a un paso de la tumba.

—¿Jefe? —La voz procedía del auricular del teléfono.

—Estoy aquí —respondió.

—Me había parecido verlo entrar en silencio. Ha venido a hablar con usted Vance Clark.

Calloway alzó la vista hacia el reloj: eran las seis y treinta y siete minutos, así que él no era el único que trabajaba hasta tarde. Sabía que el fiscal de Cedar Grove iría a verlo, pero había imaginado que no lo haría hasta la mañana siguiente.

—¿Jefe?

—Dile que pase.

Estaba sentado bajo el cartel que le habían regalado sus subordinados el año que lo nombraron *sheriff*:

Regla número 1: El jefe siempre tiene razón.
Regla número 2: Véase la regla número 1.

Él no tenía demasiado claro que aquello fuese cierto.

La sombra de Clark recorrió los paneles de cristal ahumado que llevaban a la puerta del despacho de Calloway, donde, tras llamar a la puerta una sola vez, el fiscal entró con una leve cojera. Tantos años de salir a correr habían pasado factura a su rótula. El *sheriff* se reclinó en su asiento y colocó las botas en una esquina de la mesa.

—¿Te está fastidiando la rodilla?

—Me duele cuando empieza a refrescar.

Clark cerró la puerta. Tenía una expresión de perro apaleado muy poco habitual en él. Su calva, semejante a la tonsura de un monje, hacía que pareciese más amplia aquella frente que se diría eternamente fruncida.

—A lo mejor va siendo hora de dejar de correr —le sugirió Calloway, sabiendo, sin embargo, que el recién llegado no iba a abandonar aquella actividad física por el mismo motivo que lo llevaba a él a aferrarse al cargo de *sheriff*: ¿qué otra cosa iba a hacer?

—Tal vez.

Tomó asiento. Los tubos fluorescentes zumbaban sobre sus cabezas y uno de ellos emitía un chasquido fastidioso y parpadeaba de cuando en cuando como si fuera a fundirse de un momento a otro.

—Me he enterado de la noticia.

—Sí; es Sarah.

—¿Y qué vamos a hacer ahora?

—Nada.

Clark arrugó más aún el sobrecejo.

—¿Y si encuentran algo en la fosa que contradiga las pruebas?

Calloway volvió a poner las botas en el suelo.

—Han pasado veinte años, Vance. La convenceré de que, ahora que hemos dado con Sarah, es hora de dejar que los muertos entierren a los muertos, como decimos por aquí.

—¿Y si no lo consigues?

—Ya verás que sí.

—Hasta ahora no se te ha dado muy bien.

Calloway dio un capirotazo a la cabeza del muñeco con cuello de muelle de Félix Hernández, el jugador de béisbol, que le había regalado su nieto las últimas navidades y la observó moverse.

—Pues esta vez tendré que afanarme más.

El otro, tras unos instantes de lo que pareció una honda reflexión, preguntó:

—¿Vas a ir a informarte de la autopsia?

—He mandado a Finlay, él fue quien encontró el cadáver.

Clark exhaló y soltó un reniego entre dientes.

—Estábamos todos de acuerdo, Vance. Lo hecho hecho está y quedarnos sentados para preocuparnos por algo que quizá no pase nunca no va a cambiar las cosas.

—Las cosas han cambiado ya, Roy.

CAPÍTULO 11

Tracy llevaba la cabeza gacha al salir del ascensor y dirigirse a su cubículo. Había tenido la intención de entrar a trabajar temprano, pero el tráfico había hecho que las dos horas de viaje a Seattle desde Cedar Grove terminasen siendo tres y media. Al llegar a casa había bebido whisky por toda cena y había olvidado poner el despertador o quizá lo había apagado para seguir durmiendo: no tenía ni idea.

Colocó la chaqueta de Gore-Tex en el respaldo de su asiento, dejó el bolso en el armario del cubículo y esperó a que cobrara vida la pantalla de su equipo informático. Sentía como si tuviese a alguien tocando un redoble de caja dentro del cráneo y el antiácido no había hecho gran cosa por extinguir el incendio forestal en miniatura que se había declarado en su estómago. La silla de Kins chirrió y rodó, pero la oyó regresar a su teclado al ver su compañero que no se volvía a saludarlo. Faz y Delmo todavía no habían llegado a sus respectivos escritorios.

Tracy comenzó a revisar su correo electrónico. Rick Cerrabone le había enviado varios mensajes aquella mañana. El fiscal del condado de King quería copias de las declaraciones de los testigos y de la suya jurada a fin de completar la orden de registro que había solicitado para entrar en el apartamento de Nicole Hansen. Media hora después de este, había enviado otro en el que decía sin más: «¿Dónde están las declaraciones? No puedo presentarme ante el juez sin ellas».

Descolgó el teléfono y ya estaba a punto de llamar a Cerrabone cuando vio un tercer mensaje sobre los otros dos: Kins la había puesto como segunda destinataria en su respuesta. Lo abrió y comprobó que su compañero había remitido los documentos de los testigos y un affidávit. Hizo girar la silla de golpe hacia él, molesta por que hubiese contestado por ella, pero más aún porque hubiese firmado la declaración jurada cuando era Tracy quien dirigía aquella investigación. Kins miró por encima de un hombro, notó la mirada de ella y se volvió para decir:

—Me llamó él, Tracy, y supuse que debías de estar liada.

Un nuevo giro de silla la colocó de nuevo ante su escritorio. Seleccionó «Responder a todos» y comenzó a redactar una respuesta desabrida. Un minuto después, se reclinó en su asiento, leyó lo que había escrito y lo borró. Entonces tomó aliento y se alejó del teclado.

—Kins...

Él la miró.

—Gracias —dijo—. ¿Qué ha dicho Cerrabone de la orden?

Kins se puso en pie para acercarse a ella con las manos metidas en los bolsillos del pantalón.

—Deberían concedérnosla esta misma mañana. ¿Estás bien?

—No lo sé. No sé lo que siento. Me duele la cabeza.

—Ha estado aquí Andy —anunció; se refería a su teniente, Andrew Laub—. Quiere verte.

Ella soltó una carcajada, se frotó los ojos y se pellizcó el caballete de la nariz.

—Estupendo.

—¿Por qué no vamos a desayunar? Podemos conducir un rato e ir a Kent para charlar con el testigo ese del asalto con intención dolosa.

Tracy echó hacia atrás su silla.

—Gracias, Kins; pero cuanto antes me quite esto de en medio...
—Se encogió de hombros con gesto resignado—. No sé. —Dicho
esto, rodeó el perímetro de los cubículos y enfiló el pasillo.

Andrew Laub había ejercido dos años de sargento del equipo A
antes de su ascenso a teniente, cargo que lo había hecho merecedor
de un despacho interior de dimensiones reducidas sin ventanas y
una placa de quita y pon con su nombre inserta en el perfil metálico
que había al lado de su puerta. Estaba sentado de medio lado ante
su escritorio, con los ojos fijos en la pantalla mientras introducía
datos en su equipo informático. La detective llamó al marco de la
puerta.

—¿Sí?

—¿Llego en mal momento?

El otro dejó de teclear y se volvió.

—Entra, Tracy —le dijo con un gesto de la mano—. Cierra la
puerta.

Ella hizo ambas cosas. Las fotografías de los estantes que tenía
Laub a sus espaldas hacían las veces de biografía del teniente, casado
con una pelirroja atractiva con la que había tenido mellizas y un hijo
idéntico al padre, con las mismas pecas y el mismo cabello rojizo. Al
parecer, el niño jugaba al fútbol.

—Siéntate.

La luz del escritorio se reflejaba en los cristales de sus lentes.

—Así estoy bien.

—Toma asiento de todos modos.

Obedeció. Laub se quitó los lentes y los depositó sobre el protector del escritorio. En su nariz quedaron dos impresiones rojas en
el lugar en que se habían asentado sobre el caballete.

—¿Cómo lo estás llevando?

—Estoy bien.

Él la miró de hito en hito.

—Estamos preocupados por ti, Tracy. Solo queremos asegurarnos de que de verdad te encuentras bien.

—Agradezco mucho la atención de todos.

—¿Tiene ya los restos el forense?

Tracy asintió.

—Sí; se los llevaron anoche.

—¿Cuándo recibirás el informe?

—Quizá tarde un día.

—Lo siento.

Ella se encogió de hombros.

—Al menos ahora ya lo sé. Algo es algo.

—Es verdad. —El teniente cogió un lápiz y se puso a dar golpecitos en el protector de su escritorio—. ¿Desde cuándo no descansas?

—Anoche dormí como un bebé.

Laub se inclinó hacia delante.

—A los demás puedes decirles que te encuentras bien: estás en tu derecho, pero yo soy responsable de ti y tengo que saber que es cierto; no necesito que te hagas la heroína.

—No tengo intención de hacerme la heroína ante nadie, teniente; lo único que procuro es hacer bien mi trabajo.

—¿Por qué no te tomas un tiempo? Sparrow puede ocuparse del caso de Hansen.

Había llamado a Kins por el sobrenombre que se había granjeado cuando trabajaba de infiltrado con los de la unidad de narcóticos. Se había dejado el pelo largo y había completado su caracterización con una perilla rala que lo hacía asemejarse al capitán Jack Sparrow que había interpretado Johnny Depp.

—Yo puedo hacerme cargo.

—Ya sé que puedes. Lo que te estoy diciendo es que no lo hagas; vete a casa y duerme todo lo que quieras. Atiende lo que tengas que atender, que el trabajo va a seguir aquí cuando vuelvas.

—¿Es una orden?

—No, pero sí una recomendación encarecida.

La detective se levantó y se dirigió a la puerta.

—Tracy...

Ella se dio la vuelta.

—En casa no puedo hacer otra cosa que mirar a las paredes, teniente; además de pensar en cosas en las que no quiero pensar. —Se detuvo con el fin de dominar sus emociones—. En el cubículo al menos no tengo fotos.

Laub soltó el bolígrafo.

—Quizá deberías hablar con alguien.

—Han pasado veinte años, teniente. Llevo dos décadas soportando este peso y sé que voy a superar estos días como he superado los anteriores: sobrellevando uno tras otro.

CAPÍTULO 12

La mañana siguiente a la de la desaparición de Sarah, el padre de Tracy entró en el cuarto de estar totalmente extenuado pese a la ducha. Él y su esposa habían tomado el vuelo nocturno desde Hawái, pero ella ni siquiera había llegado a la casa; tras el aterrizaje, se había ido directamente a la sede de la American Legion, en Market Street, para movilizar a los voluntarios que ya habían empezado a congregarse. Él sí se había dirigido a la vivienda para reunirse con Roy Calloway y había pedido a Tracy que se quedara por si el sheriff tenía alguna otra pregunta, aunque ella había respondido ya a tantas que ni siquiera alcanzaba a imaginar cuál más podría formularle.

«¿Viste a alguien actuar de manera peculiar durante la competición; alguien que estuviese merodeando o pareciera tomarse un interés fuera de lo común por Sarah?» «¿Os abordó alguien a ti o a ella por algún motivo?» «¿Te dijo en algún momento que se sentía amenazada por alguien?» Calloway le había pedido también una lista de los muchachos con los que había salido Sarah, aunque a Tracy le fue imposible imaginar que ninguno de cuantos la componían pudiera tener motivo alguno para hacer daño a su hermana. La mayoría había conservado su amistad con ella desde tiempos del instituto.

El cabello rizado de su padre, prematuramente cano, le caía sobre el cuello de la camisa de manga larga. Si normalmente contrastaba con *su apariencia juvenil y sus inquisitivos ojos azules, aquella mañana hacía honor a sus cincuenta y ocho años. Tenía los párpados inflados y se le veían enrojecidos los globos oculares bajo los lentes redondos de montura metálica. La escrupulosidad que desplegaba de costumbre en lo relativo a su aspecto se hallaba puesta en entredicho por el abandono que presentaba aquel bigote espeso cuyos extremos dejaba lo bastante largos para engominarlos cuando competía en certámenes de tiro con el nombre de Doc Crosswhite.*

—¿Qué sabéis de la camioneta? —pidió a Calloway, y Tracy no pasó por alto que era su padre, y no el sheriff, *quien hacía las preguntas.*

Aunque durante las fiestas que celebraban en su casa, James Crosswhite no se mostraba nunca jactancioso ni efusivo, siempre acababa rodeado de un auditorio nada desdeñable. «Su séquito», lo llamaba la madre de Tracy. Cuando él hablaba, los demás escuchaban y, cuando preguntaba, contestaban. Al mismo tiempo, sus modales apacibles y respetuosos hacían que su interlocutor se sintiera como si fuese la única persona presente en la sala.

—La hemos remolcado hasta el depósito policial —respondió Calloway—. Van a mandar de Seattle a un equipo de la científica para que busque huellas. —A continuación miró a Tracy—. Parece ser que se quedó sin gasolina.

—No. —Tracy estaba de pie ante un diván que tenía dos sillas de piel a juego—. Ya te lo he dicho: llené el depósito antes de salir de Cedar Grove. Tenían que quedarle por lo menos tres cuartos.

—Lo estudiaremos —aseveró Calloway—. He dado parte a todos los departamentos de policía del estado, también a los de Oregón y California. La policía de fronteras de Canadá también está avisada. Les hemos enviado por fax la fotografía de la graduación de Sarah.

James Crosswhite se pasó una mano por la barba que empezaba a asomarle al mentón.

—¿Por si ha sido alguien que estuviera de paso? —preguntó—. ¿En eso estáis pensando?

69

—¿Y por qué iba a coger la comarcal nadie que estuviera de paso? —terció Tracy—. Lo lógico es seguir la autopista.

Su padre entornó los ojos, pero ella tardó demasiado en darse cuenta de dónde los había fijado. Se acercó a su hija y le tomó la mano izquierda.

—¿Qué es eso? ¿Un diamante?

—Sí.

Él apartó la mirada apretando la mandíbula. Entonces intervino Calloway:

—¿Has localizado a sus amigos?

Tracy escondió la mano tras una pierna. Había pasado varias horas llamando a todo el que se le había ocurrido.

—No la ha visto nadie.

—¿Por qué no se llevó ninguna arma? —preguntó el padre, aunque todo parecía indicar que pensaba en voz alta—. Podía haber tomado al menos una de las pistolas...

—No tenía motivos para sentirse amenazada, James. Imagino que se quedó sin combustible y echó a andar hacia la ciudad.

—¿Habéis registrado el bosque?

—No hay nada que haga pensar que pudo tropezar o caerse.

Tracy no había pensado en ningún momento que pudiera haber ocurrido nada semejante. Sarah era demasiado atlética para perder el equilibrio en el terraplén de la cuneta aun bajo la lluvia y la oscuridad.

—Ten paciencia y deja que nos ocupemos nosotros —dijo Calloway.

—Me conoces, Roy, y sabes que no puedo. —Se volvió hacia Tracy—: Encárgate de hacer las octavillas de las que hemos hablado y llévaselas a tu madre. Busca una fotografía en la que se reconozca a Sarah, no la de la graduación. Que te haga Bradley las copias en la farmacia. Dile que saque mil para empezar y lo cargue en mi cuenta. Quiero verlas puestas por todas partes de aquí a la frontera canadiense. —Acto seguido dijo a Calloway—: Vamos a necesitar un mapa topográfico.

—He llamado a Vern, él conoce estos montes mejor que nadie.

—¿Y si pedimos perros?

—Yo me encargo —respondió Calloway.

—¿Alguien que volviese a casa desde otra ciudad? ¿Alguien que viva aquí?

—A nadie de aquí se le ocurriría hacerle algo así a Sarah, James. A Sarah, no.

El padre fue a decir algo y, como si se le hubiera ido de la cabeza, se detuvo de pronto. Tracy vio por primera vez en su vida un asomo de terror, gris e impalpable, en su rostro.

—Ese muchacho... El que acaban de dejar en libertad condicional.

—Edmund House —susurró Calloway. Calló un instante, como paralizado ante la mención del nombre, y acto seguido aseveró—: También voy a ocuparme de eso. —Y, con esto, abrió las puertas correderas y cruzó con rapidez el recibidor de mármol en dirección a la entrada.

—Dios santo —dijo su padre.

CAPÍTULO 13

El interior espartano de la cafetería situada debajo del edificio de la calle Jefferson que albergaba la nueva sede del forense del condado de King le recordaba al que presentaban las de los hospitales antes de que alguien decidiera que el sufrimiento de un paciente no tenía por qué hacerse extensivo a sus familiares. Todo apuntaba a que pretendía sumarse a alguna corriente de decoración moderna: los suelos eran de linóleo; las mesas, de acero inoxidable, y las sillas, de plástico e incomodísimas. Kelly Rosa no había propuesto aquel local por su ambiente sino por su ubicación, pues sin ser su despacho, se encontraba muy cerca de él.

Tracy estudió las mesas y no la vio. Pidió un té negro y tomó asiento en una situada cerca de las ventanas, desde la que se veía la acera en pendiente, para ocuparse en contestar mensajes de texto y correos electrónicos en el iPhone. Llevaba un minuto allí cuando reconoció a Rosa, que se dirigía al establecimiento, a pesar de la capucha del chubasquero verde que la protegía de la llovizna. La antropóloga se descubrió en el momento de entrar en el café y reparó en Tracy. No daba la impresión de ser una mujer avezada a cruzar a pie colinas y pantanos para encontrar y examinar los restos de personas muertas hacía mucho tiempo sino más bien una madre de familia de mediana edad que condujera un monovolumen y eso era precisamente lo que hacía Rosa cuando no estaba rebuscando restos humanos.

La recién llegada le dio un abrazo antes de quitarse el abrigo.

—¿Te pido algo? —le preguntó Tracy.

—No, gracias —dijo mientras tomaba asiento frente a ella.

—¿Cómo están los críos?

—La de catorce, más alta que yo. Ya sé que no tiene mucho mérito, pero a ella le encanta ponerse a mi lado y comparar estaturas. —Si Rosa superaba el metro y medio era solo por uno de sus pelos rubios—. La de once va a hacer el papel protagonista de la obra del colegio: *El mago de Oz*.

—¿Dorothy?

—No: *Totó*, el perro. Ella está convencida de ser la verdadera estrella.

Tracy sonrió. Rosa se inclinó hacia delante y tomó entre las suyas la mano de su compañera.

—Lo siento mucho, Tracy.

—Gracias. Y gracias también por haber sacado tiempo para atenderme.

—No hay de qué.

—¿Habéis confirmado que es ella?

Se trataba de un mero formalismo, pero ella sabía por experiencia que Rosa habría tenido que enviar una radiografía de la mandíbula y los dientes de Sarah a la Unidad de Personas Desaparecidas y Sin Identificar y al Centro Nacional de Información Criminal.

—Doble positivo.

—¿Qué más puedes decirme?

Rosa dejó escapar un suspiro.

—Te puedo revelar que tu súper *sheriff* no quiere que te revele nada.

—¿Eso te ha dicho?

—Saltaba a la vista.

—Roy Calloway nunca ha sido muy sutil.

—Por suerte, no trabajo para él. —A su rostro asomó una sonrisa que no tardó en desvanecerse—. Pero dime: ¿estás segura de que quieres los detalles? Ya son duros cuando se trata de cadáveres anónimos.

—No, no estoy segura; pero necesito saber qué habéis descubierto.

—¿Hasta dónde quieres que te lo cuente?

—Hasta donde pueda soportarlo. Yo te avisaré cuando no me vea capaz.

Rosa se frotó las manos antes de unir las palmas y los dedos bajo la barbilla como una niña que se dispusiera a rezar.

—Tal como sospechabas, su asesino aprovechó el hoyo que había dejado la raigambre de un árbol. Las marcas de pala hacen pensar que trató de agrandarlo, pero debió de calcular mal el tamaño o cansarse o quizá le apremiara el tiempo. El cadáver estaba colocado con las piernas más altas que la cabeza y dobladas por las rodillas. Por eso el perro desenterró primero el pie y el fémur.

—Eso me lo había imaginado.

—La posición que presentaba el cuerpo, con las rodillas dobladas y la espalda encorvada, indica también que el rígor mortis se produjo antes de que la enterrasen.

Tracy sintió que se le aceleraba el pulso.

—¿Antes? ¿Estás segura?

—Sí.

—¿Cuánto antes?

—Eso no lo puedo decir con certeza: solo suponerlo.

—Pero antes con toda seguridad.

—Yo estoy convencida de que fue así.

—¿Se ha podido determinar la causa de la muerte?

—Tenía fracturada la base del cráneo, justo encima de la columna; pero tampoco puedo decir con seguridad que fuera eso lo que la mató. Ha pasado demasiado tiempo. No tenía más traumatismos, Tracy. No hay nada que haga pensar que la golpearon.

Rosa estaba siendo demasiado buena: la falta de fracturas no constituía prueba concluyente de que la víctima no hubiese sufrido golpes ni tortura, sobre todo cuando los restos se hallaban en tal estado de descomposición.

—¿Qué otros efectos personales habéis encontrado, además de la hebilla?

Tracy sabía por experiencia que cualquier materia orgánica, como algodón o lana, se habría deteriorado hacía mucho tiempo, pero el metal y las fibras sintéticas debían de haberse conservado.

Rosa sacó un cuadernillo de la chaqueta y lo hojeó:

—Remaches de metal con la inscripción LS&CO SF.

Tracy sonrió.

—Levi Strauss & Company, San Francisco —dijo—: Sarah siempre fue una rebelde.

—¿Perdona?

—La Levi Strauss apoya a los detractores de las armas; así que normalmente llevábamos Wrangler o Lee; pero ella no, porque decía que le hacían grande el trasero. Había que conocerla para entenderla.

—Veamos... Siete automáticos de metal. —Rosa alzó la mirada de las notas que estaba leyendo—. Supongo que deben de ser de una camisa de manga larga. Dos de ellos tenían un diámetro menor, imagino que por ser de los puños.

Tracy alargó el brazo hacia el maletín que pendía a un costado de su silla y sacó una fotografía enmarcada: la del campeonato, en la que estaba con su hermana y el tirador que había quedado en tercer puesto.

—¿Como esta?

La antropóloga estudió la imagen.

—Sí, aunque los botones han perdido el color negro.

A Sarah le encantaban las camisas Scully y el día de la competición llevaba puesta la de bordados blancos y negros. Tracy recuperó la instantánea.

Rosa volvió a mirar sus notas.

—Fragmentos de plástico.

A Tracy se le encogió el estómago, aunque hizo cuanto pudo por mantener la concentración. El asesino de Sarah había tenido que doblarle el cuerpo para hacerla entrar en la fosa y todo apuntaba a que, además, la había metido dentro de una bolsa.

Rosa vaciló unos instantes.

—¿Estás bien? —quiso saber.

Tracy respiró hondo y se obligó a preguntar:

—¿De una bolsa de basura?

El detalle podía ser significativo. Calloway aseguró que Edmund House había confesado haberla matado y haber enterrado el cadáver de inmediato. En teoría, se la había encontrado caminando por la carretera y la había agredido. En tal caso, habría sido demasiada casualidad que hubiese llevado un objeto así en la camioneta.

—Creo que sí.

—¿Qué más?

—Trazas de fibra sintética.

—¿De qué tamaño?

—¿Las fibras? De cincuenta micrómetros.

—¿De alfombra, quizá?

—Es probable.

—¿Crees que podrían haber envuelto su cadáver en una?

—No. De haber sido así, habríamos encontrado muchos más restos. Lo más seguro es que se trate de fibras con las que entró en contacto, tal vez en el interior del automóvil.

Edmund House vivía entonces con su tío Parker y conducía uno de los muchos vehículos que este restauraba en su propiedad para revenderlos: una camioneta Chevrolet roja de cuyo suelo no había dejado otra cosa que el metal. Las fibras de alfombra del sepulcro tampoco encajaban con el testimonio de Calloway de que Edmund House admitía haber violado, estrangulado y enterrado enseguida el cadáver de Sarah.

—¿Algo más?

—Joyas.

Tracy se inclinó hacia delante.

—¿Qué exactamente?

—Pendientes y un collar.

Sus palabras le aceleraron el pulso.

—¿Cómo son los pendientes?

—De jade. Ovalados.

—¿Como lágrimas?

—Sí.

—Y el collar, ¿de plata de ley?

—Sí.

Tracy volvió a mostrarle la instantánea.

—¿Como este?

—Exactamente.

—¿Dónde están ahora?

—Se lo ha quedado todo el ayudante del *sheriff*.

—Pero lo has fotografiado y catalogado todo, ¿no?

—Como siempre: forma parte del protocolo —respondió Rosa con aire perplejo—. Tracy...

La detective retiró su silla y guardó la fotografía en el maletín.

—Gracias, Kelly. Te estoy muy agradecida. —Dicho esto, se levantó de la mesa.

—Tracy —repitió Rosa, y cuando la otra se dio la vuelta prosiguió—: ¿Qué vas a hacer con los restos?

La investigadora se detuvo y cerró los ojos al mismo tiempo que se presionaba la frente con la parte baja de la palma de una mano: se avecinaba una jaqueca demoledora. Volvió a sentarse y, tras unos instantes, Rosa preguntó:

—¿Qué ocurre?

Tracy pensó bien lo que iba a decir y cuánto debía revelar.

—Es mejor que no sepas demasiado, Kelly. Podrían citarte a declarar como testigo y, en ese caso, será mejor que tus opiniones no se vean influidas por lo que pueda contarte.

—¿Como testigo? —Al ver a su interlocutora asentir con un gesto, Rosa entornó los ojos, aunque decidió no insistir—. De acuerdo, pero si me permites un consejo...

—Por supuesto.

—Déjame enviar los restos directamente a una funeraria. Así es más fácil, porque supongo que no querrás tener que encargarte tú del traslado.

Hacía veinte años no había faltado en Cedar Grove quien sugiriese celebrar las exequias de Sarah y dar así por concluido el asunto; pero James Crosswhite no quiso ni oír hablar de honras fúnebres ni funerarias: no iba a consentir que se insinuara siquiera que su pequeña estaba muerta. Tracy ya no abrigaba semejante esperanza, aunque sí tenía algo que llevaba cuatro lustros aguardando: pruebas sólidas.

—Creo que será lo mejor —dijo.

CAPÍTULO 14

A primera hora de la mañana del tercer día siguiente a la desaparición de Sarah, Tracy abrió temprano la puerta de entrada para recibir a Roy Calloway, quien, de pie en el porche, manoseaba el ala de su sombrero como si quisiera amasarla. De su expresión dedujo que no tenía buenas noticias.

—Buenos días, Tracy. Tengo que hablar con tu padre.

Había conseguido arrastrarlos, a él y a su madre, a casa cuando la oscuridad había hecho que resultara inútil toda batida en las colinas inmediatas a Cedar Grove. A continuación, había proseguido la búsqueda al lado de aquel, que había hecho del estudio el centro de mando de su operación. Desde allí había llamado a comisarías de policía, a diputados y a cuantos ciudadanos influyentes se contaban entre sus conocidos. Ella, por su parte, se había puesto en contacto con las emisoras de radio y los diarios. Algo más tarde de las once, mientras su padre estudiaba un mapa topográfico, se había acurrucado en uno de los asientos de cuero rojo a fin de descansar los ojos quince minutos... y se había despertado arropada con una manta cuando el sol de la mañana se filtraba ya por los vidrios emplomados. Él seguía sentado ante su escritorio, sin haber tocado siquiera el sándwich que le había preparado por la noche, y se ayudaba de una regla y un compás para dividir el mapa en cuadrantes. *Se levantó para hacer café, pero se encontró con que ya había en la cocina. Su madre, evidentemente, había salido ya sin despertarla. Estaba a punto de servir una taza a su padre cuando oyó el timbre.*

—*Está en el estudio* —*dijo.*

Las puertas correderas que tenía detrás habían empezado ya a abrirse para dar paso a su padre, que se estaba ajustando las patillas de los lentes.

—*Aquí estoy. Tracy, haz café.*

—*Ya se ha encargado mamá.* —*Los siguió a la sala.*

—*¿Has hablado con él?* —*preguntó James Crosswhite.*

—*Dice que estaba en casa.*

Ella supo que se referían a Edmund House.

—*¿Hay alguien que pueda confirmarlo?*

Calloway meneó la cabeza.

—*Parker estuvo haciendo el turno de noche en la serrería y llegó tarde a su casa. Dice que encontró a Edmund dormido en su cuarto.*

El padre, al ver que no proseguía de manera inmediata, dijo:

—*¿Pero...?*

El sheriff *le tendió una serie de fotografías tomadas con una Polaroid.*

—*Tenía arañazos en un lado de la cara y en el dorso de las manos.*

Crosswhite sostuvo una de ellas a la luz.

—*¿Y qué explicación ha dado?*

—*Dice que le saltó un trozo de madera mientras trabajaba en el cobertizo de metal en el que hace Parker sus muebles. Según él, se cortó con una astilla.*

El padre bajó la instantánea.

—*Nunca había oído nada parecido.*

—*Yo tampoco.*

—*Parecen más bien marcas de uña que le haya dejado alguien en la cara y los brazos.*

—*Yo también lo he pensado.*

—*¿Puedes conseguir una orden de registro?*

—*Vance ya lo ha intentado* —respondió Calloway sin poder ocultar el tono de frustración de su voz—. *Llamó a casa del juez Sullivan, pero se la ha denegado; dice que no hay suficientes pruebas para invadir la santidad del hogar de Parker.*

El padre se frotó la nuca para aliviar la tensión muscular.

—*¿Y si lo llamo yo?*

—*Yo ni lo intentaría; Sullivan se ajusta a pies juntillas a la letra de la ley.*

—*¿Con la de veces que ha estado en mi casa, Roy? ¡Pero si viene a mi fiesta de Nochebuena!*

—*Ya lo sé...*

—*¿Y si tienen allí a Sarah? ¿Qué pasa si está en alguna parte de esa propiedad?*

—*No, no está.*

—*¿Cómo lo sabes?*

—*El dueño de aquello es Parker. Le pregunté si podía echar un vistazo y me dio permiso; así que no dejé edificio ni habitación sin registrar. Ni está en la propiedad ni he visto nada que indique que pueda haber pasado por allí.*

—*Pero podría haber otras pruebas: manchas de sangre en su vehículo o en la casa.*

—*Tal vez, pero para enviar a un equipo de la científica...*

—*¡Si es un delincuente de cuidado, Roy! Un violador convicto que tiene arañazos en la cara y los brazos y no es capaz de demostrar dónde estaba aquella noche. ¿Cómo demonios no basta con eso?*

—*Es lo mismo que le dije yo a Vance y el mismo argumento que le dio él al juez Sullivan. House ya ha pagado por ese delito.*

—*He llamado al condado de King, Roy. House salió antes de tiempo por un acuerdo porque la policía metió la pata hasta el corvejón. Dicen que estuvo más de un día violando y golpeando a aquella pobre muchacha.*

—*Pero ha cumplido su pena, James.*

—*Pues dime, Roy: ¿dónde está mi hija? ¿Dónde está mi Sarah?*

Calloway parecía muy afectado.

—No lo sé. Ojalá lo supiera.

—¿De qué se trata; de una gran coincidencia sin más? Lo dejan salir, se muda a vivir aquí y ahora desaparece Sarah.

—No basta con eso.

—Pero si no tiene coartada...

—No basta con eso, James.

—¿Quién ha sido entonces? ¿Un vagabundo? ¿Alguien que pasaba por aquí? ¿Qué probabilidades hay de eso?

—Se ha dado parte a todas las autoridades competentes del estado.

James Crosswhite enrolló el mapa y se lo tendió a Tracy.

—Llévale esto a tu madre al edificio de la American Legion. Dile que se lo dé a Vern y reúna a los equipos. Nosotros volvemos a salir. Esta vez quiero un registro sistemático que no deje margen de error. —*Miró a Calloway*—. ¿Y los perros?

—El equipo más cercano está en California. No va a ser nada fácil que los envíen por aire.

—Como si están en Siberia; pagaré lo que haga falta para que los traigan.

—No se trata del coste, James.

El padre de Tracy se volvió hacia ella fingiendo sorpresa por verla aún allí.

—¿No me has oído? Ponte ya en marcha.

—¿Tú no vienes?

—¡Haz lo que te he dicho, maldita sea!

Tracy se encogió y dio un paso atrás: su padre nunca había levantado la voz a ninguna de las dos hermanas.

—De acuerdo, papá —*le dijo mientras pasaba a su lado para salir.*

—Tracy. —*Su padre le tomó el brazo con dulzura y se dio unos instantes para serenarse*—. No tardes. Dile a tu madre que estaré allí en cuanto pueda. El sheriff y yo tenemos un par de cosas más de las que hablar.

CAPÍTULO 15

Tracy volvió a Cedar Grove una semana después de haber aparecido los restos de Sarah. Aunque había hecho casi todo el viaje desde Seattle con sol, a medida que se acercaba, se había ido formando una densa nube oscura que pendía en ese momento sobre la ciudad como si quisiera marcar el lúgubre motivo de su regreso. Volvía a casa para enterrar a su hermana.

El tráfico estaba más despejado de lo que había esperado; de modo que llegó media hora antes de lo acordado con el personal de la funeraria. Buscó entre escaparates y comercios antes de reparar en el anuncio luminoso en forma de taza de café que había en el antiguo emplazamiento del comercio de Kaufman. El aire estaba preñado del olor a tierra propio de una lluvia inminente. Aunque dudaba que hubiese una agente en varios kilómetros a la redonda, introdujo una moneda de veinticinco en el parquímetro y entró en The Daily Perk. Aquel espacio alargado y angosto había sido en otro tiempo el mostrador de refrescos y helados del establecimiento, un local que habían acabado por partir con un tabique para que acogiese una cafetería y un restaurante chino. La decoración consistía en un revoltijo de muebles que hacía que el lugar pareciese un piso de estudiantes. Había un sofá andrajoso y cubierto de periódicos.

Las paredes de tablones y yeso estaban surcadas por largas grietas que apenas lograba disfrazar el trampantojo de un ventanal que simulaba dar a una acera por la que paseaban viandantes sobre un fondo de casas de piedra roja. No parecía lo más apropiado para una cafetería rural. La joven de la barra lucía un aro en la nariz y otro adorno similar en el labio inferior y desplegaba el mismo afán solícito que un funcionario estatal a una semana de su jubilación.

—Un café. Solo —dijo Tracy al ver que la otra ni siquiera se molestaba en saludarla.

Llevó la taza a una mesa situada ante la ventana real y se sentó a contemplar la misma Market Street, ahora desierta, en la que tantos rapapolvos se habían procurado ella, su hermana y sus amigos por ir en bicicleta por entre las gentes que poblaban las aceras. Recordó que las dejaban apoyadas en la pared, sin pensar siquiera en ponerles una cadena a fin de evitar robos, para entrar a los comercios y comprar víveres para la aventura en la que hubiesen planeado embarcarse un sábado concreto.

❦

Dan O'Leary miraba su bicicleta con gesto contrariado.

—¡Porras!

—¿Qué pasa?

Tracy acababa de salir del establecimiento del señor Kaufman después de meter en la mochila cuerda gruesa, una barra de pan y sendos tarros de manteca de cacahuete y mermelada.

Con el cuarto de dólar que le sobraba pensaba comprar diez piezas de regaliz negro y otras cinco del rojo. Su padre le había dado el dinero aquella mañana, cuando ella le había pedido permiso para ir en bicicleta al lago Cascade con Sarah, que había encontrado un árbol perfecto para atar una cuerda a modo de liana desde la que lanzarse al agua aquel verano. Su disposición la había sorprendido, ya que aquella era precisamente la clase de capricho que debían pagar las dos hermanas con su asignación semanal. Además, Tracy, que cursaba ya su segundo año en el instituto, obtenía cierta remuneración trabajando a tiempo parcial en la taquilla del cine de Hutchins. Sin embargo, su padre no solo le había dado el dinero sino que le había dicho que se lo gastara todo, porque, según añadió, al señor Kaufman no le estaba resultando fácil llegar a fin de mes. Ella sospechaba que el motivo era la enfermedad que había tenido a su hijo Peter, compañero de clase de Sarah en sexto curso del colegio de Cedar Grove, entrando y saliendo del hospital durante la mayor parte del año.

—Un pinchazo. —La voz del muchacho sonaba más desinflada que su rueda delantera.

—Puede que solo esté floja —dijo Tracy.

—No; esta mañana no tenía aire y por eso la inflé antes de salir. Tiene que estar pinchada. Genial; ahora no puedo ir con vosotras. —Se quitó la mochila y se sentó hundido en la acera.

—¿Qué pasa? —preguntó Sarah al salir de la tienda con Sunnie.

—A Dan se le ha pinchado una rueda.

—No puedo ir —dijo él.

—¿Y si le pedimos al señor Kaufman que nos deje usar el teléfono para llamar a tu madre? —propuso Tracy—. Por si quiere venir a comprarte una cámara nueva.

—No puedo —respondió el muchacho—. Mi padre no para de decirme que soy un irresponsable y que el dinero no crece en los árboles.

—O sea, que no vienes —dijo Sunnie—. Con los planes que habíamos hecho...

Dan agachó la cabeza hasta tocar los antebrazos, apoyados sobre las rodillas. Ni se molestó en volver a colocarse los lentes, que habían caído como de costumbre hacia la punta de su nariz.

—Vais a tener que iros sin mí.

—De acuerdo —contestó Sunnie mientras recobraba su bicicleta.

Tracy la miró.

—No nos vamos a ir sin él, Sunnie.

—¿No? ¿Qué culpa tenemos nosotras de que su bici sea una birria?

—Calla ya, Sunnie —dijo Sarah.

—Cállate tú. Además, ¿a ti quién te ha invitado?

—¿Y a ti? —le soltó ella—. Que yo sepa, he sido yo la que ha encontrado el árbol.

—Dejadlo ya las dos —medió Tracy—. Si Dan no puede ir, nos quedamos todas. —Dicho esto, cogió al muchacho por el brazo—. Venga, Dan; levántate. Llevamos tu bici a mi casa, atamos la cuerda a una de las ramas del sauce y hacemos un columpio allí.

—¿Estás de broma? ¿Qué tenemos, seis años? —protestó Sunnie—. Íbamos a saltar al lago. ¿Qué quieres que hagamos: saltar al césped?

—Vamos. —Tracy miró a su alrededor en busca de su hermana y, al no verla, soltó un suspiro—. ¿Y Sarah?

—Lo que nos faltaba —dijo Sunnie—. Ahora la niña ha vuelto a desaparecer. El día va mejorando por minutos.

La bicicleta de la pequeña seguía apoyada contra el edificio, pero ella no aparecía.

—Espérame aquí. —Tracy volvió a entrar en el establecimiento y encontró a su hermana hablando con el señor Kaufman en el mostrador—. Sarah, ¿qué estás haciendo?

Ella se metió la mano en el bolsillo y sacó un puñado de billetes de dólar y de monedas de veinticinco para dejarlo sobre el mostrador.

—Comprándole una rueda nueva a Dan —respondió mientras meneaba la cabeza para apartarse un mechón de cabello que le caía sobre el rostro.

Por más que aquello crispase los nervios a su madre, Sarah se negaba a ponerse un pasador o a recogerse el pelo con una goma.

—¿Ese es el dinero del cine que has estado ahorrando?

La niña se encogió de hombros.

—Dan lo necesita más que yo.

—Aquí tienes, Sarah. —El señor Kaufman le dio la caja que contenía la cámara nueva—. Este tamaño debe de valer.

—¿Tengo bastante, señor Kaufman?

El dependiente tomó el dinero del mostrador sin contarlo.

—De sobra. ¿Crees que serás capaz de arreglarla? No es una reparación nada sencilla —añadió mientras guiñaba un ojo a la mayor.

—He visto a mi padre y, como es la rueda de delante, no tengo que quitar la cadena.

—Tu hermana te puede echar una mano —insistió.

—No; yo puedo.

El hombre alargó el brazo para coger de su lado del mostrador una llave inglesa y un destornillador plano.

—Te van a hacer falta. Si necesitas ayuda, dímelo.

—Claro. Gracias, señor Kaufman. —Cogió la caja y las herramientas y corrió a la puerta gritando—: ¡Dan, tengo una rueda nueva para que puedas venir!

Tracy contempló la escena a través del escaparate. El gesto de Dan pasó de la confusión a la sorpresa para dibujar al fin una amplia sonrisa mientras el niño se ponía en pie de un salto.

—Avísame si necesitáis que os eche una mano, ¿de acuerdo, Tracy?

—No se preocupe —respondió la mayor.

El dependiente le dio a continuación una bomba.

—Devuélvemela con las herramientas cuando acabéis. —Miró por la ventana. Sarah y Dan se habían puesto de rodillas y la niña había empezado ya a accionar la llave sobre la tuerca de la rueda delantera—. Tu hermana es de aúpa, ¿eh?

—¡Y que lo diga! Gracias, señor Kaufman.

Se disponía a salir cuando el adulto la llamó por su nombre. Al volverse, lo vio tendiéndole una tableta gigante de chocolate Hershey's como las que compraba su madre para combinar con los malvaviscos cuando iban de acampada.

—No, gracias, señor Kaufman. Ya no me queda dinero.

—Es un regalo.

—No puedo aceptarlo —respondió ella recordando la conversación con su padre.

De hecho, Tracy sospechaba que la cámara de la rueda costaba más de lo que había puesto Sarah sobre el mostrador.

El señor Kaufman la miró como si estuviera a punto de echarse a llorar.

—¿Sabes que tu hermana suele hacerse en bicicleta todo el camino hasta el hospital para ir a ver a Peter?

—¿Sí?

El establecimiento del que hablaba estaba en Silver Spurs, el municipio vecino. Si sus padres se enteraban, Sarah se iba a meter en un buen lío.

—Le lleva libros para colorear —añadió él con ojos húmedos—. Dice que está ahorrando el dinero de las palomitas.

CAPÍTULO 16

Tracy se sacudió la lluvia de la chaqueta mientras franqueaba la puerta principal de la funeraria del señor Thorenson. Arthur Thorenson, al que de niños llamaban *el Viejo*, había amortajado a todos los difuntos de Cedar Grove, incluidos el padre y la madre de la detective. Sin embargo, al llamar al establecimiento a principios de aquella semana, Tracy había hablado con Darren, su hijo, quien había estado unos cursos por delante de ella en el instituto y, al parecer, había heredado el negocio familiar.

Se presentó a la mujer que había sentada en el escritorio dispuesto en el recibidor y declinó el asiento y la taza de café que le ofreció. El interior del edificio le pareció mejor iluminado de lo que recordaba y las paredes y la moqueta también daban la impresión de tener un color más claro. El olor, sin embargo, no había cambiado: era el mismo aroma de incienso que ella había acabado por asociar a la muerte.

—¿Tracy? —Darren Thorenson se acercó a ella vestido con traje oscuro y corbata y con el brazo tendido para coger su mano—. Me alegro de verte, aunque lamento las circunstancias.

—Gracias por encargarte de todo, Darren.

Además de incinerar los restos de Sarah, había informado al personal del cementerio y buscado al religioso que oficiaría la ceremonia. Ella habría preferido no celebrar un funeral, pero tampoco se sentía con ánimos de hacer un hoyo en mitad de la noche y arrojar a su hermana al suelo sin mayor solemnidad.

—No ha supuesto molestia alguna.

La condujo hasta el despacho que había presidido su padre cuando Tracy y su madre habían dispuesto el funeral del señor Crosswhite y cuando aquella había regresado tras la muerte de su madre por cáncer. Darren ocupó el sillón que había tras el escritorio. En la pared, al lado de una fotografía de familia, pendía el retrato de su padre, quien presentaba un aspecto más joven de lo que recordaba Tracy. El propietario actual se había casado con Abby Becker, su novia de instituto, y todo indicaba que tenían tres hijos. Darren se parecía mucho a su padre. Era un hombre fornido y se peinaba hacia atrás, lo que le acentuaba la nariz bulbosa y los lentes de cristales gruesos y montura negra como las que siempre llevaba Dan O'Leary de niño.

—Habéis cambiado la decoración —señaló ella.

—Poco a poco. No fue fácil convencer a mi padre de que era posible ser respetuoso sin caer en lo deprimente.

—¿Cómo está?

—De vez en cuando sigue amenazando con renunciar a la jubilación; pero cuando lo hace, le ponemos en la mano un palo de golf. Abby me pide que te dé el pésame de su parte.

—¿Habéis tenido algún problema con la parcela?

Aunque había sido imposible determinar la fecha del primer enterramiento —las sepulturas no tenían identificación alguna—, el cementerio de Cedar Grove era más antiguo que la ciudad misma que lo acogía. El mantenimiento lo llevaban a cabo voluntarios que eliminaban las malas hierbas y cortaban el césped, además de cavar la tumba cuando moría alguien. Lo hacían de manera gratuita, con el entendimiento tácito de que algún día alguien les devolvería el favor. Dada la limitación de espacio, los entierros tenían que contar con la aprobación del ayuntamiento. Era obligatorio residir en la ciudad y, dado que Sarah había muerto siendo habitante de Cedar Grove, tal requisito no suponía un obstáculo. Tracy había solicitado que sus restos descansaran con los de sus padres, pero estos yacían en una parcela doble.

—En absoluto —respondió Darren—. Eso está solucionado.

—En ese caso, habría que ocuparse del papeleo.

—También está hecho.

—Entonces te extenderé un cheque.

—No hace falta, Tracy.

—Darren, por favor; no puedo pedirte una cosa así.

—Y no me lo has pedido. —Sonrió, aunque con tristeza—. No voy a aceptar dinero, Tracy: bastante habéis sufrido ya tu familia y tú.

—No sé qué decir. Te lo agradezco; de corazón.

—Lo sé: aquel día todos perdimos a Sarah. Aquí nada ha vuelto a ser igual desde entonces. Es como si hubiese sido la hermana de todos nosotros. De hecho, tengo la impresión de que todos hemos quedado presos de aquel pasado.

Tracy había oído a otros decir cosas similares: que Cedar Grove no había muerto cuando Christian Mattioli clausuró la mina y obligó a mudarse a buena parte de la población sino el día de la desaparición de Sarah. Después de aquello, nadie volvió a dejar nunca la puerta de su hogar entornada ni a permitir que sus hijos fueran de un lado a otro a pie o en bicicleta sin vigilancia. Después de lo de Sarah, nadie quería que los niños fueran andando a la escuela o esperasen el autobús si no era en compañía de un adulto. Después de lo de Sarah, los vecinos no habían vuelto a mostrarse tan amables ni hospitalarios con los forasteros.

—¿Sigue entre rejas? —quiso saber Thorenson.

—Sí.

—Así se pudra allí.

Tracy miró el reloj y Darren se puso en pie.

—¿Estás lista?

Claro que no estaba lista, pero asintió con un gesto. Él la llevó a la capilla contigua. Los bancos de la misma sala que no había bastado para acoger a la multitud que se había congregado en el velatorio de su padre se hallaban vacíos. En la pared del frente había un crucifijo y, bajo él, sobre un pedestal de mármol, una urna chapada en oro del tamaño de un joyero. Tracy se acercó y leyó la inscripción que le habían puesto: Sarah Lynne Crosswhite, The Kid.

—Espero que no te parezca inapropiado —dijo Darren—. Así es como la conocíamos todos, como a Billy *el Niño*, como a la niña que te seguía a ti por toda la ciudad.

Tracy se secó una lágrima con un pañuelo de papel.

—Me alegro de que puedas por fin darle descanso y seguir adelante —prosiguió él—. Me alegro por ti y por todos nosotros.

∽

Los vehículos, estacionados en hilera sin apenas espacio entre uno y otro en la carretera de sentido único que llevaba al cementerio, eran más de los que había vaticinado Tracy y lo cierto es que sospechaba quién era el responsable de difundir la noticia de la ceremonia y por qué lo había hecho. Finlay Armstrong estaba dirigiendo el tráfico desde el camino. El agua corría por el poncho impermeable transparente que protegía su uniforme y chorreaba del ala de su sombrero. Tracy bajó la ventanilla mientras se detenía.

—No te preocupes por estacionar —le dijo Finlay—. Puedes dejarlo en la calzada.

Darren Thorenson, que la seguía en su propio automóvil, abrió un paraguas de grandes dimensiones para resguardarla de la lluvia mientras se apeaba y la acompañó colina arriba en dirección al toldo blanco que cubría la sepultura de sus padres en lo alto de una loma desde la que se dominaba toda la ciudad. Bajo él había entre treinta y cuarenta personas sentadas en sillas plegables de color blanco, amén de otra veintena que, de pie, se cobijaba bajo otros tantos paraguas por quedar fuera de la lona. Las primeras abandonaron su asiento al ver llegar a Tracy, quien se tomó unos instantes para dar las gracias a aquellos rostros que reconocía pese a haber envejecido: amigos de sus padres, adultos que de niños habían ido al colegio con ella y con Sarah y profesores que se habían convertido en compañeros durante el breve periodo en que Tracy había vuelto al instituto para dar clases de química. Entre los presentes estaban Sunnie Witherspoon y también Marybeth Ferguson, una de las mejores amigas de su hermana. Vance Clark y Roy Calloway se hallaban de pie fuera de la carpa, como Kins, Andrew Laub y Vic Fazzio, que habían llegado por carretera desde Seattle para darle a aquel momento cierta apariencia de realidad. Encontrarse de nuevo en Cedar Grove seguía resultándole surrealista. Tenía la impresión de haber quedado atrapada en una curva temporal de veinte años, rodeada de cosas a un tiempo consabidas y extrañas. No acababa de identificar lo que veía con lo que recordaba. No estaba en 1993. Ni por asomo.

Los asistentes habían dejado vacía la primera hilera de asientos, lo que no hacía sino aumentar su aislamiento. Tras unos instantes oyó a alguien entrar en la carpa y acercarse a la silla que tenía al lado.

—¿Está ocupado este sitio?

Necesitó un momento para apartar el velo que habían dejado los años. Había cambiado la montura negra por lentillas y así destacaban aquellos ojos azules que siempre habían tenido cierto destello travieso y resaltaba el pelo rapado por ondas suaves que caían hasta el cuello de la chaqueta de su traje. Dan O'Leary se inclinó para besarle con dulzura la mejilla.

—Lo siento mucho, Tracy.

—¡Dan! Casi no te reconozco.

Él sonrió y dijo sin alzar la voz:

—Estoy más viejo, aunque no sea por eso más sabio.

—Y más alto —añadió ella, que había tenido que doblar el cuello para hablar con él.

—Tardé en dar el estirón. Crecí más de un palmo el último verano de instituto.

Los O'Leary se habían mudado después de que él aprobase el segundo curso de secundaria. Su padre se había colocado en una fábrica de conservas de California. La separación había sido dolorosa para Tracy y toda la pandilla. Dan y ella habían mantenido el contacto durante un tiempo, pero en los tiempos anteriores al correo electrónico y los mensajes de texto era fácil perderse la pista. Creía recordar que él se había graduado y había ido a la universidad en la Costa Este, donde había permanecido tras licenciarse; pero también le habían dicho que sus padres habían vuelto a Cedar Grove después de jubilarse su padre.

Thorenson se acercó a ella para presentarle al pastor, Peter Lyon, un hombre alto de cabello pelirrojo y abundante y piel clara, vestido con un alba talar ceñida con un cordón verde. Sobre los hombros llevaba una estola del mismo color. A ella y a Sarah las habían educado en la fe presbiteriana, aunque tras la desaparición de su hermana, Tracy había oscilado entre el agnosticismo y el ateísmo. No había pisado una iglesia desde el funeral de su madre.

Lyon le ofreció sus condolencias antes de situarse ante la tumba y hacer la señal de la cruz. Agradeció la presencia de los concurrentes, elevando la voz para hacerse oír sobre la lluvia que arreciaba sobre la lona.

—Estamos hoy aquí reunidos para dar a la tierra los restos de nuestra hermana Sarah Lynne Crosswhite. Grande es nuestra pérdida y tenemos el corazón lleno de pesadumbre. En tiempos de dificultad y dolor, acudimos a la Biblia, a la palabra de Dios, en busca de consuelo y salvación. —Abrió las Escrituras y leyó un fragmento.

Por último, recitó—: «Dijo Jesús: "Yo soy la resurrección y la vida; el que cree en mí, aunque muera, vivirá, y todo el que vive y cree en mí no morirá para siempre."» —Y cerrando el misal anunció—: Ahora se acercará Tracy, la hermana de Sarah.

Tracy fue al borde de la fosa e inspiró con fuerza. Darren Thorenson le entregó la urna dorada y la ayudó mientras ella se arrodillaba sobre un paño extendido sobre el suelo que, sin embargo, no impidió que sintiera la humedad a través de las medias. Colocó los restos de Sarah en la tumba y tomó un puñado de tierra mojada. Cerró los ojos y se imaginó a su hermana tendida en la cama a su lado como había hecho con frecuencia siendo niñas ambas y también cada vez que habían compartido cama en un hotel durante los viajes que habían hecho con su padre para participar en campeonatos de tiro.

—*Tracy, tengo miedo.*

—*No te preocupes: cierra los ojos. Ahora llénate bien los pulmones de aire y suéltalo después.*

El pecho empezó a temblarle. Acudieron lágrimas a sus ojos.

—No... —musitó, luchando por mantener la voz serena mientras extendía los dedos y dejaba caer los terrones húmedos sobre la caja.

—*No...*

—No me da miedo...

—*No me da miedo...*

—No me da miedo la oscuridad.

Una ráfaga de viento repentina azotó el toldo e hizo caer un mechón de pelo sobre el rostro de Tracy, quien sonrió al recordar el gesto de su hermana mientras se lo recogía tras la oreja.

—A dormir —susurró antes de secarse la lágrima que le corría por la mejilla.

๑

Los asistentes se aproximaron para arrojar a la tumba puñados de tierra y flores y dar el pésame. Fred Digasparro, antiguo propietario de la barbería, avanzó con la ayuda de un andador y de una joven que caminaba a su lado. Aquellas manos que habían afeitado a tantos hombres con una navaja firme temblaban cuando cogieron las de Tracy.

—Tenía que venir —aseveró con su deje italiano—. Por tu padre. Por tu familia.

Sunnie corrió a abrazarla entre gemidos. Habían sido inseparables durante toda la escuela y el instituto; pero Tracy había perdido el contacto y, en aquel momento, la cercanía resultaba violenta, y las lágrimas, forzadas. Sunnie y Sarah nunca habían llegado a ser amigas: Sunnie había tenido siempre celos de la relación de las dos hermanas.

—Lo siento mucho —dijo ella. Tras secarse las lágrimas y presentarle a su marido, Gary, preguntó—: ¿Vas a quedarte unos días?

—No puedo —fue la respuesta.

—¿Dará tiempo a que nos tomemos un café antes de que te vayas? Unos minutos, para ponernos al día.

—Quizá.

Sunnie le dio una hoja de papel:

—Este es mi teléfono. Si necesitas algo, cualquier cosa... —Y tocando su mano, concluyó—: Te he echado de menos, Tracy.

Reconoció la mayor parte de los rostros que se acercaron a ella, aunque no todos. Como le había ocurrido con Dan, en algunos casos tuvo que desandar el tiempo transcurrido para encontrar a la persona que había conocido. Sin embargo, cuando quedaba poco para llegar a la última persona de la procesión, se plantó ante ella un hombre con traje al que acompañaba una mujer embarazada. Tracy lo recordaba, pero no conseguía ponerle nombre.

—Hola, Tracy. Soy Peter Kaufman.

—Peter —dijo ella, viendo de pronto ante sí al niño que había dejado la escuela de Cedar Grove durante un año por la leucemia—. ¿Cómo estás?

—De maravilla. —Tras presentarle a su mujer, añadió—: Estamos viviendo en Yakima, pero me llamó Tony Swanson para avisarme del funeral. Hemos venido esta mañana.

—Gracias; es todo un detalle. —Yakima estaba a cuatro horas de carretera.

—¿Estás de broma? ¿Cómo iba a faltar? ¿Sabes que venía todas las semanas en bici al hospital para llevarme caramelos y un libro para colorear o leer?

—Me acuerdo. ¿Y tu salud?

—Llevo treinta años sin cáncer. Nunca he olvidado lo que hizo por mí. Me pasaba la semana esperando verla. Ella era la que me animaba. Tenía esas cosas; tu hermana era una persona muy especial. —Los ojos se le anegaron en lágrimas—. Me alegra que la hayas encontrado, Tracy, y que nos hayas dado la ocasión de darle el último adiós.

Estuvieron hablando un minuto más. Tras despedirse de Peter, Tracy necesitó otro pañuelo de papel, y Dan, que había guardado una distancia respetuosa mientras ella saludaba a los que iban acercándose, dio un paso al frente para tenderle uno de tela.

Tracy trató de rehacerse y se secó los ojos. Cuando recobró un tanto la compostura, le dijo:

—Tenía entendido que vivías en el este. ¿Cómo lo has sabido?

—Es verdad que vivía en el este, a las afueras de Boston; pero me he vuelto a mudar. Ahora estoy aquí... otra vez.

—¿En Cedar Grove?

—Es una historia larga y ahora dudo que tengas ánimo para oír hablar del pasado. —Le ofreció una tarjeta de visita y la abrazó—. Me gustaría que nos pusiésemos al día cuando estés mejor. Quiero que sepas cuánto lo siento, Tracy. Quería muchísimo a Sarah. Muchísimo.

—Tu pañuelo —recordó ella mientras se lo devolvía.

—Quédatelo —respondió él.

Al ver que tenía bordadas sus iniciales, DMO, reparó en el corte del traje a medida que llevaba y en la calidad de su corbata. Por el trato que había tenido con letrados, reconocía aquel atuendo selecto, que no casaba precisamente con la imagen del niño que había conocido, siempre vestido con ropa heredada. Miró la tarjeta y dijo:

—Así que abogado, ¿no?

Él respondió con un guiño:

—Nos vamos recuperando.

Entre sus señas se incluía la dirección comercial del edificio del First National Bank de la Market Street de Cedar Grove.

—Me gustaría oír esa historia, Dan.

—Pues llámame un día.

Le dedicó una sonrisa amable antes de abrir un paraguas de gran tamaño y salir de debajo de la carpa.

Kins se acercó entonces con Laub y Faz.

—¿Quieres compañía para el viaje de vuelta?

—Conozco un sitio espectacular para comer de camino —dijo Faz.

—Gracias —respondió ella—, pero voy a quedarme un día más.

Kins dijo entonces:

—Pensaba que querías volver enseguida a Seattle.

Vio a Dan llegar a un todoterreno, abrir la puerta, bajar el paraguas y meterse en el vehículo.

—Acabo de cambiar de planes.

CAPÍTULO 17

La fortuna del First National Bank había estado íntimamente ligada a la de Christian Mattioli. La entidad, creada con el propósito de proteger la considerable riqueza de los fundadores de la Cedar Grove Mining Company, incluido aquel, había estado a un paso de la desaparición tras el cierre de la mina, cuando habían dejado la ciudad él y su séquito. Sin embargo, los vecinos se propusieron salvarlo transfiriendo cuentas corrientes y de ahorros y recurriendo a él para hipotecarse y pedir créditos a pequeñas empresas. Tracy no sabía con exactitud cuándo había tenido que cerrar para siempre y abandonar el edificio. A juzgar por las placas del vestíbulo vacío, aquella opulenta construcción de ladrillo de dos plantas se había convertido en un centro de oficinas, aunque en ese momento apenas unas cuantas seguían teniendo personal.

Mientras subía las escaleras, miró hacia abajo para contemplar el intrincado suelo de mosaico, que tenía representada un águila calva con una rama de olivo en la garra derecha y trece flechas en la izquierda. El tiempo la había ido cubriendo de polvo y aquí y allá podían verse cajas de cartón y escombros. Recordó la época en que había estado lleno de ventanillas, escritorios y helechos frondosos en macetas. Su padre las había llevado a las dos allí para abrir sus primeras cuentas. El presidente del First National, John Waters, les había firmado y sellado las libretas.

Tracy encontró el despacho de Dan en la planta alta y pasó a una zona diminuta de recepción con un escritorio vacío y un cartel que le indicaba que debía tocar la campanilla. La golpeó con la palma de la mano y sacó de ella un quejido metálico. Dan dobló la esquina vestido con pantalones informales de color avellana, zapatos náuticos de piel y una camisa de rayas azules y blancas. Todavía no había acabado de asimilar que el hombre que tenía ante ella fuese el mismo niño que había conocido en Cedar Grove.

Él sonrió al preguntarle:

—¿Te ha costado estacionar?

—Me ha costado elegir entre tanta oferta.

—El ayuntamiento quería poner parquímetros automáticos, pero hicieron cuentas y llegaron a la conclusión de que iban a tardar diez años en amortizarlos. Pasa.

Dan la llevó a un despacho octogonal con una gran profusión de molduras y revestimientos de madera de tonos oscuros.

—Este era el despacho del presidente del banco —la informó—. Pago quince dólares más de alquiler al mes por poder decir eso.

Las estanterías estaban llenas de libros de derecho, aunque ella sabía que eran en su mayoría digamos que decorativas, pues quedaba poca cosa que no pudiera consultarse ya *online*. El recargado escritorio de Dan daba a una ventana abovedada en voladizo en la que aún se veían las letras de color granate y oro que habían anunciado en otro tiempo que aquel edificio era el del First National Bank. A ella se asomó Tracy para mirar la Market Street.

—¿Cuántas veces crees que habremos recorrido esta calle con las bicis? —preguntó.

—Demasiadas para contarlas. En verano, a diario.

—¿Te acuerdas de cuando se te pinchó la rueda?

—Íbamos a ir a la montaña para poner aquella cuerda —contestó él—. Sarah me compró una cámara nueva y me ayudó a cambiar la vieja.

—Recuerdo que pagó con su propio dinero. —Tracy dio la vuelta y quedó de espaldas a la ventana—. Me ha sorprendido que te hayas vuelto a instalar aquí.

—No tanto como a mí.

—Me dijiste que era una historia larga.

—Lo que no quiere decir que sea interesante. ¿Café?

—No, gracias; estoy intentando no abusar.

—Yo pensaba que el café sería requisito indispensable para entrar en la policía.

—Eso son las rosquillas. ¿Qué coméis los abogados?

—Abogados.

Tomaron asiento a la mesa redonda que había bajo la ventana. Un libro de leyes colocado en el bastidor del alféizar mantenía elevada la hoja inferior de la ventana de guillotina para que entrase aire fresco en el despacho.

—Me alegro de que hayas venido, Tracy. Se te ve muy bien, por cierto.

—Te va haciendo falta cambiar de lentillas, porque estoy hecha unos zorros; pero gracias por el cumplido.

El comentario la había hecho más consciente aún del aspecto que presentaba. Al no haber tenido intención de quedarse una noche más, no llevaba consigo más ropa que la del funeral y los vaqueros, las botas, la blusa y la chaqueta de pana que había echado al vehículo antes de salir de Seattle a fin de cambiarse tras la ceremonia, así aquella mañana no había podido ponerse otra cosa. Cuando se disponía a dejar la habitación del motel se había plantado ante el espejo con la intención de recogerse el pelo hasta que decidió que la coleta no haría más que acentuarle las patas de gallo y optó por dejárselo suelto.

—¿Y cómo es que has vuelto? —preguntó.

—Por una combinación de circunstancias. Me había cansado del grandioso bufete en el que trabajaba en Boston. Se había vuelto muy agotador y rutinario, ¿sabes? Había ganado dinero suficiente y pensé que podía probar algo distinto. Se ve que mi mujer tuvo la misma idea, porque se fue en busca de otro.

—Lo siento —dijo ella con una mueca.

—Más lo sentí yo. —Se encogió de hombros—. Cuando le propuse dejar la abogacía, ella me propuso dejar lo nuestro. Llevaba más de un año acostándose con uno de mis socios. Se había acostumbrado al estilo de vida del club de campo y temía perderlo.

Dan debía de haberlo superado o lo disimulaba bien. Ella sabía que parte del dolor no se va nunca; solo cabe aspirar a reprimirlo bajo una fachada de normalidad.

—¿Cuánto llevabais casados?

—Doce años.

—¿Tienes hijos?

—No.

Tracy se reclinó.

—Entonces ¿por qué Cedar Grove? ¿Por qué no...? No sé.

Él respondió con una sonrisa de resignación:

—Pensé mudarme a San Francisco y estuve considerando también Seattle, pero entonces murió mi padre y mi madre se puso enferma y alguien tenía que cuidar de ella. Así que volví, convencido de que sería algo temporal. Llevaba aquí un mes cuando me di cuenta de que iba a morirme de aburrimiento si no abría un despacho. Sobre todo hago herencias, gestión patrimonial, algún que otro caso de conductor ebrio...: cualquier cosa que se me presente y tenga pinta de no dar problemas y proporcionarme un anticipo de mil quinientos dólares.

—¿Y tu madre?

—Murió hace algo más de seis meses.

—Lo siento.

—La echo de menos, aunque la verdad es que en ese tiempo tuvimos tiempo de conocernos como no lo habíamos hecho antes y estoy muy agradecido por ello.

—Te envidio.

Arrugó el ceño.

—¿Por qué dices eso?

—Después de la desaparición de Sarah, mi madre y yo nunca tuvimos demasiada relación y, luego, cuando mi padre... —Lo dejó en suspenso y Dan no insistió; lo que le hizo plantearse cuánto sabía.

—Has vivido experiencias terribles.

—Sí —dijo ella—. Terribles.

—Espero que ayer cicatrizara en parte la herida.

—Algo.

—¿Seguro —quiso saber él poniéndose en pie— que no quieres café?

Ella contuvo una sonrisa al ver de nuevo ante sí al muchacho al que ponían nervioso las conversaciones serias y no tardaba, por tanto, en cambiar de tema cuando se entablaba una.

—Seguro, gracias. Dime: ¿qué ámbito del derecho practicabas?

Dan volvió a sentarse y entrelazó los dedos sobre el regazo.

—Empecé con causas relacionadas con las leyes antimonopolio, que me enseñaron que, en efecto, es posible morir de aburrimiento. Entonces, uno de mis socios me metió en un asunto de delitos económicos y descubrí que me encantaba ese campo. Y si tengo que ser sincero, creo que me manejaba bastante bien en los tribunales. —Seguía teniendo una sonrisa juvenil.

—Seguro que los del jurado comían de tu mano.

—Eso es decir demasiado. Yo diría más bien que me adoraban. —La risa con que acompañó esa afirmación también era la del niño que había conocido Tracy—. Defendí al director ejecutivo de una compañía de relieve y, cuando se conoció el veredicto, no hubo abogado de mi bufete con clientes a los que hubiesen descubierto metiendo la mano en las arcas o familiares que hubieran bebido demasiado en la cena de Navidad de la empresa que no recurriese a mí. De ahí pasé a causas financieras de más calado y, antes de darme cuenta, me había convertido en un abogado de los buenos. —Dicho esto, ladeó la cabeza como si la escrutase—. Ahora te toca a ti. ¿Detective de homicidios? ¡Vaya! ¿No querías ser profesora?

Ella hizo un gesto de desdén con la mano.

—Mi historia sí que no tiene interés alguno.

—¿Cómo que no? Aquí jugamos todos o rompemos la baraja. ¿Qué ha sido de tu sueño de dar clase en el instituto de Cedar Grove y criar aquí a tus hijos?

—No te burles.

—Oye —dijo él con un gesto de mofa—, que el que ha acabado viviendo aquí soy yo. ¿No era eso lo que decías tú siempre, que Sarah y tú ibais a vivir puerta con puerta?

—Estuve un año dando clases.

—¿En el instituto de aquí?

—Sí, señor, el de los Fighting Wolverines —dijo ella, e imitó con las manos las garras del glotón que servía de mascota al equipo del centro.

—No me lo digas; dabas química.

Ella asintió con la cabeza.

—En efecto.

—¡Eras un ratón de biblioteca!

—¿Yo, un ratón de biblioteca? —repuso ella con fingida indignación—. ¿Qué me dices de ti?

—Yo era duro de mollera y los ratones de biblioteca son listos: existe una distinción sutil. Y tú ¿estás casada? ¿Tienes hijos?

—Divorciada y sin hijos.

—Espero que lo tuyo no acabara tan mal como lo mío.

—Más o menos igual, aunque, al menos, lo nuestro terminó antes; él tenía la impresión de que lo estaba engañando.

—¿Que tenía la impresión?

—Con Sarah.

Dan la miró con gesto perplejo.

Tracy consideró que había llegado el momento:

—Dejé la docencia, me metí en la academia de policía y dediqué más de diez años a investigar el asesinato de mi hermana, Dan.

—¡Vaya! —dijo él.

Sacó del maletín la carpeta que llevaba consigo y la puso sobre la mesa.

—Tengo cajas enteras de mudanzas llenas de declaraciones de testigos, transcripciones de los tribunales, partes policiales, informes sobre pruebas... Todo. Lo único que me faltaba era el estudio forense de sus restos y su tumba, pero ahora también lo tengo.

—No te entiendo. Condenaron a alguien, ¿no es así?

—A Edmund House —respondió ella—, un violador en libertad condicional que vivía con su tío en los montes de las afueras de la ciudad. Era el blanco más fácil, Dan. Había pasado seis años en el penal de Walla Walla tras declararse culpable de haber mantenido relaciones sexuales con una niña de instituto de dieciséis años cuando él tenía dieciocho. En un primer momento lo acusaron de violación en primer grado, secuestro y agresión, pero hubo problemas legales en torno a la validez de cierta prueba que se encontró en el cobertizo de la propiedad en la que la había retenido contra su voluntad.

—¿No había orden de registro?

—Y el tribunal sostenía que era necesaria por considerar el cobertizo como una extensión del domicilio. Por tanto, el juez falló que la prueba era inadmisible. El fiscal reconoció que no tenía más opción que ofrecerle una reducción de condena a cambio de su confesión. Cuando desapareció Sarah, Calloway pensó en él desde el primer momento, aunque no tenía nada de peso contra la coartada de House, que decía que había estado durmiendo en su casa cuando ocurrió. Su tío estaba haciendo turno de noche en la serrería.

—Entonces ¿qué fue lo que cambió?

Habían transcurrido siete semanas de la desaparición de Sarah cuando llamó al timbre Roy Calloway y anunció a Tracy con ademán inquieto:

—Tengo que hablar con tu padre. —Y, sin más, entró para llamar a la puerta corredera del despacho de James Crosswhite.

Al ver que no respondía, abrió las hojas sin más preámbulos. El otro alzó la cabeza del escritorio con ojos inyectados en sangre y empañados. Tracy entró para retirar el vaso y la botella de whisky que tenía abierta sobre la mesa.

—Está aquí Roy, papá.

Su padre tardó unos instantes en colocarse los lentes, entornando los ojos ante la intensa luz que se filtraba por los cristales emplomados de la ventana. Llevaba varios días sin ducharse y su cabello, desaliñado, había crecido hasta superar con creces el cuello de la camisa, manchado y arrugado.

—¿Qué hora es?

—Puede ser que tengamos algo nuevo —dijo Calloway—: un testigo.

El padre se puso en pie, trastabilló y se aferró al escritorio para mantener el equilibrio.

—¿Quién?

—Un vendedor que volvía a Seattle la noche de la desaparición.

—¿La vio? —preguntó James Crosswhite.

—Recuerda una camioneta roja en la comarcal, una Chevrolet Stepside. También se acuerda de una azul que estaba estacionada en la cuneta.

—¿Y por qué no ha dicho nada hasta ahora? —quiso saber Tracy. Hacía mucho que se había cerrado el teléfono de colaboración ciudadana.

—No sabía nada. Pasa veinticinco días al mes en su vehículo y ya confunde los viajes. Dice que hace poco hablaron de la investigación en el telediario y se acordó de pronto. Llamó enseguida a la comisaría para dar parte.

Tracy meneó la cabeza. En aquellas siete semanas no había pasado por alto una sola alusión al caso que hubiesen podido hacer en la televisión y hacía tiempo que no veía nada.

—¿En qué telediario?

Calloway le lanzó una mirada rápida.

—Se ve que no fue gran cosa: solo lo mencionaron por encima.

—¿En qué canal?

—Tracy, por favor. —Su padre la acalló con un gesto de la mano—. Con eso debería bastarnos, ¿no? Eso pone en duda su coartada.

—Vance ha renovado su solicitud de orden de registro para la propiedad y la camioneta. El laboratorio criminalista de la policía estatal de Washington tiene un equipo preparado en Seattle.

—¿Cuándo sabremos algo? —preguntó el padre.

—Dentro de una hora.

—¿Cómo ha podido no enterarse antes? —preguntó Tracy—. Ha salido en todas las noticias locales. Hemos repartido octavillas por todas partes. ¿No ha visto las vallas publicitarias que ofrecían una recompensa de diez mil dólares?

—Se pasa el día viajando —explicó Calloway—. No habrá estado en su casa.

—¿En siete semanas? —Se volvió hacia su padre—. No tiene ningún sentido. Seguro que le hace falta el dinero.

James Crosswhite y algunos de sus conciudadanos habían prometido dar diez mil dólares a quien ayudase a detener y condenar a quien se había llevado a Sarah.

—*Tracy, vete a tu casa y espera allí.* —*Su padre nunca se había referido así al domicilio que había alquilado ella cuando comenzó a trabajar en el instituto de la ciudad*—. *Yo te llamaré cuando sepamos algo más.*

—*No, papá; no quiero; quiero quedarme aquí.*

Él la cogió de un brazo y la condujo hasta las puertas correderas. La firmeza de su mano dejaba fuera de toda duda que no cabía debatir su decisión.

—*Te llamaré cuando sepamos algo más.* —*Y dicho esto corrió la puerta.*

Tracy oyó echar el cerrojo.

CAPÍTULO 18

Tracy tendió a Dan una copia de la declaración de Ryan Hagen.

—Esto fue lo que echó por tierra la coartada de House.

Dan se puso los lentes para ver de cerca para estudiar el documento.

—Te veo escéptica.

—El interrogatorio que le hizo el abogado de House no fue precisamente estelar. A nadie se le ocurrió pedir a Hagen ningún detalle sobre el telediario ni un solo recibo que demostrase que había estado en la ciudad aquellos días. Yo, desde luego, no encontré ninguno.

Dan dejó de leer a fin de mirarla por encima de los lentes.

—Pero los recuerdos de este fulano bastaron para echar a rodar la bola de nieve.

—Al menos para que el fiscal del condado consiguiera del juez Sullivan la orden de registro de la casa y la camioneta.

—¿Y encontraron algo?

—Pelo y sangre. Además, Calloway declaró que cuando presentó las pruebas a House, este cambió su versión de los hechos y dijo que había recogido a Sarah al verla caminar por la cuneta y, después de llevarla a las montañas, la violó, la estranguló y enterró el cuerpo de inmediato.

—Entonces ¿por qué no lo encontraron?

—Calloway decía que House se había negado a decirles dónde estaba si no le daban algo a cambio, porque pensaba que sin el cadáver nunca podrían condenarlo.

Dan dejó en la mesa la declaración.

—¿Cómo? No lo entiendo: si confesó, ¿qué trato pretendía hacer?

—Buena pregunta. House negó durante el juicio que hubiera confesado.

El otro meneó la cabeza como si le costase seguirla.

—¿No dejó constancia Calloway? ¿No le hizo firmar una declaración?

—No; aseguró que House le había soltado toda la información para burlarse de él y luego no había querido repetirla.

—¿Y House negó ante el juez haber dicho nada de eso?

—Así es.

—¿Me estás diciendo que su abogado permitió que lo pusieran en el banquillo cuando la acusación solo tenía pruebas circunstanciales y no había informe forense alguno sobre el lugar de los hechos?

—Eso mismo.

—¿Qué explicación dio House a la presencia de los cabellos y la sangre?

—Dijo que los había puesto alguien para inculparlo.

Dan se burló:

—¡Seguro que sí! La clásica defensa desesperada del culpable.

Al ver que Tracy se encogía de hombros, añadió:

—¿Tú crees que no mentía?

—En teoría, la cadena perpetua de House otorgó a Cedar Grove la oportunidad de cerrar sus heridas; pero la ciudad no se recuperó: ni yo, ni mi familia ni nadie.

—Tienes dudas.

—Y en veinte años todavía no he logrado despejarlas. —Arrastró otra carpeta sobre la superficie de la mesa—. ¿Le echarás un vistazo?

Dan se pasó un dedo por el labio superior.

—¿Qué esperas encontrar?

—Me interesa tener una opinión objetiva.

Él no respondió de inmediato, tampoco cogió la carpeta.

—De acuerdo —dijo al final—: lo miraré.

Ella sacó del bolso la chequera y un bolígrafo.

—¿Me dijiste que cobrabas mil quinientos por anticipado?

Dan alargó la mano para posarla con dulzura en la suya. A ella le sorprendió tanto el gesto como la aspereza de su tacto, que contrastaba con los dedos alargados y fibrosos.

—A los amigos no les cobro, Tracy.

—No, Dan; no puedo pedir que trabajes gratis.

—Ni yo aceptar tu dinero. Conque, si quieres mi opinión, deberías guardar el talonario. ¡A ver qué abogado te ha dicho eso alguna vez!

Ella se rio.

—¿Te puedo pagar de algún otro modo?

—Con una cena —dijo él—. Conozco un sitio estupendo.

—¿En Cedar Grove?

—La ciudad sigue guardando alguna que otra sorpresa. Confía en mí.

—¿Eso no es lo que dicen todos los abogados?

༄

Tracy salió del First National Bank y miró desde la acera a la ventana voladiza del piso superior. Nunca había compartido con nadie el contenido de su investigación. Tampoco lo había necesitado, pues, al carecer de un informe forense de la tumba, hasta entonces no había tenido otra cosa que hipótesis. Sin embargo, las revelaciones de Kelly Rosa habían cambiado todo.

—¿Tracy?

Sunnie Witherspoon se hallaba de pie al lado de una furgoneta estacionada, con las llaves en una mano y una bolsa de plástico en la otra.

—Sunnie.

Esta subió a la acera vestida con pantalones de vestir, una blusa y un suéter. Llevaba el pelo arreglado y mucho maquillaje.

—Pensaba que te habías ido.

—Tenía un par de cabos sueltos que atar. De hecho, estaba a punto de volver.

—¿Tienes tiempo para un café? —preguntó Sunnie.

No le apetecía embarcarse en un crucero a sus recuerdos de infancia.

—Vas de punta en blanco. ¿No tendrás planes...?

—No —dijo la otra—. Solo he salido a hacerle un recado a Gary en la ferretería.

Tras un silencio incómodo, viendo que no iba a ser fácil evitarlo, Tracy optó por darse por vencida.

—¿Adónde vamos?

Cruzaron la calle hacia The Daily Perk, pidieron café y se sentaron a una mesa que se tambaleó cuando Tracy depositó su taza. Al diablo con la orden de reducir el consumo de cafeína que le había dado el médico.

Sunnie se sentó sonriente frente a ella.

—Se hace tan raro verte por aquí... Quiero decir que siento el motivo que te ha traído, pero me alegro de verte. La ceremonia fue muy bonita.

—Gracias por asistir.

—Lo cambió todo, ¿verdad?

El comentario la había sorprendido a medio sorbo. Tragó y volvió a dejar la taza en la mesa.

—¿Perdón?

—¿La muerte de Sarah no lo cambió todo?

—Supongo.

—Aunque yo sigo aquí. —La sonrisa de Sunnie tenía visos de tristeza—. Y aquí me voy a quedar. —Tras cierta indecisión, añadió—: No has venido a ninguna reunión.

—No es lo mío.

—Pero la gente pregunta por ti y sigue hablando de lo que ocurrió.

—Y yo hace tiempo que no quiero hablar de ello, Sunnie.

—Lo siento. No quería molestarte. Podemos buscar otro tema de conversación.

Tracy, sin embargo, sabía que si Sunnie había querido tomar café con ella era precisamente para conocer los pormenores de la desaparición de Sarah, no para ponerse al día con su amiga de infancia. No por otro motivo habían acudido tantas personas a un funeral de una familia que había dejado Cedar Grove en todos los sentidos hacía veinte años. Y no era ya que Roy Calloway se hubiera encargado de difundir la noticia. La búsqueda y el juicio habían ofrecido a todos los vecinos algo en lo que centrar su atención; pero no les habían devuelto a Sarah; no habían permitido que Sunnie ni el resto de cuantos vivían en el municipio pasaran página, como tampoco habían podido hacerlo Tracy ni sus padres. Y, en ese momento, sentada frente a la persona a la que en otro tiempo había confiado sus pensamientos y secretos de adolescencia, no fue capaz de decirle que quizá estaban a punto de revivir de nuevo aquella pesadilla.

CAPÍTULO 19

Tracy apagó el motor y dejó que la camioneta se detuviese en silencio. Escrutó la oscuridad de la calle antes de salir a la luz ambiental de una luna llena. Un año después del juicio, seguía buscando sombras que acechasen tras los árboles o salieran a hurtadillas de detrás de los arbustos. De niñas, Tracy y Sarah habían hablado del hombre del saco para referirse a estos terrores invisibles; pero lo que en aquel tiempo habían sido monstruos fantásticos invocados por la viva imaginación de dos hermanas se había convertido en algo espantosamente real.

Subió las escaleras del porche y metió la llave en la cerradura. El chasquido que hizo al girar la llevó a detenerse a escuchar por si oía algo más en el interior de la casa. Al no percibir más que silencio, pegó el hombro a la puerta y empujó. La madera se dilataba en invierno y hacía que la hoja se atascase en el marco. Cuando la sintió correr con libertad sobre sus goznes, la abrió y entró en silencio.

Entonces se encendió la luz y ella, sobresaltada, dejó caer las llaves.

—¡Dios! Me has dado un susto de muerte —dijo.

Ben estaba sentado en el sillón reclinable, vestido con vaqueros y una camisa de franela.

—¿Que te he asustado? Llegas a casa a estas horas, sin llamar por teléfono ni dejar una nota ¿y soy yo el que te ha asustado?

—Quiero decir que no te había visto ahí sentado. ¿Qué haces en el sillón, a oscuras y vestido?

—No me habías visto porque no estabas en casa. ¿Dónde andabas, Tracy?

—Trabajando.

—¿A la una de la madrugada?

—Ya sabes a qué me refiero; trabajando en lo de Sarah.

—¡Qué sorpresa!

—Estoy cansada —dijo ella sin ganas de volver a entablar la discusión de siempre.

—No me has respondido.

—Sí —dijo hablando por encima del hombro mientras salía de la sala.

—No; me has dicho lo que estabas haciendo y yo te he preguntado dónde estabas.

—Es muy tarde, Ben. ¿Y si hablamos mañana?

—Yo no voy a estar aquí por la mañana.

Ella volvió a entrar en la sala. Ben se había puesto de pie y pudo ver que también llevaba puestas las botas del trabajo.

—Me voy. No puedo vivir así.

Dio unos pasos hacia él.

—No siempre va a ser así, Ben. Solo necesito más tiempo.

—¿Y cuánto voy a tener que esperar, Tracy?

—No lo sé.

—Pues ese es el problema.

—Ben...

—Sé dónde has estado.

—¿Y qué quieres que haga?

—Hacer borrón y cuenta nueva, Tracy. Es lo que hace todo el mundo.

—Pero mi hermana murió asesinada.

—No sé si te acuerdas, pero yo también estaba aquí. De hecho, estuve a tu lado un día tras otro; te acompañé durante todo el juicio y *oí contigo la condena, aunque tú no hayas advertido siquiera mi presencia.*

Ella se acercó más.

—*¿De eso se trata? ¿De que no te presto atención?*

—*Soy tu marido, Tracy.*

—*Y deberías apoyarme.*

Él se dirigió a la puerta.

—*Pensaba irme por la mañana. Ya tengo cargada la camioneta; conque creo que va a ser mejor que me vaya ahora, antes de que ninguno de nosotros diga algo de lo que luego pueda arrepentirse.*

—*Es tarde, Ben. Espera a que sea de día y hablamos de esto con calma.*

Él tomó el pomo de la puerta.

—*¿Qué te ha dicho?*

—*¿Cómo?*

—*Que qué te ha dicho Edmund House.*

La había seguido hasta la cárcel.

—*Le hice preguntas sobre el caso; sobre la confesión que hizo según la declaración del jefe Calloway; sobre las joyas que llevaba ella.*

—*¿Le preguntaste si la mató?*

—*Él no la mató, Ben. Las pruebas…*

—*Pero el jurado lo condenó, Tracy. El jurado las estudió y lo condenó. ¿Por qué no es suficiente?*

—*Porque las pruebas no eran legítimas. Lo sé.*

—*¿Y eso va a cambiar por la mañana? ¿Hay algo más que pueda decir yo para que lo dejes?*

Ella posó la mano sobre la manga de la camisa de él.

—*No me obligues a elegir, Ben. Por favor, no me obligues a elegir entre mi hermana y tú.*

—*Yo nunca te haría una cosa así. Eres tú la que se lo está haciendo.* —*Dicho esto, abrió la puerta y salió de casa.*

Tracy lo siguió hasta el porche, preocupada de pronto.

—Te quiero, Ben. No tengo a nadie más que a ti.

Él se detuvo y, tras un instante, se volvió hacia ella.

—Sí que tienes a alguien más. Y hasta que los dejes descansar a los dos no vas a tener sitio para mí ni para nadie.

Ella corrió hacia él para sujetarlo.

—Ben, por favor. Podemos superarlo.

—Entonces —dijo él poniéndole la mano en el hombro—, ven conmigo.

—¿Qué?

—Con una hora nos basta para hacer también tu equipaje. Ven conmigo.

—¿Adónde?

—Lejos de aquí.

—Pero mis padres...

—No quieren ni verme, Tracy. Yo soy la razón por la que dejaste sola a Sarah aquella noche. Para ellos soy el motivo de su muerte. No me van a dirigir la palabra nunca más. De hecho, contigo ya apenas hablan. Aquí ya no queda nada.

Ella dio un paso atrás.

—No puedo, Ben.

—¿No puedes o no quieres? —A sus ojos asomaron lágrimas—. Una parte de mí te querrá siempre, Tracy; esa es la pena a la que voy a tener que sobreponerme; pero aquí sé que no lo voy a conseguir. Tú tienes tu propio dolor que superar y tampoco creo que puedas hacerlo aquí; pero lo tendrás que descubrir por ti misma.

Subió al habitáculo de la camioneta y cerró la puerta. Tracy pensó por un instante que él iba a pensárselo y bajarse para volver con ella. Sin embargo, Ben encendió el motor y, tras mirarla por última vez, salió marcha atrás del camino que llevaba a la casa y la dejó sola.

CAPÍTULO 20

Tracy oyó un vehículo que reducía la velocidad y buscó de manera instintiva la Glock que llevaba en el bolso. El automóvil se detuvo al llegar a su lado. En el asiento del conductor vio a Roy Calloway con el codo apoyado en la ventanilla.

—Tracy.

Ella apartó entonces la mano de la pistola.

—¿Me estás siguiendo, *sheriff*?

—Creía que dejabas la ciudad.

Ella recorrió con la vista el aparcamiento del motel.

—Y la he dejado. Estoy en Silver Spurs. ¿Y tú qué haces aquí?

Calloway dejó el automóvil en el aparcamiento y salió dejando el motor encendido y la puerta abierta. De la radio que tenía montada en el salpicadero les llegaban voces.

—Me ha dicho un pajarito que has estado charlando con vecinos del municipio.

—Es lo menos que puede hacer una persona educada después de haber pasado tantos años fuera. ¿Adónde quieres llegar?

—Me gustaría saber de qué has estado hablando con ellos.

Una parte de ella quería rebelarse y dejarle claro que ya no era la niña que se tragaba sus tonterías, pero semejante actitud provocaría un enfrentamiento prolongado y lo cierto es que estaba agotada mental y físicamente; no deseaba otra cosa que entrar en su habitación para pasar la noche.

—No creo que sea de tu incumbencia, a no ser que vayas a decirme que en Cedar Grove está penado conversar. —Empezó a subir la escalera—. Estoy cansada y me gustaría darme una ducha caliente.

—¿De qué teníais que hablar Dan O'Leary y tú?

—De los viejos tiempos. Estuvimos haciendo lo normal: recordar anécdotas del pasado.

—¿Eso es verdad?

—Es todo lo que te voy a decir.

—Maldita sea, Tracy. ¿Por qué tienes que ser tan cabezota?

El tono inflexible de él la llevó a detenerse y volverse a mirarlo. Su interlocutor se había sonrojado: algo muy poco común en el Calloway que recordaba ella, aunque quizá se debiera a que el Calloway que recordaba siempre se salía con la suya.

—¿Crees que eres la única que ha sufrido? —preguntó recobrando parte de su compostura—. Mira cuántos fueron a presentarle ayer sus respetos.

Ella bajó los escalones.

—¿Tuviste tú algo que ver con eso, Roy?

—Todo el mundo quiere pasar página; necesitan saber que se ha acabado.

—¿Quién lo necesita: ellos o tú?

Él la señaló con un dedo.

—Yo hice mi trabajo. Tú eres la que mejor debería entenderlo. Seguí las pruebas, Tracy.

—¿Hasta la tumba?

—No sabíamos nada de la tumba.

—Pues ahora sí.

—En efecto; hemos encontrado a Sarah, así que vamos a dejar que los muertos entierren a los muertos.

—Eso ya me lo dijiste una vez; ¿te acuerdas? Pero he aprendido algo, Roy: los muertos no pueden enterrar a nadie. Eso es algo que solo pueden hacer los vivos.

—Y tú acabas de dar sepultura a Sarah y darle descanso. Ahora descansa en paz y está con tus padres. Déjalo así, Tracy; déjalo así.

—¿Me lo estás ordenando, jefe?

—Que te quede muy claro: puede que en Seattle seas una detective de homicidios de primera, pero aquí no tienes jurisdicción; aquí eres una ciudadana más. Aquí la ley soy yo. Espero que lo tengas siempre presente y no vayas por ahí tratando de atrapar fantasmas.

Tracy templó su ira recordándose que Calloway no podía hacerle nada: aquel hombre estaba soltando bravatas, echando la caña por ver si pescaba información. Trataba de ponerla lo bastante furiosa como para dejar escapar algo de cuanto había estado haciendo y por qué.

—Yo no tengo intención de ponerme a atrapar fantasmas —dijo al fin.

Él dio la impresión de estudiarla.

—Entonces ¿puedo dar por sentado que te vuelves a Seattle?

—Sí; voy a regresar a Seattle.

—Bien. —Y con una ligera inclinación de cabeza, volvió a introducirse en el Suburban y cerró la puerta—. En ese caso, que tengas buen viaje.

Ella contempló el todoterreno mientras se alejaba, encendía las luces de freno a fin de reducir la velocidad para coger la curva y desaparecía al doblar la esquina.

—Fantasmas no, Roy; lo que quiero atrapar es a un asesino —dijo.

ↄ⁀ↄ

Mientras subía las escaleras de la entrada principal, la asaltó otro pensamiento. Entonces rebuscó a tientas en el bolso el teléfono y la tarjeta de visita de Dan. Acto seguido corrió a su habitación y marcó el número. Él contestó al tercer tono.

—¿Dan? Soy Tracy.

—No serás uno de esos clientes que se pasan el día llamando, ¿verdad? Pues quiero que sepas que por esta vez te voy a perdonar, porque yo estaba a punto de hacer lo mismo.

—¿Todavía tienes mi carpeta?

—Aquí delante, en la mesa de la cocina. Hemos pasado la tarde juntos. ¿Por qué? ¿Qué pasa?

Ella soltó un suspiro de alivio.

—Me ha estado siguiendo Roy Calloway. Sabe que he ido a hablar contigo y quiere saber de qué.

—¿De dónde sacas que te ha estado siguiendo?

—De que acaba de abordarme en la puerta de mi habitación del motel de Silver Spurs para preguntarme de qué tenía que hablar contigo. ¿A ti no te ha dicho nada?

—No, pero he salido pronto del despacho. Y aquí no ha estado. ¿Qué haces tú alojada en Silver Spurs?

—No quería quedarme en Cedar Grove. Con el funeral ya tenía bastante.

—Lo que quiero decir es por qué no has vuelto a Seattle. —Al ver que no respondía de inmediato, fue él quien dijo—: Sabías que iba a llamarte; ¿verdad? Sabías que iba a querer hablar de la carpeta.

—Sospechaba que había alguna probabilidad.

—¿Dónde te alojas exactamente?

Ella comprobó el llavero. Era de los antiguos: de los que tenían llave en lugar de tarjeta.

—Se llama Evergreen Inn.

—Déjalo y vente aquí; me sobra un cuarto.

—Aquí estoy bien, Dan.

—Y no lo dudo, pero he estado estudiando lo que me diste, Tracy; no con detalle, pero sí lo suficiente como para tener un montón de preguntas que hacerte.

Ella sintió una inyección de adrenalina que tan bien conocía.

—¿Qué clase de preguntas?

—Voy a necesitar revisar todo lo que tengas.

—Puedo hacértelo llegar.

—Deja eso para más adelante. De momento, paga la cuenta de donde estés y vente. No tiene sentido que te quedes en un motel.

No estaba muy segura de cómo entender aquella invitación. ¿Dan temía por ella por lo que le había contado de Calloway o por algo que había descubierto entre los papeles? ¿Se trataba solamente de un amigo de infancia que le brindaba su hospitalidad o lo movía algo más semejante a la atracción que había sentido ella cuando se presentó a su lado durante el funeral de Sarah y la besó en la mejilla? Apartó las cortinas y miró por la ventana el aparcamiento de tierra y grava y el bosquecillo que crecía al fondo. Las sombras habían empezado a asomar por entre los troncos.

—Además, me debes una cena —remató él.

—¿Dónde nos encontramos?

—¿Sabrías llegar todavía a casa de mis padres?

—Con los ojos cerrados.

—Entonces nos vemos aquí. Tengo la mejor alarma de la ciudad.

CAPÍTULO 21

Tracy tuvo ocasión de oírla en el momento en que enfiló el camino de entrada de lo que había sido el hogar de infancia de Dan O'Leary. No reconoció la vivienda de estilo Cape Cod que ocupaba la amplia parcela en la que había esperado encontrar la casa de una sola planta y paredes de listones amarillos que recordaba. El edificio, rodeado de césped bien cuidado, había ganado una segunda planta, buhardillas y un porche delantero de grandes dimensiones con dos sillones blancos de estilo Adirondack. Los tablones habían dado paso a ripias de color azul celeste con reborde gris que le conferían cierto sabor de la Costa Este.

Dan abrió la puerta y salió a la luz de la luna llena. Lo acompañaban dos perros enormes que parecían bulldogs tratados con esteroides. Sentadas a uno y otro lado, aquellas dos bestias de hocico negro atrofiado, cuyo pelaje corto dejaba ver sendos pechos anchos y musculosos, le conferían el aspecto de un faraón egipcio.

Tracy se alejó de su automóvil tras echarse al hombro la bolsa de viaje.

—¿Puedo estar tranquila?

—Sí, aunque solo cuando hayamos hecho las presentaciones.

Dan se había puesto cómodo; llevaba pantalones vaqueros descoloridos con un agujero en la rodilla, un jersey negro con cuello de pico sobre una camiseta blanca y los pies descalzos.

—No suena muy bien eso... —dijo ella mientras se acercaba a él por el camino de piedra de un prado de césped que por el olor y el aspecto se acababa de cortar.

—Levanta la mano y deja que te huelan el dorso.

—Sigue sin sonar muy bien.

—No seas boba.

Tracy tendió la mano. El más pequeño de los perros alargó el cuello y restregó el morro frío contra el revés de su mano. Dan anunció:

—Este es *Sherlock*.

—Estás de broma.

«¡No me digas, Sherlock!», había sido una de las expresiones predilectas de Dan. Este miró entonces al otro animal.

—Y este...

—No será *León* —dijo ella; porque la otra locución favorita de su niñez había sido: «¡Tranquilo, león!».

—Habría sido demasiado. No; este chicarrón se llama *Rex*, como el *Tyrannosaurus rex*.

Este ni siquiera se molestó en olerle la mano.

—Es algo más reservado que *Sherlock*.

—¿De qué raza son?

—Son un cruce de rodesiano y mastín. Juntos pesan un total de ciento treinta kilos y gasto en comida para ellos dos veces de lo que como yo. Toma; métetelos en la casa mientras yo llevo tu automóvil al garaje por si hay entrometidos.

Tracy no había pasado por alto el cobertizo independiente con puerta cochera que había a las espaldas de la casa. Entró a una sala de estar con un sofá en forma de *L* dispuesto ante un hogar de ladrillo sobre el que pendía un televisor de pantalla plana de grandes dimensiones. La estancia daba paso a una cocina con mesa y sillas, encimera de granito, asientos altos de cafetería y bombillas incandescentes. Tras el fregadero había apoyadas varias muestras de azulejos.

Dan cerró la puerta y le devolvió las llaves del vehículo.

—¿Estás haciendo reforma? —preguntó ella.

—Decir reforma es quedarse corto. Después de cuarenta años, la casa necesitaba un buen cambio de imagen.

Entró en la cocina, pero los perros no apartaron la mirada de Tracy. Ella dejó la bolsa en una de las sillas altas.

—¿Tienes intención de quedarte?

—Después de todo el trabajo que me ha costado, más me vale disfrutarlo.

—¿Todo esto lo has hecho tú?

—No sé de qué te extrañas —dijo mientras abría la nevera.

—No te recordaba tan mañoso.

Dan respondió desde detrás de la puerta:

—Te sorprendería saber lo que puedes llegar a aprender cuando estás aburrido y motivado y tienes acceso a internet. ¿Tienes hambre?

—No te compliques, Dan.

—No pensaba complicarme. Ya te he dicho que conozco un restaurante espléndido. —Regresó con una fuente en la que había cuatro tortas grandes de carne picada aún cruda—. Estaba a punto de hacer mis célebres hamburguesas con queso y bacón.

Ella soltó una carcajada.

—Ya estoy empezando a sentir las arterias anquilosarse.

—No me digas que te has hecho de esos vegetarianos que solo comen cereales.

—¿Con los horarios que tengo? Me puedo considerar afortunada si veo una pieza de verdura que no sea el tomate de una Whopper.

—En rigor, el tomate es una fruta.

—Lo que tú digas. ¿Te has hecho también horticultor?

—Si eres buena, después de la cena te enseñaré mi huertecito.

—Mucho te has tenido que aburrir. —Se colocó a su lado de la encimera—. ¿En qué te ayudo?

Hombro con hombro, Dan le sacaba más de diez centímetros de altura. El jersey acentuaba sus hombros anchos y su pecho esbelto. Al darle un codazo juguetón, notó asimismo la solidez de su torso.

—Yo recordaba un mocoso más regordete. Y ya veo que no es por la dieta.

—¡Es verdad! En fin; no todos tenemos la suerte de contar con las piernas largas y el tono muscular que da el gen Crosswhite.

—Que conste que yo hago ejercicio cuatro días a la semana —dijo ella.

—Que conste que se te nota.

—¡Dios! He quedado como una de esas mujeres de mediana edad que te enredan para que les hagas un cumplido; ¿verdad?

—Pues, en ese caso, yo he picado. ¿Te enseño tu cuarto? Así podrás ducharte y relajarte mientras yo me ocupo de la cena.

—Eso suena mucho mejor.

Cogió su bolsa y fue con él hasta las escaleras.

—¿Te voy sirviendo una copa de vino o me vas a decir que has dejado el alcohol?

—Solo bebo el que es bueno para la salud.

Lo siguió a una habitación situada en la segunda planta y volvió a quedar sorprendida por los muebles: un lecho de hierro forjado y muebles de época colonial con una escoba antigua en un rincón y un calientacamas de carbón en el otro. Sobre la cabecera había un cuadro de una mujer encendiendo lumbre en la oscura vivienda de un matrimonio de pioneros. Tracy dejó su equipaje sobre la colcha.

—De acuerdo, me creo que te hayas ocupado de la reforma; pero la decoración no es tuya. —Estaba pensando en una presencia femenina.

—Me ha ayudado mucho la *Sunset Magazine.* —Encogiéndose de hombros, añadió—: Como te he dicho, estaba aburridísimo.

Cerró la puerta y la dejó instalarse.

Tracy se sentó en el borde de la cama y pensó en la conversación que habían tenido. En cierto sentido, le recordaba a los viejos tiempos, aunque estaba claro que a Dan se le daban mucho mejor que antes las respuestas ingeniosas. Se preguntó si estaba tonteando o desplegando sin más una versión adulta de las pullas que se lanzaban de niños. Hacía tanto que no coqueteaba nadie con ella...

—«Que conste que se te nota» —dijo soltando un gruñido al oírlo—. ¡Qué manera de parecer una mujer desesperada!

෴

Cuando salió de la ducha, las limitaciones a la hora de elegir vestuario se hicieron aún más frustrantes. Se dejó la blusa por fuera de los vaqueros a fin de darle un aire diferente y se recogió el pelo: ¡al cuerno con las patas de gallo! Se puso rímel y sombra de ojos, así como un toque de perfume en las muñecas y el cuello, y bajó las escaleras en dirección al olor a bacón y hamburguesa que se elevaba de la plancha mientras los comentaristas de un partido de fútbol de la liga universitaria analizaban las jugadas en la pantalla plana.

Dan batía en la encimera el contenido de una fuente de cristal con unas varillas. A su lado descansaba una tarta con relleno de limón.

—¿Estás haciendo un pastel de limón con merengue?

Él bajó por completo el volumen del televisor.

—No te rías. Es la receta de mi madre; la que más me gustaba de pequeño, y si consigo montar bien estas dichosas claras, entenderás por qué.

—Es que no estás usando la fuente buena.

Dan la miró con ojos escépticos.

—¿Las hay buenas y malas?

Ella fue hacia el lado de la encimera en que se hallaba él y le preguntó:

—¿Dónde guardas las demás?

Él señaló un armario bajo, del que Tracy sacó un recipiente de cobre. Vertió en él las claras, tomó las varillas y tras batir unos instantes logró una masa esponjosa.

—La señora Allen se habría indignado. ¿No recuerdas nada de lo que dimos en química?

—¿No era esa la clase en la que me copiaba de ti?

—Te copiabas de mí en todas.

—¡Y mira qué bien me ha ido! Ni siquiera sé batir claras.

—Una de las proteínas que contienen reacciona con el cobre de la superficie del cuenco. Con una fuente que tenga baño de plata también te saldrá. —Añadió el azúcar que tenía Dan en un medidor para acabar el merengue, distribuyó la mezcla sobre el relleno de la tarta y la metió en el horno. Después de ajustar el temporizador, preguntó—: ¿No me habías prometido una copa de vino?

Tras servir dos, el anfitrión le tendió una y alzó la suya.

—Por los viejos amigos.

—Eso lo dirás por ti.

—¡Oye! Que tenemos la misma edad... —apuntó él.

—¿No te has enterado? Dicen que los cuarenta son los nuevos veinte.

—¡Cuéntaselo a mi espalda y mis rodillas! De acuerdo. —Volvió a levantar la copa—: Por los buenos amigos.

—Así me gusta más.

Volvió al otro lado de la encimera y se sentó bajo una luz incandescente mientras lo veía a él dar la vuelta a las cebollas que había puesto poco antes en la plancha. Inspiró su aroma dulce.

—¿Te puedo hacer una pregunta?

—Soy un libro abierto.

—Vives solo.

—Con mis dos niños.

Los dos perros estaban sentados al borde de la hilera de baldosas que separaba las dos salas, observando a Dan mientras se dirigía al frigorífico.

—Entonces ¿por qué tanto lío?

Él abrió la nevera.

—¿Te refieres a la reforma?

—A todo: la reforma, los muebles, dos perros... Ha tenido que costar lo suyo.

Sacó un bote de pepinillos y un tomate y los colocó sobre una tabla de cortar de plástico.

—Sí, por eso lo hice. Me metí de cabeza en la fase de autocompasión, Tracy. Descubrir que tu mujer te está engañando con otro no fortalece precisamente la confianza en uno mismo. Durante un tiempo me dediqué a lamentarme; luego me enfurecí con el mundo, con ella, con mi antiguo socio por acostarse con ella... —Sacó un pepinillo y lo hizo rodajas mientras hablaba—. Cuando murió mi madre, me deprimí todavía más; pero un buen día me levanté y decidí que estaba harto de mirar siempre las mismas paredes. Salí al cobertizo, cogí el mazo de mi padre y me puse a echarlas abajo. Cuanto más derribaba, mejor me sentía. Cuando acabé, no me quedó más remedio que reconstruir.

—Y con eso pudiste pensar en otra cosa.

Dan lavó el tomate bajo el grifo y lo partió con cortes precisos.

—Lo único que puedo decir es que cuanto más reconstruía, más claro tenía que el que las cosas no hubiesen salido como yo las había planeado no quería decir que no pudieran enderezarse. Yo había querido tener mi casa y mi familia. Buscar otra mujer no parecía viable; además, si te he de ser sincero, no me apetecía. Conque me hice con *Rex* y con *Sherlock* y creamos un hogar.

Los dos perros gimotearon al oír sus nombres.

—¿Cómo empezaste?

—Mazazo a mazazo.

—¿Os habláis todavía tu ex y tú?

—De vez en cuando me llama. Las cosas tampoco le salieron bien con mi socio.

—Y quiere que vuelvas.

Él usó una paleta para pasar las hamburguesas a un plato.

—Al principio creo que pensó en esa posibilidad. Supongo que lo que echa de menos en realidad es el estilo de vida del club de campo. De todos modos, no tardó en darse cuenta de que el hombre con el que se casó ya no existe.

Tracy sonrió.

—Pues el producto final no tiene mala pinta, Dan.

Estaba colocando en un plato las rodajas de tomate y pepinillo de la tabla de cortar cuando se detuvo.

—¡No, Dios mío!

—¿Qué?

—Parezco uno de esos tipos de mediana edad que te enredan para que les hagas un cumplido, ¿verdad?

Ella le lanzó una servilleta arrugada.

Dan, que había puesto la mesa mientras ella estaba en la ducha, colocó el plato de las hamburguesas al lado de una ensalada.

—¿Así está bien?

—¿Seguimos buscando cumplidos?

—Por supuesto.

—Inmejorable.

Mientras ella combinaba su hamburguesa con los distintos condimentos, Dan dijo:

—De acuerdo; ahora me toca a mí. ¿Sigues compitiendo en certámenes de tiro?

—No es que tenga mucho tiempo libre.

—¡Pero si eras buenísima!

—Demasiados recuerdos tristes. La última vez que vi a Sarah fue en el de Olympia de 1993.

—¿Por eso tampoco has vuelto nunca a Cedar Grove? ¿Por el dolor que te provocan los recuerdos?

—En parte —reconoció ella.

—Y, sin embargo, estás a punto de desenterrarlos otra vez.

—No; con algo de suerte conseguiré sepultarlos para siempre.

CAPÍTULO 22

Tras la cena, Tracy pasó a la sala de estar y cogió un palo de golf que encontró apoyado contra la pared. En el otro extremo de una faja estrecha de césped artificial había algo semejante a un cenicero diminuto.

—¿Juegas? —Dan estaba aún en la cocina, secando los últimos platos y colocándolos en los armarios.

Ella puso en el césped una pelota, la golpeó con suavidad y la observó rodar hasta la otra punta. Llegó al cenicero, rodeó el borde superior y continuó su trayectoria repiqueteando sobre la madera dura del rodapié y llamando con ello la atención de *Rex* y *Sherlock*, hasta entonces tumbados en la alfombra.

—Como te he dicho, no tengo mucho tiempo para aficiones —respondió ella.

—Seguro que se te daría bien; siempre has sido buena deportista.

—Eso fue hace ya mucho.

—No digas tonterías; lo único que necesitas es un buen profesor.

—¡No me digas! ¿Y puedes recomendarme alguno?

Dejó la ensaladera que había estado secando, fue a la sala y dispuso otra pelota a los pies de Tracy.

—Ponte sobre ella.

—¿Me vas a dar una clase?

—Me gasté una fortuna para entrar en un club de campo y tenía que sacarle partido. Venga, colócate sobre la pelota.

—No va a funcionar.

—Los pies separados, hasta alinearlos con los hombros.

—¿Estás hablando en serio?

—Soy un tipo muy formal.

—El que yo recuerdo, no.

—Ya te he dicho que he cambiado: ahora soy un abogado con experiencia.

—Y a mí me han adiestrado en combates cuerpo a cuerpo.

—Lo recordaré si algún día necesito guardaespaldas. Ahora gírate. Los pies, en la vertical de los hombros.

Ella sonrió mientras obedecía. Dan la envolvió desde detrás con los brazos. Cogió sus manos para tratar de enseñarle a sostener el palo.

—Suéltalo un poco. Relájate, que lo estás estrangulando.

—Pensaba que había que tener los brazos rígidos —se disculpó ella, que se sintió acalorada de pronto.

—Los brazos, no las manos. Las manos, distendidas; el tacto, suave.

Tenía puestas las suyas sobre las de ella en torno a la empuñadura, el aliento cálido en su cuello y su voz dulce en el oído.

—Dobla las rodillas. —Presionó las propias contra las corvas de ella para hacer que las flexionase.

Tracy soltó una carcajada.

—Está bien; está bien.

—Ahora se trata de balancearlo hacia delante y hacia atrás, como un péndulo.

—Hasta aquí voy bien —dijo ella.

—Sabía que ibas a poder.

Entonces él guio sus brazos hacia atrás y, con dulzura, hacia la pelota. El palo golpeó la pelota y la hizo rodar con suavidad por la alfombra verde. Esta vez, cuando dio en el recipiente de metal los bordes se plegaron y la esfera saltó para ir a colarse en el centro.

—¡Eh! ¡Lo he conseguido!

—¿Ves? —Dan la tenía aún rodeada con los brazos—. Puede que no se me dé bien la química, pero todavía soy capaz de enseñar un par de cosas.

Ella cerró los ojos e imaginó lo que haría si Dan le besara de pronto el cuello. Sintió que las rodillas le flaqueaban ante aquella idea.

—Tracy.

—¿Sí?

—Quizá —dijo él mientras la soltaba— deberíamos hablar de tu carpeta.

Ella dejó escapar el aire que había estado reteniendo.

—Sí, es buena idea; pero antes, ¿me dices dónde está el cuarto de baño?

—Debajo de las escaleras.

Tracy se dirigió a la puerta, la cerró y se apoyó en el borde del lavabo. El reflejo que le devolvía el espejo la miraba con las mejillas encendidas. Aguardó un instante para recobrar la compostura, abrió el grifo y se echó agua fría en el rostro. Tras secarse las manos con una toalla de los Red Sox de Boston, volvió a la cocina.

Dan la aguardaba ante la mesa, pasando las páginas amarillas de un cuaderno de tamaño folio llenas de notas. Había colocado en el centro del tablero la carpeta de Tracy y rellenado las copas.

—¿Te importa si me quedo de pie? Así pienso mejor.

—Estás en tu casa.

Ella sí se sentó y tomó un sorbo de vino. Lo necesitaba.

—Tengo que confesar —admitió él— que cuando viniste esta mañana te escuché un poco escéptico. En cierta medida, te estaba siguiendo la corriente.

—Ya lo sé.

—¿Tanto se me notaba?

—Soy detective, Dan. —Dejó la copa en la mesa—. Además, a mí también me habría costado creerlo. Pregúntame lo que quieras.

—Vamos a empezar por el vendedor, Ryan Hagen.

⁓

Vance Clark se puso en pie ante la mesa que tenía asignada.

—El estado llama a declarar a Ryan P. Hagen.

Edmund House, sentado al lado de DeAngelo Finn, residente de Cedar Grove encargado de defenderlo de oficio, se volvió por vez primera desde que había entrado esposado en la sala. Recién afeitado y con el pelo corto, parecía un estudiante de la Costa Este que se estuviera preparando para entrar en la universidad. Llevaba puestos pantalones grises de vestir y un jersey negro de cuello de pico sobre el que asomaba el de una camisa blanca. Clavó la mirada en Hagen al verlo entrar con aspecto de asistir al mismo centro de enseñanza imaginario —pantalón de pinzas, chaqueta informal de color azul y corbata estampada de cachemir—, aunque a continuación recorrió el nutrido auditorio y fue a detenerse al llegar a Tracy. Ella, sintiendo que el vello se le erizaba, buscó con su mano la de Ben para estrecharla con fuerza.

—¿Estás bien? —susurró él.

Hagen pasó al otro lado de la barra y ocupó su lugar en el estrado. Tracy no pudo menos de percibir cierto aire de elfo en aquel hombre de cabello escaso con raya en medio. Vance Clark hizo que el declarante, vendedor itinerante de repuestos de automóvil, expusiera en qué consistía su trabajo y dejara fuera de toda duda que le exigía pasar nada menos que veinticinco días al mes de viaje entre Washington, Oregón, Idaho y Montana.

—¿Suele estar usted al tanto de las noticias locales?

—No, a no ser, claro, que jueguen los Mariners o los Sonics. —Hagen tenía la sonrisa fácil del comerciante y daba la impresión de estar disfrutando de verse convertido en el centro de atención—. No soy dado a leer periódicos de fuera de mi ciudad ni de ver el telediario de la noche cuando llego al hotel. Normalmente miro si hay algún partido.

—Así que no sabía nada del secuestro de Sarah Crosswhite.

—No, no había oído hablar de ella.

—¿Puede decir al jurado cómo tuvo conocimiento de su desaparición?

—Por supuesto. —Se volvió para dirigirse a las cinco mujeres y los siete hombres, blancos todos, que conformaban dicha institución y a los dos sustitutos que aguardaban en sillas situadas en la parte exterior de la cancela—. Una noche llegué a casa a una hora razonable, para variar. Me estaba tomando una cerveza en el sofá mientras veía un partido de los Mariners y, en un descanso, pusieron la noticia de una mujer que había desaparecido en Cedar Grove. Como tengo clientes por la zona, presté atención. Mostraron una fotografía de la joven.

—¿La reconoció?

—No la había visto en mi vida.

—¿Qué ocurrió luego?

—Dijeron que llevaba un tiempo desaparecida y enseñaron una imagen de su camioneta, una Ford azul, abandonada en la cuneta de la comarcal. Y eso hizo que me acordase de pronto.

—¿De qué, señor Hagen?

—De que la había visto antes. Estaba seguro de que era la misma camioneta que vi una noche al volver a casa de visitar a unos clientes de más al norte. Me llamó la atención porque desde que abrieron la interestatal son pocos los que usan esa carretera y, como estaba lloviendo, pensé: «¡Menuda noche para tener una avería!».

—¿Y por qué tomó usted la comarcal aquel día?

—Es un atajo. Uno se los aprende todos cuando viaja tanto.

—¿Recordaba la noche exacta en que tuvo aquel encuentro?

—*Al principio, no; pero entonces me acordé de que había sido en verano, porque la tormenta me sorprendió. Hasta había estado pensando en evitar la comarcal por la lluvia: está muy oscura, porque no hay farolas.*

—*Entonces ¿logró determinar la fecha?*

—*Fui a comprobar la agenda en la que apunto mis citas. Aquel día era 21 de agosto.*

—*¿De qué año?*

—*De 1993.*

Hagen tenía en el regazo el documento del que había hablado. Tras presentarlo a modo de prueba, Clark pidió al jurado que lo examinase. Entonces preguntó a Hagen:

—*¿Recuerda algo más de aquella noche?*

—*Me vino a la memoria que me había cruzado con una camioneta roja.*

—*¿Y qué hizo que se acordara de un detalle así?*

—*Como le he dicho, aquella noche no había más vehículos en la carretera comarcal.*

—*¿Consiguió ver el interior del habitáculo?*

—*No, me temo que no; pero sí vi bien la camioneta: era una Chevrolet Stepside de color cereza. No se ven muchas así todos los días; es todo un clásico.*

—*¿Qué hizo entonces?*

—*En el telediario dieron el número de teléfono de la comisaría del* sheriff; *conque llamé y conté lo que había visto. El* sheriff *se puso en contacto conmigo para decirme que necesitaba toda la información que pudiera darle, así que le revelé cuanto he dicho aquí.*

—*¿Logró recordar algo más mientras hablaba con el* sheriff *Calloway?*

—*Recuerdo que pensé que aquella noche me había detenido a repostar y a comer algo y que, de no haberlo hecho, tal vez podría haber llegado primero a donde estaba aquella chiquilla.*

DeAngelo Finn protestó y pidió que no constase el comentario, pero el juez Sean Lawrence, un hombre grandullón de abundante cabello pelirrojo, lo aceptó. Clark dejó que la última frase hiciera efecto en el jurado mientras tomaba asiento.

Finn se adelantó entonces libreta en mano. Tracy conocía bien al abogado y a su esposa, Millie, quien sufría artritis debilitante. Él se hacía la raya baja y se echaba el pelo de aquel lado de la cabeza hacia el opuesto a fin de disimular la calva. Medía poco más de un metro y sesenta centímetros. El dobladillo del pantalón de su traje arrastraba por el suelo de mármol de camino al estrado y los puños de la chaqueta le cubrían parte de las manos, como si hubiese comprado su atuendo de los estantes de un centro comercial y no hubiera tenido tiempo de mandarlo arreglar.

—Dice que vio el vehículo detenido en la cuneta. ¿Vio a alguien a su lado o caminando por la carretera? —preguntó con una voz aguda apenas audible en la vastedad de aquella sala.

Hagen respondió que no.

—Y, en cuanto a la camioneta roja con la que dice haberse cruzado, no logró ver bien el interior, ¿verdad?

—Eso es.

—Y no vio a una mujer rubia dentro; ¿es así?

—No, no la vi.

Finn señaló a House.

—Ni tampoco al acusado; ¿o sí?

—No.

—¿Anotó el número de la matrícula?

—No.

—Sin embargo, asegura recordar la camioneta que dice haber visto durante una fracción de segundo una noche de lluvia.

—Es que es mi preferida —contestó Hagen con la sonrisa de vendedor de nuevo en el rostro—. Entiéndame: vivo de los automóviles; mi trabajo exige que los conozca.

Finn abrió y cerró la boca como un pez fuera del agua. Su mirada pasó varias veces de la libreta a Hagen y de este a la libreta.

—Así que —dijo al fin tras unos segundos incómodos— centró la mirada en el vehículo y no vio a nadie en el habitáculo. No hay más preguntas.

CAPÍTULO 23

Dan hojeó sus notas.

—Me cuesta mucho creer que, siete semanas después de los hechos, Hagen recordara una camioneta roja con la que se cruzó en una carretera oscura una noche de lluvia. ¿Finn no insistió en eso durante el interrogatorio?

Tracy negó con la cabeza.

—Tampoco llegó a pedir a Hagen el nombre de la cadena de televisión que, según él, estaba viendo ni solicitó que se obtuvieran copias de los telediarios emitidos durante aquel periodo.

—¿Qué habría descubierto en caso de haberlo hecho?

—Yo los he conseguido todos en cinta y no he sido capaz de encontrar uno solo que se parezca ni de lejos al que describió él. La desaparición de Sarah ya había dejado de ser noticia hacía tiempo. Tú ya sabes cómo funcionan estas cosas: al principio, un suceso así acapara la atención de la prensa, la policía y el público; pero a medida que pasan los días se va perdiendo el interés. No los culpo: después de siete semanas, si no ocurría nada significativo que renovase su atractivo, su ausencia estaba condenada a convertirse en poco más que una simple anécdota. Y lo cierto es que no pasó nada.

—¿Y la recompensa?

—De eso tampoco se habló en el juicio.

Dan entornó los ojos como si combatiese una migraña.

—Dado que el testimonio de Hagen ofrecía a Calloway y a Clark lo que necesitaban para convencer al juez Sullivan de expedir una orden de registro, Finn debería haberlo hostigado con los detalles, sobre todo teniendo en cuenta que su declaración dejó el terreno expedito a la que prestó Calloway al día siguiente.

⁓

Roy Calloway se sentó en el estrado de los testigos como si estuviese en el sofá de la sala de estar de su casa y el resto de los presentes se hallara en ella de visita. La lluvia batía las ventanas de guillotina de la planta alta del edificio como una bandada de pájaros que picase los cristales. Tracy contempló a su través los árboles que poblaban la plaza del tribunal, cuyas ramas empapadas parecían tener dificultades para mantenerse en alto. El humo de las chimeneas de las casas vecinas se arremolinaba en el aire, aunque lo hermoso de la escena no hacía sino aumentar la ilusión que acababa de echar por tierra Edmund House: las ciudades pequeñas no eran inmunes a los crímenes violentos.

Ni mucho menos.

Clark se acercó a la tribuna del jurado.

—¿Cuándo volvió a la propiedad de Parker House, sheriff *Calloway?*

—Como dos meses más tarde.

—¿Puede exponer las circunstancias?

—Tuvimos noticia de un testigo.

—¿De qué testigo se trata?

—De Ryan Hagen.

—¿Interrogó usted al señor Hagen?

—Sí —respondió Calloway, que dedicó los cinco minutos siguientes a confirmar lo que había declarado la víspera el vendedor.

—¿Puede decirnos por qué le pareció importante la Chevrolet roja?

—Yo sabía que Parker tenía una y recordé haberla visto frente a su casa la mañana de la desaparición de Sarah.

—¿Presentó al acusado la prueba que acababa de conseguir?

—Le dije que teníamos un testigo y le pregunté si tenía algo más que añadir.

—¿Y qué dijo él?

—Al principio, aparte de acusarme de estar acosándolo, no mucho, pero luego me dijo: «Está bien, de acuerdo; aquella noche salí a la carretera».

—¿Dijo algo más?

—Que había estado bebiendo en un bar de Silver Spurs y que tomó la comarcal para volver a casa porque tenía miedo de que en la autopista pudieran detenerlo. Dijo que vio una camioneta Ford azul en la cuneta y, algo más allá, una mujer que caminaba bajo la lluvia. Dijo que la llevó a una dirección de Cedar Grove, la dejó allí y se acabó. Según él, no volvió a verla más.

—¿Identificó a la mujer?

—Le enseñé una fotografía e identificó sin lugar a dudas a Sarah Crosswhite.

—¿Dio la dirección a la que aseguró haberla llevado?

—No, aunque describió la casa de Sarah.

—¿Y le dijo el señor House por qué no se lo contó cuando le tomó declaración la primera vez?

—Dijo que había oído hablar en la ciudad de la desaparición de una mujer, que había visto una de las octavillas con su fotografía y había reconocido a la que había llevado en su vehículo. Según él, temía que nadie lo creyese.

—¿Dijo por qué?

Finn protestó y Lawrence aceptó la protesta.

—¿Qué hizo usted a continuación, sheriff Calloway?

—*Puse la información en conocimiento de usted y le pedí que obtuviera las órdenes judiciales necesarias para registrar la propiedad y la camioneta de Parker.*

—*¿Tomó usted parte en los registros?*

—*Ejecuté las órdenes, pero para la labor forense hicimos venir a un grupo del laboratorio científico de la policía estatal de Washington. Basándonos en las pruebas que se encontraron aquel día, arrestamos a Edmund House.*

—*¿Volvió a hablar con él?*

—*Tras detenerlo.*

—*¿Y qué le dijo el señor House?*

Calloway apartó la mirada de Clark para clavarla en el acusado, que se hallaba sentado con las manos en el regazo y el rostro impasible.

—*Sonrió y me dijo que nunca íbamos a poder condenarlo sin el cadáver. Dijo que si el fiscal se avenía a hacer un trato con él, me diría dónde encontrar el cuerpo de Sarah. De lo contrario, me podía ir al infierno.*

CAPÍTULO 24

Dan iba de un lado a otro cerca del televisor de pantalla plana. Se habían trasladado a la sala de estar. Tracy, sentada en el sofá, escuchaba a Dan hacerse preguntas y contestárselas en voz alta:

—La cuestión más obvia es la siguiente: si Calloway decía la verdad, ¿por qué iba a cambiar su versión de los hechos Edmund House? Ya había pasado seis años en la cárcel, allí habría recibido una formación legal más que pasable. Es de suponer que debía de saber que el hecho de cambiar de coartada bastaría para que el *sheriff* consiguiese la orden de registro. Y, ya que la cambiaba, ¿por qué iba a decirle que había estado bebiendo en un bar de Silver Spurs? A Calloway no le habría resultado nada difícil refutar una afirmación así, aunque todo apunta a que ni siquiera lo intentó.

—Yo sí hablé con todos los camareros de Silver Spurs —dijo ella— y ninguno se acordaba de Edmund House, ni, por cierto, de haber tenido que responder a las preguntas de Calloway.

—Otro motivo para sospechar que mintió en lo relativo a la confesión —aseveró Dan.

—No solo eso: Finn nunca interrogó al *sheriff* sobre ese particular ante el tribunal.

—Grave error; no cabe duda —convino Dan—. Sin embargo, no fue eso lo que condenó a House sino lo que hallaron en la propiedad.

◆

La tormenta arreció avanzada la tarde e hizo parpadear las luces que pendían del elaborado artesonado de la sala de justicia. El viento también se había hecho más fuerte y los árboles de la plaza habían comenzado a mecer con violencia sus relucientes ramas.

—Detective Giesa —siguió diciendo Vance Clark—, con respecto a la camioneta, ¿podría decir a los miembros del jurado lo que han encontrado?

Margaret Giesa parecía más una modelo de pasarela que una investigadora. Tenía el cabello largo de color castaño claro con mechas rubias, tacones de diez centímetros que la hacían parecer más alta pese a que debía de medir poco más de un metro y sesenta centímetros y un traje gris de raya diplomática que le quedaba como anillo al dedo.

—Numerosos cabellos rubios de entre cuarenta y cinco y ochenta centímetros de largo.

—¿Sería tan amable de mostrar al jurado el lugar exacto en que los encontraron usted y su equipo?

Giesa dejó el estrado y se sirvió de un puntero para dirigir la atención del jurado a una fotografía ampliada del interior de la Chevrolet roja que había dispuesto Clark en un caballete.

—En el lado del acompañante, entre el asiento y la puerta.

—¿Ha hecho pruebas el laboratorio científico de la policía estatal de Washington a esas muestras de cabello?

La declarante estudió su informe.

—Las estudiamos al microscopio y determinamos que algunos se habían arrancado de raíz y otros se habían roto.

Finn se puso en pie.

—*Protesto. El que se arrancaran de raíz es una conjetura de la oficial.*

Lawrence aceptó la protesta.

Clark pareció alegrarse de ver repetida la frase.

—*¿Mudamos el cabello los seres humanos, detective?*

—*A diario; se trata de un proceso natural.*

El fiscal, dándose unos golpecitos en la calva, añadió:

—*Algunos más que otros, ¿verdad?* —*Esperó a ver sonreír al jurado para proseguir*—: *Sin embargo, también ha afirmado usted que su equipo dio con cabellos rotos. ¿A qué se refiere con eso?*

—*Quiero decir que no presentaban raíz. De haberse caído, al microscopio mostrarían un bulbo blanco en la base. La rotura suele ser el resultado de algún daño provocado por factores externos en el folículo piloso.*

—*¿Como por ejemplo...?*

—*Tratamientos químicos, el calor de aparatos de peluquería, tirones...*

—*¿Puede alguien arrancarle de raíz el cabello a otra persona durante, por ejemplo, un forcejeo?*

—*Sí.*

Clark hizo como si repasara sus notas.

—*¿Encontró su equipo algo más de interés en el habitáculo de la camioneta?*

—*Rastros de sangre* —*respondió ella.*

Tracy notó que varios de los integrantes del jurado apartaban la mirada de Giesa para clavarla en Edmund House. Acercándose de nuevo a la fotografía, la detective señaló el lugar en el que se había hallado la sangre. Clark colocó entonces en el caballete una imagen aérea ampliada de la propiedad que tenía Parker House en el monte. En ella se veían los tejados de metal de varios edificios y el chasis de diversos vehículos y aperos en medio de una arboleda. Giesa señaló un edificio angosto situado al final de una senda que partía de la vivienda de una sola planta de Parker House.

—*Aquí había herramientas de carpintero y varias piezas de mobiliario en diversas fases de fabricación.*

—*¿Una sierra de banco?*

—*Sí, había una sierra de banco.*

—*¿Y hallaron sangre en el interior del cobertizo?*

—*No —respondió Giesa.*

—*¿Ni cabellos rubios?*

—*No.*

—*¿Encontraron algo de interés?*

—*Joyas dentro de un calcetín oculto en una lata de café.*

Clark tendió a la detective una bolsa de plástico para pruebas y le pidió que la abriese. La sala guardó silencio mientras Giesa sacaba de ella dos pendientes de plata con forma de pistola.

⁓

Dan dejó de pasear.

—¿Ahí fue cuando empezaste a sospechar que pasaba algo raro?

—Ella no llevaba esos pendientes, Dan. Yo lo sabía e intenté hacérselo ver a mi padre aquella tarde; pero él me dijo que estaba cansado y que quería llevar a mi madre a casa. No se encontraba bien, mi madre estaba destrozada emocionalmente; físicamente se veía débil y cada vez tenía menos trato con nadie. Después de aquello, siempre que intentaba sacar la conversación, mi padre me decía que lo olvidase. Calloway y Clark me dijeron lo mismo.

—¿Ninguno te escuchó nunca?

Ella negó con la cabeza.

—No; así que decidí guardar la información que tenía hasta que pudiera demostrar que se estaban equivocando.

—Pero no pudiste olvidarlo.

—¿Tú habrías podido si la víctima hubiera sido tu hermana y tú quien la dejó sola?

Dan se sentó sobre la mesa baja que tenía ella delante, tan cerca que casi se tocaban con las rodillas.

—Lo que ocurrió no fue culpa tuya, Tracy.

—Tenía que saberlo. Como daba la impresión de que nadie quería hacer nada al respecto, decidí hacerlo yo.

—Por eso dejaste la enseñanza y te hiciste poli.

Ella asintió con un gesto.

—Después de pasar años dedicando mi tiempo libre a leer actas judiciales y buscar testigos y documentos, una noche me senté, abrí todas las cajas y me di cuenta de que no me quedaban informes por estudiar ni testigos que entrevistar; había llegado a un callejón sin salida y, a menos que diesen con el cadáver de Sarah, era imposible que avanzase por ningún lado. Aquella sensación fue horrible. Tenía la impresión de haberle fallado de nuevo; pero es verdad lo que tú dices: el mundo no se detiene para que uno pueda compadecerse de sí mismo. Un día te despiertas y te das cuenta de que tienes que seguir caminando, porque... porque no puedes hacer otra cosa. Conque guardé las cajas en un armario y traté de seguir adelante.

—Sarah —dijo él posando una mano en la pierna de ella— habría querido que fueses feliz, Tracy.

—Me estaba engañando a mí misma. No pasaba un solo día sin pensar en ella; sin que me sintiera tentada a sacar las cajas convencida de haber pasado algo por alto, de que tenía que haber algún indicio más. Y un buen día estaba sentada ante mi escritorio cuando vino un compañero a decirme que habían encontrado su tumba. —Exhaló antes de preguntar—: ¿Sabes cuánto tiempo he estado esperando que alguien me dijese que no soy ninguna loca obsesionada?

—Tú no estás loca, Tracy. Obsesionada, quizá sí estés.

Ella sonrió.

—Siempre se te ha dado bien hacerme reír.

—Sí, aunque, por desgracia, normalmente no pretendía hacerlo. —Dan tomó asiento y soltó un suspiro—. No sé lo que pasó entonces, Tracy, al menos, aún no lo sé con seguridad, pero lo que sí puedo decirte es que, si tienes razón cuando dices que a House le tendieron un trampa, no pudo ser obra de una sola persona; tuvo que ser una conspiración, y Hagen, Calloway y Clark, también quizá Finn, debieron de formar parte de ella.

—Además de alguien que tuviera acceso a las joyas de Sarah y a nuestra casa —remató Tracy—. Lo sé.

∽

El Suburban de Roy Calloway estaba estacionado en el camino de entrada de la casa de sus padres tras otro vehículo de la comisaría y junto a un camión de bomberos y una ambulancia del condado de Cascade. Tenían las sirenas apagadas y ni siquiera sus luces hendían la oscuridad de la mañana. Eso le provocó una extraña sensación de alivio; fuera cual fuese la emergencia, no podía ser tan mala si no estaban encendidas. ¿O sí?

La llamada de Calloway la había despertado poco después de las cuatro de la madrugada. Aunque hacía ya tres meses que se había ido Ben, Tracy había seguido viviendo en la casa de alquiler, pues su hogar ya no guardaba para ella los dulces recuerdos de otro tiempo. Sus padres no habían abandonado su actitud huraña ni su silencio. Él había dejado de trabajar en el hospital y raras veces se dejaba ver por la ciudad. Desde la desaparición de Sarah, tampoco habían vuelto a celebrar la fiesta anual de Nochebuena. Asimismo, al doctor le había dado por beber por las noches, tal como delataban su voz cuando llamaba Tracy para ver cómo estaban y su aliento cuando iba a verlos. De cualquier modo, tampoco había vuelto a sentirse bien recibida allí. Aunque nadie se aviniera a reconocerlo, pendía sobre todos el fantasma de lo ocurrido. El recuerdo que prevalecía era precisamente el que todos querían olvidar. Los tres se hallaban deshechos por su propia culpa: Tracy, por haber permitido que Sarah volviese a casa sola, y sus padres, por haberse ido a

Hawái en lugar de estar presentes aquel fatídico fin de semana. Aquella trataba de dar un sentido racional a la situación diciéndose que era demasiado mayor para ir corriendo con sus papás a una casa que ya no sentía suya.

Por teléfono, Calloway le había dicho que se vistiera y acudiese al domicilio de sus padres.

—No preguntes y ven —se había limitado a ordenar cuando ella había intentado saber algo más.

Subió deprisa las escaleras que desembocaban en la puerta principal acompañada del murmullo procedente de los equipos de radio de los vehículos de emergencia. En el porche y el vestíbulo hormigueaban agentes del orden y personal sanitario. La falta de premura que percibió en todos ellos le pareció también una buena señal. Uno de los ayudantes del sheriff *la vio entrar y llamó a la puerta corredera del estudio de su padre. Instantes después fue Roy Calloway, no su padre, quien salió. Tras él vio a más personas en la habitación, aunque no alcanzó a dar con sus padres. El ayudante dijo algo a Calloway, quien volvió a correr las hojas. Tenía el semblante pálido y como enfermizo; afligido.*

—¿Roy? —Dio un paso hacia él—. ¿Qué pasa? ¿Qué?

Calloway se secó la nariz con un pañuelo.

—Se nos ha ido, Tracy.

—¿Qué?

—Tu padre; ha muerto.

—¿Mi padre? —Ni siquiera había pensado en él: estaba convencida de que era su madre a quien debía de haberle ocurrido algo—. ¿De qué estás hablando?

Cuando intentó bordearlo para entrar, él se interpuso y la tomó por los hombros.

—¿Dónde está mi padre? ¡Papá! ¡Papá!

—No, Tracy.

Ella trató de zafarse.

—Quiero ver a mi padre.

Calloway la sacó al porche y la sostuvo por los brazos contra la fachada.

—Escúchame, Tracy. Para y escúchame.

Ella siguió forcejeando.

—Ha sido con la escopeta, Tracy.

En ese instante, se le heló la sangre. Calloway la soltó y dio un paso atrás. Apartó la vista y soltó el aire de los pulmones antes de recobrar los ánimos y mirarla de nuevo.

—Ha usado la escopeta.

CAPÍTULO 25

Una semana después de dar sepultura a los restos de Sarah, Tracy se dejó caer sobre el banco que había sujeto a una mesa de la zona de visitas del penal estatal de Walla Walla.

—Deja que hable yo —dijo.

—De acuerdo —respondió Dan mientras se sentaba a su lado.

—No le prometas nada.

—Bien.

—Querrá hacer un trato.

Dan alargó la mano para coger la de ella.

—Eso también me lo has dicho ya. Cálmate. No es la primera vez que piso una cárcel, aunque tengo que reconocer que las otras en las que he estado eran como un club de campo. Esta me recuerda más a la cafetería de un instituto estricto.

Tracy miró hacia la puerta, pero no vio a Edmund House. Estaba recluido en la unidad D del edificio occidental: la segunda división en seguridad de la penitenciaría, si bien esa asignación respondía más a la gravedad del crimen cometido, asesinato en primer grado, que al comportamiento de que había dado muestras durante el tiempo que llevaba encerrado. Las llamadas telefónicas que había hecho Tracy a lo largo de aquellos años habían revelado a House como un preso ejemplar que gustaba de la soledad y dedicaba buena parte de su tiempo a leer en su celda o estudiar en la biblioteca los numerosos recursos de apelación que había formalizado durante su condena.

Las pruebas forenses obtenidas en la fosa en apoyo de la teoría que había sostenido ella durante una década, según la cual a House le habían tendido una trampa mientras el asesino de Sarah seguía en libertad, no le iban a servir de nada si no lograba presentarlas ante un juez y llevar de nuevo al estrado a los testigos para que, bajo juramento, volviesen a declarar. Y el único modo de conseguirlo consistía en interponer un recurso de amparo que, en caso de prosperar, desembocase en la celebración de un segundo proceso. Con todo, no iban a poder hacer tal cosa si House no cooperaba. A Tracy le repugnaba la idea de necesitar al recluso o aun de ver su propia suerte ligada de cualquier modo a la de él. Durante las dos visitas anteriores, House se había dedicado a jugar con ella y con sus frágiles emociones. Si entonces no había reparado en ello, en ese momento aquella actitud suya se le hacía evidente. Él había tenido a su disposición todas las cartas de la baraja, pero la situación había cambiado: si quería tener otro juicio y, con él, la ocasión de salir de entre rejas, no tenía más remedio que colaborar.

Las voces de los presos y las visitas que ocupaban las mesas vecinas resonaban con gran estruendo. Tracy consultó el reloj y volvió a mirar hacia la puerta. Vio entonces un recluso que se demoraba en la entrada mientras buscaba entre las mesas. Llevaba una trenza gris que le caía muy por debajo de los hombros musculosos. Se convenció de que tendría que seguir esperando; aquel hombre no se parecía en nada a Edmund House. Sin embargo, cuando los ojos de él se cruzaron con los suyos, la boca del preso se dilató para formar la sonrisa de quien piensa: «Mira quién ha venido a verme...».

—No es él, ¿no? —dijo Dan con la mirada puesta también en la puerta.

Durante el juicio, los periódicos habían comparado el cabello espeso y la presencia cautivadora de House con los de un James Dean. Y si el rostro del hombre que caminaba hacia ellos se había ensanchado con la edad y con el peso, la mudanza de sus rasgos faciales y lo crecido de su melena no constituían, ni por asomo, el cambio más llamativo que había sufrido su aspecto; los músculos que había desarrollado en el cuello, el pecho y el resto del cuerpo tensaban la camiseta y los pantalones de su uniforme de presidiario como si se hubieran propuesto hacer estallar las costuras. Desde luego, estaba claro que había ocupado el tiempo en algo más que tramitar recursos de apelación.

El recién llegado se detuvo al llegar a la mesa y se tomó unos instantes para evaluar a sus visitantes.

—Tracy Crosswhite —pronunció como saboreando el nombre—. Creí que te habías rendido. ¿Cuánto tiempo ha pasado: veinte años?

—No los he contado.

—Yo sí; aquí no hay mucho más que hacer.

—Podías haber interpuesto otro recurso.

La red de información de la cárcel, como la de drogas y la de esteroides ilegales, era tan intrincada como extensa, y ella necesitaba saber si House sabía ya que habían dado con la tumba de Sarah.

—Pensaba hacerlo.

—¿Sí? Y, esta vez, ¿con qué motivo?

—Asistencia letrada ineficaz.

—¿No te estás haciendo demasiadas ilusiones?

—¿Tú crees?

Calculó que House debía de tener más de cien kilos de músculo. La cárcel había apagado el brillo de sus ojos azules, pero no lo penetrante de su mirada.

Un funcionario de prisiones se acercó a él para decirle:

—Siéntese, por favor.

House obedeció. El ancho de la mesa era lo único que los separaba de él. A Tracy, semejante proximidad le ponía los pelos de punta, tal como había ocurrido cada vez que él la había mirado de arriba abajo en la sala del tribunal.

—Has cambiado —dijo ella.

—Sí; he conseguido el graduado escolar y estoy preparando el preuniversitario. ¿Qué me dices de eso? ¿Te imaginas que me coloco de profesor cuando salga de aquí?

A continuación miró al acompañante de Tracy.

—Él es Dan —lo presentó ella.

—Hola, Dan. —House le tendió la mano y dejó ver las letras de color azul oscuro, gruesas como sogas, que formaban los tatuajes carcelarios que se había hecho en el brazo con tinta de bolígrafo—. Isaías —explicó al ver que las miraba.

Entonces, sin soltarle la mano, giró el antebrazo para que pudiese leer lo que había escrito:

> ... para abrir los ojos de los ciegos,
> para sacar de la cárcel a los presos,
> del fondo del calabozo a los que moran en tinieblas.

—Yo creo que «habitan» habría quedado más claro que «moran», pero no vamos a discutir con el autor, ¿verdad? Dan tendrá apellido, ¿no?

En ese momento, volvió a acercarse el funcionario para advertir:

—No se permite el contacto físico prolongado.

House le soltó la mano.

—O'Leary —respondió Tracy.

—¿Y lengua tiene?

—O'Leary —repitió Dan.

—En fin, ¿y qué ha podido traer aquí a Tracy y a su amigo Dan después de tantos años?

—Han encontrado a Sarah —dijo ella.

House arqueó las cejas.

—¿Viva?

—No.

—Eso no me ayuda. De todos modos, tengo curiosidad; ¿dónde estaba?

—Ese detalle no es relevante en este momento —respondió ella.

House ladeó la cabeza con los ojos entrecerrados.

—¿Cuándo te has metido a poli?

—¿Qué te hace suponer que me he metido a poli?

—No sé; tu conducta en general, tu postura, el tono de voz, lo de no querer presentarme al amigo Dan ni darme información... He tenido unos cuantos años para aprender a hacer observaciones. Tú también has cambiado; ¿verdad, Tracy?

—Soy detective —reconoció.

House sonrió.

—Todavía a la caza del que mató a tu hermana. ¿Alguna pista nueva que quieras compartir conmigo? —Y volviéndose hacia el acompañante, preguntó—: ¿Y usted cree que tendrá futuro mi nuevo recurso de apelación, señor abogado?

Dan había acudido a la visita vestido con pantalón vaquero y una sudadera del Boston College a instancia de Tracy.

—Tendría que examinar el caso —respondió.

—Ya llevo dos de dos —dijo House—. Atentos, que voy por la tercera: ya lo has estudiado y sabes que sí; por eso estás aquí sentado con la detective Tracy. —Miró a esta y añadió—: Han encontrado los restos de tu hermana y, además, algo que confirma lo que hemos sabido tú y yo todos estos años: que alguien tuvo que amañar las pruebas para que me condenaran a mí.

Tracy lamentó haber ido a verlo en el pasado. La experiencia y el adiestramiento que había adquirido en la academia y ejerciendo de agente de calle antes de obtener el puesto de detective le habían enseñado que le había revelado demasiada información.

House los miró a uno y a otro alternativamente.

—¿Voy bien encaminado?

—A Dan le gustaría hacerte algunas preguntas.

—Mejor hacemos otra cosa: ven a verme en cuanto estés dispuesta a dejar de hacer jueguecitos y empezar a hablar como una persona y no como un poli. —El recluso subrayó lo dicho apartándose de la mesa.

—Si nos vamos, debes saber que es para no volver —amenazó Tracy.

—Soy yo el que se va para no volver. Me estáis haciendo perder el tiempo; se acercan los exámenes y tengo que estudiar.

Tracy se puso en pie.

—Vámonos, Dan. Ya has oído al caballero, lo están esperando sus libros. —Se separó de la mesa antes de apuntar—: A lo mejor te dejan ejercer aquí; para cuando acabes, tendrás antigüedad más que suficiente.

Se había alejado media docena de pasos cuando el preso dijo:

—Está bien.

—¿Está bien qué? —preguntó ella volviéndose.

House se mordió el labio inferior.

—Que contestaré a las preguntas del abogado Dan. —Se encogió de hombros y sonrió, aunque con aire forzado—. ¿Por qué no? Como ya os he dicho, aquí no hay gran cosa que hacer.

El recluso y la detective volvieron a sentarse y Dan se unió a ellos.

—Al menos ten el detalle de decirme a qué has venido.

—Dan ha estado estudiando tu expediente. Tal vez pueda sustanciarse un nuevo juicio por asistencia letrada ineficaz. La verdad es que a mí eso no me interesa.

—Lo que quieres saber es quién mató a tu hermana. Pues yo también.

—Hace tiempo me dijiste que pensabas que Calloway o cualquiera de los que ejecutaron la orden de registro pusieron los pendientes en la propiedad de tu tío. Díselo a Dan.

Él volvió a alzar los hombros.

—Si no, ¿cómo llegaron hasta allí?

—El jurado determinó que los guardaste tú —intervino Dan.

—¿De verdad parezco tan estúpido? Había pasado seis años a la sombra. ¿Por qué iba a quedarme con pruebas que pudiesen mandarme otra vez a la cárcel?

—¿Y por qué iba a tenderte una trampa Calloway o cualquier otro? —preguntó Dan.

—Pues porque no encontraban al asesino y yo era el monstruo que vivía en las montañas de vuestro pintoresco pueblecito e incomodaba a sus habitantes. Querían librarse de mí.

—¿Tienes alguna prueba que lo demuestre?

Tracy se relajó un tanto. Dan se hallaba ya en su elemento y parecía más seguro y confiado, menos intimidado por House y cuanto los rodeaba.

—No lo sé —respondió el convicto con la mirada clavada en el espacio que quedaba entre sus dos interlocutores—. ¿Tengo alguna?

—Hicieron un análisis de ADN a los cabellos rubios que encontraron en tu camioneta —mintió Tracy— y confirmaron que pertenecían a Sarah. Una probabilidad entre un millón.

—Las probabilidades son lo de menos si los puso alguien ahí.

—Dijiste a Calloway que habías estado bebiendo y recogiste a Sarah para llevarla a casa —terció Dan.

—Yo no le dije nada de eso. ¡Si ni siquiera salí aquella noche! Estuve durmiendo. Habría sido una idiotez inventarse un cuento tan fácil de echar por tierra.

—El testigo dice que vio tu camioneta en la carretera comarcal —añadió el abogado.

—Ryan Hagen —recordó House con aire de sarcasmo—. El vendedor de repuestos. ¡Qué casualidad que se presentara a declarar después de tanto tiempo!

—Así que también crees que miente. ¿Por qué? —preguntó Dan.

—Calloway necesitaba poner en duda mi coartada si quería conseguir la orden de registro. Hasta que apareció Hagen, su investigación no lo estaba llevando a ninguna parte.

—Pero ¿por qué iba a incurrir el testigo en falso testimonio y arriesgarse a tener que hacer frente a un proceso criminal?

—¡Yo qué sé! A lo mejor para embolsarse los diez mil dólares que se ofrecían de recompensa.

—De eso no hay pruebas —señaló Dan, sabedor de que Tracy no había dado nunca con indicios de que su padre pagara tal cantidad al testigo, quien, además, había negado durante el juicio haber recibido dinero alguno.

—¿Quién iba a pedirle explicaciones? —House dejó la pregunta en el aire mientras estudiaba a los dos—. ¿A quién iba a creer el jurado: a un violador convicto, o a un ciudadano corriente? Subirme al estrado para tratar de refutar ese testimonio fue la mayor estupidez que pudo haber cometido Finn, porque les permitió interrogarme sobre mi anterior condena por violación.

—¿Y qué me dices de la sangre que encontraron en tu camioneta? —quiso saber Tracy.

House centró entonces la atención en Dan.

—Era mía. A Calloway le dije la verdad: me corté en el taller. Fui a la camioneta a por tabaco antes de entrar. —A continuación miró a Tracy—. Y no me vengas otra vez con pruebas de ADN: si pudieran llegar a hacerlas y descubrieran que la sangre era de tu hermana, ¿por qué ibais a estar ahora los dos aquí sentados? ¿Por qué estáis aquí?

—En caso de que decidamos meternos en esto —le advirtió Tracy—, tendrás que participar plenamente. Si sospecho en algún momento que no me estás diciendo la verdad, nos vamos.

—¡Pero si yo soy el único que no mintió sobre aquella noche! —House se echó hacia atrás—. ¿Meteros en esto en qué sentido?

Dan respondió a la pregunta a una señal de Tracy.

—Creo que podría haber pruebas nuevas, que no estaban disponibles durante tu juicio y que plantean una duda razonable acerca de tu culpabilidad.

—¿Como cuáles?

—Antes de que entremos en detalles, necesito saber si vas a querer mi ayuda.

El recluso lo estudió.

—¿Si quiero tenerte de abogado, lo que supondrá que nuestras conversaciones formarán parte del secreto profesional y que la detective Tracy, aquí presente, tendrá que dejar la mesa?

—En efecto —dijo Dan.

—Primero me tenéis que decir cuáles son vuestras intenciones.

—Quiero formular una petición de revisión de condena con arreglo a las pruebas nuevas y solicitar una audiencia para presentarla.

—¿Todavía preside la sala el bueno del juez Lawrence?

—Se jubiló —lo informó Tracy.

Dan añadió:

—Los documentos se llevarán ante el tribunal de apelaciones. Si nos conceden la audiencia, pediré que la presida un magistrado de fuera del condado de Cascade. Así limitaremos sus movimientos.

—Pero no fue un juez quien me condenó sino un jurado del condado de Cascade.

—Esta vez vamos a presentar las pruebas directamente ante el magistrado.

House estudió la madera de la mesa antes de alzar la mirada.

—¿Vais a llamar a declarar a algún testigo?

—Voy a interrogar a cuantos testificaron en el juicio.

—¿Sí? ¿Y eso incluye a ese pez gordo de Calloway? ¿O también se ha jubilado?

—¿No testificó la primera vez? —dijo Dan.

—¿Qué nos dices? —preguntó Tracy.

House cerró los ojos y se llenó los pulmones. Dan fue a decir algo más para convencerlo, pero Tracy meneó la cabeza para hacerle ver que no debía insistir. Aquel separó al fin los párpados y la miró sonriente.

—Parece que volvemos a estar en el mismo equipo, detective Tracy.

—Tú y yo no hemos estado nunca en el mismo equipo ni lo vamos a estar jamás.

—¿No? Yo llevo casi veinte años interponiendo recursos. —Se señaló la mano izquierda—. No llevo alianza, ni a ti se te ve la marca más clara que se te habría quedado si te hubieras quitado la tuya antes de venir aquí. Tienes las caderas estrechas y el vientre plano. Nunca te has casado ni has tenido hijos. ¿A qué has estado dedicando tú tu tiempo, detective Tracy?

—Tienes diez segundos para decidirte antes de que nos vayamos.

House volvió a mostrar aquella sonrisa suya, a un tiempo enferma y seductora.

—Pero si ya me he decidido; de hecho, es como si lo tuviera ya delante de los ojos.

—¿Qué?

—La cara que va a poner toda esa gente cuando me vea pasear otra vez por las calles de Cedar Grove.

CAPÍTULO 26

Aunque llevaba una gorra de béisbol y tenía la cabeza gacha, Roy Calloway reconoció a Vance Clark leyendo en una mesa vecina en la parte trasera del bar. Este último levantó la mirada cuando el recién llegado puso una silla frente a él.

—Espero que los precios sean de quitarse el sombrero —dijo el *sheriff.*

Clark había elegido un establecimiento de Pine Flat, a dos salidas de Cedar Grove por la autopista. Calloway se desprendió de la chaqueta y la puso en el respaldo mientras pedía a la camarera que se dirigía hacia ellos:

—Un Johnnie Walker Etiqueta Negra con un chorrito de agua; pero no vayas a bautizarlo, ¿eh?

Tuvo que gritar para hacerse oír por encima del choque de las bolas de billar y de la música *country* que salía de una máquina de discos.

—Para mí, Wild Turkey —pidió Clark, aunque el vaso que tenía sobre la mesa seguía a medias.

Calloway se sentó y se remangó la camisa de franela. Clark volvió a la primera página de lo que había estado leyendo y lo deslizó sobre la mesa para colocarlo ante su interlocutor.

—¡Mierda, Vance! ¿Vas a hacer que me ponga los lentes?

—Es un recurso.

—Eso ya lo veo.

—Presentado ante el tribunal de apelaciones. En nombre de Edmund House.

Calloway cogió los papeles.

—En fin; no es el primero que interpone y estoy convencido de que tampoco será el último. ¿Me has hecho venir hasta aquí para enseñarme esto?

Clark se ajustó la visera y se echó hacia atrás con el vaso en la mano.

—Pero no ha sido él el solicitante directo sino que lo ha formalizado un representante.

—¿Se ha buscado un abogado?

El otro vació el vaso haciendo tintinear el hielo.

—Deberías ponerte los lentes.

Calloway los sacó del bolsillo y se los colocó, aunque antes de estudiar el documento miró fijamente a Clark.

—La firma legal —dijo este— está abajo a la derecha.

—El bufete de Daniel O'Leary. —Calloway pasó las páginas—. ¿Cuáles son los motivos?

—Pruebas que no estaban disponibles en el momento del juicio y asistencia letrada ineficaz. En realidad, no es un recurso de apelación sino una petición de revisión de sentencia condenatoria.

—¿Qué diferencia hay?

La camarera volvió para servir en la mesa la bebida de Calloway y cambiar el vaso vacío de Clark por uno lleno. Este esperó a que se hubiera marchado antes de explicarse.

—Si el tribunal de apelaciones da su aprobación, pueden reenviarlo para que la sala conceda una audiencia. House tendría que presentar pruebas para demostrar que el primer juicio no se sustanció de forma justa.

—¿Quieres decir que habría otro proceso?

—Sería más una vista probatoria; pero si lo que quieres saber es si va a citar a testigos, la respuesta es: sí.

—¿Lo ha visto ya DeAngelo?

—Lo dudo —respondió Clark—. Ya lleva años sin ejercer de abogado de House. En la prueba de notificación no figura su nombre.

—¿Has hablado con él?

Clark negó con la cabeza.

—Estando como está del corazón, no me ha parecido prudente, pero sí aparece en la lista de los que tendrán que testificar en caso de que el tribunal de apelaciones apruebe la petición. Y tú también.

Calloway pasó las páginas y encontró su nombre delante justo del de Ryan P. Hagen, el penúltimo de la relación.

—¿Tiene fundamento?

—Más que el Empire State. —Clark se hundió en su asiento—. ¿No la habías convencido para que se olvidase del asunto?

—Eso creía yo.

El fiscal arrugó el entrecejo.

—No va a rendirse nunca, Roy. Lo ha tenido muy claro desde el principio.

CAPÍTULO 27

Ryan Hagen abrió la puerta de su casa y saludó a Tracy con una sonrisa azorada. Decidió actuar como si no la hubiese reconocido. En los cuatro años que habían transcurrido desde el juicio era muy probable que la hubiera olvidado; pero el instante de vacilación que supo percibir en su rostro reveló a Tracy que sabía con exactitud quién era.

—¿En qué puedo ayudarla? —preguntó.

—Señor Hagen, soy Tracy Crosswhite, la hermana de Sarah.

—Sí, claro —respondió él estrechándole la mano y parapetándose enseguida tras su fachada de vendedor—. Lo siento; veo tantas caras en mi trabajo que tiendo a mezclarlas. ¿Y qué se le ofrece?

—Esperaba que me contestase unas preguntas.

Él volvió la cabeza para mirar la vivienda de dimensiones modestas que tenía a sus espaldas. Era sábado por la mañana y Tracy oyó lo que parecían dibujos animados procedentes de un televisor. Hagen había declarado que estaba casado y tenía dos hijos pequeños. Salió al porche diminuto y cerró la puerta tras de sí. El pelo, exento de todo producto capilar que lo mantuviese en su lugar, le caía sobre la frente y la redondez de su figura se veía pronunciada por la camiseta, el pantalón corto de cuadros escoceses y las chanclas que llevaba puestos.

—*¿Cómo me ha encontrado?*

—*Dio sus señas durante el juicio.*

—*¿Y se acordaba?*

—*He pedido las actas.*

El vendedor entornó los ojos.

—*¿Que ha pedido las actas? ¿Para qué?*

—*Señor Hagen, me preguntaba si sabría decirme qué canal estaba viendo cuando emitieron la noticia sobre Edmund House que hizo que recordara de pronto aquella noche.*

Él cruzó los brazos y los apoyó en su estómago. La sonrisa se había esfumado para dar paso a una expresión de desconcierto.

—*Yo no dije haber visto ninguna noticia sobre House.*

—*Perdón: sobre la desaparición de mi hermana. ¿Se acuerda del canal, quizá del presentador?*

Hagen dejó caer el sobrecejo.

—*¿Por qué me hace esas preguntas?*

—*No quisiera causarle ninguna molestia; es solo que... En fin: tengo grabadas todas las noticias de aquellos meses y...*

Él desplegó los brazos.

—*¿Que tiene grabadas las noticias? ¿Para qué?*

—*Solo esperaba que me dijera usted...*

—*Lo dije todo en el juicio. Si tiene las actas, sabrá lo que declaré. Va a tener que perdonarme, pero tengo cosas que hacer.*

Dicho esto, se volvió y alargó la mano para girar el picaporte.

—*¿Por qué testificó haber visto la Chevrolet roja en la comarcal, señor Hagen?*

Hagen la miró de nuevo.

—*¿Cómo se atreve...? Ayudé a quitar de en medio a ese animal. Si no llega a ser por mí... —Se le había encendido el rostro.*

—*Si no llega a ser por usted... ¿qué?*

—*Tengo que pedirle que se vaya.*

Empujó la puerta y, al ver que no se abría, forcejeó con el picaporte.

—*Si no llega a ser por usted, que declaró que había visto la camioneta Chevrolet, no habríamos conseguido la orden de registro. ¿Es eso lo que iba a decir?*

Hagen llamó a la puerta con los nudillos.

—*Ya le he dicho que tengo que pedirle que se vaya.*

—*¿Eso fue lo que le dijeron?*

Los golpes del vendedor se hicieron más intensos.

—*¿Por eso afirmó haberla visto? ¿Porque alguien le aseguró que ayudaría a obtener la orden de registro? Señor Hagen, por favor.*

La puerta se abrió entonces. Hagen apartó al chiquillo que la sostenía y cruzó el umbral. La estaba cerrando de nuevo cuando giró sobre sí mismo para decirle:

—*No vuelva por aquí o llamaré a la policía.*

—*¿Fue el jefe Calloway?* —*insistió Tracy, pero Hagen ya había cerrado.*

CAPÍTULO 28

Dan había imaginado que tendría noticias de Roy Calloway, pero no tan pronto. Tenía al *sheriff* de Cedar Grove aguardando sentado en la antesala de su bufete, pasando las páginas de una de las revistas de hacía meses que descansaban en la mesa baja mientras mordisqueaba una manzana. Iba de uniforme completo y había dejado el sombrero en el asiento contiguo.

—¡*Sheriff*, qué sorpresa!

Él soltó la revista y se puso en pie.

—No te sorprende verme, Dan.

—¿No?

El otro dio un bocado más a la manzana antes de proseguir:

—Me has puesto en la lista de testigos del recurso que has presentado.

—¡Cómo vuelan las noticias en esta ciudad!

Dado que no tenía cita alguna en el tribunal, el abogado iba vestido de camisa y pantalón vaquero. Gustaba de llevar pantuflas en su despacho, aunque en aquel momento deseó haberse puesto unos zapatos, por más que la diferencia de altura entre ambos no fuese ya tan significativa como lo había sido en el pasado, cuando él iba con la bicicleta y Calloway lo paraba para saber qué estaba haciendo.

—¿En qué puedo serle útil, *sheriff*?

—¿Qué puede pasarle a tu negocio cuando corra la voz de que estás representando a Edmund House, el asesino convicto de una ciudadana de Cedar Grove?

—Imagino que me lloverán las causas criminales.

Calloway sonrió con aire de suficiencia.

—Siempre has sido un listillo, ¿verdad, O'Leary? Yo no tendría tan clara la victoria.

—En fin, tengo cosas que hacer; a no ser que traiga usted algún género de recomendación financiera que añadir a su predicción en lo tocante a mi carrera legal...

—Por lo visto, tienes preguntas que hacerme, Dan. Pues aquí me tienes: en treinta y cinco años de servicio no he tenido nunca nada que esconder. Si alguien quiere saber algo, estoy encantado de responder.

—No lo dudo —dijo el otro—, pero yo tengo que formularlas en un tribunal de justicia, después de que haya jurado usted decir la verdad, toda la verdad y nada más que la verdad.

Calloway mordió de nuevo la manzana y la masticó un momento antes de contestar:

—Eso ya lo hice una vez, Dan. ¿Estás insinuando que mentí?

—No soy yo quien tiene que decidirlo sino un juez.

—El juez también lo hizo ya una vez. Estás removiendo agua pasada.

—Quizá. Ya veremos lo que tiene que decir el tribunal de apelaciones.

—¿Qué te ha dicho Tracy, Dan? —El *sheriff* se detuvo antes de proseguir con una sonrisa sardónica—: ¿Te ha contado que nadie se molestó en preguntar a Hagen qué telediario estaba viendo o que aquellos no eran los pendientes que llevaba Sarah aquella noche?

—No voy a hablar de eso con usted, *sheriff*.

—Mira, Dan, yo sé que es amiga tuya; pero lleva veinte años con la misma batalla. Trató de utilizarme a mí y ahora está haciendo lo mismo contigo. Está obsesionada, Dan. Este asunto acabó con su padre y volvió loca a su madre y ahora ella quiere meterte a ti en su fantasía. ¿No crees que va siendo hora de darle carpetazo?

El abogado no respondió. Aquello era precisamente lo que había pensado cuando había ido a verlo ella por primera vez: incapaz de superar el sentimiento de culpa y el dolor, se había obstinado en tratar de dar con respuestas a preguntas que ya habían quedado resueltas. Sin embargo, cuando estudió el expediente comprendió que la teoría que defendía era propia de la Tracy que había conocido siempre, la cabecilla de su grupo de amigos: práctica, tozuda y lógica.

—Eso tendrá que preguntárselo a ella; yo represento a Edmund House.

Calloway le tendió el corazón de la manzana.

—En ese caso, no te importará tirar esto, parece que se te da bien manipular basura.

Dan tomó aquel resto sin perder la calma. Hasta entonces, los empeños de Calloway en intimidarlo le habían parecido más grotescos que amenazantes. Lanzó el corazón a una papelera situada tras el escritorio y acertó a la primera.

—Creo, *sheriff*, que tendrá ocasión de comprobar que lo que de veras se me da bien es mi trabajo. Quizá debiera tener eso presente.

Calloway se ajustó el sombrero.

—Me ha llamado uno de tus vecinos. Dice que tus perros lo han molestado mucho últimamente con sus ladridos, a veces incluso a altas horas de la noche. Sabes que tenemos una ordenanza municipal sobre ese tipo de perturbaciones. La primera infracción se paga con una multa, pero a la segunda nos llevamos a los perros.

Dan sintió la ira que estaba tratando de apoderarse de él y luchó por dominarla. Amenazarlo a él tenía un pase, pero ¿tomarla con animales inocentes?

—¿De veras? ¿Es lo más que sabe hacer?

—No me pongas a prueba, Dan.

—No es mi intención, *sheriff;* pero si prospera mi solicitud ante el tribunal de apelaciones, voy a tener que interrogarlo en serio.

CAPÍTULO 29

Tracy pasó a su equipo informático los detalles de la conversación que había mantenido hacía poco con un testigo del caso de Nicole Hansen. Había transcurrido un mes desde que habían descubierto el cadáver de la joven en el hotel de la avenida Aurora y no dejaba de aumentar la presión para que diesen con el asesino de aquella bailarina exótica. Como a él le gustaba recordar con orgullo a todas horas, la policía de Seattle no había dejado un solo homicidio sin resolver desde que Johnny Nolasco había asumido el puesto de jefe de investigaciones. De todos modos, Nolasco no necesitaba ninguna razón para hacer que Tracy se matara a trabajar. Ambos habían tenido un encontronazo turbulento cuando ella estudiaba en la academia de policía y él, que ejercía de instructor, le había tocado los senos mientras demostraba a sus compañeros cómo había que cachear a un sujeto; a lo que ella había respondido partiéndole la nariz antes de asestarle un rodillazo en la entrepierna. Más tarde, volvió a humillarlo al superar la marca que mantenía él desde hacía mucho en el campo de tiro.

Cualquier esperanza de que Nolasco hubiese podido ablandarse con el tiempo se desvaneció cuando Tracy se convirtió en la primera mujer detective de homicidios. Él, que ya se había hecho con la jefatura de investigaciones, le había asignado de compañero a un racista xenófobo llamado Floyd Hattie que antes había trabajado con Nolasco y que, tras ponerse a echar pestes, no había tardado en buscarle el apodo de «Castradick» Tracy por su condición femenina y el nombre del célebre detective de cómic. Ella supo más tarde que Hattie ya había solicitado la jubilación y que, por tanto, su superior la había puesto de compañera suya solo por fastidiarla.

Por lo menos, el caso de Hansen la tenía ocupada y distraída. Dan decía que las autoridades disponían de sesenta días para responder a la solicitud de revisión de condena de Edmund House y que no dudaba que Vance Clark los agotaría todos. Tracy se dijo que, después de veinte años, dos meses más serían una espera soportable, pero los días se le estaban haciendo eternos.

Respondió al teléfono de su escritorio y no pasó por alto que se trataba de una línea externa.

—Detective Crosswhite, soy Maria Vanpelt, del KRIX Channel 8.

Tracy se arrepintió de inmediato de haber contestado. La unidad de homicidios mantenía una relación civilizada con la prensa especializada en asuntos policiales; pero Vanpelt —a quien ellos llamaban «Vampirelt» por su propensión a lanzarse a la caza de los varones más notables de Seattle— era la excepción.

Cuando Tracy llevaba poco tiempo en el cuerpo, la periodista había querido entrevistarla para un reportaje sobre la discriminación de las oficiales de sexo femenino en el cuerpo de policía de la capital del condado. Tracy había declinado la proposición. Vanpelt había vuelto a ponerse en contacto con ella cuando había entrado a trabajar en homicidios, presumiblemente para hablar de la primera mujer detective de la unidad. La respuesta de Tracy, que no quería atraer más la atención y sabía por otros que la especialidad de aquella no eran tanto los asuntos de interés humano como las críticas despiadadas, había sido la misma.

La difícil relación profesional de ambas no había mejorado. Vanpelt había obtenido de un modo u otro información confidencial sobre un crimen de bandas organizadas cuya investigación dirigía ella. Dos de sus testigos habían muerto abatidos por arma de fuego horas después de que la periodista revelase cuanto sabía en su programa *KRIX Undercover*. Un equipo de reporteros de la competencia había tomado por sorpresa a Tracy en el momento en que, dejándose llevar por la ira y la frustración, había aseverado que Vanpelt tenía las manos manchadas de sangre. La unidad de homicidios había hecho el vacío a esta última y se había negado a hablar con ella hasta que Nolasco había dado la orden de cooperar con todos los medios sin excepción.

—¿Cómo ha conseguido mi línea directa? —preguntó Tracy.

Aunque, en teoría, la prensa debía telefonear a la oficina de información pública, eran muchos los periodistas que daban con un modo de ponerse sin más en contacto con diversos teléfonos individuales.

—Por varios canales —respondió la otra.

—¿Y qué puedo hacer por usted, señorita Vanpelt?

Pronunció el nombre en voz lo bastante alta para llamar la atención de Kins, quien cogió el teléfono del otro extremo del cubículo sin molestarse siquiera en pedir permiso; así lo tenían acordado.

—Deseaba su opinión para un reportaje en el que estoy trabajando.

—¿Y de qué trata?

Tracy repasó mentalmente las investigaciones que tenía pendientes, aunque de la de Nicole Hansen, que le acudió a la memoria, no tenía nada nuevo que decir.

—De hecho, trata de usted.

Al oír esto, se reclinó en su asiento para preguntar:

—¿Y qué es lo que me ha convertido de pronto en alguien tan interesante?

—Tengo entendido que su hermana fue asesinada hace veinte años y que hace poco se han encontrado sus restos y quería saber si está dispuesta a hablar de ello.

Tracy se detuvo con la sensación de que había más cosas en juego.

—¿De quién ha sacado la información?

—Tengo un ayudante que estudia expedientes judiciales —mintió Vanpelt, quien además de encubrir a su fuente pretendía con ello hacer ver a Tracy que sabía de la solicitud de revisión de condena que había presentado Dan—. ¿Es buen momento para hablar?

—Dudo mucho que esa historia pueda interesar al público.

Su segunda línea empezó a sonar en ese momento. Miró a Kins, que seguía con el auricular en la mano, pero pudo más la curiosidad que sentía por lo que pudiera saber Vanpelt.

—¿En qué consiste su reportaje?

—Yo diría que es evidente; ¿usted no?

—Ilústreme.

—Una detective de homicidios de Seattle que consagra su vida a poner entre rejas a los asesinos intenta liberar al hombre que se pudre en la cárcel por haber matado a su hermana.

Kins se encogió de hombros con gesto de estupefacción y Tracy le respondió levantando un dedo.

—¿Eso dice el expediente judicial?

—Yo hago periodismo de investigación, detective.

—¿Y de dónde ha sacado la noticia?

—Mis fuentes son confidenciales.

—Así que hay información que prefiere mantener en el ámbito de lo privado.

—Por supuesto.

—Entonces entenderá mi postura, porque precisamente estamos hablando de un asunto de mi vida privada que desearía que permaneciese así.

—Pienso hacer mi reportaje, detective, y, en ese caso, sería conveniente conocer su versión de la historia.

—¿Conveniente para mí o para usted?

—¿Quiere decir con eso que no va a hacer declaraciones?

—Ya le he dicho que es un asunto privado y querría que lo siguiera siendo.

—¿Puedo citar sus palabras?

—Si no las tergiversa...

—Tengo entendido que el abogado, Dan O'Leary, fue amigo suyo de infancia. ¿Tiene algo que comentar al respecto?

«Calloway», pensó; aunque lo cierto es que al *sheriff* no se le habría ocurrido llamar a Vanpelt. Debía de haber recurrido a Nolasco, su superior, del que hacía tiempo que se decía que era uno de los hombres que se entendían con la periodista y le proporcionaban información.

—Cedar Grove no es una gran ciudad; conozco a un montón de gente nacida allí.

—¿Y conocía a Daniel O'Leary?

—Todos los de allí hemos ido a la misma escuela primaria y al mismo instituto.

—Con eso no responde mi pregunta.

—¿No hace usted periodismo de investigación? Pues seguro que sabrá averiguarlo.

—¿Acompañó hace poco al señor O'Leary a visitar a Edmund House al penal estatal de Walla Walla? Tengo una copia de la lista de quienes han ido a verlo este mes y su nombre figura justo antes del nombre del señor O'Leary.

—Pues publique eso.

—O sea, que no quiere comentar nada.

—Tal como le he dicho, se trata de algo privado que no tiene relación alguna con mi trabajo. Y, hablando de mi trabajo: me están llamando por la otra línea.

Colgó el teléfono y soltó un reniego entre dientes.

—¿Qué quería? —preguntó Kins.

Tracy cruzó con la mirada el cubículo.

—Tocarme las narices metiendo las suyas en mis cosas.

—¿La Vanpelt? —Faz se separó de su escritorio—. Esa es su especialidad.

—Dice que está haciendo un reportaje sobre Sarah, pero le interesa más... —Prefirió no acabar la frase.

—No te angusties mucho —dijo Kins—: ya la conoces y sabes que no le interesan demasiado los hechos.

—Acabará por aburrirse y se inventará otra historia —concluyó Faz.

Tracy deseó que fuera tan fácil. Sabía que Vanpelt no había dado por sí sola con la noticia: tenía que ser cosa de Calloway y eso quería decir que este había estado hablando con Nolasco, quien no necesitaba gran cosa para amargarle la vida.

No iba a ser la primera vez que el *sheriff* amenazaba con hacer que la despidieran de su trabajo.

∿

Los alumnos de la primera fila se encogieron y retrocedieron cuando la chispa provocó un rayo blanco que salvó con un chasquido el espacio que mediaba entre las dos esferas. Tracy giró la manivela del generador electrostático para aumentar la velocidad de los dos discos rotatorios de metal que hacían que se sucedieran las descargas.

—Los relámpagos, damas y caballeros, son una de las muestras más espectaculares que nos ofrece la naturaleza de la forma de energía que trataron de aprovechar científicos como James Wimshurst y Benjamin Franklin —expuso.

—¿Ese no es el colega que se puso a volar una cometa en medio de una tormenta?

Tracy sonrió.

—Sí, Steven; el de la cometa y la tormenta. Lo que estaban tratando de hacer él y los demás «colegas» era determinar si era posible canalizar la energía eléctrica. ¿Alguno de vosotros me puede ofrecer una prueba concluyente de que lo consiguieron?

—La bombilla —dijo Nicole.

Tracy soltó la manivela y la chispa se apagó. Sus estudiantes de primer curso se hallaban sentados por parejas a mesas equipadas con un fregadero, un mechero Bunsen y un microscopio. Tracy abrió el grifo de una de las mesas de la primera fila.

—Ayuda mucho pensar en la electricidad como un fluido capaz de discurrir a través de los objetos. Cuando fluye la corriente eléctrica, hablamos... ¿de qué, Enrique?

—De la corriente —respondió él, provocando la risa de sus compañeros.

—Quiero decir, cuando una corriente eléctrica puede pasar a través de una sustancia, decimos que esta sustancia es...

—Un conductor.

—¿Y me puedes dar un ejemplo de conductor?

—Las personas.

Las palabras de Enrique volvieron a ser recibidas con carcajadas.

—No estoy de broma; mi tío estaba trabajando en una obra en plena lluvia cuando cortó un cable... y no se mató de milagro. Porque otro colega lo apartó de la sierra de un tirón, que si no...

Tracy recorrió de un lado a otro el espacio que quedaba ante las mesas.

—Perfecto; vamos a analizar la escena. Cuando el tío de Enrique cortó el cable, ¿qué ocurrió con el flujo de la electricidad?

—Que le corrió por el cuerpo —contestó Enrique.

—Lo que podría demostrar que, en efecto, el cuerpo humano es conductor. Sin embargo, si es así, ¿por qué no se electrocutó también su compañero al tocar al tío de Enrique?

Al ver que no respondía nadie, Tracy cogió de debajo de su mesa una pila de nueve voltios y un portalámparas con bombilla. De la *primera salían dos trozos de hilo de cobre y el segundo recibía uno de ellos y tenía otro suelto. Los dos que quedaban en los extremos estaban rematados con sendas pinzas de contacto, que ella conectó a un tubo de goma.*

—¿Por qué no se ha encendido la bombilla?

Todos seguían callados.

—¿Y si el compañero que tocó a su tío llevaba puestos guantes de látex? ¿Qué podríamos deducir?

—Que el látex no es conductor —dijo Enrique.

—Exacto; el látex es aislante. Por tanto, la energía de la pila no fluye a través del tubo de goma.

Entonces conectó las pinzas a un clavo de grandes dimensiones y la bombilla se encendió.

—Los clavos —dijo— están hechos de hierro en su mayor parte. ¿Qué podemos deducir, por tanto, del hierro?

—Que es conductor —respondió la clase al unísono.

En ese momento, sonó la campana. Tracy alzó la voz por encima de aquel ruido estridente y del que producían los taburetes altos al arrastrarse sobre el linóleo.

—Tenéis los deberes en la pizarra. El miércoles seguiremos hablando de electricidad.

Volviendo a su mesa, empezó a recoger cuanto había empleado para la demostración y lo dispuso todo para la clase siguiente. El volumen del estruendo de los pasillos aumentó de pronto y le anunció que alguien había abierto la puerta del aula.

—Las dudas, por favor, las resuelvo en mi despacho; los horarios están puestos en la puerta, al lado de una hoja en la que inscribirse.

—No voy a robarte mucho tiempo.

Tracy se volvió hacia la voz.

—Es que estoy preparando una clase.

Roy Calloway dejó que la puerta se cerrase a sus espaldas.

—¿Me puedes decir qué demonios estás haciendo?

—*Lo acabo de hacer.*

El sheriff *se acercó a la mesa.*

—*¡Cuestionar la integridad de un testigo que ha tenido el valor de dar un paso al frente y cumplir con su deber de ciudadano!*

Hagen había llamado a Calloway, cosa que Tracy había supuesto que sería probable cuando le cerró la puerta en las narices el sábado anterior.

—*Yo no he cuestionado su integridad. ¿Eso es lo que ha dicho?*

—*Pues te faltó poco para llamarlo mentiroso.* —*Había apoyado sobre la mesa las palmas de las manos*—. *¿Me vas a decir adónde quieres llegar?*

—*Solo le pregunté qué telediario estaba viendo.*

—*Eso no te compete, Tracy; el juicio se ha terminado y ha pasado el turno de preguntas.*

—*Pero quedaron algunas por plantear.*

—*Es que no hacía falta plantear todas.*

—*¿Contestarlas tampoco?*

Calloway la señaló con un dedo como hacía cuando era niña.

—*Olvídalo, ¿de acuerdo? Déjalo así. También sé que has ido a hablar con los camareros de Silver Springs.*

—*Cosa que tú no hiciste. Dime, Roy: ¿por qué no fuiste a comprobar que House no decía la verdad?*

—*Porque no lo necesitaba para saber que mentía.*

—*¿Y cómo lo sabías?*

—*Es lo que te dan quince años de servicio en la policía. Que te quede muy claro: no quiero volver a enterarme de que has estado pidiendo transcripciones o acosando a los testigos. Una más y me veré obligado a hablar con Jerry para decirle que uno de sus profesores está jugando a los detectives en lugar de centrarse en enseñar a sus alumnos. ¿Me has entendido?*

Jerry Butterman era el director del instituto de Cedar Grove. El que Calloway se creyera con derecho a tratarla así le resultaba indignante y, al mismo tiempo, digno de risa. El sheriff *no tenía la menor idea de que su amenaza no serviría de nada; de que no pretendía «jugar a los detectives» sino que había decidido zambullirse de lleno, dejar Cedar Grove y mudarse a Seattle a fin de matricularse en la academia de policía.*

—¿Sabes por qué me hice profesora de química, Roy?

—¿Por qué?

—Porque nunca he podido aceptar sin más las cosas como son. Siempre tenía que saber por qué son así. Mis padres se quejaban siempre de tenerme a todas horas preguntando el porqué de todo.

—House está en la cárcel. Con saber eso te basta.

—A mis estudiantes les digo que lo importante no es el resultado sino las pruebas. Si estas son cuestionables, también lo es aquel.

—Pues si quieres seguir enseñándoles todo eso, yo te recomendaría que te centrases en tu trabajo de profesora.

CAPÍTULO 30

Tracy y Kins regresaron de Kent avanzada ya la tarde. Habían ido a hablar con un contable cuyas huellas dactilares coincidían con la que había encontrado recientemente la policía científica en la habitación de motel en la que había muerto asfixiada Nicole Hansen.

—¿Ha confesado? —quiso saber Faz.

—¡Gloria a Dios! ¡Aleluya! —respondió Kins—. Resulta que es un meapilas de Biblia en mano y salmo en boca con cierta predilección por las prostitutas jóvenes; pero tiene una coartada irrefutable para la noche en que Hansen se estranguló a sí misma.

—¿Entonces, la huella...?

—Al parecer había estado allí la semana anterior con otra dama diferente.

Tracy arrojó el bolso dentro de su armario.

—Tenías que haber visto la cara que puso cuando le dije que debíamos hablar con su mujer para confirmar que de veras había dormido a su lado la noche de la muerte de Hansen.

—Parecía que hubiese visto al mismísimo Dios —añadió Kins.

—En eso consiste nuestro trabajo —dijo Faz—: en resolver asesinatos y ayudar al prójimo a encontrar la fe.

—Alabado seas, Señor.

Kins agitó las manos por encima de la cabeza.

—¿Estás pensando cambiar de vocación? —Billy Williams se encontraba en el umbral del cubículo. Lo habían ascendido a sargento del equipo A en el momento de nombrar teniente a Andrew Laub—. Porque, en ese caso, deja que te diga que un sureño criado en la fe baptista va a tener que ser mucho más convincente para que sus fieles le abran la cartera.

—Hablábamos de otro testigo más del caso de Hansen —se defendió Kins.

—¿Algo a lo que sujetarse?

—No estaba allí aquella noche; no conoce a Hansen; está muy arrepentido y se ha propuesto no pecar nunca más.

—Gloria a Dios en las alturas —remató Faz.

Williams miró a Tracy.

—¿Tienes un minuto?

—Sí. ¿Qué pasa?

Él se dio la vuelta y le hizo un gesto con la cabeza para que lo siguiera.

—¡Ay! La maestra se ha metido en un lío —señaló Faz.

Tracy les respondió encogiéndose de hombros y haciendo una mueca mientras se disponía a seguir a Williams, quien dobló la esquina y recorrió el pasillo en dirección a la sala de interrogatorios.

—¿Qué? —preguntó cuando su superior cerró la puerta tras ella.

—Te van a llamar por teléfono. Se han reunido los jefazos.

—¿Para qué?

—¿Es verdad que estás ayudando a un abogado a procurarle un segundo juicio al fulano que mató a tu hermana?

Williams y ella tenían buena relación. Él era negro y, como tal, podía identificarse con la discriminación sutil y no tan sutil con que había topado Tracy en calidad de mujer en una ocupación predominantemente masculina.

—Es complicado, Billy.

—¡No me digas! Así que es verdad.

—Y también es personal.

—Los jefazos tienen miedo de que afecte al departamento.

—¿Te refieres a Nolasco?

—Entre otros.

—¡Qué sorpresa! Vanpelt me ha llamado esta mañana para decirme que está haciendo un reportaje sobre eso mismo y pedirme que le hablara al respecto. Me ha dado la impresión de que tenía muchos detalles, cuando normalmente ella no se preocupa demasiado por los hechos.

—Ahí yo no voy a entrar.

—Ni te lo estoy pidiendo. Solo te digo que Nolasco no teme que afecte al departamento: simplemente lo ve como una ocasión más de hacerme la puñeta. Así que, si le tengo que decir que se meta sus preocupaciones por donde le quepan, agradecería contar con una pizca de apoyo. A menos que tenga dudas sobre mi trabajo, ni es asunto suyo ni tiene por qué quitarle el sueño.

—No la pagues con el mensajero, Tracy.

Tomándose unos instantes para aplacar sus ánimos, respondió:

—Perdona, Billy; es que en este momento cosas así son las que menos falta me hacen.

—¿De dónde les llega la información?

—Sospecho que debe de venir de cierto *sheriff* de Cedar Grove al que le pone tocarme las narices desde hace veinte años y no quiere que me acerque a ese asunto.

—En fin; sea quien sea, parece que se ha propuesto ponértelo muy difícil. A Vampirelt le encantan estas mierdas personales.

—Te agradezco el aviso, Billy. Y siento haber saltado.

—¿Qué sabemos del caso de Hansen?

—Seguimos con las manos vacías.

—Pues tenemos un problema.

—Lo sé.

Williams abrió la puerta.

—Prométeme que vas a ser buena.

—Ya me conoces.

—Sí, eso es lo que me preocupa.

∽

El teléfono de su despacho sonó y Tracy fue la última en entrar aquella misma tarde a la reunión a la que la habían convocado. El simple hecho de que la hubiesen invitado a asistir resultaba insólito. Lo habitual era que el sargento la informase sin más de cualquier decisión adoptada por los superiores. Supuso que Nolasco quería que estuviera presente para poder ponerla en evidencia ante Williams y Laub o marcar su territorio de cualquier otro modo.

El jefe de investigaciones se encontraba de pie en un extremo de la mesa con Bennett Lee, de la oficina de información pública, y ella sabía que la presencia de este último no podía significar sino que Nolasco debía de suponer que Tracy iba a aprobar una declaración para la prensa. Si así era, Tracy lo iba a decepcionar. No era la primera vez en todos aquellos años, ni tampoco iba a ser la última. Se dirigió al lado de la mesa en que se encontraban Williams y Laub.

—Detective Crosswhite, gracias por venir —le dijo Nolasco—. ¿Sabes por qué te hemos llamado?

—Me temo que no. —Tenía que disimular si no quería revelar que Williams la había puesto sobre aviso.

Todos tomaron asiento. Lee tenía un cuaderno de notas sobre la mesa y sostenía un bolígrafo.

—Nos ha llamado una periodista en busca de información para un reportaje en el que está trabajando —anunció Nolasco.

—¿Le ha dado usted mi línea directa a Vanpelt?

—¿Perdona?

—Vanpelt me ha llamado a mi escritorio. ¿Es ella la periodista de la que habla?

El jefe de investigaciones tensó la mandíbula.

—La señorita Vanpelt está convencida de que estás ayudando a un abogado que pretende conseguir un segundo juicio a un asesino convicto.

—Sí, eso es lo que me ha dicho.

—¿Nos puedes poner al día?

A punto de dejar atrás los cincuenta, Nolasco se mantenía delgado y en buena forma física. Se hacía la raya en medio y hacía unos años que se teñía el pelo de un tono castaño singular, más semejante al óxido, que resultaba aún más extraño por ser distinto del color natural de su bigotito. Tracy no podía sino compararlo con una estrella del porno entrada en años.

—No debe de ser difícil si hasta una pluma de tan poca monta como Vanpelt ha conseguido hacerse con los hechos esenciales.

—¿Y cuáles son esos hechos?

—Usted ya los conoce.

Nolasco había sido uno de los que habían estudiado en un primer momento la solicitud que había formulado Tracy para entrar en la academia. Además, había estado presente en las sesiones orales en las que el comité examinador le había preguntado por la desaparición de su hermana. Ni en aquella ni en estas había callado ella nada.

—Pero no todos los presentes.

Se afanó en no dejarse irritar y se volvió hacia Laub y Williams.

—A mi hermana la mataron hace veinte años. Nunca dieron con su cadáver. Condenaron a Edmund House fundándose en pruebas circunstanciales. El mes pasado encontraron los restos de mi hermana. Las pruebas halladas en su tumba contradicen las que se presentaron durante el juicio de House. —Evitó entrar en detalles, porque no quería que Nolasco pudiera compartir ninguna información con Calloway ni con Vanpelt—. Su abogado ha usado esta falta de coherencia para presentar una solicitud de revisión de condena. —Volvió a mirar a Nolasco—. ¿Eso es todo lo que teníamos que hacer aquí?

—¿Conocías al abogado? —preguntó él.

La cólera de Tracy iba en aumento.

—Yo soy de una ciudad muy pequeña, capitán; en Cedar Grove nos conocemos todos.

—Se dice que has investigado por tu cuenta —afirmó Nolasco.

—¿Y quién lo dice?

—¿Has investigado por tu cuenta?

—Tenía mis dudas sobre la culpabilidad de House desde la primera vez que lo arrestaron.

—Eso no responde a mi pregunta.

—Hace veinte años puse en tela de juicio las pruebas que llevaron a condenar a House y eso hizo que algunos de los de Cedar Grove me tomasen inquina; incluido el *sheriff*.

—Así que es cierto que ha estado investigando.

Tracy sabía adónde quería llegar Nolasco: servirse de su posición oficial para llevar a cabo pesquisas personales podía suponer una reprimenda y aun la suspensión de empleo.

—Depende de lo que se entienda por *investigar*.

—A estas alturas dudo mucho que haya que explicártelo.

—Nunca he hecho uso de mi cargo en calidad de detective de homicidios, si es eso lo que me está preguntando. Todo lo que he podido hacer ha sido en mi tiempo libre.

—Así que estamos hablando de una investigación.

—Podría considerarse más bien un pasatiempo.

Nolasco agachó la cabeza y se frotó una ceja como si tratara de alejar una cefalea.

—¿Facilitaste el acceso de un abogado a Walla Walla para que se reuniera con House?

—¿Qué le ha contado Vanpelt?

—Te lo estoy preguntando a ti.

—Quizá acabemos antes si es usted quien me pone a mí al corriente de los hechos. Eso nos ahorraría a todos mucho tiempo.

Williams y Laub se estremecieron.

—Tracy —dijo el segundo—, no estás ante un tribunal de la Inquisición.

—Pues no lo parece, teniente. ¿Voy a necesitar un representante sindical?

Nolasco contrajo los labios. Estaba empezando a encendérsele el rostro.

—La pregunta es muy sencilla: ¿facilitaste el acceso de un abogado al penal para hablar con House?

—Depende de lo que se entienda por *facilitar.*

—¿Lo ayudaste de algún modo?

—Acudí al centro penitenciario con el abogado en su automóvil y un día que no estaba de servicio. Ni siquiera pagué la gasolina. Usamos el acceso público un día de visita, como todo el mundo.

—¿Usaste tu número de placa?

—¿Para entrar? No.

—Tracy —terció Laub—, la prensa nos está preguntando. Es importante que todos dispongamos de la misma información y digamos lo mismo.

—Yo no pienso decir nada, teniente. Le dejé claro a la Vanpelt que es un asunto privado que no tiene por qué importar a nadie más.

—Eso no es nada razonable dada la naturaleza pública del proceso —afirmó Nolasco—. Lo quieras o no, el asunto es de dominio público y tú tienes el deber de garantizar que no afecte de forma negativa a este departamento. Vanpelt está pidiendo una postura oficial.

—¿Y a quién diablos le importa lo que esté pidiendo Vanpelt?

—Estamos hablando de la responsable de asuntos policiales del canal de noticias más importante de la ciudad.

—No es más que una sensacionalista morbosa sin ética que, además, tampoco anda sobrada de talento periodístico. ¿O es que hay alguien que no lo sepa? Lo que yo le pueda decir no importa, porque lo va a tergiversar para crear un conflicto. No pienso seguirle el juego: se trata de un asunto privado. Si sobre lo personal no nos pronunciamos, ¿por qué está recibiendo este asunto un trato diferente?

—Creo, Tracy —intervino Laub—, que lo que está preguntando el capitán es si tienes alguna propuesta sobre cómo deberíamos responder.

—Más de una —contestó ella.

—¿Algo que pueda publicarse? —insistió Laub.

—Con decir que se trata de algo personal y que ni el departamento ni yo vamos a hacer comentario alguno sobre procesos legales en curso debería bastar. Es lo que hacemos siempre con los expedientes en los que seguimos trabajando. ¿Por qué iba a ser este distinto?

—Porque no lo llevamos nosotros —repuso Nolasco.

—Usted lo ha dicho —concluyó Tracy.

Laub se volvió entonces hacia el capitán.

—Yo pienso que a la detective Crosswhite no le falta razón; no ganamos nada haciendo una declaración oficial.

Williams también la respaldó:

—Vanpelt va a publicar lo que quiera con independencia de lo que podamos decirle. Ya nos conocemos todos.

—Pero lo que va a contar es que uno de nuestros detectives de homicidios está ayudando a un abogado a obtener una revisión de condena para un asesino convicto —señaló Nolasco—. Si decimos que no tenemos nada que decir, le estamos dando nuestra aprobación tácita.

—Si de verdad se siente impelido a hacer una declaración institucional, diga que estoy interesada en ver resuelto el asesinato de mi hermana sin que quepa una sombra de duda. ¿Deja eso en muy mal lugar al departamento?

—A mí me parece muy buena solución —dijo Laub.

—En Cedar Grove hay quien piensa que ya se resolvió sin sombra de duda hace veinte años —insistió Nolasco.

—Sí; en aquel momento tampoco les hizo la menor gracia que me pusiera a hacer preguntas.

Nolasco la señaló con el bolígrafo y ella sintió ganas de alargar la mano y romperle un dedo.

—Si hay algo que pueda poner en tela de juicio la culpabilidad de este hombre, debería ponerse a disposición de la comisaría del *sheriff* del condado de Cascade. Al fin y al cabo, es su jurisdicción.

—¿No me acaba de decir que no quiere que participe en ese asunto? ¿Por qué me pide ahora que informe al *sheriff*?

El capitán abrió las aletas de la nariz.

—Lo que estoy diciendo es que, en calidad de agente de la ley, tienes la obligación profesional de compartir con ellos tu información.

—Una vez lo intenté y no me sirvió de mucho.

Nolasco dejó de nuevo el bolígrafo sobre la mesa.

—Eres consciente de que la ayuda que estás brindando a un asesino convicto tendrá repercusiones para toda la sección de Crímenes Violentos.

—Quizá sea un modo de poner de manifiesto que somos imparciales.

Williams y Laub fueron incapaces de contener una sonrisa, aunque a Nolasco no pareció divertirle el comentario.

—Se trata de un asunto muy serio, detective Crosswhite.

—No conozco ningún asesinato que no lo sea.

—Tal vez debería preguntar si va a influir en tu capacidad para desempeñar con corrección tu trabajo.

—Con el debido respeto, pensaba que mi trabajo consistía precisamente en encontrar asesinos.

—Y deberías estar dedicando tu tiempo a descubrir quién mató a Nicole Hansen.

Laub volvió a intervenir:

—Vamos a intentar calmarnos todos. ¿Estamos al menos de acuerdo en que el departamento publique una declaración en la que se deje claro que ni la detective Crosswhite ni nadie más va a hacer comentario alguno sobre procesos legales en curso y se remita cualquier pregunta a la comisaría del *sheriff* del condado de Cascade?

Lee comenzó a tomar nota.

—No quiero que uses tu posición oficial ni ninguno de los recursos del departamento para investigar este asunto. ¿Está claro?

Nolasco ya no hacía nada por ocultar su enojo.

—Sí, y me gustaría que quedase igual de claro que el departamento no va a poner en mi boca nada que yo no haya dicho.

—Nadie va a hacer una cosa así, Tracy —le aseguró Laub—. Bennett puede redactar una declaración que después revisaremos juntos. ¿Estamos todos de acuerdo?

Nolasco no respondió, pero la detective no estaba dispuesta a ceder si él no daba una muestra de buena fe.

—No puedo darte mi protección en esto —dijo al fin el capitán—. El departamento no va a tomar cartas en el asunto; de modo que si algo se tuerce, tendrás que solventarlo tú sola.

Tracy sintió ganas de reír ante la insinuación de que Nolasco hubiese podido respaldarla en cualquier otra circunstancia. Al mismo tiempo, la asaltaron deseos de gritar.

—No pensaba aceptar otra cosa —dijo en cambio.

Kins rodó con su silla hacia el escritorio de Tracy cuando esta regresó al cubículo con la adrenalina aún por las nubes tras su enfrentamiento con Nolasco.

—¿Qué ha pasado?

Ella tomó asiento, se pasó las manos por la cara y se frotó las sienes. Entonces abrió el cajón de su escritorio, sacó un comprimido de ibuprofeno, echó atrás la cabeza y se lo tragó sin agua.

—Vanpelt no preguntaba por los resultados de las pruebas forenses efectuadas a los restos de Sarah: lo que quería saber es si voy a ayudar a un abogado para que Edmund House consiga una nueva vista. Los jefazos se han enterado y están que echan humo.

—Pues diles que no es así. —Al ver que no respondía de inmediato, añadió—: Porque no es así, ¿verdad?

—¿Recuerdas el caso de la señora mayor de Queen Anne que tenemos pendiente de resolver desde el año pasado?

—¿El de Nora Stevens?

—¿No te fastidia no saber quién la mató, Kins?

—Claro que sí.

—Pues imagínate cómo estarías después de veinte años y si la víctima hubiese sido un ser querido. ¿Hasta dónde llegarías para conseguir respuestas?

CAPÍTULO 31

Tracy llamó a la puerta con los nudillos y dio un paso atrás para dejar que volviera a cerrarse el marco de la mosquitera. Al no obtener respuesta, miró por la ventana con las manos colocadas a modo de visera por ver si conseguía ver algo a través de las cortinas de encaje. Entonces, al ver que tampoco parecía haber nadie en la sala de estar, caminó por el porche techado hasta un lateral de la casa y se apoyó en la barandilla. En el camino de entrada, estacionado frente a un garaje exento, había un modelo reciente de Honda Civic.

Dio una voz y tampoco logró nada y, ya estaba desandando sus pasos en dirección a las escaleras de bajada, cuando vio a través del cristal una figura que cruzaba la estancia. La puerta se abrió entonces hacia fuera.

—Tracy...

—Hola, señora Holt.

—Me ha parecido oír llamar. Estaba haciendo punto de cruz en la parte de atrás. ¡Menuda sorpresa saber de ti! ¿Qué estás haciendo en Cedar Grove?

—Tenía que hacer unos trámites sobre la propiedad de mis padres...

—¿No habías vendido ya la casa?

—Sí, pero quedaba alguna cosa pendiente.

—Ha tenido que ser doloroso; ¿verdad? Tengo tan buenos recuerdos de aquel hogar... Sobre todo de las fiestas de Navidad, pero ¡entra, mujer, entra! No te quedes ahí, con el frío que hace.

Tracy se limpió los pies en el felpudo y pasó a la vivienda. Los muebles eran sencillos pero estaban bien arreglados. Había fotografías enmarcadas alineadas sobre la repisa de la chimenea y en tapetes sobre el aparador de la sala de estar, así como una vitrina llena de figuritas de porcelana que parecían conformar una colección. Carol Holt cerró la puerta tras de sí. Tracy calculaba que aquella mujer corpulenta de cabello corto plateado y lentes a juego debía de tener sesenta y tantos años. Todo apuntaba a que seguían gustándole los pantalones elásticos, los jerséis largos y los collares de cuentas de colores. Cuando desapareció Sarah, la señora Holt había hecho sándwiches en la sede de la American Legion para los voluntarios que la buscaban por las colinas.

—¿A qué te dedicas ahora? —le preguntó—. He oído que estás viviendo en Seattle.

—Soy oficial de policía.

—Oficial de policía. ¡Vaya! Debe de ser muy emocionante, ¿no?

—A ratos.

—Siéntate y charlamos. ¿Te traigo algo? ¿Un vaso de agua, café...?

—No, señora Holt. Muchas gracias, pero estoy bien.

—Por Dios, cielo; ya eres muy mayor para tratarme de usted.

Se sentaron ambas en la sala de estar; Tracy, en un sofá granate con almohadones de ganchillo (uno de ellos tenía la inscripción «Hogar, dulce hogar» y una imagen de la fachada de la casa), y Carol, en una silla próxima.

—¿Y qué te trae por aquí? —preguntó la anfitriona.

—Iba ya camino de Seattle y he parado en la estación de servicio para hablar con Harley; pero parece que está cerrada.

No era del todo cierto: Tracy no había ido a Cedar Grove para poner en orden lo relativo a la propiedad de sus padres. Hacía un mes, tras perseguir al antiguo jefe de Ryan Hagen, había dado con una serie de documentos interesantes y tenía la esperanza de que Harley Holt tuviese más papeles que arrojaran luz sobre lo ocurrido.

—Lo siento mucho, Tracy. Hace poco más de medio año que perdí a mi marido.

Ella sintió una repentina decepción.

—No tenía ni idea, Carol. Lo siento muchísimo. ¿Cómo murió?

—De cáncer de páncreas. Se había propagado ya a los nódulos linfáticos y no pudieron hacer nada. Al menos no sufrió mucho tiempo.

Tracy no alcanzaba a recordar una sola vez en la que hubiese ido a dejar un automóvil en la estación de servicio de Harley a fin de que lo revisara y él no hubiese estado allí para recibirla con un cigarrillo en los labios.

—Perdona.

—No hay nada que perdonar. —Carol Holt sonrió con la boca cerrada, aunque sus ojos se habían humedecido.

—¿Lo estás llevando bien? —preguntó Tracy.

Ella se encogió de hombros con gesto resignado y comenzó a juguetear con el collar.

—Es duro, pero hago lo que puedo por permanecer activa y seguir adelante. ¿Qué otro remedio me queda, no? ¡Por Dios bendito! ¿Por qué te cuento a ti una cosa así? Si tú has tenido ya tragedias más que de sobra...

—Tranquila.

—Mis hijos vienen a verme con todos mis nietos y eso ayuda. —Se dio una palmada en los muslos con ambas manos—. ¡En fin! Dime: ¿de qué querías hablar con Harley después de tantos años?

—Pues venía a preguntarle un par de cosas de su trabajo, porque apenas había automóviles en Cedar Grove que no hubiesen pasado por sus manos; ¿verdad?

—Así es. Tu padre era cliente habitual suyo y Harley lo apreciaba muchísimo. ¡Una lástima lo que le ocurrió! Era un hombre tan bueno...

—¿Sabes a quién le compraba Harley los repuestos, Carol?

Por la expresión de la señora Holt podría haberse dicho que le habían formulado una pregunta sobre física cuántica.

—No, cielo; yo no estaba enterada de todas esas cosas. Imagino que los debía de adquirir en distintos sitios.

—Recuerdo todos aquellos archivadores que tenía en su despacho... —dijo Tracy, llegando al fin al motivo de su visita.

Carol Holt alzó las manos al cielo.

—¡Ese despacho era una leonera! Y aun así él encontraba todo. Hacía siempre las cosas a su estilo.

—¿Hace mucho que cerró?

—Cuando se jubiló. Tenía la esperanza de que Greg, nuestro hijo, se hiciera cargo del negocio; pero Greg había hecho otros planes. Hace tres o cuatro años, creo recordar.

—No tendrás por casualidad las llaves, ¿verdad?

—No lo sé —respondió arqueando las cejas—. Imagino que deben de estar por aquí. ¿Qué buscas?

—Hay algo que me tiene intrigada, Carol. Ya sé que parecerá una locura, pero había pensado que quizá si le echase un vistazo a sus archivos podría satisfacer mi curiosidad.

—Me encantaría ayudarte, cielo; pero me temo que no vas a encontrar nada en la estación de servicio. Harley limpió todo cuando la dejó.

—Eso es lo que me había imaginado antes, cuando la he encontrado cerrada y he mirado por las ventanas; pero he pensado que al menos valía la pena intentarlo. En fin, más me vale volverme a Seattle y dejarte que sigas con tu punto de cruz.

—¿Y los archivos?

—¿Perdona?

—¿No me has dicho que querías ojear los archivos?

—¿Pero no los tiró tu marido?

—¿Harley? Ya viste cómo tenía su despacho: ese hombre no tiró un solo papel en su vida. Eso sí, tendrás que remover mucho para encontrar lo que buscas.

—¿Cómo? ¿Que tienes aquí sus archivos?

—¿Por qué crees que tengo que estacionar en el camino? Harley se trajo todo lo que tenía en la estación de servicio y lo metió en la cochera. Siempre decía que les echaría un vistazo y, desde que enfermó, si te he de ser sincera, no he vuelto a pensar en ellos hasta que los has mencionado tú.

CAPÍTULO 32

Tracy se dio por vencida y abandonó la cama poco antes de las dos de la madrugada. En los años que había dedicado a investigar la desaparición y el asesinato de Sarah podía contar con los dedos de la mano las veces que había dormido toda la noche. Aunque el insomnio había mejorado cuando se había decidido al fin a meter las cajas en el armario, todo apuntaba a que quería volver a instalarse en su vida. *Roger*, el gato atigrado, la siguió a la sala de estar dando sonoros maullidos.

—Ya, ya; a mí tampoco me hace ninguna gracia estar despierta.

Cogió su portátil y un edredón, así como el mando a distancia, y se sentó en el sofá del apartamento de sesenta y cinco metros cuadrados que tenía alquilado en el barrio de Capitol Hill de Seattle. No lo había escogido por sus comodidades ni por las vistas que ofrecía (otro edificio de ladrillo como el suyo que se erigía en la acera de enfrente) sino porque tenía el precio y la ubicación perfectos para quien posee una profesión que, sin otorgarle a uno el tratamiento y las iniciales de Dr. antes del apellido, le exige que viva en las inmediaciones del lugar de trabajo para estar disponible la mayor parte del tiempo.

Roger saltó a su regazo y, tras heñir un momento la colcha para estar más cómodo, se aovilló sobre ella. Tracy repasó mentalmente la conversación que había mantenido con Dan aquella misma noche. Este, después de saber por ella tanto de Maria Vanpelt como de la reunión con Nolasco, le había propuesto viajar a Seattle el viernes siguiente para llevarla a la exposición de esculturas de cristal de Dale Chihuly y a cenar.

Desde la visita inicial que había hecho ella a Cedar Grove a fin de dar sepultura a los restos de Sarah, Tracy había regresado varias veces para poner a su disposición el resto de sus documentos y revisar lo que había revelado su investigación. Había pasado dos noches en su casa, aunque desde la clase de golf improvisada no había vuelto a ocurrir nada romántico. Se preguntaba si no había malinterpretado las intenciones de Dan, aunque lo cierto es que estaba convencida que la tensión sexual que había sentido no era fruto de su imaginación. Una parte de ella quería hacer algo al respecto, pero la otra se preguntaba si entablar una relación con Dan no sería contraproducente dadas las circunstancias. Por no mencionar el hecho de que no tenía intención alguna de regresar a Cedar Grove, donde estaba claro que se había instalado él para quedarse. Sí, por todo ello, Tracy había decidido dejar de lado de momento semejante complicación. Sin embargo, la invitación a la exposición de Chihuly la obligó a reconsiderar las intenciones que podía albergar Dan. No cabía considerarla vinculada a la tarea que tenían entre manos y, para colmo de males, ponía en el ojo del huracán el problema de la organización a la hora de dormir, ya que Tracy solo tenía un dormitorio. La proposición la había tomado tan por sorpresa que había aceptado; sin más... para después pasar el resto de la noche preguntándose si había hecho bien.

Encendió el equipo, entró en la página web del fiscal general del estado de Washington e introdujo su nombre y su contraseña para acceder al HITS, el sistema de seguimiento de investigaciones de homicidio. La base de datos ofrecía información de más de veintidós mil asesinatos y agresiones sexuales cometidos en Washington,

Idaho y Oregón desde 1981. Si Hansen había sido víctima de lo primero y no había muerto por ningún género de práctica sexual que se hubiese torcido con consecuencias nefastas, tenía que tomar en consideración que los estudios mostraban que quienes mataban de un modo tan particular solían poner a prueba sus técnicas con frecuencia al objeto de perfeccionarlas. Por eso, tras pasar el día trabajando sobre el caso en su despacho, era normal que Tracy llegase agotada a casa y se sentara ante la pantalla a dar con crímenes similares al de Nicole Hansen y estudiarlos.

La búsqueda inicial que había emprendido con las palabras «habitación» y «motel» había reducido a 1.511 los veintidós mil casos. A aquellas había añadido «cuerda», aunque no «estrangulamiento», ya que deseaba que el rastreo fuese lo bastante amplio como para incluir muertes en las que la víctima hubiese sido atada pero no ahorcada. Con eso, la lista se vio mermada a 224 resultados. En 43 de ellos no se había sometido a agresión sexual a la fallecida. La autopsia de Nicole Hansen no había revelado presencia de semen en ninguno de sus orificios corporales. Semejante anomalía podía explicarse por del grado espantoso de contorsión y por las ataduras que presentaba su cuerpo. Tampoco había sufrido robo: su cartera, a rebosar de billetes y monedas, se había hallado intacta en la cómoda de la habitación. Aquello descartaba el siguiente móvil más lógico, siempre dando por supuesto que Hansen hubiese muerto asesinada.

Tracy se había centrado en aquellos 43 casos y se había puesto a analizar los documentos que recogía el HITS al respecto. Una hora después había estudiado tres casos más, aunque ninguno parecía demasiado prometedor. Cerró la pantalla y se recostó sobre los almohadones.

—Como buscar una aguja en un pajar, *Roger*.

El gato había empezado ya a ronronear.

Lo envidió.

CAPÍTULO 33

La tarde del viernes, el teléfono de Tracy se puso a vibrar mientras ella y Kins cruzaban el lago Washington hacia el oeste por el puente flotante de la 520. El tráfico era denso por causa de cuantos trataban de acceder al centro. Sobre el agua, sumida ya en sombras, descollaba a gran altura una serie de grúas erigidas sobre plataformas en suspensión a fin de construir un segundo paso paralelo al primero. Pese a ser necesaria en extremo, aquella obra había visto retrasada su culminación hasta algún día de 2015 por los desperfectos que presentaban los pontones de hormigón que debían impedir que se hundiera el resultado final.

Tracy miró las llamadas recientes y vio que había desatendido dos de Dan, a quien telefoneó de inmediato.

—¡Hola! —dijo—. Siento no haberme puesto. Hemos estado dando vueltas en busca de testigos y hablando con varios expertos sobre la cuerda que usaron en el homicidio del sector norte de Seattle.

—Tengo una sorpresa.

—¿Buena o mala?

—No sabría decírtelo. Después de pasar la mayor parte del día en el tribunal, he vuelto al bufete y me he encontrado con que tenía en el fax una copia de la oposición a nuestra solicitud de revisión de condena firmada por Vance Clark.

—La han presentado pronto, ¿no?

—Eso parece.

—¿Qué opinión te merece?

—Todavía no la he leído: quería informarte primero.

—¿Y por qué iban a hacer una cosa así?

—Quizá por no complicarse demasiado; por hacer que el tribunal de apelaciones considere carente de fundamento la solicitud. No lo sabré hasta que la lea. De todos modos, me da la impresión de que estás ocupada.

—Envíamelo por correo electrónico y lo tratamos con más detenimiento cenando.

—¡Ah, sí! Sobre eso... Lo siento, pero vamos a tener que aplazarlo.

—¿Estás bien?

—Sí, sí; es solo que tengo que atender algunos asuntos. ¿Puedo llamarte luego?

—Claro —dijo Tracy—. Hablamos esta noche.

Colgó sin saber bien cómo tenía que interpretar el que Dan hubiese cancelado la cita. Aunque al principio le había preocupado la proposición, había acabado por desear que llegase el momento y ver adónde la llevaba. Había hecho planes de comprar un par de hamburguesas de Dick's —de las de un dólar con treinta y nueve— y servírselas en su apartamento para tomarle el pelo.

—¿Algo nuevo? —le preguntó Kins.

—Perdona, ¿qué?

—Si hay algo nuevo.

—Han presentado una oposición a la solicitud. Pensábamos que aún tardarían dos semanas más.

—¿Qué quiere decir eso?

—Todavía no lo sé. —Aún resonaba en sus oídos la incertidumbre que tenía la voz de Dan.

CAPÍTULO 34

Dan O'Leary inclinó hacia atrás la cabeza para aplicarse suero ocular. Tenía la sensación de que las lentillas se le hubieran adherido a las córneas. En el exterior de la ventana en voladizo se veía la lluvia caer en la porción de oscuridad que iluminaba la farola. La había abierto a fin de poder oír la tormenta, que llegaba del norte y traía olor a tierra mojada. De niño se sentaba en la ventana de su cuarto a observar los relámpagos que golpeaban las North Cascades y a contar los segundos que los separaban de los truenos que rodaban con estruendo por las cimas de los montes. Había deseado ser hombre del tiempo. Sunnie le había dicho que debía de ser el trabajo más aburrido del planeta, pero Tracy aseguraba que sería un meteorólogo muy televisivo. Ella siempre había sido así; por más que los otros lo tratasen como el idiota que era de cuando en cuando, su amiga lo defendía en todo momento.

Al verla sola en las exequias de Sarah se le había encogido el corazón. Siempre había envidiado a su familia, tan accesible, amante y cariñosa, cuando de la propia no podía decir lo mismo en muchos casos. De pronto, sin embargo, Tracy había perdido en un periodo relativamente corto todo lo que había amado. Cuando se había acercado a ella durante el funeral había sido en calidad de amigo de infancia, pero tampoco podía negar que se había sentido atraído físicamente por ella. Le había dado su tarjeta con la ilusión de que lo llamaría y acabaría por verlo no como el niño que había conocido sino como el hombre en el que se había convertido. Aquella esperanza se había esfumado cuando ella se presentó en su bufete para pedirle que estudiara su expediente, lo que convirtió aquel segundo encuentro en una simple reunión de negocios.

Si más tarde la había invitado a su casa había sido preocupado por su seguridad; pero al verla de nuevo, no había sido capaz de evitar desear una vez más que naciera una chispa entre ambos. Cuando la había envuelto con sus brazos a fin de golpear la pelota de golf se había despertado en su interior algo que no había sentido en muchísimo tiempo. Llevaba un mes entero tratando de atemperar sus sentimientos con la convicción de que Tracy seguía teniendo una llaga abierta que la hacía no ya vulnerable sino recelosa respecto de Cedar Grove y de todo y todos cuantos ella relacionaba con la ciudad. Le había propuesto acompañarlo a ver la exposición de Chihuly y a cenar con la intención de apartarla de aquel entorno; pero a renglón seguido, había reparado en que tal cosa planteaba una disyuntiva muy incómoda: ¿lo invitaría ella a pasar la noche en su casa o era más conveniente que él buscase un hotel? Había tenido la impresión de estar atosigándola; de que ella no estaba preparada para mantener una relación; de que ya le bastaba con la aparición de los restos de Sarah, la posibilidad de otro juicio y el desgaste emocional que todo ello comportaba.

El desasosiego que sentía también tenía una vertiente profesional: su cliente no era Tracy sino Edmund House; pero ella era quien poseía la información que necesitaba para preparar como estaba mandado la vista en que se revisaría la sentencia condenatoria, en caso de que el tribunal de apelaciones decidiera conceder a House tal derecho. Ante semejantes circunstancias, Dan pensó que sería mejor liberar a Tracy de cualquier presión injustificada y aplazar la cita hasta que fueran más apropiados el momento y el lugar.

Sherlock gruñó y se sacudió mientras dormía al lado de *Rex* en la alfombrilla que tenía frente a su escritorio. Desde que Calloway había amenazado con decomisarlos, Dan había empezado a llevar a los perros consigo al trabajo. No le importaba: hacían buena compañía, aunque tenían el inconveniente de que el menor ruido los llevaba a ponerse en pie de un salto y correr ladrando hacia la antesala. Por el momento, al menos, estaban tranquilos.

Volvió a centrarse en la oposición de Vance Clark a la solicitud de revisión de condena. Había estado en lo cierto al suponer que la había presentado antes de tiempo para dar a entender al tribunal de apelaciones que no valía la pena considerarla. Sus argumentos no eran complicados: declaraba que la solicitud de Dan no demostraba impropiedad alguna en el proceso anterior que justificase la celebración de una vista destinada a determinar si Edmund House debía someterse de nuevo a juicio. Recordaba al tribunal que, si este había sido el primer individuo que había sufrido condena en el estado de Washington por asesinato en primer grado sin que hubiera contra él más que pruebas circunstanciales, había sido porque se había negado a revelar a las autoridades dónde estaba enterrado el cadáver de Sarah Crosswhite pese a haber confesado haberla matado. En lugar de ello, según señalaba el escrito, había tratado de usar la información como medio para obligar a negociar a las autoridades y, en consecuencia, no debía permitirse que sacara partido de semejante estrategia. De haber confesado House veinte años antes el lugar en que se hallaba la fosa, habría sido posible presentar durante su proceso cualquier posible prueba exculpatoria. Que no lo hiciera por aquel entonces fue porque tal hecho habría constituido prueba suficiente de su autoría. Se mirara como se mirase, House era culpable y había recibido un juicio justo y nada de cuanto pudiera plantear Dan en su solicitud de revisión iba a cambiar esta circunstancia.

Aquel no habría parecido un mal razonamiento si no hubiese sido totalmente circular: se fundaba en que un tribunal aceptase que

House había confesado el crimen y empleado la localización del cadáver como mecanismo para obtener una condena menor. DeAngelo Finn había hecho una chapuza a la hora interrogar a Calloway sobre la falta de una confesión firmada o grabada, punto en el que habría centrado su estrategia cualquier abogado defensor, y había puesto peor aún las cosas al permitir que House subiera al estrado y negase haber confesado. Eso había puesto en entredicho la credibilidad del reo y permitido a la acusación usar como argumento legítimo la condena que ya había cumplido aquel por violación y sobre la que no dudó en interrogarlo durante el juicio. Aquel había sido el golpe de gracia: quien ha violado una vez morirá violador. Finn debería haber movido pieza para evitar que se introdujera la presunta confesión del acusado por ser digna de sospecha, dada la falta de pruebas que la sustentasen, y perjudicial por demás para la causa de House. Con ello, no le habría costado evitar toda aquella farsa. Aun cuando hubiera sido denegada, tal petición habría permitido a House sentar la base de un recurso de apelación. De hecho, la omisión de Finn constituía motivo suficiente para celebrar un segundo juicio con independencia de las pruebas exculpatorias halladas en la fosa de la víctima.

Sherlock giró sobre sí mismo y levantó la cabeza y, un segundo más tarde, llamaron al timbre de la recepción. Las uñas del perro repiquetearon sobre la madera del suelo. Las seguían de cerca las de *Rex* y un coro de ladridos y aullidos. Dan miró el reloj, echó a andar hacia la puerta y se detuvo a continuación para agarrar el bate firmado por Ken Griffey Jr. que también lo acompañaba últimamente al despacho.

CAPÍTULO 35

Sherlock y *Rex* tenían a un varón afroamericano acorralado contra la pared. Parecía muy intimidado, tanto por su actitud como por la voz que le salió del cuerpo al aseverar:

—El cartel decía que llamase al timbre.

—Basta —ordenó Dan a los animales, que dejaron de ladrar y se sentaron con gesto obediente—. ¿Cómo ha entrado?

—La puerta no tenía la llave echada.

Había sacado a los perros poco antes para que aliviasen sus necesidades nocturnas.

—¿Quién es usted?

El recién llegado respondió sin apartar la mirada de los dos guardianes.

—Me llamo George Bovine, señor O'Leary.

Dan lo reconoció, aquel nombre figuraba en los archivos de Tracy.

—Edmund House violó a mi hija Annabelle.

El abogado apoyó el bate en un costado de la mesa de recepción. Treinta años antes habían condenado a House por mantener relaciones sexuales con una menor y había cumplido seis de cárcel. Bovine había testificado durante la fase de determinación de la pena, después de que fuera condenado House por el asesinato de Sarah Crosswhite.

—¿Qué hace aquí a estas horas de la noche?

—Es que he venido en automóvil desde Eureka.

—¿Desde California?

El otro asintió con un movimiento de cabeza. Hablaba con voz suave y debía de estar a un paso de cumplir los setenta. Tenía barba gris muy corta y unos lentes de carey que le daban aire de erudito. Llevaba puesta una gorra de golf granate y un jersey de cuello de pico bajo la chaqueta.

—¿Para qué?

—Porque quería hablar con usted en persona. Tenía la intención de concertar una cita mañana por la mañana; pero al pasar por aquí para asegurarme de que la dirección era la correcta, he visto luz por la ventana. La puerta del edificio estaba entornada y, al subir las escaleras, he podido comprobar que venía de aquí.

—De acuerdo, pero no ha respondido usted mi pregunta. ¿Para qué ha hecho un viaje tan largo, señor Bovine?

—El *sheriff* Calloway me llamó para decirme que está usted intentando que se le conceda un juicio nuevo a Edmund House.

Dan empezó a comprender adónde quería llegar, aunque le resultaba sorprendente que Bovine hubiera sido tan directo.

—¿De qué conoce al *sheriff*?

—Testifiqué durante la condena de Edmund House.

—Lo sé; he leído las actas. ¿Le ha dicho Calloway que trate de disuadirme de representar al señor House?

—No; él solo me ha dicho que pretendían procurarle otro juicio. He venido por iniciativa propia.

—Entenderá que me cueste creerlo.

—Lo único que le pido es que me dé la oportunidad de hablar con usted. Le diré lo que vengo a decirle, sin insistir, y lo dejaré tranquilo.

El abogado consideró la propuesta. Aún recelaba de la situación, pero Bovine parecía sincero. Además, acababa de hacer un viaje de ocho horas y no había hecho nada por ocultar el propósito de su visita.

—También entenderá que tengo una relación de confidencialidad con mi cliente.

—Me hago cargo, señor O'Leary. No me interesa lo que tenga que decir Edmund House.

—El despacho está aquí detrás —dijo al fin tras asentir con un gesto.

Hizo chascar los dedos y los dos perros se volvieron y echaron a correr por el pasillo para volver a su puesto en la alfombra, aunque esta vez erguidos y alerta, con las orejas alzadas. Bovine se quitó la chaqueta, reluciente aún por las gotas de lluvia, y la colgó en el perchero que había cerca de la puerta al que apenas se daba uso.

—¡Son enormes!

—Tendría usted que ver lo que gasto en comida —respondió Dan—. ¿Quiere una taza de café frío?

—Sí, por favor. El viaje ha sido largo.

—¿Cómo lo toma?

—Solo.

Dan sirvió una taza y se la tendió y ambos se sentaron frente a la mesa dispuesta ante la ventana que daba a Market Street. Cuando Bovine fue a beber, el abogado notó que le temblaba la mano. Fuera, la lluvia formaba una cortina y golpeaba con furia el techo plano, creando un sonido metálico al recorrer canalones y bajantes. El visitante dejó el café en la mesa y llevó la mano al bolsillo de atrás de su pantalón para sacar la cartera. La convulsión se hizo mayor aún mientras se afanaba en extraer una serie de fotografías de su funda de plástico; tanto, que Dan se preguntó si no estaría aquejado de la enfermedad de Parkinson. Bovine puso una de ellas sobre la mesa.

—Annabelle.

Su hija parecía haber cumplido los veinte hacía no mucho. Tenía el cabello oscuro y liso y la piel más clara que la de su padre. El azul de sus ojos también hacía pensar en una herencia mestiza. Sin embargo, lo que llamaba la atención de ella no era el color de su tez ni de su iris sino la total falta de expresión de su rostro. Annabelle Bovine parecía una imagen recortada en cartón y dispuesta sobre un fondo real.

—Habrá notado la cicatriz que parte de la ceja.

En efecto, desde aquel punto hasta el mentón descendía una línea delgada, apenas distinguible, con forma de hoz.

—Edmund House trató de convencernos a la policía y a mí de que mi hija y él habían mantenido relaciones sexuales consentidas.

En la instantánea que colocó a continuación al lado de la primera resultaba muy difícil reconocer a la joven: tenía el ojo izquierdo inflado hasta el punto de no poder abrirlo y el corte cubierto de sangre. Dan sabía por el expediente de Tracy que House había violado a Bovine cuando la joven tenía dieciséis años. El padre fue a levantar la taza, pero el temblor se había hecho tan pronunciado que tuvo que dejarla de nuevo sobre la mesa. Entonces cerró los ojos y tomó aire varias veces de manera acompasada.

Dan dejó que se recobrase un tanto antes de hablar.

—No sé qué decir, señor Bovine.

—La golpeó con una pala, señor O'Leary. —Se detuvo de nuevo para respirar, aunque esta vez la inspiración fue más agitada y resonó en su pecho—. Como ve, Edmund House no se conformó con forzar a mi hija: quería hacerle daño y habría seguido golpeándola si ella no hubiese reunido las fuerzas necesarias para escapar.

El semblante del anciano se ensanchó con una mueca resignada. Se quitó los lentes para limpiarlas con un pañuelo rojo.

—Seis años. Seis años por arruinar la vida de una chiquilla porque alguien cometió un error mientras recogía las pruebas. Annabelle era una muchacha avispada y sociable. Tuvimos que mudarnos, porque los recuerdos eran demasiado terribles. Dejó por completo los estudios. Ni siquiera puede trabajar. Vivimos en una calle tranquila bastante cerca del mar, en una población sin demasiada delincuencia, un lugar tranquilo, pero todas las noches echamos el cerrojo de nuestras puertas y comprobamos que estén bien cerradas todas las ventanas. Ya se ha convertido en una costumbre. Luego nos metemos en la cama y esperamos. Mi mujer y yo esperamos a oír sus gritos. Lo llaman *síndrome de estrés postraumático por violación*. Edmund House cumplió seis años de condena y nosotros, casi treinta.

Aunque Dan recordaba haber leído un testimonio similar en las actas, vivir tan de cerca la angustia de un padre hacía que el impacto fuera mucho mayor.

—Lo siento. Nadie debería tener que soportar una vida así.

Bovine frunció los labios.

—Y alguien va a tener que hacerlo, señor O'Leary, si hace usted lo que dicen que está intentando hacer.

—El *sheriff* Calloway no tenía que haberlo llamado, señor Bovine. No es justo para ninguno de nosotros. Yo no pretendo subestimar en modo alguno lo que han tenido que sufrir su hija ni su familia...

Bovine alzó una mano, aunque con el mismo comedimiento con el que hablaba.

—Va usted a decirme que Edmund House era un muchacho cuando violó a mi hija, que eso ocurrió hace treinta años y que las personas cambian. —Y con la sonrisa irónica y amplia que ya le había visto antes añadió—: Deje que le ahorre las molestias. —A continuación miró a *Sherlock* y a *Rex*—. Ese hombre no es como sus perros: a él no se le puede adiestrar; no se le puede decir: «Basta».

—Aun así, merece un juicio justo, como todo el mundo.

—Pero él no es como todo el mundo, señor O'Leary. Hombres así no deben estar en otro sitio que en la cárcel. Y no se confunda:

Edmund House es una persona muy violenta. —Con calma, recogió las fotografías y volvió a meterlas en la cartera—. Eso es todo lo que tenía que decirle: no le robaré más tiempo. —Tomando su chaqueta, añadió—: Gracias por el café.

—¿Tiene dónde dormir? —quiso saber Dan.

—Sí; ya lo tenía previsto.

Dan lo acompañó a la recepción. George Bovine abrió la puerta y se detuvo a contemplar de nuevo a *Rex* y a *Sherlock*.

—Dígame una cosa: si no llega a llamarlos, ¿me habrían atacado?

Dan les acarició la cabeza mientras respondía:

—El tamaño asusta, aunque ladran más que muerden.

—Sí, pero supongo que son muy capaces de hacer daño.

Y con esto, salió al pasillo y dejó que la puerta se cerrara tras sí.

CAPÍTULO 36

Tracy no podía con su alma; ya ni recordaba la última vez que había dormido de un tirón. Sentía el cansancio en las extremidades y hasta lo percibía en su propia voz cuando se sentaron ella y Kins en la sala de juntas junto a Faz y Del para poner al día a Billy Williams y Andrew Laub acerca de los casos en los que trabajaba el equipo A.

En las semanas que habían transcurrido desde que Dan había presentado la memoria de réplica a la oposición de Vance Clark, Tracy y Kins habían desandado sin éxito buena parte del camino recorrido durante la investigación del caso de Nicole Hansen. Habían vuelto a entrevistarse con el propietario y los clientes del motel; habían introducido las huellas obtenidas en la habitación en el sistema automático de identificación del condado de King y revisado los resultados, excluyendo de la lista de posibles sospechosos a cuantos poseían coartadas incuestionables, y habían vuelto a hablar con las bailarinas del Dancing Bare, con la familia de la víctima, con sus amigos y con algún que otro antiguo novio. Tracy había elaborado una exposición cronológica de los últimos días de su vida y había identificado a todos aquellos con los que había tenido contacto. También los registros habían constituido un fracaso estruendoso.

—¿Y la nómina de empleados? —quiso saber Laub.

—Llegó ayer por la tarde —respondió Tracy. Se refería a la relación de trabajadores activos y antiguos del Dancing Bare que habían solicitado—. Ya he puesto a Ron a echarle un vistazo.

Ron Mayweather era el quinto detective del que, como el resto de equipos, disponía el A para abordar algunos de los cometidos más tediosos de la labor de investigación.

Laub se volvió hacia Faz.

—¿Qué sabemos de los automóviles del aparcamiento?

Faz meneó la cabeza.

—Nada de nada. Seguimos detrás de una matrícula de California y otra de Columbia Británica. Estamos intentando portarnos bien con nuestros colegas del otro lado de la frontera.

—¿Habéis encontrado algo en el HITS?

—No. —Fue Tracy la que respondió.

Acabada la reunión, cuando se dirigía a buscar cafeína, la detuvo Williams en la puerta.

—Espera un segundo —le dijo, y ella sospechó enseguida el porqué—. En el programa de Vanpelt —prosiguió cuando se quedaron a solas— liaron anoche la de Dios es Cristo. No te extrañe que vuelvan a llamarte.

El regalo de Navidad que le había hecho por adelantado la periodista consistía en un reportaje de una hora sobre Edmund House, Cedar Grove y Tracy Crosswhite en el espacio de televisión que presentaba: *KRIX Undercover*. Vanpelt había mezclado fotografías históricas de la ciudad con otras de Tracy, Sarah, sus padres y House. Había usado entrevistas de vecinos que hablaban de cómo la desaparición de Sarah había destrozado la existencia idílica del municipio, del impacto emocional que había tenido sobre este el juicio y de su actitud ante la posibilidad de tener que revivir aquel trance. A ninguno de ellos le hacía la menor gracia que sus vidas se vieran arrastradas de nuevo al barro de los medios de comunicación.

Tracy se inclinó sobre la mesa de la sala de juntas.

—Sabía que podía pasar —dijo a Williams—. ¿Nos ha afectado mucho?

—Los de prensa han tenido que responder a dos docenas de solicitudes de entrevista de los medios locales y nacionales y eso cuando todavía no había aparecido la historia en la primera plana del *Seattle Times* de esta mañana. Ellos también piden lo mismo, igual que la CNN, la MSNBC y otros seis o siete más.

—No pienso hablar con ellos, Billy. Así no van a parar; lo único que vamos a conseguir es atraer más atención.

—Laub y yo pensamos lo mismo. Ya se lo hemos dicho a Nolasco.

—¿Sí? ¿Y qué opina él?

—Pregunta que qué vamos a hacer entonces si le conceden el juicio a House.

∽

Si de ordinario ya era excepcional ver a Nolasco contento, aquella tarde recibió a Tracy en la sala de juntas con un ceño que hacía pensar que le hubiesen inyectado bótox cuando estaba constipado. Volvía a tener a Lee sentado a su lado, apoyada la barbilla en la palma de una mano y con los ojos fijos en una hoja de papel que descansaba sobre la mesa y que debía de ser, sin lugar a dudas, otra declaración que querían que firmase. No iba a poder evitar decepcionarlos de nuevo.

—¿En qué estado se encuentra la investigación de lo de Hansen? —preguntó su superior antes de que tuviera tiempo de sentarse.

Tracy no pensó ni por un instante que Nolasco hubiera convocado la reunión para hablar de aquello.

—No ha avanzado mucho más desde la conversación de anoche —respondió al mismo tiempo que retiraba una silla.

—¿Y piensas hacer algo para cambiarlo?

—De momento, aquí sentada, poca cosa.

—Quizá ha llegado el momento de recurrir al FBI.

—Prefiero trabajar con una patrulla de *boy scouts*.

En homicidios los llamaban *FPI*: famosos, pero idiotas.

—En ese caso, tráeme algo que pueda presentar a los de arriba.

Tracy se mordió la lengua al verlo hacer un gesto a Lee, quien sacó de debajo de la mesa un montón de folios de poco menos de un dedo de grueso.

—Empezamos a recibirlos desde poco después de acabar el programa de anoche de la señorita Vanpelt —dijo Nolasco mientras le tendía aquel montón.

Ella hojeó las copias de correos electrónicos y transcripciones de mensajes telefónicos. No eran precisamente amables: algunos la tildaban de indigna de vestir uniforme de policía y otros pedían su cabeza.

—Quieren saber por qué una detective de homicidios de Seattle, que ha jurado servir y proteger al pueblo, se ha propuesto liberar a una escoria como Edmund House —resumió Nolasco.

—Los agitadores son así —contestó ella—. Viven para esto. ¿Vamos a empezar ahora a tomar decisiones destinadas a apaciguar a los elementos marginales?

—¿*The Seattle Times*, la NBC y la CBS también son elementos marginales?

—Ya conocemos este cuento; lo que les interesa son las citas jugosas y los índices de audiencia.

—Tal vez, pero a la vista de los acontecimientos recientes, hemos estimado prudente que el departamento publique una declaración en tu nombre.

—Hemos preparado un texto para que lo consideres —dijo Lee.

—Para que lo estudies —recalcó Nolasco—, no para que lo apruebes.

Tracy invitó con un movimiento de cabeza a Lee a acercarle la hoja que tenía delante, si bien no albergaba intenciones de firmar nada. Podían publicar lo que quisieran, pero no obligarla a suscribirlo.

La detective Crosswhite no ha desempeñado función oficial alguna en la investigación ni en los demás trámites conducentes a la solicitud de revisión de la sentencia condenatoria dictada contra Edmund House. En el supuesto de que fuese requerida para participar en ellos, sería en calidad de familiar de la víctima. Ni se ha valido ni se valdrá, oficial o extraoficialmente, de su condición de detective de la unidad de homicidios de la ciudad de Seattle al objeto de influir en modo alguno en dicho procedimiento judicial. Tampoco hará comentario alguno en lo tocante tanto al desarrollo como a los resultados de dicho procedimiento, ni ahora ni en el futuro.

Tracy devolvió el documento a Lee sin levantarlo de la mesa.

—Primero me piden que hable con la prensa y ahora me lo prohíben. Ni siquiera sé lo que significa esto.

—Significa que solo testificarás si te citan —explicó Nolasco—. Esa será tu única participación. No puedes ejercer de ninguna manera de asesora de la defensa.

—¿Participación en qué? —Miró a Laub y a Williams, pero ambos parecían tan confusos como ella.

—Pensábamos que lo sabías —se disculpó Nolasco, quien de pronto daba la impresión de estar incómodo.

—¿Qué?

—El tribunal de apelaciones acaba de aprobar la solicitud de revisión de condena presentada por Edmund House.

Kins se puso en pie al verla llegar corriendo al cubículo para recoger sus cosas.

—¿Qué ha pasado?

Tracy se puso el abrigo sin acabar de asimilar lo que acababa de oír. Después de veinte años de espera, de repente daba la impresión de que todo se estuviera moviendo con demasiada rapidez. No le estaba resultando fácil digerirlo.

—¿Tracy?

—El tribunal de apelaciones ha dado el visto bueno —respondió—. Me lo acaba de decir Nolasco.

—¿Y cómo diablos se ha enterado?

—No lo sé. Tengo que llamar a Dan.

Cogió el teléfono de su escritorio y salió al pasillo.

—¿Cuándo es la vista?

—Todavía no sé nada.

Apretó el paso para coger el ascensor. Buscaba un lugar apartado en el que poder hablar con él y disfrutar de un momento de soledad para asumirlo todo. Se sentía como si le hubiesen dado un golpe en la cabeza y aún estuviera aturdida. La vista de revisión de condena era el trampolín que necesitaba para demostrar que las contradicciones de los testimonios y las pruebas presentadas durante el primer juicio contra House suscitaban serias dudas sobre su culpabilidad. Si Dan lograba que un juez fallase a su favor, el tribunal se vería obligado a celebrar un nuevo proceso; lo que supondría un paso de gigante para sus aspiraciones de hacer que se reabriera la investigación de la muerte de su hermana.

Mientras bajaba el ascensor, cerró con fuerza los ojos: veinte años después, podía ser que al fin se hiciera justicia a Sarah y Tracy obtuviese la respuesta a sus preguntas.

SEGUNDA PARTE

...nada hay más peligroso que una máxima.

C. J. MAY, «Some Rules of Evidence: Reasonable
Doubt in Civil and Criminal Cases», 1876

CAPÍTULO 37

El juez Burleigh Meyers decidió celebrar la vista preliminar en el despacho provisional que se le había asignado en lugar de hacerlo en una sala de justicia por lo que denominó «el enorme interés mediático» que había suscitado el asunto. Dan había solicitado la presencia de Tracy durante aquella audiencia y Meyers había accedido, aunque haciendo constar que se trataba de una petición nada usual por parte de la defensa. Estaba bien informado de las particularidades de aquella causa y no por mero accidente, tal como pudo comprobar Dan al revisar la trayectoria profesional del magistrado. Este había ejercido más de treinta años en los juzgados del condado de Spokane —durante los cuales había sembrado no pocos elogios— antes de retirarse. El colegio de abogados de dicha circunscripción había encomiado en extremo su conducta y el proceder de que había dado muestras en la sala. El abogado también se había enterado de que tanto su secretario como su alguacil habían preferido retirarse a tener que servir a las órdenes de otro juez, cosa que había tomado por muy buena señal. Había averiguado sus números de teléfono y los había llamado para conocer su parecer y ambos habían descrito a Meyers como un hombre que consagraba largas horas a su ocupación, llevaba a cabo buena parte de sus propias pesquisas y podía pasar días enteros considerando sus fallos, aunque no se acobardaba a la hora de tomar una decisión. Era, en definitiva, lo que habían esperado encontrar Tracy y él: un magistrado inteligente dispuesto a afrontar decisiones difíciles. Se decía también que sabía mantener su opinión sin dejarse influir por la presión de los medios de comunicación, circunstancia que explicaba tal vez que el tribunal de apelaciones le hubiera pedido a él que presidiera la vista.

Tracy se sentó aparte y observó a Meyers mientras sacaba su sillón de piel de detrás del escritorio haciendo gemir las ruedas. Lo colocó de tal manera que quedase frente a O'Leary y Clark, sentados uno al lado de otro en un sofá con tapicería de tela. A Tracy, aquel despacho le dio la impresión de un escenario teatral austero, sin un solo cuadro o fotografía en la pared ni una hoja de papel en toda la sala. Decía Dan que el secretario de Meyers le había asegurado que la voluntad del juez de abandonar su retiro no se debía, en absoluto, al aburrimiento, ya que, al parecer, poseía un rancho de ganado de veinticinco hectáreas y se encargaba personalmente de las labores más fatigosas.

Era un hombre de aspecto duro nada exento de atractivo al que la detective calculó más de un metro noventa de estatura, con la piel sana y curtida de quien se mantiene en forma reparando cercas y establos y manejando balas de heno. Su cabello plateado y sus ojos azul claro hacían que le recordase en cierta medida a Paul Newman.

—He aceptado este nombramiento con una condición —advirtió. Llevaba pantuflas y, al cruzar las piernas, se le levantó el bajo de los vaqueros y dejó al descubierto sus calcetines de rombos—. A mi esposa le encantan el sol y la equitación. Por eso mismo nos gusta recorrer los estados de poniente con un remolque para dos caballos. Ella tiene planes de hacer una ruta ecuestre en Phoenix a finales de mes y les puedo asegurar, muy señores míos, que no le hace ninguna gracia que la defraude... ni tengo yo intención alguna de hacer tal cosa. Dicho de otro modo: el que esté medio jubilado no quiere decir que tenga tiempo que perder. Pretendo despachar este asunto con la mayor prontitud posible.

—Es lo que desea también la defensa, señoría —aseguró Dan.

Clark parecía afligido.

—Señoría, yo tengo en mi agenda otros menesteres, incluido un juicio que comenzará en breve...

—Aun cuando entiendo perfectamente que desee usted cumplir con sus compromisos, señor Clark —lo atajó Meyers de inmediato—, debe tener presente que la ley dispone que se otorgue al fiscal una audiencia probatoria rápida; conque le sugiero que haga en su calendario los ajustes pertinentes para dar a este asunto la mayor prioridad posible. En cuanto al proceso que tiene programado, ya he hablado con el juez Wilberg y está de acuerdo en retrasarlo un mes.

Clark soltó un suspiro resignado.

—Gracias, señoría.

—¿Tiene intención la defensa de tramitar diligencias previas al juicio? —preguntó Meyers.

Los documentos de Tracy poseían más información de la que Dan podía haber recabado jamás por su cuenta, incluidos las actas del proceso y el informe forense de Kelly Rosa. Por eso había dicho a la detective que obtener ulteriores declaraciones no serviría sino para demorar el procedimiento y ofrecer a los testigos citados la oportunidad de buscar un pretexto para no estar disponibles o repasar su testimonio anterior e inventar algo nuevo. Tampoco quería brindar a Clark mucha más información sobre cómo pretendía desacreditar a los testigos a los que había citado la fiscalía en el anterior juicio.

—La defensa está lista para proseguir —afirmó en consecuencia.

—A la acusación sí le gustaría llevar a cabo una serie de interrogatorios —dijo el otro—. Estamos elaborando una lista.

—Señoría —protestó Dan—, la fiscalía no tiene facultad para presentar pruebas nuevas en esta vista ni la defensa intención de citar más que a los testigos citados por el estado durante el juicio inicial del señor House. Los únicos declarantes nuevos serán el médico forense, que testificará acerca de los indicios recogidos en la fosa, y un experto en ADN. No veo motivo por el que el señor fiscal no pueda hablar con sus testigos a su debido tiempo. Nosotros, además, pretendemos hacer que nuestro experto esté disponible fuera del horario laboral.

—¿Señor Clark?

Vance Clark se puso en pie para decir:

—Trataremos de hablar con los testigos.

—¿Alguna petición previa a la vista? —preguntó Meyers.

—La fiscalía solicita que la detective Crosswhite no esté presente en la sala.

Tracy miró a Dan.

—¿Con qué fundamento? —quiso saber este.

—La detective Crosswhite actuará de testigo de la defensa —explicó Clark a Meyers— y, como tal, no debería tener acceso a la sala hasta el momento de testificar, igual que cualquier otro declarante.

—La detective Crosswhite no es testigo de la defensa —arguyó Dan— sino la hermana de la finada. Es de esperar que su testimonio sea fáctico y se ciña a cuanto ocurrió el día de la desaparición. La fiscalía podrá dirigirse a ella en todo momento. Además, difícilmente puede equipararse a la detective Crosswhite a cualquier otro testigo: yo había dado por supuesto que el ministerio público habría deseado que la detec...

—Señor O'Leary —lo interrumpió el magistrado—, tenga a bien defender su causa y dejar que el ministerio público tome sus propias decisiones. —Y tras acallar con un gesto al fiscal, añadió—: Voy a desestimar la petición, señor Clark. La detective Crosswhite tiene derecho a estar presente en cuanto familiar de la finada y no logro ver en qué sentido puede perjudicar su presencia a la acusación.

»Hay otra cosa que quiero que quede clara. Todos conocemos el enorme interés mediático que ha despertado este procedimiento. Pues bien: sepan que no pienso permitir que esto se convierta en un espectáculo de feria ni en un circo. La prensa tiene derecho a estar presente y me he avenido a permitir el uso de una sola cámara. Si bien no voy a imponer el secreto de sumario ni a ustedes ni a sus testigos, sí me encuentro en posición de apelar a su juramento en cuanto funcionarios de este tribunal para que expongan ante mí, y no ante los medios, los argumentos relativos a este asunto. ¿Ha quedado claro?

Clark y Dan afirmaron que habían entendido su advertencia. Meyers, con aire satisfecho, unió las manos como si fuera a ponerlos a todos a rezar y concluyó:

—En tal caso, ya que estamos todos presentes, tenemos todo claro y han puesto a mi disposición esa sala mastodóntica de ahí fuera, construida gracias al sudor del contribuyente, voy a proponer que comencemos el lunes por la mañana, bien tempranito. ¿Alguien tiene algo que objetar?

Dado que ninguno de los dos letrados deseaba incurrir en la ira de una mujer obligada a diferir su paseo a caballo, ambos guardaron silencio.

CAPÍTULO 38

DeAngelo Finn se arrodilló en la tierra de espaldas a la acera, sin saber que lo estaban observando. El cielo se había despejado y el breve respiro que había concedido la lluvia persistente le brindaba la ocasión de preparar su huerto para el invierno. Tracy lo miró mientras acababa de hablar con Kins, quien la había llamado para informarla de que Nolasco había pasado de forma oficial el caso de Nicole Hansen a la división de pendientes.

—¿Que nos lo ha quitado? —preguntó.

—Se trata de una artimaña: no quiere tenerlo en el historial de la sección. Dice que no puede permitir que su gente se dedique a un expediente que no va a ninguna parte. Entre tu ausencia y mi volumen de trabajo, no tenemos gente suficiente para hacernos cargo de todo.

—Mierda, Kins; lo siento.

—No te angusties: pensaba seguir atando cabos sueltos; pero Nolasco tiene razón: hemos agotado las pistas; si no aparece nada nuevo, no tenemos adónde apuntar.

Tracy sintió un pinchazo de remordimiento. Sabía por experiencia que hasta que dieran con el asesino y lo condenaran, la familia de Hansen no podría pasar página.

—Haz lo que tengas que hacer —añadió Kins—. El trabajo seguirá aquí cuando vuelvas, por desgracia. Mi padre siempre decía que, con buenos o malos tiempos, siempre habrá muertos e impuestos. Infórmame de lo que vaya pasando.

—Lo mismo digo.

Colgó y se tomó unos instantes para salir del automóvil. Hacía el sol suficiente para justificar el uso de lentes de sol, aunque bastante frío para marcar el aire con vaho con cada exhalación mientras se aproximaba a la puerta de la cerca de madera. No había detectado en DeAngelo reacción alguna en el momento de estacionar ni en el de cerrar el automóvil, tampoco cuando llegó a su lado.

—¿Señor Finn?

Los guantes se arracimaban hacia la punta de sus dedos mientras trataba de arrancar otra mala hierba.

—¿Señor Finn? —repitió ella alzando la voz.

Al volver la cabeza el abogado, Tracy vio el audífono que tenía prendido en la patilla de los lentes. Él titubeó antes de quitarse los guantes y dejarlos en el suelo. A continuación, se los ajustó, tendió el brazo para recuperar el bastón que descansaba a su lado y, con movimientos inseguros, se puso en pie y se dirigió hacia la cerca. Llevaba puesta una gorra bordada de los Seattle Mariners y una cazadora a juego que pendía de sus hombros como si la hubiera heredado de un hermano mayor. El hombre recio de hacía veinte años parecía haber quedado reducido a la mínima expresión. Los lentes de cristales gruesos le agrandaban los ojos y les conferían cierto aspecto acuoso.

—Soy Tracy Crosswhite —dijo ella quitándose las de sol.

Finn, quien en un primer momento no pareció haber reconocido el nombre ni a la portadora, dejó asomar al rostro una lenta sonrisa y abrió la puerta.

—¡Tracy, claro! Lo siento; mi vista ya no es lo que era. Tengo cataratas, ¿sabes?

—¿Arreglando el huerto para el invierno? —preguntó ella mientras entraba—. Mi padre lo hacía todos los otoños. Lo recuerdo desherbando, abonando el suelo y cubriendo los parterres con plástico negro.

—Si no se quitan las malas hierbas, en invierno crían semilla y, en primavera, ruina.

—Sí; él decía algo parecido.

Finn sonrió con envidia mientras alargaba el brazo para tocar el suyo y se inclinaba con aire conspiratorio:

—Nadie podía competir con los tomates de su padre. Tenía un invernadero... ¿Te acuerdas?

—Sí.

—Yo le decía que eso era hacer trampas y él me respondía invitándome a llevar allí mis plantas cuando quisiera. Tu padre sí que era un hombre cabal.

Ella contempló la modesta parcela del letrado.

—¿Qué cultiva?

—Un poco de todo. La mayoría la regalo a los vecinos. Como estoy solo... Sabrás que murió Millie.

Aunque no tenía noticia, había dado por supuesto que así era. La esposa de Finn ya tenía problemas de salud hacía veinte años, cuando la había atendido James Crosswhite.

—Lo siento —respondió ella—.¿Y cómo lo lleva?

—Entra y te tomas algo —dijo él.

A Finn no le resultó fácil levantar las piernas para subir los tres escalones de hormigón de la puerta trasera, tarea que lo dejó sin aliento y sonrojado. Tracy también notó que le temblaban las manos cuando se desabrochó la cazadora y la colgó en una percha del vestíbulo trasero. El intento que había hecho Vance Clark de invalidar la citación de Finn solicitada por Dan para la vista iba acompañado por un informe médico que hablaba de disfunción cardiaca, enfisema y otras muchas dolencias físicas que hacían que la tensión de tener que declarar resultase dañina para su ya precaria salud.

Finn la condujo a una cocina por la que parecía no haber pasado el tiempo y cuyos armarios de madera oscura contrastaban con la claridad del papel de pared y el zanahoria de la formica. Finn retiró de una silla un montón de periódicos y un montón de correspondencia para que Tracy pudiera sentarse a la mesa, llenó de agua del grifo un hervidor y lo colocó en una hornilla Wedgewood. La detective no pasó por alto la bombona de oxígeno portátil que había en un rincón ni el calor que emanaban las rejillas del suelo. El aire olía a carne frita y en el quemador frontal descansaba una sartén de hierro grasienta.

—¿Puedo ayudar en algo? —preguntó.

Él declinó el ofrecimiento con un gesto de la mano, sacó dos tazas de uno de los armarios e introdujo sendas bolsas de té mientras hablaba de esto y aquello. Cuando abrió la nevera, Tracy vio poco más que estantes vacíos.

—No tengo gran cosa, apenas recibo visitas.

—Tenía que haber avisado —dijo ella.

—Pero tenías miedo de que no quisiera hablar contigo. —La miró por encima de los lentes moteados—. Estoy mayor, Tracy, y ya no veo ni oigo bien; pero sigo leyendo el periódico todas las mañanas. Dudo mucho que hayas venido a verme para interesarte por el huerto.

—No; quería hablar de la vista.

—Querías ver si de verdad estaba demasiado enfermo para testificar.

—Y da la impresión de manejarse bien.

—Cuando uno llega a mis años, tiene días mejores y días peores —dijo Finn— y resulta imposible predecirlos.

—¿Qué edad tiene usted, señor Finn?

—Por Dios, Tracy. Si te conozco casi desde que naciste; tutéame, por favor. Pues mira, esta primavera cumpliré ochenta y ocho.

—Golpeó la encimera con los nudillos—. Si Dios quiere. —La miró—. Y si el Señor tiene otros planes, me iré a reunirme con mi Millie. La idea tampoco es mala, ¿sabes?

—El de Edmund House fue tu último juicio, ¿verdad?

—Llevo veinte años sin pisar un tribunal y no tengo intención de volver a aparecer por uno.

El vapor hizo que pitara el hervidor y Finn, arrastrando los pies, fue a llenar las dos tazas. Dado que Tracy no deseaba leche ni azúcar, las puso sobre la mesa y se sentó frente a ella y se puso a remojar su bolsa de té metiéndola y sacándola del líquido. La taza se agitó cuando la alzó para beber.

—A Millie le estaba fallando ya la salud y yo había decidido no volver a representar a nadie.

—¿Por qué lo hiciste entonces?

—El juez Lawrence me pidió el favor de que defendiese a Edmund House, porque nadie más quería hacerlo. Cuando acabó el juicio, me retiré. Millie y yo habíamos pensado pasar unos años juntos, hacer todo lo que habíamos ido retrasando porque yo estaba siempre en el juzgado; viajar un poco... La vida no suele ser como uno la planea, ¿verdad?

—¿Te acuerdas del juicio?

—¿Quieres saber si me esforcé en defender a aquel joven?

—Eras un buen abogado, DeAngelo. Mi padre lo decía siempre.

Finn le dedicó una sonrisa burlona. Tracy no pudo evitar pensar que tras ella se ocultaba un secreto... y el convencimiento de que nadie iba a obligar a testificar a un anciano de ochenta y ocho años con el corazón débil y enfisema.

—No siento culpa ni duda alguna en lo relativo a cómo llevé aquel asunto.

—Eso no contesta a mi pregunta.

—No siempre tenemos derecho a las respuestas.

—En este caso, ¿por qué no?

—A veces pueden causar mucho dolor.

—Yo tampoco tengo ya familia, DeAngelo; estoy sola.

—Tu padre —dijo él con la mirada perdida— siempre me trató con respeto y eso no se puede decir de todo el mundo: yo no he salido de ninguna facultad de derecho prestigiosa ni respondo precisamente a la imagen que se ofrece de los abogados. Sin embargo, él siempre me respetó. Además, trató a mi Millie como nadie y yo eso se lo agradezco más de lo que nunca podrás imaginarte.

—¿Lo bastante como para echar a perder tu última causa judicial si te lo pedía?

Siempre había sospechado que podía haber sido su padre, y no Calloway ni Clark, quien fraguara la condena de Edmund House. Finn no se inmutó; colocó su mano, pequeña y moteada por la edad, sobre la de ella y la apretó con dulzura.

—No voy a intentar disuadirte de lo que has venido a hacer. Entiendo que haya una parte de ti que siga aferrada a tu hermana y a una época diferente. Todos hemos quedado asidos a aquel tiempo, Tracy; pero eso no quiere decir que podamos recuperarlo. Las cosas cambian y cambiamos nosotros con ellas. Y fueron muchas las que cambiaron el día que desapareció Sarah. Para todos. Aun así, me alegra muchísimo que hayas venido a verme.

Tracy había obtenido su respuesta; si Finn había participado en una conspiración destinada a inculpar a Edmund House, estaba resuelto a llevarse el secreto a la tumba. Aún dedicaron otros veinte minutos a charlar de Cedar Grove y de cuantos habían vivido en la ciudad antes de que Tracy retirase su silla para decir:

—Gracias por el té, DeAngelo.

Finn la acompañó a la puerta trasera. Al salir al angosto porche al que daba paso, la detective sintió la diferencia de temperatura con el aire frío del exterior y el olor intenso del abono que había agregado a la tierra el dueño de la casa. Le dio las gracias de nuevo, pero, al volverse para partir, él tendió la mano para posarla en el brazo de ella.

—Tracy —le dijo—. Ten cuidado: a veces es mejor dejar sin respuesta nuestras preguntas.

—Ya no queda nadie a quien pueda herirse, DeAngelo.

—Sí que queda —contestó él antes de regalarle de nuevo su sonrisa amable y, dando un paso atrás, cerrar la puerta.

❦

Tracy estaba comiendo con palillos pollo con salsa de frijoles negros de un cartón. Sobre la mesa de la cocina de Dan tenían desparramados papeles, actas y libretas. Se habían tomado un descanso para cenar y ver el telediario de la noche. Dan había quitado el sonido mientras hablaban.

—Ni siquiera discutió —dijo Tracy al referirle una vez más la conversación mantenida con DeAngelo—: se limitó a decir que no sentía culpa ni albergaba dudas.

—Pero no dijo que hiciera cuanto estuvo en sus manos por defenderlo.

—No, eso no lo dijo.

—En realidad, no lo necesitamos para demostrar que no lo defendió de un modo mínimamente aceptable —aseguró él mientras ojeaba un artículo aparecido en la primera plana de *The Seattle Times* acerca del juicio inminente.

El diario había publicado un texto muy completo acompañado de una fotografía del último curso académico de Sarah, una de Edmund House de hacía veinte años y otra más reciente de Tracy. La Associate Press había hecho que figurase también en docenas de periódicos de todo el país, incluidos *USA Today* y *The Wall Street Journal*.

—Ahí hay algo más, Dan. —Metió los palillos dentro del cartón y se reclinó. *Rex* se acercó sin hacer ruido para ponerle la cabeza en el regazo: una señal de afecto muy poco habitual—. ¿Estás pidiendo mimos? —preguntó mientras le acariciaba la cabeza.

—No te confíes. *Rex* es un manipulador de mucho cuidado. Lo que quiere es pollo.

Tracy le rascó detrás de las orejas y *Sherlock*, que no quería ser menos, trató de apartarlo con el morro.

—¿Sigues pensando que deberíamos empezar con Calloway?

Dan dobló el diario y lo puso sobre la mesa.

—El primero.

—Seguro que finge falta de memoria y se remite al testimonio que prestó durante el juicio.

—Cuento con ello, porque lo que pretendo es desgranar su declaración. —Chasqueó los dedos y, a una señal suya, los dos perros se dirigieron obedientes a la sala de estar y se echaron en la alfombra—. Cuanto más trate de eludir responder a mis preguntas, mejor. Lo único que necesito es acorralarlo y dejar que lo desacredite el testimonio de los otros testigos. Si consigo enfadarlo, quizá me diga más que de cualquier otro modo.

—Sí, Calloway es un hombre irritable. —Tracy miró al televisor y dijo—: ¡Espera! Esa es Vanpelt.

La periodista estaba de pie en la acera del tribunal del condado de Cascade, del que podían verse por encima de su hombro derecho las letras de bronce sobre piedra arenisca. Dan la siguió al sofá, cogió el mando a distancia y volvió a darle voz en el momento en que Maria Vanpelt se dirigía a los escalones del juzgado mientras recordaba que había sido ella quien había «destapado» la noticia de la participación de la detective Crosswhite en la concesión de un segundo juicio a Edmund House.

—Hace que parezca comparable al Watergate, ¿verdad? —comentó Dan.

Al llegar a la escalera, Vanpelt giró sobre sí misma para mirar a cámara. Tracy pudo ver al fondo un buen número de furgones de televisión estacionados en la calle más cercana a la entrada, marcando el territorio.

«Se diría que aquí no se va a juzgar únicamente a Edmund House sino a toda la ciudad de Cedar Grove. Aún está sin resolver una pregunta: ¿qué ocurrió en realidad hace veinte años? La desaparición de la hija de un médico eminente; su búsqueda multitudinaria; la espectacular detención de un violador en libertad bajo fianza y un sensacional proceso criminal que pudo llevar a un hombre inocente a la cárcel. Aunque hoy no va a hablar ninguna de las partes, en breve conoceremos toda la verdad. El juicio a Edmund House comienza mañana por la mañana y yo voy a estar ahí, en el interior de la sala, para ofrecerles, minuto a minuto, toda la información de cuanto ocurra.» Vanpelt miró por última vez el edificio que se abría a sus espaldas antes de cortar la conexión.

Dan volvió a quitar el sonido.

—Parece que te las has ingeniado para hacer lo que no había logrado nadie hasta ahora.

—¿Qué?

—Que vuelva a saberse de la existencia de Cedar Grove. No hay telediario ni periódico de importancia del país que no hable de esta población. Además, por lo que me han contado, no queda una sola habitación libre en ninguno de los hoteles que hay de aquí a los juzgados. Hasta se están alquilando cuartos de casas particulares.

—Me temo que eso es más gracias a ella que a mí —respondió Tracy refiriéndose a Vanpelt—. Sin embargo, se equivoca al decir que el primer juicio causara sensación. Yo lo recuerdo casi aburrido. Vance Clark fue avanzando de manera metódica y DeAngelo se condujo de forma competente pero moderada, como resignado al resultado.

—Quizá lo estuviera.

—De hecho, me acuerdo de haber notado un extraño desapego por parte de toda la ciudad, como si nadie quisiese estar allí y todos se sintieran, sin embargo, obligados a asistir. Muchas veces me he preguntado si mi padre no tendría nada que ver también con eso: si no hizo algunas llamadas a fin de que el juez y el jurado pudieran ver el apoyo con que contaba Sarah y el impacto que había tenido el crimen en la población.

—Como si quisiera asegurarse de que nadie vacilaba llegado el momento de condenar a House.

Tracy asintió con un gesto.

—Él no creía en la pena de muerte, pero quería que House tuviera que cumplir cadena perpetua sin derecho a libertad condicional. Recuerdo eso y también que él parecía más distanciado que nadie del proceso.

—¿Por qué?

—Mi padre estaba siempre tomando notas. Hasta lo recuerdo recogiendo apuntes en conversaciones telefónicas informales. Sin embargo, en el juicio, pese a tener una libreta abierta en el regazo, no llegó a escribir una sola palabra. —Y al ver que su anfitrión la miraba, repitió—: Ni una.

Dan se acarició la barba de un día que le asomaba a la barbilla.

—¿Cómo lo estás llevando tú?

—¿Yo? Bien.

Él dio la impresión de estar considerando la respuesta.

—¿Tú nunca te quitas la máscara de frialdad?

—¿Qué máscara? —Con esto se dirigió a la cocina y recogió los cartones de la mesa para despejarla y poder seguir trabajando.

Dan se apoyó en la encimera mientras la observaba.

—Tracy, estás hablando con un hombre al que le ha costado dos años tratar de disimular cuánto daño le estaba haciendo su mujer.

—Creo que deberíamos concentrarnos en nuestra causa y dejar para otro momento el psicoanálisis de Tracy.

—De acuerdo —convino él separándose de la encimera.

Ella dejó uno de los cartones.

—¿Qué quieres que haga, Dan? ¿Que me derrumbe y me eche a llorar? ¿De qué iba a servir?

Él alzó las manos con un gesto de fingido sometimiento, retiró su silla y se sentó.

—Había pensado que tal vez hablar te resultaría liberador.

Ella dio un paso hacia él.

—¿De qué? ¿De la desaparición de Sarah? ¿De la escopeta que se puso mi padre en la boca? No necesito hablar de eso, Dan: lo viví.

—Lo único que te he preguntado es cómo lo estabas llevando.

—Y yo te he dicho que estoy bien. ¿También quieres que te tenga de psiquiatra?

Él entrecerró los ojos.

—No: no quiero ser tu psiquiatra; pero me gustaría volver a ser tu amigo.

La respuesta la tomó desprevenida. Se acercó a la silla que ocupaba Dan.

—¿Por qué dices eso?

—Porque tengo la sensación de ser tu abogado y eso ya me está causando suficientes quebraderos de cabeza éticos. Sé sincera: ¿me habrías prestado atención si no te hubiese dicho que era abogado en el funeral de Sarah?

—Estás siendo injusto.

—¿Por qué?

—Porque no se trata de algo personal.

—Lo sé. Eso también lo has dejado claro. —Y dicho esto abrió su portátil.

Ella acercó la silla a la de él y se sentó. Sabía que más tarde o más temprano tenía que llegar el momento en que tratasen de poner en claro su relación; pero nunca había pensado que fuera a ser la noche anterior a la vista. Sin embargo, ya que lo tenía delante, no vio ningún motivo para no dejarlo dicho y hecho.

—No quería prestar atención a nadie de Cedar Grove, Dan. No se trataba de ti; es que no quería volver.

Él se puso a escribir sin mirarla.

—Sí, sí; lo entiendo.

Tracy tendió la mano y la colocó sobre el teclado. Dan se recostó.

—Lo único que quiero es que acabe todo esto —dijo—. Lo entiendes, ¿verdad? Después, podré recuperar mi vida; toda mi vida.

—Claro que lo entiendo; pero, Tracy, no puedo garantizarte que vaya a ocurrir.

La tensión inusitada de sus palabras la llevó a reparar en la ansiedad que estaba soportando también él. Parecía haberlo llevado tan bien que Tracy había olvidado que al día siguiente Dan iba a entrar a una sala de justicia que estaría ocupada probablemente por un auditorio hostil y una turba mediática no menos adversa, en nombre de una amiga de infancia que llevaba veinte años consagrada a una búsqueda que ella misma se había impuesto.

—Lo siento, Dan. No quería que te vieras sometido a tantísima presión. Me consta que puede ser angustioso, sobre todo ahora que vuelves a vivir aquí. Y ya sé que no hay garantías.

—El juez Meyers —siguió diciendo él con voz suave— podría denegar un juicio nuevo a House y también podría ser que, aunque se lo concediera, no supieras más que ahora de lo que ocurrió aquella noche.

—Eso no es verdad. La vista va a revelar las incoherencias que hubo entonces y a hacer público lo que yo he sabido en privado todos estos años: que las cosas del primer proceso no eran lo que parecían.

—Estoy preocupado por ti, Tracy. ¿Qué vas a hacer después? ¿Y si aun así no logras convencer a nadie para emprender de nuevo la investigación?

Ella se había hecho la misma pregunta muchas veces y no había dado todavía con una respuesta concluyente. Fuera azotó las ventanas una ráfaga de viento que hizo que *Rex* y *Sherlock* alzasen la cabeza con las orejas levantadas y expresión de curiosidad.

—No lo sé. —Se encogió de hombros y le dedicó una sonrisa melancólica—. Bueno, pues ya lo he dicho: no sé qué voy a hacer. Estoy tratando de avanzar día a día, paso a paso.

—¿Puedo decirte algo que me ha enseñado la experiencia?

—Claro.

—Lo primero que tienes que hacer es dejar de culparte por lo que ocurrió.

Tracy cerró los ojos y sintió un nudo en la garganta.

—Aquella noche tenía que haberla llevado a casa, Dan; nunca debí haberla dejado sola.

—Yo tampoco dejaba de decirme que, si hubiera estado más tiempo junto a ella, mi mujer no se habría acostado con mi socio.

—No es lo mismo, Dan.

—No, no es lo mismo; pero, como yo, tú te sigues recriminando por algo que no hiciste. En mi caso, fue mi mujer la que quebrantó los votos del matrimonio y, en el de la muerte de Sarah, el responsable es quien la mató, tú no.

—Sarah era responsabilidad mía.

—Y nadie ha cuidado nunca de una hermana como tú, Tracy. Nadie.

—Aquella noche, no: aquella noche no cuidé de ella. Estaba enfadada con Sarah por haberme dejado ganar y no insistí en que viniese con nosotros. —La voz se le quebró mientras luchaba por contener las lágrimas—. Tengo que vivir con eso a diario. Esta vista es mi manera de cuidar de ella, de compensar haberla dejado sola aquella noche. No sé qué va a pasar, Dan; pero tengo que saber qué fue lo que pasó. Eso es lo único que pido. Después, ya veremos.

Rex se levantó y se dirigió a la ventana de la fachada principal para apoyar las patas en el alféizar y mirar al jardín. Dan se retiró de la mesa y abandonó su silla.

—Debería dejarlos salir. —Fue hacia la sala de estar—. ¿Qué pasa, pequeñín? ¿Necesitas hacer tus cosas?

Tracy miró afuera. Al reflejarse en el cristal, las luces suaves que iluminaban los parterres y el césped le impidieron discernir la sombra que salió de detrás del árbol que crecía en el límite de la propiedad.

—¡Dan!

La ventana estalló en mil pedazos. Tracy dejó caer su silla y se las compuso para medio derribar, medio arrastrar a Dan al suelo. Lo sostuvo allí en espera de más disparos que, sin embargo, no llegaron a producirse. Fuera oyeron un motor que aceleraba y rechinar de ruedas. Se apartó rodando de Dan, tomó la Glock del bolso, abrió la puerta principal y echó a correr por el césped. El vehículo había llegado al final de la manzana; estaba demasiado lejos para alcanzarlo y para ver la matrícula. Sin embargo, en el momento en que redujo la marcha para coger la curva, pudo ver que no se le encendía más que el piloto derecho del freno.

Cuando volvió corriendo a la casa, Dan estaba de rodillas, tratando con aire frenético de restañar con trapos la sangre que empapaba el pelaje del descomunal *Rex*.

CAPÍTULO 39

Tracy bajó el portón del Tahoe de Dan mientras hablaba por su teléfono.

—Soy la detective Tracy Crosswhite, de la unidad de homicidios de Seattle —dijo llevada por la fuerza de la costumbre.

Dan colocó a *Rex* en la parte trasera y tendió las llaves a Tracy mientras él montaba al lado del perro.

—Ha habido un tiroteo en la manzana 600 de la avenida Elmwood de Cedar Grove. Acudan todas las unidades disponibles de la zona. —Cerró de golpe el portón y se introdujo en el habitáculo—. El vehículo sospechoso es probablemente un camión y se dirige al este por Cedar Hollow, en dirección a la comarcal. —Recorrió marcha atrás y a gran velocidad el camino de entrada y, al llegar a la calzada, el vehículo rebotó y las ruedas chirriaron—. Tiene fundida la luz trasera izquierda. —Se retiró el teléfono de la oreja y gritó a Dan—: ¿Adónde vamos?

—A Pine Flat.

Lanzó el aparato al asiento del acompañante y pisó el acelerador. *Sherlock* no dejaba de gemir. Por el retrovisor, Tracy lo vio mirar a su compañero caído por encima del respaldo trasero. Dan seguía aplicando presión sobre las heridas de *Rex* mientras, con el teléfono asido entre el hombro y la mandíbula, mantenía su propia conversación con la clínica veterinaria.

—Está sangrando por distintos sitios. Estamos a siete u ocho minutos.

—¿Cómo está? —preguntó Tracy a voz en cuello.

—Va a verlo el veterinario. No consigo detener la hemorragia. —Se percibía en su voz el pánico que lo atenazaba—. ¡Venga, *Rex*! Aguanta, colega. No te rindas.

Tracy enfiló la comarcal y alcanzó enseguida a una furgoneta que circulaba a escasa velocidad. Tras comprobar que esta no aceleraba, se echó a la izquierda para adelantar y tuvo que volver a su carril de un volantazo al ver luces de frente. Cuando pasó a su lado como una exhalación el camión de dieciocho ruedas a las que pertenecían, que creó una ráfaga de viento lo bastante violenta para agitar el Tahoe, la detective se pasó al carril contrario y, al no ver a nadie, volvió a pisar el acelerador. Apenas lo había hecho, surgieron dos focos tras la siguiente curva. Tenía el pedal pegado al suelo y no demasiada distancia entre ella y el vehículo recién aparecido. De hecho, casi no había superado el capó de la furgoneta cuando regresó a su carril acompañada por prolongados pitidos de los dos automóviles.

Aún adelantó a otros dos antes de llegar a la salida de Pine Flat. Dan le indicó el camino de un edificio de fachada triangular hecho de troncos. Tracy frenó e hizo patinar ligeramente el todoterreno en un aparcamiento de grava antes de apearse de un salto dejando el motor encendido. De la puerta de la clínica acudieron corriendo un hombre y una mujer mientras ella abría el portón trasero. Dan salió por él llevando a *Rex* ensangrentado y entró en el edificio tras salvar los escalones.

Tracy apagó entonces el motor. Aunque el frío se había hecho intenso y no llevaba más que una camisa de manga larga y unos vaqueros, se sentía demasiado exaltada para sentarse; demasiado furiosa para no hacer nada. Tomó uno de los trapos que había estado usando Dan para tapar las heridas de *Rex* y limpió la sangre de la parte trasera del Tahoe antes de cerrar el portón. Paseó por la grava mientras efectuaba otra llamada. La voz de mujer que la atendió en la comisaría le hizo saber que Roy Calloway se hallaba ausente, aunque había acudido ya una unidad a la vivienda de Dan. Tracy informó de su paradero y pidió que la mantuviesen al tanto.

Trató de calmar su ira para evitar que le nublase el juicio. Habían disparado con postas, el modo como había saltado la ventana y las numerosas heridas recibidas por Rex así lo indicaban. Había cazado un número suficiente de venados con su padre para saber que lo más importante ese momento era saber si alguna de las piezas de plomo había alcanzado un órgano vital. Cruzó los brazos para combatir el frío. Las nubes que habían cubierto el cielo nocturno habían apagado las estrellas y apaciguado el viento. Del alero del tejado pendía inmóvil una campanilla.

Estuvo paseando hasta que el frío hizo que le dolieran las articulaciones y le entumeció las extremidades. Ascendió los escalones de madera que llevaban al porche. La luz amarillenta encendida sobre la puerta emitía un resplandor tibio. Estaba a punto de entrar cuando vio unos faros en la calzada de asfalto y, un instante después, reconoció el Suburban que aminoraba la marcha para entrar en el aparcamiento y se detenía al lado del Tahoe de Dan. De él salió Roy Calloway con camisa de franela, pantalón vaquero y chaqueta de Carhartt. Sus botas hicieron un ruido sordo en los escalones de madera.

—¿Has venido a decir que me lo habías advertido? —preguntó ella.

—No; para ver si estabais bien.

—Yo sí.

—¿Y el perro?

Tracy señaló la clínica con un movimiento de cabeza.

—Todavía no lo sé.

—¿Viste algo?

—Poco. Era un camión.

—¿Tienes la matrícula?

—Estaba demasiado lejos y tenía las luces apagadas.

—¿Cómo sabes que era un camión?

—Por el ruido del motor y la altura de la luz de freno.

El *sheriff* pensó unos instantes.

—Eso no reduce demasiado la búsqueda. Al menos aquí.

—Lo sé. Esto sí; la luz de freno de la izquierda no se encendía.

—Será de alguna ayuda.

—Ha sido con una escopeta —dijo ella—. De postas. Algún idiota que quería asustarnos.

—El perro de Dan ha recibido más que un susto.

—No había cortinas, Roy. Yo estaba sentada delante de la ventana de la cocina: si hubiesen querido matarme, no les habría costado. Ha sido una llamada de advertencia. La prensa tiene a toda la ciudad soliviantada. ¿Sabéis algo?

Calloway se rascó la nuca.

—Voy a mandar a mis ayudantes a hacer preguntas, a ver si había por ahí alguien bebiendo y fanfarroneando.

—Eso tampoco va a limitar demasiado la búsqueda.

—He enviado a Finlay a la casa y le he dicho que llame a Mack, el del almacén de madera, para que lleve una plancha de contrachapado con la que tapar la ventana.

—Gracias; se lo diré a Dan.

Alargó el brazo para abrir la puerta y entrar a la clínica.

—Tracy.

Ella no sentía ningún deseo de oír lo que fuera que Roy tuviese que decir y menos de discutir con él: lo único que quería era entrar para calentarse y saber cómo estaba *Rex*. Sin embargo, se dio la vuelta para mirarlo. Calloway daba la impresión de no saber cómo empezar, lo que no era normal en él. Tras unos momentos, dijo:

—Tu padre era uno de mis mejores amigos. No digo que pueda sentir lo mismo que tú, pero no hay un solo día que no piense en Sarah y en él.

—En ese caso, deberías haber dado con la persona que la mató.

—Y lo hice.

—Las pruebas hacen sospechar lo contrario.

—No siempre debe uno fiarse de las pruebas.

—Y yo no siempre me fío de ellas.

El *sheriff* daba la impresión de ir a montar en cólera; eso sí era más de su estilo. Sin embargo, a continuación, se mostró, sin más, cansado. Por primera vez lo vio envejecido cuando él aplacó la voz para decir:

—Algunos no pudimos salir corriendo, Tracy. No tuvimos más remedio que quedarnos aquí. Teníamos trabajo que hacer: una ciudad en la que pensar, un lugar que todavía reconocíamos como nuestro hogar. Y hasta entonces era un buen sitio para vivir. La gente solo quería superarlo y seguir adelante.

—Pues no parece que ninguno de nosotros haya llegado muy lejos.

Él le mostró las palmas de las manos.

—¿Qué quieres de mí?

Se había hecho tarde para aquello. La conversación había dejado de tener sentido y ella empezaba a tener mucho frío.

—Nada —respondió antes de volverse de nuevo hacia la puerta.

—Tu padre...

Ella soltó la manivela. DeAngelo Finn también había invocado el nombre de su padre aquella tarde.

—¿Qué, Roy? ¿Mi padre qué?

Calloway se mordió el labio inferior.

—Dile a Dan que siento muchísimo lo del perro —fue cuanto logró articular antes de bajar los escalones.

∽

La expresión de Dan la convenció de que *Rex* debía de haber muerto. Estada sentado en la sala de recepción con los codos apoyados en las rodillas y las manos bajo la barbilla. *Sherlock* se encontraba en el suelo frente a él, con la cabeza sobre las pezuñas y los ojos vueltos hacia arriba bajo cejas encogidas por la preocupación.

—¿Te han dicho algo? —preguntó ella.

Dan negó con la cabeza.

—Acaba de venir Calloway —continuó Tracy—. Va a preguntar por si han visto a alguien haciéndose el gallito por ahí. Además, va a hacer que cubran la ventana con un tablero.

Él no respondió.

—¿Quieres un café?

—No —contestó.

Ella ocupó la silla que había a su lado. Tras un minuto de incómodo silencio, posó una mano sobre el brazo de él para decirle:

—Dan, no sé qué decir. No te tenía que haber metido en esto. No es justo. Lo siento.

Él clavó la mirada en el suelo como para considerar las palabras de Tracy.

—Si quieres dejarlo... —añadió ella.

Entonces Dan se volvió a mirarla.

—Si me metí en esto fue porque una amiga de infancia me pidió que le echara un vistazo al caso; pero si lo acepté fue porque lo que vi no tenía sentido y hacía pensar que habían condenado sin razón a un inocente. Si eso es verdad, hay alguien que se libró de la pena tras cometer el crimen; alguien que vivía entre nosotros y que quizá vive aún en la ciudad. Yo he decidido regresar y este vuelve a ser mi hogar, Tracy, para bien o para mal. Y es cierto que en otro tiempo lo fue para bien, ¿no?

—Sí. —Ella recordó que Calloway y DeAngelo Finn habían dicho algo muy similar.

—No trato de recuperar lo que teníamos cuando niños: ya sé que de eso hace mucho; pero... —Soltó aire—. No sé.

Tracy prefirió no presionarlo; así que ambos siguieron sentados en silencio.

Cuarenta y cinco minutos después de haberse llevado a *Rex* cruzó la puerta situada a la izquierda del mostrador de recepción una muchacha alta y flaca tan joven (no parecía superar los diecisiete años) que Tracy se sintió vieja. Los dos se pusieron en pie y *Sherlock* también se incorporó.

—Tiene usted un perro fuerte, señor O'Leary.

—¿Se va a poner bien?

—Parecía peor de lo que es: las postas le han provocado daños, pero son sobre todo superficiales; gracias en parte por la musculatura que tiene.

Dan dejó escapar un suspiro de alivio, se quitó los lentes y se pellizcó el caballete de la nariz. La voz le temblaba.

—Gracias, gracias por todo.

—Lo vamos a mantener sedado para que descanse. Aquí estará mejor. Quizá pueda llevárselo a casa pasado mañana, pero eso siempre que allí sea capaz de mantenerlo relajado.

—Mañana tengo un juicio y me temo que no voy a poder estar mucho en casa en los próximos días.

—Nos lo podemos quedar el tiempo que haga falta. Es suficiente conque nos lo haga saber. —A continuación tomó entre sus manos la cabeza de *Sherlock*—. ¿Y tú quieres ver a tu colega?

El perro comenzó a azotar el aire con el rabo. Agitó la cabeza para liberarla y se puso a menear las orejas y a hacer sonar la cadena del collar. Dan y Tracy siguieron a la veterinaria, pero ella, sintiendo que no le correspondía acompañarlos, se quedó atrás. *Sherlock* se detuvo y miró hacia atrás con aire interrogante; pero Dan siguió caminando tras la joven sin volverse.

CAPÍTULO 40

La mañana llegó con rapidez. Había pasado ya la medianoche cuando Tracy llegó al motel de Silver Spurs para dormir. Se había echado en la cama, pero no le había resultado fácil conciliar el sueño. Recordaba haber visto las luces del reloj que tenía en la mesilla dar las 2:38 de la madrugada y se levantó definitivamente a las 4:54.

Cuando descorrió las cortinas, vio caer la nieve de un cielo gris de nubes bajas que se extendía al otro lado del cristal. Había cubierto ya el suelo y pendía de las ramas de los árboles y los cables de la electricidad. Apagaba los sonidos de aquella población y confería a todo una falsa sensación de calma.

Tracy había reservado la habitación desde Seattle a fin de evitar la posibilidad de que algún fotógrafo obtuviese una imagen de Dan y ella saliendo juntos de la casa de este por la mañana. Tras la agresión, Dan había insistido en que se quedara por considerar poco prudente que permaneciese en el motel sin ninguna compañía. Ella, en cambio, no pensaba que hubiera motivo para preocuparse ni había visto amenaza alguna cuando le había sacado el tema Roy Calloway.

—Será solo un chiflado que se ha pasado con la cerveza —había dicho—. Si hubiesen querido matarme, no les habría costado nada y no habrían usado postas. Además, tengo a mano la Glock. ¿Qué más protección necesito?

En realidad, no deseaba volver a poner en peligro a Dan ni a *Sherlock*.

❧

Con la esperanza de eludir a la prensa en la medida de lo posible, entró en el aparcamiento del tribunal del condado de Cascade una hora antes de la vista. El lugar tenía ya tres cuartas partes de las plazas ocupadas y, entre las furgonetas de la calle, bullían camarógrafos y reporteros. En cuanto vieron a Tracy, corrieron los primeros a filmarla y los segundos a formularle preguntas a voz en grito mientras recorría la distancia que la separaba de los juzgados:

—Detective, ¿puede hablarnos de los disparos de anoche?

—¿Teme por su vida, detective?

Tracy siguió caminando hacia los amplios escalones del tribunal que daban al friso triangular sin hacerles caso.

—¿Qué estaba haciendo en la casa de O'Leary?

—¿Sospecha de alguien la policía?

El enjambre de periodistas se hizo tan nutrido a medida que se aproximaba a las escaleras que dificultó más su avance. Bloqueando la entrada principal había una fila de espectadores esperanzados que, con la ropa de abrigo moteada de nieve, serpeaba por los peldaños y aumentaba la congestión al diseminarse por la acera.

—¿Va a testificar, detective?

—Eso deberán decidirlo los abogados —respondió, recordando que ni ella ni sus padres habían tenido que hacer cola para entrar en el edificio durante el proceso.

—¿Ha hablado con Edmund House?

Se abrió camino entre la multitud del ala meridional de los juzgados en dirección a la puerta de cristal que en el primer juicio se había reservado a parientes, testigos y letrados. El funcionario de prisiones que esperaba al otro lado no dudó en abrirle cuando la vio llamar con los nudillos, ni le pidió documento identificador alguno antes de hacerla pasar.

—Es que yo era alguacil del juez Lawrence la otra vez —se explicó—. Da la impresión de que no haya cambiado nada; hasta van a utilizar la misma sala.

෮෨

A fin de acomodar a la muchedumbre que se esperaba, se había asignado al juez Meyers el salón ceremonial de la planta alta en el que habían juzgado a Edmund House hacía veinte años. Tracy, a la que el guardia de prisiones había dejado entrar antes de la hora, tuvo la sensación de haber viajado en el tiempo a aquel periodo terrible. Casi todo estaba igual, desde el suntuoso suelo de mármol hasta las molduras de caoba y el artesonado del techo abovedado, del que pendían lámparas de bronce y cristales de colores.

Tracy había comparado siempre los juzgados con iglesias. La recargada tribuna del magistrado era, como la cruz que descollaba tras el altar, el foco de atención, elevado en la cabecera de la sala a fin de presidir cuanto ocurriese a sus pies. Los abogados se sentaban en dos mesas orientadas hacia aquella. De la sala, que en aquel momento presentaba una docena de bancos corridos a cada lado del pasillo, los separaba una barandilla de puerta batiente por la que se accedía al estrado. Los testigos entraban desde el fondo de la sala y, tras recorrer el pasillo, franqueaban la puerta y pasaban entre las mesas de los letrados hasta llegar a la silla de listones de madera de su estrado elevado, que tenía a la derecha la tribuna del jurado y, a la izquierda, las ventanas de guillotina desde las que se podía contemplar la nevada aún copiosa.

Solo habían cambiado los aspectos tecnológicos. Así, el rincón en el que había estado en otro tiempo el caballete destinado a mostrar fotografías al jurado se hallaba ocupado por un televisor de pantalla plana y las mesas de los abogados, la tribuna del juez y la de los testigos estaban dotadas de monitores informáticos.

Dan se había instalado en la mesa de la izquierda, la más cercana a las ventanas. Giró la cabeza para mirar fugazmente a Tracy cuando entró y luego volvió a centrarse en sus anotaciones. La detective reparó en que el traje de color azul marino, la camisa blanca y la corbata plateada le conferían un aspecto impecable pese a lo ocurrido la noche anterior. En cambio, Vance Clark, de pie ante la mesa dispuesta a la derecha, al lado de los asientos vacíos de la tribuna del jurado, daba la impresión de estar ya agotado. Se había quitado la chaqueta, de estilo informal, y tenía las mangas de la camisa recogidas a la altura de los antebrazos. Había apoyado las palmas de las manos sobre la mesa para encorvarse sobre un mapa topográfico con la cabeza gacha y los ojos cerrados. Tracy se preguntó si habría llegado a imaginar que algún día se vería de nuevo en aquella sala, sentado ante el mismo acusado al que había condenado hacía veinte años, y no pudo menos de dudarlo.

En ese momento, se abrió la puerta que tenía a sus espaldas para dejar entrar por ella a más personajes del pasado de Tracy. Parker House, el tío de Edmund, vaciló al verla, como tratando de decidir si debía pasar o marcharse. Había envejecido: Tracy calculó que ya debía de haber cumplido los sesenta. Tenía el pelo más ralo y gris, aunque sus mechones seguían cubriendo el cuello de su chaqueta Carhartt. Su rostro, curtido por los años de trabajo al aire libre, se había hundido por los efectos de una vida de penurias y de alcohol. Metió las manos en los bolsillos de sus vaqueros azules, bajó la mirada y siguió la pared del fondo hasta el lado opuesto de la sala haciendo resonar sus desgastadas botas de trabajo reforzadas con puntera metálica. Tomó asiento en la primera fila, justo detrás de Dan; el mismo lugar que había ocupado durante todo el primer juicio, normalmente solo. El padre de Tracy se había propuesto darle los buenos días todas las mañanas que duró el proceso y, cuando ella le preguntó por qué, había respondido:

—Parker también lo está pasando mal.

Tracy se acercó al asiento del recién llegado, quien tenía la cabeza vuelta hacia la ventana y miraba la nieve que no dejaba de caer.

—¿Parker?

Él, sorprendido ante la mención de su nombre, se dio la vuelta y, tras un momento de indecisión, se puso en pie.

—¡Hola, Tracy! —Su voz apenas era un susurro.

—Siento tener que hacerlo pasar otra vez por esto, Parker.

Las cejas del anciano se juntaron.

—Ya —respondió.

Sin saber qué más decir, se alejó de él. Como por instinto, fue a colocarse también en primera fila, aunque tras la mesa del fiscal. Aquel había sido el banco en que había asistido con su madre, su padre y Ben al primer juicio; pero de pronto se sintió abrumada por aquel lugar que le resultaba tan tristemente familiar y se dio cuenta de que sus emociones eran más agudas —y más delgada la línea que separaba la compostura de las lágrimas— de lo que estaba dispuesta a admitir.

Se dirigió a la segunda fila y se sentó. Mientras aguardaba, se dedicó a comprobar en el teléfono su correo electrónico y mirar por las ventanas de madera. Los árboles de la plaza del tribunal daban la impresión de estar envueltos en lana y el resto del paisaje se había vuelto de un blanco reluciente e impoluto.

A las nueve menos diez minutos abrió el alguacil de par en par las puertas de la sala. El gentío entró de forma continua y fue ocupando los bancos como en un cine, tomando los mejores asientos y reservando otros con abrigos, sombreros y guantes.

—No se pueden guardar sitios —dijo el oficial—. Aquí, quien llega primero elige. Por favor, coloquen los abrigos y los guantes bajo el banco para que puedan entrar los que siguen ahí fuera con tanto frío.

Si, como se esperaba, se llenaba, el auditorio albergaría a más de doscientas cincuenta personas. A juzgar por la fila que había visto recorrer los escalones del juzgado y la acera, Tracy sospechaba que algunos de cuantos habían acudido iban a verse obligados a volver por donde habían llegado o a sentarse en la sala contigua y observar la vista a través de los monitores.

Vanpelt entró con una acreditación de prensa pendiente del cuello con un cordón y se sentó cerca de las primeras filas, detrás de Parker House. Tracy contó una docena aproximada de periodistas con identificación. Reconocía a muchos de los presentes, pues eran los mismos que habían asistido al entierro de Sarah, si bien en esta ocasión ninguno de ellos se acercó a ella. Aun así, algunos la saludaron con una ligera inclinación de cabeza o una sonrisa melancólica que no tardó en borrarse.

Una vez llenos los bancos, volvieron a abrirse las puertas de la sala para dar paso a Edmund House y a dos guardias acompañantes. El público calló. Quienes habían estado presentes en el primer juicio contemplaron pasmados el cambio espectacular sufrido por la apariencia física del reo y, a continuación, expresaron su incredulidad en voz baja a cuantos los rodeaban. Esta vez, nadie había tratado de acicalarlo a fin de producir una impresión favorable en el jurado, ya que no habría jurado alguno en esta ocasión. Caminaba arrastrando los pies y vestido con el uniforme de la prisión: pantalones de color caqui y una camisa de manga corta que dejaba ver los tatuajes de los brazos. La larga trenza le llegaba a la mitad de las anchas espaldas y las cadenas que le unían las esposas al cinturón y los tobillos tintinearon mientras los dos funcionarios lo llevaban a la mesa del abogado.

Si durante su juicio se había mostrado indiferente a las miradas de los espectadores, en ese momento House parecía desconcertado por la atención que había atraído. Tracy no pudo menos de pensar en la primera vez que había ido a visitarlo con Dan al penal y en el comentario que había hecho de que estaba intrigado por contemplar la expresión de los ciudadanos de Cedar Grove cuando lo viesen caminar de nuevo por la calle en libertad, pero cabía esperar que quedase aún mucho para eso. La detective recorrió la sala con la mirada y reparó en otros dos agentes que se habían apostado cerca de la salida y en uno más, el quinto, situado al lado de la tribuna.

House se volvió a mirar al público mientras los guardias le liberaban las muñecas y los tobillos. Dan le posó una mano en el hombro para decirle algo al oído, aunque House tenía la mirada fija en su tío, quien, sin embargo, no levantó la suya. Parker tenía la cabeza baja como un penitente rezando en el templo.

El secretario del magistrado, que había salido al entrar House, regresó por la puerta situada a la izquierda de la tribuna y dio por comenzada la sesión. Meyers lo siguió de inmediato, subió las escaleras de su estrado y despachó en rápida sucesión los preliminares, entre los que se incluía una advertencia a guardar el respeto debido. A continuación, sin más ceremonia ni prefacio, se volvió hacia Dan.

—Señor O'Leary, dado que la carga de la prueba recae sobre el acusado, puede proceder.

Veinte años más tarde, al fin, habían empezado.

CAPÍTULO 41

Edmund House irguió la columna cuando Dan se puso en pie para decir:

—La defensa llama a declarar al *sheriff* Roy Calloway.

El reo clavó la mirada en él desde el momento mismo en que entró en la sala. Calloway cruzó la puerta batiente y se detuvo a fin de devolverle el gesto el tiempo suficiente para obligar a uno de los guardias a dirigirse a la mesa. Aquello, sin embargo, no le impidió dedicar a House una última sonrisa engreída antes de encaminarse a la tribuna de los testigos. Su presencia se hizo aún más imponente cuando subió a ella y juró decir la verdad, toda la verdad y nada más que la verdad.

En el momento de sentarse, la silla pareció encoger ante su estatura. Dan fue a hacer la presentación preliminar cuando Meyers despachó el trámite diciendo:

—Conozco bien los pormenores relativos al testigo, que constan en acta. Vamos directos a lo relevante.

Lo apremiaba la afición hípica de su esposa.

O'Leary obedeció:

—¿Recuerda haber recibido, el 22 de agosto de 1993, la llamada de uno de sus ayudantes acerca de una camioneta Ford azul abandonada al parecer en el arcén de la comarcal?

—Al parecer no; la furgoneta estaba abandonada.

—¿Podría exponer al tribunal lo que hizo después de dicha llamada?

—Mi ayudante había comprobado ya la matrícula y me informó de que estaba registrada a nombre de James Crosswhite. Yo sabía que era Tracy Crosswhite, su hija, quien usaba ese vehículo.

—¿Era usted amigo de James Crosswhite?

—Todo el mundo era amigo de James Crosswhite.

El murmullo de asentimiento que envolvió la sala hizo que Meyers alzara la vista, aunque no el mazo.

—¿Qué ocurrió a continuación?

—Me personé en aquel lugar.

—¿Daba la impresión el vehículo de estar inutilizado de algún modo?

—No.

—¿Trató de acceder al interior?

—Estaba cerrado y no había nadie en el habitáculo. Tenía tintadas las ventanillas de la capota rígida, pero las golpeé y no recibí respuesta.

Su tono fluctuaba entre el desdén y el aburrimiento.

—¿Qué hizo después?

—Me dirigí a casa de los Crosswhite y llamé a la puerta y, como tampoco me respondió nadie, pensé que lo mejor sería llamar por teléfono a James.

—¿Estaba en casa el doctor Crosswhite?

—No; se había ido con Abby a Maui para celebrar los veinticinco años de casados.

—¿Sabía cómo encontrarlo?

—Me había dado el número del hotel por si necesitaba localizarlo. Lo hacía siempre que salía de la ciudad.

—¿Cuál fue su respuesta a la noticia de que había encontrado la camioneta?

—Me dijo que sus dos hijas habían ido aquel fin de semana al campeonato de tiro del estado de Washington y que Tracy se había mudado hacía poco a un piso alquilado; que si habían tenido alguna dificultad con el vehículo, tal vez hubiesen pasado allí la noche. Me dijo que iba a localizar a Tracy y me pidió que esperase hasta que me llamara.

—¿Lo llamó?

—Dijo que había hablado con ella, pero que, al parecer, Sarah había vuelto sola a casa con la camioneta. Me hizo saber que Tracy iba para la vivienda y que se encontraría conmigo allí para darme las llaves.

—¿Estaba Sarah en casa?

—En ese caso, no estaríamos hoy aquí.

—Limítese a responder la pregunta —le advirtió Meyers.

Dan consultó las notas de su iPad antes de repasar con Calloway la inspección del automóvil y la vivienda que había llevado a cabo con Tracy.

—¿Qué hizo a continuación?

—Hice que Tracy se pusiera a llamar a los amigos de Sarah para averiguar si había podido pasar la noche en casa de alguno de ellos.

—¿Pensaba que eso era probable?

Calloway encogió sus anchos hombros.

—Había llovido mucho aquella noche. Pensé que si había tenido una avería y se había visto obligada a volver andando, lo más seguro era que se hubiera ido a su casa.

—Es decir, que ya sospechaba que le podían haber hecho algo.

—Estaba haciendo mi trabajo, Dan.

—Responda a las preguntas que se le formulan y diríjase a los letrados de esta sala como «señor abogado» —le ordenó Meyers.

—¿Quién fue la última persona que vio a Sarah? —preguntó Dan, y Tracy lo vio encogerse ante el error cometido.

Calloway no dudó en aprovecharlo:

—Edmund House.

Esta vez, Meyers acalló el murmullo con un solo golpe de mazo.

—Aparte de su opinión acerca del acusado...

—No es ninguna opinión, señor abogado. House me confesó que había sido la última persona que había visto a Sarah, poco antes de violarla y estrangularla.

—Señoría, ¿podría pedir al testigo que me deje acabar la pregunta antes de responderla?

Meyers se inclinó para quedar más cerca de la tribuna del testigo.

—*Sheriff* Calloway —lo amonestó—, no voy a repetirle que debe tratar con respeto esta vista y a cuantos participan en ella. Espere a que se haya formulado la pregunta antes de dar su respuesta.

El interpelado puso cara de haber mordido algo ácido. Dan se trasladó unos palmos a su izquierda y la nieve que caía fuera se convirtió entonces en telón de fondo.

—*Sheriff* Calloway, ¿de quién tiene noticia cierta que fue la última persona que vio con vida a Sarah Crosswhite?

—Tracy y su novio —declaró él tras un instante— hablaron con ella en un aparcamiento de Olympia.

—Usted se reunió con Tracy y con su padre, James Crosswhite, en la vivienda familiar a la mañana siguiente; ¿no es correcto?

—James y Abby volvieron en un vuelo nocturno.

—¿Por qué se reunió con él?

El testigo miró a Meyers como si quisiera decirle: «¿Tengo que estar mucho tiempo contestando preguntas estúpidas?».

—¿Que por qué me reuní con el padre de una desaparecida? Para planear el modo de tratar de encontrar a Sarah.

—¿Creía que podía haber sido víctima de algo sucio?

—Me parecía una posibilidad muy real.

—¿Hablaron James Crosswhite y usted de posibles sospechosos?

—Sí; de uno: de Edmund House.

—¿Por qué sospechaban de él?

—A House le habían concedido la condicional después de haberlo condenado por violación. Los hechos eran similares a los de entonces, porque había secuestrado a una joven.

—¿Habló usted con el señor House?

—Me dirigí a la propiedad de su tío Parker House, quien me ayudó a despertarlo.

—¿Estaba durmiendo en su cama?

—Por eso lo despertamos.

—¿Y notó algo reseñable en su aspecto?

—Arañazos en la cara y en los brazos.

—¿Le preguntó cómo se los había hecho?

—Dijo que estaba trabajando en la carpintería cuando le saltó un trozo de madera astillado. Según él, después de aquello, dejó lo que estaba haciendo, se puso a ver la televisión y se fue a la cama.

—¿Creyó lo que le contaba?

—Ni por un instante.

—Usted había decidido ya que él tenía algo que ver con la desaparición de Sarah, ¿no?

—Yo había decidido que nunca había visto un pedazo de madera astillado capaz de causar las heridas que le vi en la cara y los brazos. ¿No es eso lo que me ha preguntado?

—¿Qué pensó que las había provocado?

Calloway volvió a detenerse, quizá porque preveía adónde quería llegar Dan con sus preguntas.

—Me dio la impresión de que alguien le hubiese arañado con las uñas.

—¿Con las uñas?

—Eso he dicho.

—¿Hizo algo más movido por esa sospecha?

—Hice fotografías con una Polaroid y pregunté a Parker si podía echar un vistazo por su propiedad, cosa que él me permitió.

—¿Qué encontró?

El testigo cambió de postura con aire incómodo.

—Se trató solo de una inspección visual.

—No encontró nada que indicase que Sarah había estado allí, ¿verdad?

—Ya he dicho que no solo eché un vistazo.

—En ese caso, ¿la respuesta a mi pregunta es negativa?

—La respuesta a su pregunta es que no encontré a Sarah.

O'Leary no insistió.

—¿Se llevó a cabo una batida en las colinas de Cedar Grove?

—Sí.

—¿Exhaustiva?

—Es una zona muy amplia.

—Pero ¿consideraron entonces que había sido exhaustiva?

Calloway se encogió de hombros.

—Hicimos cuanto nos fue posible dadas las características del terreno.

—¿Y encontraron el cadáver de Sarah?

—Dios santo —murmuró el *sheriff* en voz baja, aunque el micrófono de la sala lo captó. A continuación se echó hacia delante—: Nunca encontramos a Sarah ni tampoco su cadáver. ¿Cuántas veces tengo que responder a esa pregunta?

—Eso debo decidirlo yo, señor Calloway, usted no —intervino Meyers, quien se dirigió a renglón seguido a Dan—: Señor abogado, creo que ya ha quedado claro que la finada no apareció nunca.

—Prosigo. —Dan recordó a Calloway las siete semanas de indicios telefónicos que precedieron a la llamada de Ryan P. Hagen y, a continuación, le entregó un documento de varias páginas—. Jefe Calloway, este es el diario de las pistas que se recibieron por teléfono mientras se investigaba la desaparición de Sarah Crosswhite. ¿Podría, por favor, decirme cuál es la del señor Hagen?

El otro lo hojeó con rapidez.

—No la veo. —Dan había recuperado el documento y estaba a punto de devolverlo a la mesa en que se hallaban las pruebas cuando añadió el *sheriff*—: Debió de recibirse directamente en la comisaría. Había dejado de anunciarse el teléfono de colaboración ciudadana.

Dan frunció el ceño, pero mantuvo la compostura.

—¿Tienen algún registro de esas llamadas?

—Ya no; nuestra comisaría es pequeña, señor abogado.

Dan repasó la conversación que mantuvo con Ryan Hagen.

—¿Le preguntó qué telediario estaba viendo?

—Puede ser.

—¿Y el nombre del cliente al que había ido a ver?

—Tal vez.

—Sin embargo, no lo reflejó en el informe, ¿verdad?

—No siempre lo escribía todo.

—¿Habló con el cliente con el que había estado aquel día el señor Hagen?

—No vi razón para dudar de la palabra de aquel hombre.

—Jefe Calloway, ¿no es cierto que su comisaría había recibido información falsa de diversas personas que aseguraban haber visto a Sarah?

—Recuerdo unas cuantas.

—¿No hubo un hombre que llamó para decir que se le había aparecido en sueños y le había dicho que vivía en Canadá?

—De esa no me acuerdo —contestó el *sheriff*.

—¿Y no ofrecía James Crosswhite una recompensa de diez mil dólares para quien aportase información capaz de facilitar la captura y la condena del culpable?

—Sí.

—Podía leerse hasta en una valla publicitaria situada fuera de la ciudad, ¿verdad?

—Así es.

—Sin embargo, no consideró usted prudente verificar la información de este testigo. —Calloway se inclinó de nuevo hacia delante.

—No habíamos revelado que Edmund House fuera sospechoso ni que creyéramos que conducía una Chevrolet roja. De hecho, el vehículo ni siquiera estaba a nombre de Edmund. Era de su tío Parker; conque Hagen no podía conocer la importancia que tenía haber visto una camioneta roja.

—Sin embargo, usted sí sabía que Edmund House usaba aquel automóvil; ¿no es verdad, *sheriff* Calloway?

El otro lo miró de hito en hito.

—El testigo debe responder la pregunta —dijo Meyers.

—Sí, lo sabía.

—¿Dijo el señor Hagen por qué recordaba ese vehículo en particular?

—Eso tendrá que preguntárselo a él.

—Sin embargo, quiero que me lo diga usted, el agente del orden encargado de investigar el secuestro de la hija de su amigo. ¿Pensó en preguntarle por qué recordaba aquella camioneta en particular, con la que se cruzó durante un segundo en una carretera oscura azotada por la tormenta?

—No lo recuerdo.

—En su informe tampoco se refleja. ¿Puedo suponer también que no le hizo esta pregunta?

—Yo no he dicho eso. Le repito que no siempre escribía todo en el informe.

—¿Confirmó al menos que tuviera cita con un cliente?

—Lo tenía escrito en su agenda.

—Pero no lo confirmó.

Calloway golpeó la mesa que había al lado de la silla del testigo y se puso en pie.

—¡Pensaba que lo relevante era encontrar a Sarah! ¡Eso era lo que me importaba! Y me partí los cuernos intentándolo.

Meyers tomó el mazo y trató de superar con el choque de madera contra madera el volumen cada vez mayor de la voz de Calloway. El guardia más próximo se dirigió enseguida al estrado; pero el testigo, sin dejarse intimidar, señaló a Dan y le soltó:

—Tú no estabas ya en la ciudad; te habías vuelto a tu universidad de la Costa Este. Y ahora, veinte años después, ¿te presentas aquí para poner en duda cómo hice mi trabajo? Te dedicas a desconfiar y hacer conjeturas e insinuaciones de algo de lo que no sabes nada.

—¡Siéntese! —El magistrado también se había puesto en pie y tenía el rostro encendido por la rabia.

Frente a la tribuna de los testigos se había apostado ya un segundo agente penitenciario, en tanto que los dos que habían escoltado a House hasta la sala volvieron con rapidez a su lado. Calloway seguía con la mirada clavada en Dan, que permanecía inamovible delante de la tribuna. En la mesa del defensor, Edmund House contemplaba el espectáculo con una sonrisa divertida.

—*Sheriff* —advirtió Meyers en tono inflexible—, por mucho que me duela, si vuelve a alzar la voz, no voy a dudar en hacer que lo saquen esposado de la sala. Este espacio es mío mientras se celebra la vista; faltándole el respeto me lo está faltando a mí y no pienso consentir tal cosa. ¿Ha quedado claro?

Calloway apartó la mirada de Dan para clavarla en el juez y Tracy pensó por un instante que iba a desafiarlo a ponerle las esposas. Sin embargo, volvió la vista hacia el público, hacia los numerosos vecinos de Cedar Grove y hacia los medios y se sentó de nuevo.

Meyers también tomó asiento y se concedió unos instantes para organizar los papeles que tenía delante al objeto de dar tiempo a todos los presentes a recobrar la compostura. El declarante tomó un sorbo del agua que se le había ofrecido y dejó de nuevo el vaso en la mesa. El magistrado dijo entonces a Dan:

—Puede proseguir, señor abogado.

—*Sheriff* Calloway, ¿pensó en algún momento en la posibilidad de que Hagen apuntase la cita en su agenda con posterioridad?

Él se aclaró la garganta. Había clavado la mirada en un rincón del techo.

—Ya he dicho que no tenía motivo alguno para dudar de su palabra.

O'Leary preguntó entonces por el interrogatorio de Edmund House que había hecho el *sheriff* tras aquello.

—Le dije que tenía un testigo que decía haber visto una camioneta Chevrolet roja en la comarcal aquella noche.

—¿Y cuál fue su respuesta?

—Sonrió y me dijo que iba a tener que esforzarme un poco más.

—¿Y lo hizo?

Calloway frunció los labios. Esta vez, al apartar la mirada de Dan, fue a clavarla en Tracy.

—¿Quiere que le repita la pregunta? —insistió Dan.

El declarante se centró de nuevo en él.

—No. Le dije que nuestro informante decía haber visto a un hombre al volante con una mujer rubia al lado.

DeAngelo Finn nunca había mencionado tal cosa en el juicio inicial y tampoco figuraba en ninguno de los informes que poseía Tracy. Ella sabía de la artimaña a la que había recurrido Calloway porque este se lo había confesado a su padre durante una de las muchas conversaciones que mantuvieron ambos en el estudio de este.

—¿Eso le había dicho el señor Hagen?

—No.

—Entonces ¿por qué le aseguró lo contrario?

—Era un farol, señor abogado, para ver si picaba el anzuelo. Se trata de una técnica de interrogatorio.

—Luego no niega usted que fuera falso.

—Como con tanta propiedad ha expresado usted, yo estaba tratando de dar con el asesino de la hija de un buen amigo mío.

—Y habría sido capaz de decir cualquier cosa para lograrlo, ¿verdad?

—La pregunta es capciosa —protestó Clark, que obtuvo el beneplácito de Meyers.

—¿Qué dijo el señor House en respuesta a su farol?

—Cambió su versión de los hechos, dijo que había salido aquella noche, que había estado bebiendo y que cuando volvía a su casa vio la camioneta en el arcén y poco más adelante vio a Sarah. Dijo que se detuvo y se ofreció a llevarla a casa.

—¿Tomó nota en su informe del nombre del bar en el que decía haber estado bebiendo el señor House?

—No creo.

—¿Se lo llegó a preguntar al señor House?

—No lo recuerdo.

—¿Habló con alguien que pudiese confirmar que el señor House había estado bebiendo en efecto en su establecimiento?

—Él me dijo que lo había hecho.

—Pero no tomó nota del nombre del local ni trató de confirmar su presencia en un bar aquella noche.

—No.

—Igual que con el señor Hagen, ¿prefirió confiar sin más en la palabra del señor House?

—No vi por qué iba a inventarse una mentira... —Calloway se detuvo llegado a este punto.

—¿Quiere acabar su respuesta?

—No; eso era todo.

Dan dio un paso al frente.

—¿No vio por qué iba a implicarse el señor House diciendo que estaba con la víctima? ¿Era eso lo que iba a decir?

—A veces los mentirosos olvidan sus propias mentiras.

—No lo dudo.

Esta última intervención de Dan puso en pie de nuevo a Clark; pero aquel se apresuró a añadir:

—¿Grabó la conversación?

—No tuve ocasión.

—¿No consideró que fuera importante, *sheriff* Calloway?

—Me pareció importante que House hubiese cambiado su coartada. Me pareció importante presentar el dato al juez Sullivan para poder conseguir las órdenes judiciales que me permitieran registrar la casa y la camioneta de House. Seguía considerando prioritario dar con Sarah.

—Y no habría podido obtener dichas órdenes si el señor Hagen no llega a declarar que había visto la Chevrolet roja en la comarcal, ¿verdad?

—Ignoraba cómo tomaba las decisiones el juez Sullivan.

Dan abordó entonces la ejecución de la orden de registro.

—¿Qué le dijo James Crosswhite cuando le mostró los pendientes? —preguntó llegado el momento.

—Los identificó sin lugar a dudas como propiedad de Sarah.

—¿Le dijo cómo podía estar tan seguro?

—Al parecer, se los había regalado él por ganar el campeonato de tiro del estado de Washington el año anterior.

—¿Presentó a Edmund House la prueba que acababan de encontrar?

—Dijo que era mentira. —Calloway fijó la vista más allá de donde estaba Dan para mirar al reo—. Se inclinó sobre la mesa y me sonrió. Entonces me confesó que no había llevado a Sarah a casa sino que la había arrastrado a las colinas y, tras violarla y estrangularla, había enterrado el cadáver. Se rio y dijo que sin el cuerpo no podríamos condenarlo nunca. Todo aquello le daba risa, como si fuera un juego.

La multitud se estremeció.

—¿Y grabó esta confesión?

El otro se mordió el labio.

—No.

—¿No estaba mejor preparado después de la primera?

—Me temo que no.

—Una pregunta más, *sheriff.* —Dan se sirvió de un mando a distancia para mostrar en el televisor de pantalla plana el mapa topográfico de la región vecina a Cedar Grove—. Me pregunto si puede indicarme el lugar en el que se hallaron no hace mucho los restos de Sarah.

CAPÍTULO 42

Avanzada la tarde, después de que Clark tratara de rehabilitar a Calloway y marcado el mapa con una *X* negra a la vista de los asistentes a fin de indicar el lugar en el que el perro había dado con el cadáver de la desaparecida, el *sheriff* pudo descender de la tribuna. Dan había hecho saber a Tracy que tenía la intención de citar después a una serie de testigos cuyas declaraciones suponía que serían breves. Quería evitar que las incoherencias entre el testimonio ofrecido por Calloway y lo que había declarado durante el juicio se perdieran por culpa de un exceso de detalles. Pretendía hacer que Meyers las tuviera presentes al irse a dormir.

Dan llamó a declarar a Parker House. El hombre estaba tan nervioso como lo recordaba Tracy hacía veinte años. Dejó la chaqueta en el banco y juró decir la verdad con una camisa blanca de manga corta llena de arrugas. Cuando tomó asiento, se pellizcó con aire ausente el vello de un brazo mientras agitaba con ritmo silencioso el talón de la bota derecha.

—¿Hacía usted turno de noche aquel día? —quiso saber el abogado.

—Eso es.

—¿A qué hora volvió a su casa?

—Tarde; yo diría que a las diez de la mañana siguiente.

—Eso fue lo que declaró usted en el juicio.

—Entonces debe de ser verdad.

—¿A qué hora acababa su turno en la serrería?

—A las ocho más o menos.

—¿Y qué hizo entre ese momento y la hora a la que llegó a su casa?

Parker se removió en la silla y miró a los rostros de los asistentes, pero evitó el de su sobrino.

—Salí a tomar unas copas.

—¿Y eso cuánto es?

El otro se encogió de hombros.

—No lo recuerdo.

—En el juicio declaró usted haber tomado tres cervezas y un trago de whisky.

—Pues sería eso.

—¿Recuerda el nombre del bar?

Parker estaba empezando a dar la impresión de estar aquejado de problemas de espalda y tratar de adoptar una postura indolora. Clark aprovechó la ocasión para ponerse en pie y protestar.

—Señoría, nada de esto es relevante ni está consiguiendo más que incomodar al testigo. Si el señor abogado pretende avergonzar...

—En absoluto, señoría —replicó Dan—: solo intento determinar si el declarante estaba en condiciones de valorar lo que dijo haber visto al llegar a casa aquella mañana.

—Proceda —dijo Meyers—, pero rápido.

—No recuerdo el bar —respondió al fin Parker.

Si bien tal cosa era normal tras veinte años, lo cierto es que también había testificado lo mismo durante el juicio y eso, dado que no había demasiados establecimientos en aquellos municipios, resultaba menos probable. Sin embargo, Vance Clark no había insistido en aquel detalle y DeAngelo Finn, tampoco.

—Y, al llegar a casa, ¿dónde estaba Edmund?

—Durmiendo en su cuarto.

—Lo despertó.

—No; en aquel momento no.

—¿Cuándo lo llamó?

—Cuando llegó el *sheriff*. A las once, diría yo.

—¿Notó en él algo diferente respecto de la última vez que lo había visto?

—¿Se refiere a los arañazos de la cara y los brazos?

—¿Vio los arañazos de la cara y los brazos?

—¿Cómo no los voy a ver? Si saltaban a la vista...

—¿No había intentado él cubrirlos con maquillaje ni nada parecido?

—Ni teníamos cosas así. Vivíamos solos los dos. Allí no había mujeres.

Al ver sonreír al auditorio, Parker dejó también que se levantaran las comisuras de sus labios y, por vez primera, miró a su sobrino. Sin embargo, al hacerlo, volvió a ponerse serio de inmediato.

—¿Les dijo, a usted y al *sheriff* Calloway, cómo se los había hecho?

—Decía que estaba trabajando en el cobertizo de los muebles, cepillando un listón de madera, cuando se le metió en la sierra, se astilló y le saltó un pedazo.

—¿Qué dijo sobre eso el *sheriff* Calloway?

—Estuvo haciendo fotografías de sus heridas y me preguntó si podía echar un vistazo por ahí.

—¿Le dio usted permiso?

—Sí.

—¿Lo acompañó?

—No.

—¿Lo vio entrar en el cobertizo?

—Sí que lo vi.

—¿Y en el habitáculo de la Chevrolet roja?

—También.

—¿Estaba arreglando usted esa camioneta, Parker?

—Sí.

—Sin embargo, dejaba que Edmund la condujera.

El testigo asintió con un gesto.

—Sí. Él no tenía vehículo y se había encaprichado con aquella camioneta.

—¿Tenía alfombrillas en ese momento?

—No; yo la había dejado con el metal pelado.

—¿Los asientos eran de cuero o de tejido?

—De cuero.

—Otra pregunta, Parker. ¿Guardaba usted plástico negro en esa camioneta? Me refiero a bolsas de basura o bandas de las que se usan para preparar el huerto para el invierno.

—No teníamos huerto ni necesidad de nada de eso.

—Así que no llevaba nada semejante en la camioneta.

—Que yo sepa, no.

—¿Y en la casa?

—¿Bolsas de basura?

—Sí.

—No; la mayoría de los desechos la echo al pudridero para hacer mantillo y el resto lo amontono hasta que tengo suficiente para llevarlo al vertedero de Cascadia. En el monte no tenemos servicio de recogida.

Clark declinó hacer preguntas y Dan acabó el día llamando a Margaret Giesa, la detective de la científica que había ejecutado la orden de registro en la propiedad y la camioneta de Parker House y descubierto en la lata de café los pendientes con la reproducción en miniatura de dos Colt. Tras jubilarse, se había mudado a una pequeña población de Oregón con su marido, Erik; pero, por lo demás, no había cambiado mucho respecto de la mujer que recordaba Tracy del primer juicio. De hecho, aún vestía con elegancia y calzaba tacones de diez centímetros.

Dan la hizo recordar el examen de la propiedad para determinar de nuevo lo que había hallado su equipo aquel día y pasó la mayor parte del tiempo haciéndole preguntas sobre los pendientes encontrados en el cobertizo y las muestras de cabello rubio del habitáculo de la Chevrolet. Fue repasando con ella de forma metódica la cadena de custodia. El proceso se hizo tedioso y requirió mucho tiempo; pero aquello fue necesario para evitar que nadie pudiera alegar que se habían falsificado o modificado las pruebas durante los veinte años transcurridos desde que dieron con ellas Giesa y su equipo y las confiaron a los almacenes del laboratorio criminalista de la policía de Washington.

Después de que la detective dejara la tribuna de los testigos, el magistrado dio por concluida aquella sesión. Meyers, preocupado por las previsiones meteorológicas, ofreció el número de teléfono de escritorio de su secretario y se comprometió a dejar un mensaje grabado en el contestador para la prensa y el público en caso de que hubiese que aplazar la vista. En cuanto concluyó con un golpe de mazo, Maria Vanpelt y el resto de periodistas corrieron a hablar con Tracy, quien se dirigió con no menos presteza a las puertas de la sala. Allí topó de manera inesperada con Finlay Armstrong, quien la llevó al pasillo que se abría tras las luces cegadoras de las cámaras y la escoltó a lo largo de la escalera interior mientras aquellos, pisándole los talones, la acribillaban a preguntas.

—¿Quiere decir algo sobre la vista, detective? —rogó Vanpelt.

Ella hizo caso omiso de sus voces mientras Finlay la acompañaba a su vehículo a través de una alfombra de nieve que en algunos lugares superaba el palmo de profundidad.

—Mañana la espero aquí —anunció el ayudante de Calloway.

—¿Le ha pedido el *sheriff* que lo haga? —quiso saber ella.

Finlay asintió mientras le ofrecía una tarjeta de visita.

—Si necesita algo, no dude en llamarnos.

Apenas había salido del aparcamiento cuando le sonó el teléfono. Aunque Dan le había advertido que los procesos judiciales eran como maratones y que aquello había sido solo el primer kilómetro, por el tono de su voz pudo colegir que estaba satisfecho con el desarrollo del día.

—Voy a acercarme a Pine Flat para ver a *Rex*. Si vienes, hablamos de la sesión de mañana.

～

Dan estaba ya con el veterinario cuando llegó Tracy a la clínica; así que se cubrió la cabeza con la capucha de su chaqueta, salió de nuevo y se puso a pasear por el porche mientras comprobaba correos electrónicos y contestaba mensajes. La luz se había fundido en crepúsculo, oculto el cielo bajo una niebla baja que no dejaba de vomitar nieve ni parecía dispuesta a hacerlo en un futuro inmediato. El termómetro que había al lado de la campana de viento congelada indicaba que la temperatura había descendido a cuatro grados bajo cero.

Tracy llamó a Kins para ponerlo al día y, en ello estaba, cuando vio un vehículo estacionado en el límite de una extensión blanca inmaculada. Tenía el capó y el techo cubierto con dos dedos de nieve, pero todo apuntaba a que los limpiaparabrisas habían estado funcionando hacía poco. Aunque estaba demasiado lejos para poder verlo con claridad, y más aún con la luz tenue y la nevada persistente, tenía la impresión de que debía de haber alguien tras el volante, quizá un periodista. Estaba sopesando la idea de conducir hasta allí para averiguarlo cuando Dan abrió la puerta y asomó la cabeza. Estaba sonriendo; buena señal.

—¿Te has propuesto coger una pulmonía? —preguntó él.

—¿Cómo está?

—Entra y lo ves.

La sorprendió encontrar a *Rex* dando paseos por la recepción, aunque con movimientos cautos. El cono de plástico que le habían colocado en torno al cuello para evitar que se lamiera los vendajes le hacía parecer un animal sacado de un circo. Le tendió una mano y *Rex* no dudó en acudir y restregarle en la palma el morro frío y húmedo.

Dan estaba con el veterinario y su esposa.

—Estamos decidiendo qué hacer —explicó a Tracy—. A mí no me hace ninguna gracia tener que dejarlo aquí, pero creo que eso será lo mejor para él, sobre todo si tengo que ausentarme durante todo el día.

—No te preocupes —dijo el otro—: Nosotros cuidaremos de él todo el tiempo que necesites.

Dan hincó una rodilla en el suelo para coger entre las manos la cabezota de *Rex*.

—Lo siento, colega; una noche más y te vienes a casa. Te lo prometo.

La detective se sintió conmovida por el ceño afligido del animal y la compasión de su dueño. No le fue fácil dominar sus emociones mientras veía al veterinario llevarse a aquel perro colosal. Al llegar a la puerta, *Rex* volvió la vista atrás, cabizbajo y desolado, antes de seguir caminando a regañadientes. El momento fue desgarrador.

Dan salió enseguida al porche y ella lo siguió. El vehículo del otro lado de la extensión cubierta de nieve ya no estaba allí. Tracy lo buscó, pero las calles estaban vacías; en el aparcamiento no quedaban más que el Tahoe de Dan y su Subaru. Más allá se enroscaba el humo de las chimeneas que remataban los tejados de las casas de fachada triangular y se veían niños protegidos con gorros, bufandas y guantes jugando en la nieve. Por lo demás, nadie desafiaba al frío ni se había arriesgado a alejarse demasiado con la nevada, más intensa aún, que se había previsto.

—No me hace ninguna gracia dejarlo aquí —repitió Dan compungido.

—Ya lo sé, pero has hecho lo correcto.

—Y eso no lo hace más sencillo.

—Y eso confirma que lo has hecho bien. —Lo cogió de la mano y eso pareció sorprenderlo—. *Rex* y *Sherlock* tienen mucha suerte de que los encontrases, Dan. En cuanto a Roy Calloway, creo que a estas alturas se ha dado cuenta de que no eres el niño regordete de los lentes al que amedrentaba hace años.

—¿Regordete? ¿Así me veías? Pues que sepas que lo que tenía era más bien músculo por desarrollar.

Ella sonrió y vio en el rostro de él no solo al niño que había sido su amigo sino al hombre en que se había convertido, tan diestro y fuerte como para derrotar al *sheriff* y tan sensible como para llorar por uno de sus perros; un hombre bueno al que habían hecho daño y que usaba el humor para ocultar su pena; la clase de persona que ella esperaba incluir algún día en su vida. Había estado usando la vista para evitar reconocer lo que sentía por él, porque hacía mucho tiempo que no se permitía sentirse ligada emocionalmente a nadie por temor a perder a otro ser querido y tener que revivir aquel dolor.

En el cabello de Dan habían empezado a posarse copos de nieve.

—Hoy has estado bien; mejor que bien.

—Todavía nos queda mucho por delante. En esta sesión se trataba de dejar claro el testimonio de Calloway, pero mañana tenemos que empezar a atacar en serio.

—Pues a mí me has impresionado igualmente.

Él la miró con gesto inquisitivo.

—Querrás decir sorprendido.

—Ni mucho menos. —Levantó la mano que tenía libre y colocó el índice y el pulgar a escasos milímetros uno del otro—. De acuerdo; quizá sí, un poquito.

Él se echó a reír y apretó la mano de ella.

—No se lo digas a nadie, pero yo también me he sorprendido.

—¿Ah, sí?¿Y eso por qué?

—Hacía mucho que no entraba en una sala de justicia para interrogar a un testigo en una causa importante; pero parece que es como montar en bici.

—Aunque eso no se te daba demasiado bien, que yo recuerde.

Dan abrió los ojos con fingida indignación.

—¡Oye, que se me pinchó la rueda!

Ella respondió con una carcajada mientras reparaba en la naturalidad con la que parecían encajar sus dedos entrelazados e imaginaba la sensación que debían de producir aquellos dedos al acariciar su piel.

—¿Seguro que estás bien en ese motel? —preguntó Dan.

—No me dan de comer las célebres hamburguesas con queso y bacón de autor, pero mi salud me lo agradecerá.

—¿Sabes? El que no te quedases en casa no tiene nada que ver con lo de *Rex*. Lo siento; estaba alterado y dije cosas que...

—Ya lo sé.

Ella redujo el espacio que los separaba, como esperando que él diera el paso. Entonces, cuando Dan se inclinó, se puso de puntillas para encontrarse con sus labios a mitad de camino. Pese al frío, los tenía cálidos y húmedos y no le resultó nada extraño besarlo. De hecho, le pareció tan natural como la postura de sus manos. Cuando se separaron, fue a posarse en la nariz de ella un copo de nieve. Dan sonrió y lo apartó.

—Nos estamos buscando una buena pulmonía los dos.

—Me han dado dos llaves de la habitación —dijo ella.

ᕦᕤ

Tracy yacía a su lado bajo el fulgor amarillento de la lámpara que había en la cabecera de la cama del motel. La nieve había acallado los sonidos del exterior y todo estaba sumido en un silencio siniestro solo interrumpido por los siseos y chasquidos ocasionales del radiador situado debajo de la ventana.

—¿Te encuentras bien? Estás muy callada.

—Me encuentro genial. ¿Y tú?

Él la atrajo hacia sí y le besó la cabeza.

—¿Te arrepientes? —le preguntó.

—Solo lamento que no puedas quedarte.

—Ya me gustaría, pero *Sherlock* es un bebé grande sin su hermano. Además, tengo que prepararme, que la vista de mañana es importante.

Ella sonrió.

—Creo que habrías sido un buen padre, Dan.

—En fin; las cosas salen como tienen que salir.

Tracy se recostó sobre un codo.

—¿Por qué no tuvisteis hijos?

—Ella no quería. Me lo dijo antes de que nos casáramos, pero yo pensaba que cambiaría de opinión. Me equivoqué.

—Ahora tienes a tus dos muchachotes.

—Y seguro que uno de ellos se está poniendo muy nervioso.

La besó y giró sobre su cuerpo para salir de la cama, pero ella lo cogió de un hombro y lo volvió a tumbar.

—Dile a *Sherlock* que siento mucho que llegues tarde —dijo mientras se colocaba sobre él y lo sentía excitarse bajo su cuerpo.

⚭

Más tarde, lo observó vestirse mientras ella seguía arropada bajo las mantas.

—¿Me vas a acompañar hasta la puerta o tienes bastante con tirarme a la cuneta de una patada? —preguntó Dan.

Ella salió de la cama para coger un camisón, sorprendida de no sentirse cohibida por estar desnuda ante él.

—Lo decía en broma, pero hay que reconocer que la vista es excelente.

Tracy se puso la prenda que tenía en las manos y lo acompañó a la salida. Antes de abrir, él apartó la cortina y miró por la ventana.

—¿Una turba de periodistas con cámaras? —dijo ella.

—¿Con este tiempo? Lo dudo.

Dan abrió la puerta y ella sintió el aire frío sobre su piel, que seguía guardando el calor del lecho.

—Ha dejado de nevar —señaló él— y eso es buena señal.

Ella miró al exterior: en efecto, había cesado la precipitación, pero, a juzgar por la capa de diez centímetros de la barandilla del porche, no hacía mucho y, según hacía prever el cielo encapotado, tampoco por mucho tiempo.

—¿Te acuerdas de los días de nieve? —preguntó.

—¿Cómo no? Eran los mejores días de colegio.

—Si no teníamos colegio.

—Por eso mismo.

Se inclinó para besarla de nuevo y ella sintió otra vez la piel de gallina y dobló los brazos ante el pecho.

—¿Es por mí o por el frío? —dijo Dan sonriendo.

Ella respondió con un guiño:

—Como científica, todavía no tengo suficientes datos empíricos.

—Pues habrá que buscar una respuesta.

Tracy se refugió tras la puerta a medio abrir.

—Hasta mañana.

Las botas de Dan crujieron sobre la nieve recién caída. Al llegar a la escalera, se volvió antes de descender.

—Cierra la puerta si no quieres helarte. Y echa la llave.

Ella, sin embargo, aguardó a verlo llegar al Tahoe y meterse dentro. Cuando estaba a punto de volver a encerrarse en la habitación, le llamó la atención un vehículo estacionado en la misma calle. En realidad, no fue tanto el vehículo como su parabrisas: limpio. Una vez resultaba extraño, pero la segunda dejaba claro que había una intención. Si se trataba de un periodista o un fotógrafo, estaba a punto de llevarse una lección difícil de olvidar sobre los peligros de acechar a una policía. Cerró la puerta, corrió a ponerse los pantalones, el anorak y las botas, sujetó la Glock y volvió a abrir.

El automóvil ya no estaba allí. Sintiendo que se le erizaba el vello de la nuca, echó el cerrojo y llamó a Dan.

—¿Ya me estás echando de menos?

Ella retiró la cortina para mirar el lugar en que había estado estacionado el vehículo. Las impresiones superficiales que habían dejado las ruedas en la nieve indicaban que había llegado después de caer la nieve y no había permanecido allí mucho tiempo.

—¿Tracy?

—Solo quería oír tu voz —dijo ella tras decidir que Dan tenía ya demasiadas preocupaciones.

—¿Pasa algo?

—No; solo que me preocupo más de la cuenta. Gajes del oficio.

—Yo estoy bien y todavía tengo en casa a la mitad de mis guardias.

—¿No te han seguido? —preguntó.

—Muy tonto tendría que ser para no darme cuenta: las carreteras están desiertas. ¿Estás bien?

—Sí —respondió—. Buenas noches, Dan.

—La próxima vez quiero despertarme a tu lado.

—Me gusta la idea.

Colgó y se desvistió para ponerse unos pantalones de pijama y el camisón. Antes de volver a la cama, apartó la cortina y observó el espacio vacío en el que había estado aquel vehículo. A continuación, echó la cadena de la puerta, colocó la Glock en la mesilla de noche y apagó la luz.

El olor de Dan se hallaba aún prendido a la almohada. Había sido un amante dulce y paciente, de manos firmes y tacto suave, como había imaginado. Le había dado tiempo para relajarse, para liberar su mente hasta dejar de pensar y limitarse a reaccionar al movimiento del cuerpo de él y el roce de sus manos. Tras el clímax, se había quedado aferrada a él por evitar que la abandonasen aquella sensación o Dan.

CAPÍTULO 43

Durmió toda la noche por primera vez en varios meses y, a la mañana siguiente, se sintió renovada, aunque nerviosa ante el día que le esperaba. No recordaba haber experimentado una inquietud así siendo policía. Los días de perros eran los buenos para ella; los más emocionantes, en los que la jornada pasaba como si las horas fuesen minutos. Sin embargo, la simple perspectiva de tener que enfrentarse a un día más de la vista le provocaba la misma ansiedad que el juicio celebrado hacía veinte años.

Cogió un ejemplar del *Cascade County Courier* en el vestíbulo del motel. En primera plana se incluía un artículo sobre la vista ilustrado con una fotografía suya mientras entraba a los juzgados, aunque, por suerte, no se había incluido ninguna de Dan y ella besándose ante la clínica veterinaria ni entrando juntos en la habitación.

Como le había dicho, Finlay la esperaba en el aparcamiento del tribunal para ayudarla a abrirse paso entre los medios de comunicación y ella advirtió que, en cierta medida, se sentía orgulloso de su papel de custodio.

A medida que se acercaban las nueve de la mañana, tuvo la impresión de que habría menos espectadores que la víspera, pues, además de haberse perdido la novedad del primer día, el mal tiempo desalentaría a todos menos a los más infatigables. Sin embargo, al abrirse las puertas enseguida volvieron a llenarse todos los bancos. De hecho, la concurrencia fue aún más nutrida, quizá por causa de la intriga que debían de haber suscitado las noticias del primer día de la vista. Tracy contó cuatro acreditaciones más de prensa.

House volvió a entrar escoltado por numerosos funcionarios de prisiones, aunque esta vez, al llegar a la mesa de los abogados y quedar de cara al público mientras le quitaban las esposas, ni siquiera miró a su tío: sus ojos fueron a clavarse en Tracy, quien sintió que se le erizaba el vello igual que hacía veinte años. Sin embargo, a diferencia de aquel día, ella no tenía intención de apartar la vista, ni siquiera al ver asomar a su rostro la sonrisa que tan bien conocía. Tracy sabía que aquellos gestos desafiantes no eran sino la fachada que adoptaba él para hacer que se sintiera incómoda; House —por más que hubiera podido curtirse físicamente en la cárcel— seguía sufriendo el raquitismo emocional de aquel niño inseguro que había secuestrado a Annabelle Bovine por no poder soportar la idea de que quisiera abandonarlo.

La sonrisa de House se esfumó cuando entró el secretario y ordenó ponerse en pie a los presentes. El juez Meyers ocupó de nuevo su asiento y dio así por comenzado el segundo día.

—Puede proceder, señor O'Leary —dijo.

Dan llamó a declarar a Bob Fitzsimmons, quien hacía veinte años había sido socio gerente de la compañía que había negociado con el estado de Washington para construir tres presas hidroeléctricas en el río Cascade, incluida la de Cascade Falls. Aunque septuagenario y jubilado, Fitzsimmons parecía recién salido de una reunión de la junta directiva de cualquiera de las quinientas empresas más prósperas de la nación que figuraban en la lista anual publicada por la revista *Fortune*. Tenía el cabello blanco y muy poblado y vestía traje de raya diplomática y corbata de color lila.

Con gran brevedad, el abogado hizo que expusiera el proceso que había seguido su sociedad para obtener los permisos federales y estatales necesarios para construir los embalses, como reflejaron en su día los diarios locales.

—La presa disminuyó el ancho del río —dijo el declarante—. Se trataba de crear una reserva de agua para tiempos de sequía.

—Y, en el caso de Cascade Falls, ¿cuál era esa reserva? —preguntó O'Leary.

—El lago Cascade.

Dan usó dos planos destinados a comparar el tamaño de este antes de la puesta en marcha de la central y una vez inundada la zona. La región situada entre ambos perímetros incluía el punto que había marcado Calloway con una *X* para señalar el lugar en que se descubrió el cadáver de Sarah.

—¿Cuándo se llenó de agua esta área?

—El 12 de octubre de 1993 —respondió Fitzsimmons.

—¿Estaba informado el público en general de la fecha?

Fitzsimmons asintió con la cabeza.

—Nos aseguramos de que lo anunciaran todos los periódicos, emisoras y canales locales. La legislación estatal así lo disponía y nosotros cumplimos con la normativa y más.

—¿Por qué?

—Porque era una zona frecuentada por cazadores y excursionistas y no queríamos que nadie quedara atrapado allí cuando subiera el nivel del agua.

O'Leary tomó asiento para dar paso a Clark.

—Señor Fitzsimmons —preguntó este—, ¿hizo algo más su compañía para evitar que «nadie quedara atrapado allí cuando subiera el nivel del agua», como acaba usted de decir?

—No entiendo la pregunta.

—¿No contrataron también personal de seguridad e instalaron barreras para que no pudiera acceder nadie a la región?

—Sí; varios días antes de que empezara a funcionar la central hidroeléctrica.

—En tal caso, habría sido en extremo difícil entrar en el terreno que iba a quedar inundado, ¿verdad?

—Eso pretendíamos.

—¿Informaron sus guardas de algún intento de acceder a la zona?

—Que yo recuerde, no.

—¿No vieron a nadie acarrear un cadáver por ninguna de las pistas?

Dan protestó:

—Señoría, la fiscalía está declarando por el testigo.

Clark contraatacó:

—Pero es que eso es exactamente lo que se está insinuando aquí, señoría.

Meyers levantó una mano.

—Soy yo, señor Clark, quien tiene que aceptar o rechazar las protestas. No ha lugar, señor O'Leary.

—¿Vieron sus hombres a alguien acarrear un cadáver por alguna de las pistas? —insistió el fiscal.

—No —reconoció Fitzsimmons.

Clark se sentó.

—¿Qué extensión tiene esta área? —preguntó entonces O'Leary, tras ponerse en pie y señalar en el mapa la zona inundada.

Fitzsimmons arrugó el entrecejo.

—Creo recordar que el lago ocupaba unas mil hectáreas antes de que pusiéramos en marcha la central y unas mil ochocientas después.

—¿Y cuántas pistas forestales la recorren?

El declarante sonrió moviendo la cabeza.

—Demasiadas para poder acordarme de todas.

—Colocaron barreras y apostaron guardas de seguridad en las carreteras principales, pero ¿no es cierto que resultaba imposible cerrar cualquier punto de entrada y salida?

—En efecto —concluyó Fitzsimmons.

❧

O'Leary solicitó a continuación la comparecencia de Vern Downie, el hombre al que había recurrido James Crosswhite para dirigir la búsqueda de Sarah en las colinas de Cedar Grove por conocerlas mejor que nadie. Tracy y sus amigos decían siempre en broma que aquel hombre de cabello ralo, barba de dos días y rostro duro habría podido triunfar de actor de cine de terror, sobre todo cuando hablaba con aquella voz que apenas alzaba por encima del susurro.

En los veinte años transcurridos desde entonces, se diría que había renunciado a afeitarse. Su barba entrecana arrancaba a escasos centímetros de sus ojos, le cubría el cuello y se extendía casi hasta el pecho. Llevaba vaqueros azules limpios, camisa de franela, cinturón de hebilla plateada con forma de óvalo y botas. A su parecer, iba vestido de domingo. Su esposa se había sentado en primera fila para infundirle confianza, como había hecho durante el juicio. Tracy recordó que no era un hombre dado a hacer nada en público y mucho menos a hablar.

—Señor Downie, tendrá que levantar la voz para que se le oiga —le advirtió Meyers después de que él musitara su nombre y dirección.

Dan, tal vez en deferencia a su nerviosismo, le fue allanando el terreno con una serie de preguntas destinadas a poner en contexto su testimonio antes de abordar lo más sustancial del interrogatorio.

—¿Cuántos días duró la búsqueda?

Vern adelantó los labios y los apretó, contrayendo el resto de su rostro mientras reflexionaba.

—La primera semana, salimos todos los días —dijo—. Después, dos días a la semana, normalmente después de acabar la jornada laboral. Así estuvimos unas cuantas semanas más hasta que se inundó la zona.

—¿Cuántas personas participaron en un primer momento en la batida?

Vern miró al auditorio.

—¿Cuántas puede haber en esta sala?

Dan dejó la respuesta flotando en el aire. Aquel era el primer momento de distensión en dos días.

Clark se puso en pie y se acercó al estrado. Una vez más, fue breve.

—Vern, ¿cuántas hectáreas tienen esas colinas?

—Diablos, Vance, ¿y yo qué sé?

—Pero es un terreno extenso, ¿verdad?

—Sí es grande; sí.

—¿Y accidentado?

—Depende de quién lo mire, supongo. Hay partes muy escarpadas y está lleno de árboles y arbustos. En algunos lugares, es muy espeso.

—¿Hay muchos sitios en los que poder enterrar un cuerpo de modo que no lo encuentre nadie?

—Supongo —dijo y miró a continuación a Edmund House.

—¿Se usaron perros?

—Recuerdo que tenían en el sur de California, pero no pudimos hacer que los trajeran: no querían mandarlos por avión.

—Con una búsqueda tan sistemática como aquella, Vern, ¿podría asegurar que no se dejó sin recorrer un solo palmo de las colinas?

—Hicimos lo que pudimos.

—¿Pero algún rincón sin registrar?

—Algún rincón... Eso no hay manera de saberlo con seguridad. La zona es demasiado grande. Yo diría que alguno debió de quedar.

෨෧

Tras él, Dan hizo subir al estrado a Ryan Hagen, el vendedor de repuestos de automóvil. Daba la impresión de haber engordado quince kilos desde aquella mañana de sábado en la que lo sorprendió Tracy en su domicilio. Los carrillos le caían sobre el cuello de la camisa, la línea del cabello se le había retraído aún más y presentaba el semblante rubicundo y la nariz bulbosa de quien gusta de disfrutar de unos cuantos cócteles diarios.

Hagen dejó escapar una risita cuando Dan le preguntó si tenía alguna orden de compra o cualquier otro documento que pudiera confirmar el viaje del 21 de agosto de 1993.

—Sea cual sea la empresa, seguro que dejó de existir hace años; ahora casi todo se hace por internet. El comercial ha seguido la senda de los dinosaurios.

Contemplándolo, Tracy llegó a la conclusión de que la jubilación no había acabado con la sonrisa y el encanto afectado del comerciante de antaño.

Hagen tampoco fue capaz de decir qué canal tenía puesto aquel día.

—Hace veinte años declaró que estaba viendo a los Mariners.

—Todavía soy gran aficionado.

—Sabrá entonces que nunca han jugado en la mundial.

—Tampoco he perdido mi optimismo.

Entre el auditorio hubo quien sonrió con él.

—Pero en 1993 aún no habían llegado, ¿verdad?

—No —admitió Hagen tras una pausa.

—De hecho, aquel año acabaron en cuarto lugar y ni siquiera entraron en la eliminatoria.

—Me tendré que fiar de usted, porque mi memoria no llega a tanto.

—Eso quiere decir que jugaron el último partido de aquella temporada el domingo 2 de octubre, cuando perdieron por 7 a 2 ante los Minnesota Twins.

Entonces la sonrisa del declarante se desvaneció.

—También porque usted me lo dice.

—Los Mariners ya no jugaban a finales de octubre de 1993, cuando dijo usted haber visto la noticia relativa a Sarah, ¿verdad?

Hagen había recuperado la sonrisa, pero esta vez era tensa.

—Quizá fuera otro equipo —contestó.

Dan dejó que resonara en la sala su respuesta antes de cambiar de tema.

—Señor Hagen, ¿atendía usted los pedidos de algún establecimiento de Cedar Grove?

—No lo recuerdo. Yo me encargaba de una zona muy amplia.

—Como buen vendedor —apuntó Dan.

—Y yo creo que lo soy —dijo él, aunque a esas alturas ya no lo parecía.

—Deje que lo ayude.

Dan cogió una caja de mudanza y la puso sobre la mesa. Con gesto exagerado, de ella fue sacando archivadores y documentos.

El declarante parecía perplejo ante el giro que había dado su interrogatorio y Tracy no pasó por alto que desvió la mirada hacia el asiento que ocupaba Roy Calloway entre el público. Dan sacó una carpeta que había encontrado Tracy en los archivos del taller de Harley Holt y se situó ante el estrado de tal modo que Hagen no pudiese ver al *sheriff*. Los documentos que contenía daban fe de los pedidos que había hecho Holt a la compañía de Hagen.

—¿No fue a llevar repuestos a Harley Holt, el propietario de la estación de servicio de Cedar Grove?

—Ha pasado demasiado tiempo.

Dan hojeó con afectación los papeles.

—De hecho, visitaba usted al señor Holt con bastante regularidad; una vez cada dos meses aproximadamente.

Hagen volvió a sonreír, aunque se había ruborizado y tenía la frente perlada de sudor.

—Si eso es lo que dicen los papeles, no se lo negaré; pero...

—O sea, que recalaba usted en Cedar Grove de cuando en cuando, como a lo largo del verano y del otoño de 1993, ¿no es cierto?

—Tendría que comprobar mi agenda —dijo Hagen.

—Ya lo he hecho yo por usted. Tengo aquí copias de varias órdenes de compra que contienen tanto su firma como la de Harley, con fecha de los mismos días que, según dicha agenda, acudió usted a la estación de servicio de Cedar Grove.

—En ese caso, supongo que es cierto.

El testigo parecía cada vez menos seguro de sí mismo.

—Me estoy preguntando, señor Hagen, si durante aquellas visitas a Harley Holt no salió nunca en la conversación la desaparición de Sarah Crosswhite.

Hagen cogió el vaso de agua que tenía al lado, bebió un sorbo y lo devolvió a su lugar.

—¿Me puede repetir la pregunta?

—Durante las visitas que hizo a Harley Holt, ¿no se habló nunca de la desaparición de Sarah Crosswhite?

—No podría decirle...

—Porque en la ciudad no se hablaba de otra cosa, ¿verdad?

—No lo sé. Imagino...

—¿No es cierto que en la autopista había una valla publicitaria que ofrecía diez mil dólares de recompensa?

—Yo no recibí retribución alguna.

—Ni yo he dicho que lo hiciera. —Dan sacó otro documento y fingió que lo leía mientras se explicaba—. Lo que he preguntado es si no recuerda haber hablado nunca con el señor Holt de la desaparición de Sarah Crosswhite, pese a ser un caso tan sonado en todo el condado de Cascade, una de las áreas comerciales que usted cubría.

El interpelado se aclaró la garganta.

—Supongo que sí. De forma general; no con detalles. De cualquier modo, eso es lo máximo que alcanzo a recordar.

—Por tanto, sabía de la desaparición de Sarah antes de ver aquel boletín informativo, ¿no es cierto?

—Quizá el telediario me refrescara la memoria. O tal vez hablase con Harley del particular después de verlo en televisión. Eso debió de ser. La verdad es que no estoy muy seguro.

Dan sostuvo en alto más hojas de papel mientras decía:

—Así que el caso no salió a colación en agosto, septiembre ni octubre.

—Lo que estoy diciendo es que no lo recuerdo con exactitud. Imagino que pudo ocurrir así. Como ya he dicho, veinte años es mucho tiempo.

—Durante sus visitas a Cedar Grove, ¿le habló alguien de Edmund House?

—¿De Edmund House? No; estoy seguro de que su nombre no salió nunca a relucir.

—¿Dice que está seguro?

—Digo que no lo recuerdo.

El abogado cogió otro documento del archivador y lo levantó por encima de su cabeza.

—¿Le dijo Harley alguna vez que algunos de los pedidos iban destinados a los vehículos de Parker House o que en su estación de servicio llevaba a cabo el mantenimiento de una camioneta Chevrolet roja?

Clark se puso en pie.

—Señoría, si el señor O'Leary va a formular preguntas relacionadas con documentos, querría pedir que los presente como prueba en lugar de seguir sometiendo a examen la memoria del señor Hagen con reuniones discretas que pueden o no haberse dado hace veinte años.

—No ha lugar.

Tracy sabía que Dan estaba actuando: ella había tratado sin éxito de dar con un documento que confirmase que Harley había pedido piezas a Hagen para la Chevrolet que había estado restaurando Parker House. El vendedor jubilado, sin embargo, no se atrevió a desenmascarar el farol de Dan. Rojo como un tomate, se agitaba como si alguien le hubiera puesto una plancha caliente bajo el asiento.

—Creo que sí —dijo cruzando las piernas y volviendo a separarlas a continuación—. Creo que ahora me viene a la cabeza que le hablé de la Chevrolet roja que había visto en la carretera aquella noche o de algo similar. Posiblemente me acordase así.

—¿Pero no se había acordado al saber de la desaparición por un telediario mientras veía un partido de los Mariners y porque su camioneta favorita era la Chevrolet Stepside?

—Quizá fue un poco por todo. Al ser mi preferida, cuando Harley mencionó que Edmund House usaba una, me vino a la memoria.

Dan se detuvo. El magistrado estaba mirando a Hagen con el entrecejo arrugado. Aquel se colocó entonces al lado mismo de la tribuna del testigo para concluir:

—Es decir, que en las conversaciones que mantuvieron Harley Holt y usted sí salió a relucir el nombre de Edmund House.

El declarante abrió dos ojos como platos. Esta vez fue incapaz de simular una sonrisa por más que lo incomodara la misma.

—¿He dicho Edmund? Me refería a Parker. Eso: Parker House. La camioneta era suya, ¿no?

Dan se volvió hacia Clark sin responderle.

—No tengo más preguntas.

CAPÍTULO 44

El juez Meyers parecía preocupado cuando regresó a la tribuna para iniciar la sesión de la tarde.

—Si bien considero importante proceder con la mayor diligencia posible —dijo mientras valoraba la amenazadora cortina de nieve que seguía cayendo al otro lado de las ventanas de la sala—, no deseo pecar de temerario. El parte meteorológico asegura que esta tarde dejará de nevar; pero un servidor ha vivido muchos años en la costa noroeste del Pacífico y tiene su propio método de previsión atmosférica, consistente en sacar la cabeza por la puerta.

El auditorio soltó una risa tímida.

—Eso es precisamente lo que he hecho durante el receso y lo cierto es que no he visto más que nubes en el horizonte. En consecuencia, el siguiente será el último testigo del día. Así evitaremos que muchos de los presentes tengan que ir por la carretera de noche.

Dan mostró en el televisor de pantalla plana una serie de gráficos y fotografías mientras Kelly Rosa, la antropóloga forense del condado de King, presentaba su testimonio. Comenzó con la llamada de Finlay Armstrong y la imagen del hueso.

—¿Y cuánto tarda la grasa corporal en deteriorarse y convertirse en adipocira?

—Depende de una serie de factores diferentes: la localización del cadáver, la profundidad a la que esté enterrado, las condiciones del suelo, el clima... Sin embargo, en general, es un proceso que dura años, no días ni meses.

—Por eso concluyó usted que los restos podían llevar todo ese tiempo enterrados. Entonces ¿qué es lo que la desconcertó?

Rosa se inclinó hacia delante.

—Lo normal es que los restos humanos que descansan en una fosa poco profunda al aire libre no pasen mucho tiempo bajo tierra, ya que no tardan en dar con ellos los coyotes y otros animales.

—¿Logró usted resolver este misterio?

—Me informaron de que el lugar había estado cubierto hasta hace poco por una masa de agua que lo hacía inaccesible a las alimañas.

—Y el hecho de que los animales no hubiesen profanado la tumba, o sea, desperdigado los huesos, ¿la llevó a la conclusión de que tuvieron que enterrar el cadáver poco antes de inundarse la zona?

Clark se puso en pie.

—Se presta a conjeturas, señoría.

Meyers consideró la protesta.

—Dada su condición de experta, la doctora Rosa puede responder dando su opinión y explicando sus propias deducciones.

La forense contestó en consecuencia:

—Lo único que puedo afirmar es que lo normal en una tumba tan poco profunda es que los animales no tardan mucho tiempo en encontrar el cuerpo.

O'Leary se puso a caminar de un lado a otro.

—También he encontrado en su informe una circunstancia totalmente distinta que sustenta su opinión de que dichos restos no fueron sepultados inmediatamente después de muerta la víctima. ¿Puede exponerla?

—Se trata de la posición que presentaba el cadáver.

Dan mostró una fotografía de los restos de Sarah en la pantalla plana. El esqueleto, limpio ya de tierra, aparecía encorvado en posición fetal. El público se revolvió y emitió un murmullo suave. Tracy bajó la mirada y se llevó la mano a la boca, pues de pronto la habían acometido las náuseas y se sentía mareada. La boca se le llenó de saliva. Cerró los ojos y tomó aire con inspiraciones breves y rápidas.

—Salta a la vista que trataron sin éxito de doblar el cuerpo para que cupiese en la fosa —prosiguió Rosa.

—¿Con cuánta antelación al enterramiento se produjo el rígor mortis? —quiso saber Dan.

—No puedo decirlo con una certidumbre medianamente razonable.

—¿Ha conseguido determinar la causa de la muerte?

—No.

—¿Se han localizado heridas, huesos rotos...?

—Hemos descubierto fracturas en la base del cráneo. —Señaló su localización en un diagrama.

—¿Es posible saber qué las ha causado?

—Se trata de una contusión, pero el objeto que la produjo... —Se encogió de hombros—. Es imposible decirlo.

Rosa explicó entonces que su equipo había registrado todo, desde fragmentos óseos hasta los remaches de los pantalones de Sarah y los automáticos negros y plateados de su camisa. También declaró haber exhumado trozos de plástico negro del mismo material de las bolsas de basura para jardín, así como filamentos de alfombra.

—¿Extrajo alguna conclusión de tal hallazgo?

—Lo único que podemos deducir es que debieron de colocar el plástico en el fondo del hoyo antes de depositar el cadáver o...

—Pero ¿por qué iban a querer hacer algo así?

La declarante meneó la cabeza.

—No tengo ni idea.

—¿Cuál es la otra posibilidad?

—Que enterraran el cuerpo metido en una bolsa.

Tracy se esforzó por dominar su respiración. Notaba el rostro encendido y por las sienes le corrían gotas de sudor.

—¿Han encontrado algo más?

—Joyas.

—¿Concretamente...?

—Un par de pendientes y un collar.

La multitud se agitó. Meyers tendió la mano para coger el mazo, pero se contuvo.

—¿Puede describir los pendientes?

—Son de jade y tienen forma de óvalo.

Dan le mostró las piezas en cuestión.

—¿Nos podría mostrar en el diagrama dónde estaba cada uno de los pendientes?

Ella marcó la ubicación de ambos con un puntero.

—Cerca del cráneo. El collar estaba cerca de la parte alta de la columna vertebral.

—¿Qué puede colegirse de la localización de las joyas?

—Que la finada debía de llevarlas puestas cuando la metieron en el agujero.

෴

Vance Clark dejó sus lentes de carey sobre la mesa y se dirigió con movimiento resuelto a la tribuna de la declarante. No llevaba notas: solo los brazos cruzados ante el pecho.

—Hablemos por unos instantes de lo que ignora, doctora Rosa. No sabe cómo murió la víctima.

—En efecto.

—No sabe cómo recibió la contusión que sufrió en la base del cráneo.

—Así es.

—El asesino pudo haberle golpeado la cabeza contra el suelo mientras la estrangulaba.

Ella se encogió de hombros.

—Pudo haber ocurrido así.

—Tampoco tiene prueba alguna para determinar si sufrió una violación.

—En efecto.

—Ni muestras de ADN que permitan identificar al culpable.

—No.

—Cree que la víctima fue asesinada en algún momento anterior a la inhumación, pero no sabe cuánto tiempo transcurrió entre una cosa y otra.

—Con certidumbre, no.

—Es decir, que no sabe si el culpable enterró a la víctima inmediatamente después de matarla y regresó un tiempo después para trasladar el cadáver al lugar en que finalmente se encontró.

—Tampoco puedo asegurarlo —reconoció Rosa.

—Este supuesto podría explicar también que se hubiera producido ya el rígor mortis antes de que se colocara el cadáver en aquella localización concreta. ¿Estoy en lo cierto? Edmund House pudo haberla matado, enterrar el cuerpo, regresar luego para moverlo y encontrarse con que ya estaba rígido. ¿Cierto?

Dan se levantó en este instante.

—Señoría, ahora es la fiscalía la que está pidiendo a la doctora Rosa que haga conjeturas.

Meyers pareció ponderar la situación.

—No ha lugar.

—Doctora Rosa, ¿desea que le repita la pregunta? —quiso saber Clark.

—No; la secuencia descrita es posible, pero requiere una aclaración. El rígor mortis desaparece transcurridas unas treinta y seis horas. Por tanto, en las circunstancias que ha propuesto usted, el señor House habría tenido que trasladar el cadáver poco después.

—Pero existe la posibilidad —insistió Clark.

—Existe —respondió ella.

—Por tanto, además de los hechos científicos, nos ha expuesto alguna que otra conjetura.

Rosa sonrió.

—Me estoy limitando a contestar a lo que se me pregunta.

—Lo entiendo. No obstante, lo único que puede declarar de forma irrebatible es que la finada es, de hecho, Sarah Lynne Crosswhite.

—Sí.

—¿Sabe usted qué vestía la víctima cuando la secuestraron?

—No.

—¿Sabe usted qué joyas llevaba cuando la secuestraron?

—Una vez más, lo único que puedo ofrecer es una opinión basada en lo que encontré en la tumba.

—Veo que usted lleva hoy pendientes.

—Sí.

—Dígame: ¿se ha puesto alguna vez un par de pendientes y, a continuación, quizá por no haber acabado de decidirse, ha echado al bolso un segundo par?

Rosa levantó los hombros.

—No lo sé...

—¿Conoce usted a alguna mujer que lo haya hecho?

—Sí —dijo.

—¿No es una prerrogativa femenina cambiar de opinión? —Clark sonrió para apostillar—: Al menos, mi señora eso lo tiene muy claro.

La pregunta provocó risitas nerviosas entre el público, deseoso de aferrarse al menor instante de desahogo en el que estaba siendo el testimonio más lacerante hasta el momento. Hasta el juez Meyers se permitió una sonrisa.

—Eso es lo mismo que yo le digo a mi marido —respondió la forense.

—¿Y tiene usted idea de si la finada tenía más de un par de pendientes o más de un collar cuando la secuestraron?

—No.

Clark adoptó una expresión satisfecha por vez primera en dos días antes de volver a su asiento.

Dan se puso en pie para aseverar:

—No hay más preguntas.

Meyers miró el reloj de la pared.

—Por hoy vamos a dar por concluida la sesión. Señor O'Leary, ¿a quién tiene intención de llamar a declarar mañana?

Levantándose otra vez, el abogado contestó:

—Si el tiempo no lo impide, a Tracy Crosswhite.

CAPÍTULO 45

La mayor parte de la prensa decidió no molestar a la hermana de la víctima, quizá por hacer caso al magistrado y estar bajo techo antes de que cayera la tarde. El interior de su vehículo estaba frío como un témpano. Tracy encendió el motor y salió a limpiar el parabrisas mientras el dispositivo antivaho arrojaba aire caliente.

Dan la llamó entonces por teléfono.

—Voy a recoger a *Rex* —le dijo—. El tiempo va a empeorar, así que esta noche no saldrá nadie. ¿Por qué no te quedas en casa?

Ella dobló los dedos por combatir el frío y miró a los automóviles que salían del aparcamiento para ocupar las calles adyacentes.

—¿Estás seguro? —preguntó, aunque ya estaba disfrutando de la idea de tener sexo con Dan y dormir a pierna suelta a su lado.

—Yo no voy a poder dormir y *Sherlock* te echa de menos.

—¿Solo *Sherlock*?

—Se pone a gimotear y eso no es nada bonito.

Rex corrió a la puerta a saludarla agitando el rabo.

—Ya veo que me va a tocar ser el segundón —bromeó Dan—; pero al menos tengo que reconocer que no les falta buen gusto para las mujeres.

Tracy dejó en el suelo su equipaje y se arrodilló para acariciar con suavidad la cabeza del animal por debajo del cono de plástico.

—¿Cómo estás, muchacho?

Cuando volvió a incorporarse, Dan le preguntó:

—¿Estás bien?

Ella se acercó y dejó que la envolviera con los brazos para sostenerla. Había acusado el impacto de la declaración de Kelly Rosa más de lo que había podido anticipar. En calidad de detective de homicidios adiestrada para distanciarse de la víctima, Tracy había investigado con desapego escenas horripilantes. Había tenido que insensibilizarse para hacer frente a cada una de aquellas representaciones visuales del mal, que ponían de manifiesto la falta de humanidad del hombre para con sus semejantes. Había pasado lustros investigando la desaparición de su hermana con aquel mismo distanciamiento aprendido, sin permitirse considerar las cosas indescriptibles que podía haberle hecho el asesino. Tal frialdad, sin embargo, había empezado a resquebrajarse cuando había recorrido las colinas para ver los restos de Sarah en aquella tumba abierta casi a ras de tierra y se había desmoronado por entero al contemplar el esqueleto de su hermanita en el televisor de la sala de justicia y tuvo que enfrentarse a la prueba incontestable de los horrores que había tenido que soportar y la indecencia del hecho de que la hubieran metido en una bolsa de basura para arrojarla en un hoyo apenas cavado en el suelo como quien se deshace de un montón de desperdicios. Alejada al fin de la mirada del público, de la intrusión de las cámaras en su vida personal, Tracy lloró y, abrazada por aquel hombre que también había conocido y querido a Sarah, se sintió bien al hacerlo.

Tras varios minutos, dio un paso atrás y se enjugó las lágrimas de la mejilla.

—Debo de estar hecha un desastre.

—No —respondió él—: Tú nunca estás hecha un desastre.

—Gracias, Dan.

—¿Qué más puedo hacer por ti?

—Llevarme lejos de aquí.

—¿Adónde?

Tracy echó atrás la cabeza y buscó sus labios para besarlo.

—Hazme el amor, Dan —susurró.

⁓

La ropa de ambos estaba desperdigada por la moqueta del dormitorio junto con los almohadones de la cama. Dan yacía bajo la sábana tratando de recobrar el aliento. Habían echado al suelo los edredones.

—A lo mejor no está tan mal que dejases la enseñanza; seguro que rompiste el corazón a un montón de alumnos de instituto.

Ella se volvió para besarlo.

—Y si hubiera sido profesora tuya, te habría puesto sin dudarlo un diez por el esfuerzo.

—¿Solo por el esfuerzo?

—Y por los resultados.

Dan le pasó el brazo por los hombros y miró al techo mientras el tórax le subía y le bajaba con rapidez.

—Mi primer diez. ¿Te lo puedes creer? Si hubiera sabido entonces que lo único que tenía que hacer era acostarme con la maestra...

Ella le dio un puñetazo fingido y apoyó la barbilla en su hombro. Tras un silencio nada incómodo, dijo:

—A la vida le gusta sorprendernos a su manera, ¿verdad? Cuando vivías aquí, ¿te imaginaste en algún momento que acabarías en Boston, casado con alguien de la Costa Este?

—No —reconoció él—, ni cuando vivía en Boston se me ocurrió nunca que volvería a Cedar Grove y me acostaría con Tracy Crosswhite en la cama de mis padres.

—Dicho así, suena horroroso, Dan. —Recorrió el pecho de él con un dedo—. Sarah decía siempre que iba a vivir conmigo y, cuando le preguntaba qué pensaba hacer si yo me casaba, respondía que viviríamos en casas contiguas, que enseñaríamos a disparar a nuestros hijos y los llevaríamos a campeonatos de tiro como hizo con nosotras nuestro padre.

—¿Volverías a Cedar Grove?

Los dedos de ella se detuvieron. Él soltó un gemido y se ruborizó.

—Lo siento; no debía haber preguntado eso.

Ella contestó tras unos instantes:

—No es nada fácil separar los buenos recuerdos de los malos.

—¿En qué categoría estaba yo?

Tracy inclinó la cabeza para mirarlo a los ojos.

—No dudes por un instante que en la de los buenos, Dan; en la de los que mejoran día a día, además.

—¿Tienes hambre?

—¿Tus célebres hamburguesas con queso y bacón?

—Otra de mis especialidades: pasta a la carbonara.

—¿Todas tus especialidades engordan?

—Esas son las mejores.

—Entonces, me voy a la ducha.

Él la besó y salió de la cama.

—Cuando salgas, te estará esperando en la mesa.

—Me vas a convertir en una niña consentida, Dan.

—Eso pretendo.

Se inclinó para darle otro beso y ella sintió la tentación de volver a arrastrarlo a la cama, pero Dan se escabulló y bajó las escaleras. Tracy se acostó de nuevo y abrazó una almohada mientras lo oía

trastear por la cocina abriendo y cerrando cajones y haciendo entre-
chocar cazos y sartenes. Había sido feliz en Cedar Grove. ¿Podría
volver a serlo? Quizá no necesitaba más que a alguien como Dan,
alguien que hiciera que la ciudad fuese de nuevo un hogar para ella.
Sin embargo, mientras lo pensaba, tenía muy presente que conocía
la respuesta a esta pregunta. El dicho que aseguraba que uno no
puede volver nunca a la misma casa en que vivió en otro tiempo
tenía su razón de ser, igual que los estereotipos, que suelen ser
ciertos. Apartó la almohada con un gruñido y se levantó. No era
momento de pensar en el futuro: bastantes quebraderos de cabeza
tenía ya en el presente.

A primera hora de la mañana, Tracy tendría que estar en el
estrado.

CAPÍTULO 46

La tormenta no llegó a Cedar Grove. Por una vez, acertaron los meteorólogos. No quiere eso decir que hubiera mejorado el tiempo. La temperatura había descendido a trece grados bajo cero por la mañana, lo que convirtió aquel en uno de los días más fríos que se recordaban en el condado de Cascade. Aun así, nada pudo disuadir a los espectadores de volver a hacer cola ante la sala el tercer día de la vista. Tracy llevaba puestas la falda y la chaqueta negras que conformaban lo que ella llamaba su «uniforme judicial». Había metido zapatos de tacón en el maletín para cuando se quitara las botas de nieve una vez en el juzgado.

La tormenta que se había previsto seguía cerniéndose sobre la región y el juez Meyers estaba más resuelto que nunca a hacer avanzar la vista. Apenas había tomado asiento cuando dijo:

—Señor O'Leary, llame a declarar a su próximo testigo.

—La defensa solicita el testimonio de Tracy Crosswhite —dijo él.

Tracy sintió fija en ella la mirada de Edmund House mientras cruzaba la puerta batiente y se dirigía a la tribuna de los testigos para jurar decir la verdad. Le repugnaba saberse la mejor baza con que contaba aquel para conseguir la libertad. Pensó en lo que le había referido Dan de la conversación mantenida con George Bovine poco después de la visita que le había hecho el padre de Annabelle para ponerlo sobre aviso de la personalidad de House. Ella no lo ponía en duda, pero ya era tarde para cambiar de idea.

Dan le fue planteando con tacto las diferentes preguntas y el juez Meyers, tal vez llevado por la carga emocional del momento, no quiso apremiarlo. Una vez despachadas las cuestiones preliminares, orientadas a crear un marco general del asunto, dijo a la testigo:

—Todos decían que Sarah era su sombra, ¿verdad?

—Daba la impresión de estar siempre a mi lado.

O'Leary paseaba a escasa distancia de las ventanas. De un cielo amenazador del que había comenzado a caer de nuevo una nieve ligera brotaban oscuros vástagos de nubes.

—¿Podría describir la posición física que ocupaban sus dormitorios en la casa familiar?

Clark se levantó. Estaba planteando más objeciones durante el primer interrogatorio a Tracy que en ninguno de los anteriores, tratando, a ojos vista, de interrumpir el hilo de su testimonio y más temeroso que antes, al parecer, de que Dan se propusiera deslizar algún elemento inadmisible.

—Protesto, señoría. Irrelevante.

—Estoy tratando de sentar las bases para ulteriores preguntas —se defendió Dan.

—Pase por esta vez; pero, por favor, vayamos agilizando el interrogatorio, señor abogado.

—Las puertas de nuestros dormitorios eran contiguas, pero eso no tenía gran importancia, porque ella pasaba la mayoría de las noches en mi cama. Le daba miedo la oscuridad.

—¿Compartían el cuarto de baño?

—Sí; estaba entre las dos habitaciones.

—Y, como hermanas que eran ustedes, ¿se prestaban sus pertenencias?

—A veces más de lo que a mí me habría gustado —respondió Tracy intentando sonreír—. Usábamos las mismas tallas, más o menos, y teníamos gustos parecidos.

—¿También en lo que a joyas se refiere?

—Sí.

—Detective Crosswhite, ¿sería tan amable de describir a la sala los acontecimientos del 21 de agosto de 1993?

Tracy sintió que le brotaban desbocadas las emociones y se detuvo para componerse.

—Sarah y yo competíamos en el Campeonato Estatal de Tiro con Armas Clásicas de Washington —dijo—. De hecho, nos estábamos disputando el primer puesto cuando llegamos a la prueba final, que consistía en disparar a diez blancos alternando el uso de las dos manos. Yo fallé uno, lo que supone una penalización automática de cinco segundos, así que ya había perdido.

—O sea, que ganó Sarah.

—No; ella erró dos blancos. —Tracy sonrió al recordarlo—. En los dos últimos años no había fallado nunca dos y menos aún en un solo ejercicio.

—Luego lo hizo a propósito.

—Ella sabía que Ben, mi novio, iba a recogerme aquella noche y tenía intención de proponerme matrimonio en nuestro restaurante favorito. —Se detuvo para beber agua y volver a colocar el vaso en la mesa que tenía al lado—. Yo me sentía mal porque sabía que me había dejado ganar y aquello me nubló el juicio.

—¿En qué sentido?

—Habían anunciado mal tiempo: lluvias torrenciales y tormentas. Ben vino a recogerme a la competición, porque teníamos una mesa reservada... —Sintió que las palabras se le pegaban a la garganta.

Dan la ayudó a sacarlas:

—Lo que significa que Sarah tuvo que volverse a casa sola con la camioneta de usted.

—Tenía que haber insistido en que nos acompañara. Aquella fue la última vez que la vi con vida.

El abogado esperó en actitud respetuosa antes de preguntar con voz suave:

—¿Se concedía algún premio al ganador?

Tracy asintió.

—Una hebilla de cinturón plateada.

O'Leary tomó el objeto de color de peltre que figuraba en la mesa de las pruebas para tendérselo mientras lo identificaba por el número que se le había asignado.

—La médica forense ha testificado que encontró esta hebilla en la tumba junto con los restos de Sarah. ¿Puede explicar cómo llegó allí si la había ganado usted aquel día?

—Porque se la di a Sarah.

—¿Y por qué lo hizo?

—Como ya he dicho, yo sabía que me había dejado ganar, por eso antes de irme le di el premio.

—¿Y no volvió a verlo más?

Ella asintió en silencio. Nunca habría podido imaginar que aquel momento fugaz en que miró por la ventanilla trasera del habitáculo de la camioneta para contemplar a Sarah de pie bajo la lluvia con su Stetson negro pudiese ser la última vez que veía a su hermana. Con los años había pensado a menudo en dicho instante, en lo efímero de la existencia y en lo impredecible del futuro, aun del más inmediato. Lamentaba haberse enfadado aquella noche con ella por haberse dejado ganar; había permitido que la arrastrase su orgullo personal sin detenerse a considerar las intenciones altruistas de Sarah, quien no quería que Tracy comenzase una de las mejores noches de su vida contrariada por haber quedado en segundo puesto.

Por más que lo intentó, no pudo evitar que le cayera una lágrima. Cogió un pañuelo de papel de la caja que habían puesto en la mesilla auxiliar y se la enjugó. También entre el público hubo quien se secó los ojos y se sonó la nariz.

Dan le dio unos instantes para recobrar la compostura, para lo cual fingió estar rebuscando entre sus notas. Entonces, acercándose de nuevo al estrado, preguntó:

—Detective Crosswhite, ¿querría describir a la sala el atuendo que llevaba su hermana cuando la vio por última vez el 21 de agosto de 1993?

Clark se puso en pie de manera inesperada y salió de detrás de su mesa.

—Señoría, la fiscalía no puede sino protestar: por su naturaleza misma, la pregunta instiga a la testigo a hacer conjeturas en la respuesta, que, por consiguiente, sería poco digna de confianza.

Dan fue a reunirse con él delante de la tribuna del magistrado.

—La objeción es prematura, señoría. El ministerio público tiene, por supuesto, la facultad de refutar la validez de una pregunta particular y de interrogar a la detective Crosswhite respecto de sus recuerdos. Esa no es ninguna razón válida para suprimir por entero su testimonio.

La réplica de Clark sonó casi exasperada:

—Con el debido respeto a la capacidad de su señoría para desautorizar dicha prueba, a la fiscalía le preocupa que el acta de apelaciones pueda incluir hipótesis o figuraciones.

—Y es libre de hacer constar tales objeciones a fin de salvaguardar el acta de apelaciones —repuso Dan.

—Estoy de acuerdo, señor O'Leary —zanjó el juez—; pero teniendo en cuenta que todos sabemos que esta causa ya ha cobrado en los medios de comunicación un protagonismo mucho mayor del que considero deseable, agradezco al ministerio público su preocupación por lo que pueda constar en las actas.

—Señoría —intervino Clark—, la fiscalía solicita su venia para someter a la testigo a un examen preliminar para determinar si existe fundamento alguno, aparte de las pruebas que se han ofrecido durante esta vista, para que pueda recordar después de más de veinte años los detalles de lo que llevaba puesto su hermana un día concreto de agosto de 1993.

Meyers se meció en su sillón con los ojos entornados y gesto intrigado, por lo que Tracy no se sorprendió al oírlo decir:

—Concedido, señor fiscal; examine a la testigo.

La experiencia le había enseñado que, cuando sabían que el resultado de una vista iba a ser llevado al tribunal de apelaciones, a fin de hacer menos probable la interposición de recursos ulteriores, los jueces solían obrar con extrema cautela a la hora de pronunciar su dictamen. Al permitir que Clark valorase los recuerdos de Tracy, Meyers pretendía evitar que su objeción pudiera servir a la fiscalía de base para sostener ante el tribunal de apelaciones lo irrazonable de su fallo. Con ello reducía en gran medida la probabilidad de tener que ocuparse de nuevo de aquella causa.

Dan regresó al asiento que se le había asignado al lado de House, quien se inclinó para decirle algo al oído. Fuera lo que fuere, su abogado no le respondió. Clark se alisó la corbata, adornada con una trucha, mientras se acercaba al estrado.

—Señora Crosswhite, ¿recuerda lo que llevaba usted puesto el 21 de agosto de 1993?

—Puedo suponerlo.

—¿Suponerlo? —Clark miró a Meyers.

—Yo era un poco supersticiosa y siempre llevaba en las competiciones un pañuelo rojo, una corbata de bolo de turquesa y mi Stetson negro. También tenía puesta una chaqueta de ante.

—Ya veo. ¿Y su hermana era supersticiosa?

—Ella era demasiado buena para ser supersticiosa.

—Por tanto, no podemos recurrir a esta clase de «suposiciones» para describir lo que podía haber vestido aquel día, ¿verdad?

—No, aparte de que le gustaba ir mejor que nadie.

Ante aquellas palabras asomaron sonrisas a varios rostros del público.

—Pero no había ninguna camisa particular que llevase puesta en todas las competiciones.

—Las usaba de una marca concreta, Scully, porque le encantaban los bordados.

—¿Cuántas camisas Scully poseía?

—Unas diez, calculo.

—Diez —repitió el fiscal—. ¿Y algunas botas o sombrero en particular?

—Tenía varios pares de botas y creo recordar que media docena de sombreros.

Clark se volvió hacia la tribuna del jurado y, al reparar en que no había en ella nadie a quien pudiese llevar a su terreno, se colocó mirando al público.

—Así que carece de base alguna para testificar con certidumbre lo que llevaba puesto su hermana el 21 de agosto de 1993, más allá de una «suposición» hecha veinte años después y de lo que pueda haber oído durante esta vista. ¿Correcto?

—No; no es correcto.

La respuesta tomó desprevenido al fiscal. El sillón de Meyers crujió cuando el magistrado se meció para observarla con detenimiento. Por lo demás, la sala había quedado sumida en el silencio. Clark caminó hacia la testigo, sin lugar a dudas tratando de resolver la disyuntiva que se presenta a todo letrado durante la repregunta: si resulta juicioso formular la cuestión siguiente y arriesgarse a abrir con ello la caja de Pandora sin tener la menor idea de lo que puede haber en el interior o conviene más pasar a otra distinta. El problema al que se enfrentaba, como había aprendido Tracy tras testificar en numerosas causas de homicidio, era que ya había sacado el tema y, si no preguntaba él, lo haría Dan. En consecuencia, se volvió más cauto y moderó su actitud mordaz.

—Está claro que no recuerda usted lo que llevaba puesto su hermana.

—No. Con total seguridad, no.

—Y ya hemos dejado claro que no tenía ninguna prenda que le sirviese de amuleto.

—En efecto.

—En tal caso, ¿qué otro medio puede...? —Clark se detuvo de súbito.

Tracy no aguardó a que se decidiera a acabar la pregunta.

—Una fotografía —contestó.

El fiscal se estremeció.

—Pero ¿de aquel día?

—Sí, de aquel día —respondió ella con calma—. La que nos hicieron con una Polaroid a los tres finalistas y, como ella quedó segunda...

El otro se aclaró la garganta.

—¿Y la ha guardado usted durante veinte años?

—Por supuesto; es la última que existe de Sarah.

Como quiera que Tracy la había recuperado del estuche de sus armas la mañana que se había reunido con Calloway para inspeccionar el interior de su Ford azul, la instantánea no había llegado nunca a quedar inventariada ni a formar parte del expediente policial.

—Señoría, la fiscalía solicita una reunión a puerta cerrada.

—No ha lugar. ¿Ha terminado su examen?

—Protesto, señoría. La fotografía de la que habla la testigo no se ha presentado nunca en esta causa. Hasta esta vista no sabíamos nada de ella.

—¿Señor O'Leary? —preguntó Meyers.

Dan se puso en pie.

—Por lo que yo sé, señoría, el ministerio público está en lo cierto; dicha prueba no obraba en poder de la defensa, que, por tanto, no tenía medio alguno de presentarla aun cuando se le hubiera pedido. Sin embargo, la fiscalía sí tuvo acceso a ella a través de la detective Crosswhite.

—Se desestima la protesta —dictó Meyers—. Señor O'Leary, puede usted proseguir su interrogatorio.

Dan volvió a aproximarse al estrado.

—Detective Crosswhite, ¿lleva usted hoy consigo la fotografía?

Tracy cogió su maletín y sacó la instantánea enmarcada. La conmoción que suscitó en el auditorio bastó para llevar al magistrado a usar el mazo. Después de registrarla como prueba, Dan pidió a Tracy que recordase la indumentaria con que aparecía en ella Sarah y Tracy obedeció.

—¿Puede describir —preguntó a continuación el abogado— las joyas que lleva puestas su hermana en la fotografía?

—Los pendientes son de jade y tienen forma ovalada y el collar es una cadena de plata.

—¿Los reconoce? —O'Leary le tendió los aritos que había encontrado Rosa en la tumba de Sarah.

—Sí: son los mismos que lleva puestos en la fotografía.

Dan sacó entonces los pendientes de las miniaturas de Colt que se habían presentado durante el juicio original. El público se agitó.

—¿Y estos? —dijo, tras lo cual los identificó por el número que se les había asignado entre las pruebas—. ¿Reconoce estos pendientes?

—Sí; esos pendientes también eran de Sarah.

—¿Los llevaba puestos el día que la secuestraron?

Clark saltó de su asiento.

—¡Protesto, señoría! El testigo ha declarado que no recuerda con exactitud lo que llevaba aquel día su hermana. Lo único que puede decir es si coinciden con los de la fotografía.

—Retiro la pregunta —dijo Dan—. Detective Crosswhite, ¿son estos los pendientes que lleva Sarah en la fotografía?

—No —respondió Tracy.

Dan los volvió a colocar en la mesa de las pruebas y se sentó. El murmullo había alcanzado un volumen suficiente como para que Meyers considerase justificado volver a golpear con el mazo.

—Recuerdo al público que debe guardar el decoro del que hablé al comenzar esta vista.

Clark, de nuevo en pie, se dirigió a la testigo con cierto aire de urgencia y voz desafiante:

—Según su declaración, a su hermana le gustaba vestir a la moda, ¿no es cierto?

—Sí.

—Y, por lo que ha dicho, a aquellas competiciones llevaba cierto número de combinaciones diferentes de camisas, pantalones y sombreros, ¿cierto?

—Sí.

—¿Llevaba con ella a los certámenes prendas de más por si cambiaba de idea respecto de lo que se iba a poner?

—Sí, Sarah solía cambiarse varias veces —reconoció Tracy—. A mí me irritaba aquella costumbre suya.

—Y supongo que tal actitud sería aplicable también a las joyas que usaba —señaló Clark.

—Recuerdo alguna que otra ocasión en que lo hizo, sobre todo si el torneo duraba más de un día.

—Gracias. —El fiscal se apresuró a sentarse con aire un tanto aliviado.

Entonces se levantó Dan.

—Seré breve, señoría. Detective Crosswhite, de aquellas veces que recuerda, ¿le viene a la memoria alguna sola en la que se pusiera los pendientes en forma de pistola que se presentaron en el juicio contra Edmund House como pruebas 34*a* y 34*b*?

—No; nunca.

—El ministerio fiscal —añadió el abogado señalando a Clark— ha dado a entender que tal cosa era probable. ¿Lo era?

Clark volvió a protestar.

—Otra vez está pidiendo hacer conjeturas al testigo. Su testimonio debe ceñirse a lo que se ve en la fotografía.

—Es cierto que se presta a suposiciones, señor O'Leary —sentenció Meyers.

—Si cuento con su venia, señoría, creo que la detective Crosswhite podrá explicar por qué no es así.

—Tiene mi permiso, siempre que sea breve.

—¿Existe alguna posibilidad de que su hermana llevase puestos estos pendientes con forma de pistola? —preguntó Dan.

—No.

—¿Cómo puede ser tan tajante, cuando ha admitido que Sarah solía cambiar de parecer?

—Mi padre se los regaló junto con el collar cuando ganó el Campeonato Estatal de Tiro con Armas Clásicas de Washington a los diecisiete años. De hecho, los dos pendientes llevan grabado el año del certamen: 1992. Sarah se los puso una vez, pero le provocaron una infección horrible: no podía llevar nada que no fuese de oro de veinticuatro quilates o de plata de ley. Mi padre creyó que esos pendientes eran de plata de ley, pero no era así. Ella, sin embargo, no quiso darle un disgusto y, por tanto, nunca se lo dijo. Aun así, que yo sepa, tampoco volvió a ponérselos.

—¿Dónde los guardaba?

—En un joyero que tenía sobre la cómoda de su dormitorio.

Meyers había dejado de mecerse. El auditorio también había quedado mudo. Por las ventanas se veía que los dedos oscuros e impalpables de las nubes habían descendido más aún y la nevada arreciaba con más violencia.

—Gracias —dijo Dan antes de regresar en silencio a su asiento.

Clark permaneció sentado con el índice pegado a los labios mientras Tracy abandonaba el estrado. Sus tacones resonaron al golpear el suelo de mármol de regreso a su banco. De pronto sacudió las ventanas una ráfaga de viento que sobresaltó al público que se hallaba cerca de ellas. Aparte de cierta mujer que ahogó un grito y se estremeció, todos quedaron paralizados. Hasta Maria Vanpelt, resplandeciente con un traje de pantalón de St. John, se hallaba sentada con aire preocupado.

Solo uno de todos los presentes daba la impresión de haber disfrutado de los acontecimientos de aquella mañana: Edmund House, quien se balanceaba sobre las patas traseras de su silla, sonriendo como quien acaba de comer hasta el hartazgo en un buenísimo restaurante tras saborear todos y cada uno de los bocados.

CAPÍTULO 47

El juez Meyers se mostró resignado cuando regresó a la tribuna para dar principio a la sesión de la tarde.

—Parece que los hombres del tiempo acertaron bastante en sus pronósticos —anunció—. Se acerca la tercera tormenta, pero esperan que llegue antes de lo previsto: al final de la tarde. Si es posible, voy a animar a los abogados a poner término hoy a la vista.

Dan se levantó de inmediato para llamar a declarar a Harrison Scott.

—Entonces, en marcha —dijo Meyers.

El testigo, un hombre alto y delgado, llegó a la tribuna vestido con un traje gris metalizado y el letrado repasó con él con rapidez su formación académica y sus méritos. Scott había sido director de las centrales de Seattle y Vancouver del laboratorio criminalista del estado de Washington antes de dedicarse a ejercer por lo privado y fundar los Independent Forensics Laboratories.

—¿En qué clase de trabajo se especializan los IFL? —preguntó.

Scott se apartó el cabello rubio que le caía sobre la frente. A pesar de los mechones grises que poblaban sus sienes, daba la impresión de ser demasiado joven para tan impresionante trayectoria. Resultaba más fácil imaginarlo volando sobre las olas de una playa del sur de California.

—Abarcamos todas las disciplinas de la policía científica, desde el análisis de ADN hasta el procesado de huellas dactilares, el estudio de trazas instrumentales y de armas de fuego, el examen del lugar de los hechos y el microanálisis de cabellos, fibras, cristal, pintura...

—¿Podría exponer al tribunal lo que he solicitado de su laboratorio para esta causa particular?

—Un análisis de ADN de tres muestras de sangre y trece cabellos.

—¿Le he dicho de dónde procedían?

—Las había estado custodiando el laboratorio criminalista de la policía estatal de Washington como parte de la investigación de la desaparición de una joven llamada Sarah Crosswhite.

—¿Podría explicar sucintamente al tribunal en qué consisten las pruebas de ADN?

—El tribunal tiene claro cuáles son los fundamentos del análisis de ADN —dijo Meyers sin dejar de tomar notas ni alzar la mirada—. Prosiga.

—¿Han sometido a tales pruebas las muestras que le proporcioné?

—Sí.

Scott ofreció un resumen de los estudios que había hecho su empresa con el material en cuestión.

—¿Estaba disponible en 1993 esa clase de pruebas?

—No.

—Empecemos por la sangre. ¿Han conseguido obtener un perfil de ADN de las muestras proporcionadas?

—Por la antigüedad que presentaban y el modo como habían estado almacenadas, por no hablar de la contaminación que han podido sufrir, ha sido imposible dar con un perfil completo.

—¿Tampoco han logrado elaborar un perfil parcial?

—Solo de una de las muestras.

—¿Y han podido llegar a alguna conclusión al respecto?

—Solo se ha podido determinar que pertenecen a un varón.

—¿No han podido identificar a ningún individuo concreto?

—No.

Dan hizo un gesto de asentimiento y comprobó sus anotaciones. Los hallazgos de Scott daban cierta credibilidad a la declaración de House según la cual la sangre era suya y a su afirmación de que se había cortado en la carpintería y había ido a la camioneta por los cigarrillos antes de entrar en la casa a limpiarse los rasguños.

—¿Podría describir el estudio al que han sometido las muestras de cabello?

—Las hemos examinado por separado al microscopio. Siete de las trece tenían raíz y nos han permitido, por tanto, efectuar un análisis de ADN.

—¿Han llegado a elaborar un perfil de alguna de las siete?

—De cinco de ellas.

—¿Los han comprobado con las bases de datos estatales y nacionales?

—Sí.

—¿Y encajaban los perfiles de ADN con alguno de los que figuran en ellas?

—Sí; obtuvimos lo que llamamos una coincidencia en tres de las muestras.

—¿Qué significa eso?

—Que el perfil de ADN que obtuvimos de tres de las muestras de cabello encajaba con uno de los que están recogidos en las bases de datos del estado y la nación.

—Gracias, doctor Scott. Dejemos por un momento estas muestras y dígame: ¿le he proporcionado algún otro elemento para que lo sometan a las pruebas de ADN?

—Sí; me dio usted un cabello rubio y me pidió que efectuara un análisis independiente.

—¿Le dije de dónde obtuve esta otra muestra?

—No.

—¿Y ha conseguido elaborar un perfil de ADN con la muestra independiente de cabello rubio?

—Sí. Además, lo cotejamos con los de las bases de datos estatal y nacional y nos arrojó un resultado positivo.

—Doctor Scott, ¿sería capaz de identificar a la persona cuyo ADN encajaba con el que extrajeron del cabello rubio que le di por separado?

—El perfil de ADN concordaba con el de una agente del orden: la detective Tracy Crosswhite.

La aludida sintió que se concentraban en ella las miradas de toda la sala.

—De acuerdo. Acaba de declarar que el perfil de ADN de tres de los cabellos de los archivos policiales también estaba presente en la base de datos estatal. ¿Podría identificar al individuo a que pertenecen?

—El ADN de los tres cabellos también casa con el de Tracy Crosswhite.

El público se agitó.

—¡Dios santo! —murmuró alguien.

Meyers hizo callar a la sala con un solo golpe de mazo.

—Para que no haya lugar a dudas: ¿el ADN presente en esos tres cabellos de los expedientes policiales hallados en el interior de la camioneta Chevrolet Stepside roja pertenecía a Tracy Crosswhite?

—En efecto.

—¿Hay alguna probabilidad de que esté usted equivocado? —preguntó Dan.

El testigo sonrió.

—Una entre varios miles de millones.

—Doctor Scott, ha dicho usted que obtuvo un perfil de ADN de otros dos cabellos. —O'Leary se volvió para señalar a Tracy—. ¿Esas dos muestras no pertenecían a la detective Crosswhite?

—No.

—¿Y han logrado algún resultado definitivo acerca de ellas?

—Sí; las dos procedían de alguien vinculado genéticamente a la detective Crosswhite.

—¿Vinculado en qué sentido? —preguntó Dan.

—Por lazos fraternos.

—¿Un hermano?

—Una hermana, sin lugar a dudas.

CAPÍTULO 48

Después de que Harrison Scott descendiera del estrado tras haber sido sometido a un breve interrogatorio por parte del fiscal, el juez Meyers se dirigió a este último diciendo:

—Señor Clark, ¿desea el ministerio público llamar a declarar a algún testigo?

Su tono daba a entender que no lo consideraba prudente en absoluto. Además, desde un punto de vista práctico, ¿a quién iba a poder llamar la fiscalía? Todos los testigos de 1993 habían comparecido ya y, en esta ocasión, no habían ofrecido precisamente una actuación estelar.

—No, señoría —respondió Clark poniéndose en pie.

Meyers expresó su satisfacción con una ligera inclinación de cabeza.

—En tal caso, haremos un descanso.

Y, sin más explicación de por qué había optado por una pausa en lugar de dar por concluida sin más la sesión de aquel día, dejó la tribuna de forma resuelta.

Apenas se había cerrado la puerta que daba a su despacho, la sala cobró vida con gran alboroto. Los periodistas corrieron hacia Tracy y ella, con no menos rapidez, se dirigió a la salida antes de que quedase bloqueada por completo pero vio a Finlay Armstrong dejar el paso expedito a su huida.

—Necesito aire fresco —dijo.

—Se me ocurre un sitio.

Juntos bajaron por una escalera de servicio y salieron por una puerta lateral a una terraza de hormigón situada en el ala meridional del edificio. Tracy tenía vagos recuerdos de haber estado en aquel lugar durante el juicio de Edmund House.

—Necesito estar un minuto a solas —dijo.

—¿Quiere que me quede en la puerta —preguntó Finlay—, vigilando o por si necesita algo?

—No hace falta.

—Vendré a avisarla cuando vuelva el juez.

Aunque el frío resultaba entumecedor, Tracy estaba sudando y le costaba respirar. También a ella le resultaban pasmosas la rotundidad y la magnitud de la vista. Necesitaba unos instantes para asumirlo todo.

El hecho de que, como había revelado el testimonio brindado por Scott, los cabellos hallados en la camioneta roja perteneciesen tanto a Tracy como a Sarah suscitaba dudas serias sobre la integridad de aquella prueba. A eso había que sumar que, el día de su desaparición, Sarah no llevaba puestos los pendientes presentados durante el juicio de House. Todo ello y la presencia de los fragmentos de plástico y las fibras de alfombra ponían seriamente en duda la declaración de Calloway, según la cual House había confesado haber matado y enterrado enseguida a Sarah. Por no mencionar la labor de desautorización del testimonio de Hagen que había llevado a cabo Dan. Todo apuntaba a que era inevitable que Meyers concediese un nuevo proceso a Edmund House. Tracy necesitaba pensar en lo que estaba por venir: tenía que lograr que se volviera a abrir la investigación sobre la muerte de su hermana y hacer que se empezara a hablar del asunto, pues la experiencia le había enseñado que no había nada que echase a los conspiradores a delatarse unos a otros como la amenaza real de una causa criminal y una pena de prisión.

El frío glacial, que al principio le había resultado estimulante, empezó a quemarle las mejillas. Había dejado de sentirse las puntas de los dedos; así que se echó a andar hacia la puerta y descubrió que la estaba observando Maria Vanpelt.

—¿Quiere hacer declaraciones, detective Crosswhite?

Tracy no contestó.

—Ahora entiendo a lo que se refería cuando decía que se trataba de un asunto privado. Siento de veras lo de su hermana. Me he pasado.

Tracy logró responder con un leve cabeceo.

—¿Tiene idea de quién ha podido ser el responsable?

—No lo tengo claro.

La periodista se acercó a ella.

—Yo trabajo para la televisión, detective, y allí nos movemos por índices de audiencia. En ningún momento ha sido nada personal.

Sin embargo, Tracy sabía que sí lo era, tanto para ella como para Vanpelt: los empeños de una detective de homicidios en brindar una segunda oportunidad a un asesino eran toda una sensación televisiva. Si encima la víctima era hermana de la detective, mejor todavía. Y eso se traducía no ya en un mayor número de televidentes para la cadena sino en no poco protagonismo para alguien que, como Vanpelt, vivía para ello.

—Para usted es una cuestión de índices de audiencia —contestó Tracy—. Para mí y para mi familia, no. Para la ciudad, no. Para todos nosotros, el impacto de un asesinato es muy real. Se trata de mi vida, de la vida de mi hermana y de la de mis padres, de la vida de Cedar Grove. Lo que ocurrió aquí hace veinte años nos perturbó a todos y aún nos tiene conmovidos.

—Tal vez una exclusiva para exponer su punto de vista...

—¿Mi punto de vista?

—El de una búsqueda de veinte años que parece estar llegando a su fin.

Tracy contempló los primeros copos que caían de un cielo cada vez más amedrentador, un cielo que parecía indicar que el hombre del tiempo sí había acertado en esta ocasión. Pensó en la pregunta que le habían formulado Kins y Dan sobre lo que iba a hacer una vez concluidas las diligencias.

—Eso es lo que no ha entendido ni va a entender nunca: cuando acabe la vista, usted pasará al siguiente reportaje; pero yo no puedo permitirme un lujo así. Esto no va a acabar nunca, ni para mí, ni para la ciudad. Solamente hemos aprendido a convivir con el dolor.

La detective la rodeó para abrir la puerta y entró ansiosa por conocer el fallo de Meyers.

∿

Al verlo subir a la tribuna, pasar páginas y cambiar de un lado a otro una pila de documentos, Tracy notó que la conducta del magistrado era otra. Cogió una libreta amarilla y la sostuvo por una esquina mientras contemplaba la sala medio vacía sobre la montura de los lentes para ver de cerca que tenía posados en la punta de la nariz. Muchos de los asistentes habían decidido marcharse a fin de llegar a sus hogares antes de que comenzara la tormenta.

—He tenido ocasión de consultar el parte meteorológico y de revisar después el código para confirmar el alcance de mi autoridad respecto a esta vista. Vayamos por partes. En efecto, para última hora de la tarde se prevé una fuerte tormenta invernal. Dadas las circunstancias, no tendría la conciencia tranquila si permitiera que nos demorásemos un solo día más. En consecuencia, pretendo exponer de forma preliminar mi decisión de hecho y conclusiones de derecho.

Tracy miró a Dan. Edmund House, también. Tanto aquel como Vance Clark habían despejado sus mesas durante el receso, convencidos, como cuantos habían abandonado la sala, de que por aquel día la vista ya había concluido y de que Meyers se limitaría, quizá, a presentarles un calendario estimado en lo tocante a la publicación de su fallo. Ambos, sin embargo, hubieron de apresurarse a sacar cuaderno y bolígrafo. El juez les dio unos segundos para hacerlo.

—En mis más de treinta años de magistratura no he sido nunca testigo de un error judicial semejante. No sé a ciencia cierta qué pudo ocurrir hace veinte años, aunque presumo que sobre eso y sobre la suerte de los responsables deberá pronunciarse el Departamento de Justicia. Lo que sí puedo decir es que la defensa ha demostrado en esta vista que pesan muchos interrogantes sobre la validez de las pruebas presentadas en 1993 a fin de condenar al acusado, Edmund House. Si bien en la decisión que he de elaborar por escrito referiré con detalle todas las aparentes incorrecciones, he querido dirigirme a ustedes ahora porque no podría tenerme por un hombre honesto si permitiese que el acusado volviera a ingresar en prisión aunque fuese por un solo día más.

House volvió a mirar a Dan, tan confundido como incrédulo. Entre lo que quedaba del público se fue extendiendo un rumor que Meyers acalló con un solo golpe de mazo.

—Nuestro sistema judicial está fundado en la verdad, en el respeto a ella por parte de cuantos participan en él y en su resolución a decir la verdad, toda la verdad y nada más que la verdad... con la ayuda de Dios. No puede funcionar bien de otro modo, ni hay otro modo de que podamos garantizar un juicio justo al acusado. No es, claro está, un sistema perfecto. No contamos con los medios necesarios para confiar plenamente en los testigos que no profesan respeto alguno a la verdad; pero sí con los que se requieren para parar los pies a cuantos participan en el proceso judicial: los agentes del orden y los hombres y las mujeres que han hecho juramento al objeto de ejercer ante esta tribuna. —Meyers había condenado en una sola frase a Calloway, Clark y DeAngelo Finn—. Nuestro sistema no está exento de errores. Sin embargo, como dijo hace tiempo el también jurista William Blackstone, es mejor dejar en libertad a diez culpables que condenar a un inocente.

»Señor House, no sé si usted será culpable o inocente del crimen del que se le acusó y por el que se le juzgó y condenó. No soy yo quien debe determinarlo. Aun así, no me queda más opción que concluir, teniendo en cuenta las pruebas que se me han presentado, que existen serios interrogantes sobre si se le otorgó un juicio justo en su momento tal como manda la Constitución y dispusieron sus redactores. Por tanto, insto al tribunal de apelaciones a devolver este asunto a los juzgados para que se le conceda un nuevo proceso.

House, que tenía las palmas de la mano apoyadas sobre la mesa, dejó caer el mentón y tensó sus hombros colosales para relajarlos de nuevo con un suspiro tremendo.

—No me tomen por ingenuo —seguía diciendo el magistrado—: No ignoro que el tiempo transcurrido habrá deteriorado pruebas y recuerdos de testigos. El ministerio fiscal se enfrenta a una labor aún más ingente que hace veinte años, pero también es cierto que, si bien tal cosa supone un perjuicio, se trata de un perjuicio autoinfligido. Y eso no es asunto mío.

»Necesitaré un tiempo para redactar mi decisión y doy por sentado que el tribunal de apelaciones también tardará en revisarlas. Imagino también que es muy probable que el ministerio público desee recurrir mi fallo. A esto hay que sumar la dilación inevitable que se producirá antes de que pueda remitirse el asunto a este tribunal superior con el fin de celebrar un nuevo juicio, siempre que así se decida. Con todo, señor House, no se trata de retrasos por los que deba usted inquietarse.

Tracy se daba perfecta cuenta de adónde quería llegar Meyers. Otro tanto cabía decir del público, que no había dejado de susurrar ni de agitarse en sus asientos.

—Por lo dicho, voy a ordenar su liberación; siempre, claro, que se lleven a cabo las diligencias necesarias en el centro penitenciario del condado de Cascade y se le impongan ciertas condiciones ineludibles. No voy a exigir fianza alguna: veinte años constituyen suficiente carga. Sin embargo, sí que le prohíbo abandonar el estado y le ordeno que se persone a diario ante su agente supervisor, que se abstenga de consumir alcohol o drogas y que acate las leyes de este estado y de esta nación. ¿Entiende usted estos requisitos?

Edmund House rompió el silencio que había mantenido durante aquellos tres días para decir:

—Sí, magistrado.

CAPÍTULO 49

Cuando el juez golpeó el mazo por última vez, los periodistas corrieron hacia la cancela para formular preguntas a voz en cuello a Dan y a Edmund House. Dan trató de calmarlos mientras los funcionarios de prisiones volvían a sujetar al reo con esposas y cadenas a fin de llevarlo por la puerta trasera hasta el centro penitenciario del condado de Cascade y cumplir con los trámites necesarios.

—En cuanto mi cliente haya cumplido con las diligencias exigidas, ofreceremos una rueda de prensa en la cárcel —dijo el abogado.

Finlay Armstrong se colocó al lado de Tracy para escoltarla. En medio de la conmoción, volvió la vista por encima del hombro y regresó por un instante al momento en que había mirado por la ventanilla trasera del habitáculo de la camioneta de Ben para ver a Sarah por última vez, de pie y sola bajo la lluvia.

Dan levantó entonces la cabeza y le dedicó una breve sonrisa satisfecha. El ayudante del *sheriff* la sacó de la sala y la condujo hasta la escalera de mármol que llevaba a la rotonda. Algunos de los periodistas, tal vez convencidos de que no iban a poder obtener nada de O'Leary ni de House, corrieron tras ella y los camarógrafos se apresuraron a situarse delante para rodar y fotografiar el momento en que bajaba los escalones interiores del tribunal.

—¿Siente que la han resarcido?

—No se trata de resarcirme —aseguró ella.

—¿Entonces?

—Todo esto gira en torno a Sarah y en descubrir lo que le ocurrió.

—¿Va a reanudar su investigación?

—Voy a pedir que vuelva a abrirse el caso de la muerte de mi hermana.

—¿Tiene alguna idea sobre quién la mató?

—Si la tuviese, no dudaría en comunicárselo a los encargados de la investigación.

—¿Sabe usted cómo llegó su cabello a la camioneta de Edmund House?

—Lo tuvo que colocar alguien.

—¿Sabe quién?

—No —respondió meneando la cabeza.

—¿Cree que pudo ser el *sheriff* Calloway?

—De eso no puedo estar segura.

—¿Y las joyas? —intervino otro periodista—. ¿Sabe quién las puso allí?

—No voy a hacer conjeturas.

—Si a su hermana no la mató Edmund House, ¿quién fue?

—Ya he dicho que no voy a hacer conjeturas.

En la rotonda de mármol la asaltaron más cámaras y micrófonos. Tracy, al ver que no iba a servir de nada tratar de eludirlos, se detuvo.

—¿Cree que se llevará alguna vez ante la justicia al asesino de su hermana? —le preguntaron.

—Hoy se ha dado el primer paso para que se reanude la investigación y me he propuesto proceder de forma ordenada con todo lo que está por venir.

—¿Qué va a hacer ahora?

—De entrada, volver a Seattle, aunque no tengo más remedio que esperar a que pase la tormenta. Creo que es mejor que todos volvamos allí donde tenemos que estar.

Dicho esto, con la ayuda de Finlay, se abrió paso entre la multitud. Una vez fuera, los periodistas más persistentes, que aún la seguían, acabaron por cejar en su empeño, quizá por saber que iba a empeorar el tiempo. Los copos de nieve caían con la densidad de una cortina de encaje, arremolinándose al son de un viento persistente que racheaba de cuando en cuando. Tracy se puso un gorro y unos guantes.

—Ya puedo ir sola desde aquí —dijo al ayudante del *sheriff*.

—¿Está segura?

—¿Está usted casado, Finlay?

—Ya lo creo. Tengo tres hijos y el mayor todavía no ha cumplido los nueve.

—Entonces, vuelva a casa con ellos.

—Ojalá pudiera. Las noches así suelen ser muy movidas.

—Me acuerdo de cuando yo patrullaba.

—Si sirve de algo...

—Lo entiendo —dijo ella—. Gracias.

෨

Tracy bajó los escalones del juzgado. No había tenido ocasión de volver a ponerse las botas de nieve y temió perder el equilibrio en aquellos peldaños resbaladizos. Tuvo que centrar toda su atención en cada paso. La piel de los zapatos de tacón dejaba pasar la humedad y el frío le atenazó los dedos. Estaba a punto de arruinar un par en perfecto estado.

Levantó los ojos para estudiar el tráfico que salía marcha atrás del aparcamiento y reculaba hasta la calzada situada ante el tribunal: utilitarios y camionetas, algunos de ellos con cadenas para la nieve cuyo sonido metálico le recordó el que emitía Edmund House al entrar en la sala arrastrando los pies al entrar aquellas mañanas y salir aquellas mismas tardes. Un camión de plataforma equipado con ruedas de gran tamaño adaptadas a aquel clima redujo la marcha al aproximarse al cruce. La luz de freno derecha se iluminó; la izquierda, no.

Tracy sintió que la invadía la adrenalina. Tras un instante de duda, apretó el paso tanto como se lo permitían las circunstancias. Al dejar atrás el último escalón, dio un traspié y estuvo a punto de caer; pero se las compuso para aferrarse a la barandilla y evitar así dar de bruces contra el pavimento nevado. No obstante, para cuando logró enderezarse, el camión había llegado ya a la intersección. Tracy cruzó la calle a la carrera hasta el aparcamiento adyacente, forzando la vista, aunque la distancia y la nevada habían aumentado ya demasiado para que pudiera reconocer las letras y los dígitos de la matrícula. La estructura de barras metálicas que atravesaba la ventanilla trasera también le impedía ver el interior del habitáculo. El camión giró a la derecha y avanzó por la calle que recorría la fachada septentrional del tribunal.

Tracy se desplazó entre los automóviles que quedaban y que vomitaban humo de los tubos de escape mientras sus dueños, en la calle, rascaban con furia la nieve y el hielo que cubrían los parabrisas y las ventanillas traseras. Había quien salía de su plaza marcha atrás sin limpiarlos, otros avanzaban para dejar el aparcamiento y hacer más infranqueable el atasco. Tracy tenía los ojos fijos en el camión y no vio el automóvil que retrocedía hasta que sintió el parachoques arañarle la pierna. Llevaba cubiertos de nieve los cristales y el conductor no la veía. Golpeó el maletero para llamarle la atención y se apartó para que no la atropellara, pero en ese momento se le deslizó un pie y esta vez dio con la rodilla en un rodal de asfalto que había quedado en el espacio en que por haber estado estacionando el vehículo no había caído nieve. El conductor salió y le pidió disculpas, pero ella ya se había incorporado y buscaba con la mirada el camión de plataforma. Se había detenido a tres automóviles de la siguiente salida a la carretera principal. Tracy avanzó entre otra hilera de vehículos estacionados. Le ardían los pulmones y le dolían las pantorrillas de la tensión a la que las había sometido al intentar mantener el equilibrio. El camión llegó al cruce y giró a la izquierda para internarse en la nieve cegadora, lejos de ella y en dirección a Cedar Grove.

Optó por darlo por imposible y se inclinó con las manos en las rodillas y la cabeza levantada para contemplar el vehículo hasta perderlo de vista. Su respiración agitada marcaba el aire con vaharadas blancas y el frío se le sujetaba al pecho y a los pulmones, además de abrasarle las mejillas y las orejas. Se dio cuenta de que la caída le había dañado las medias y la rodilla. No sentía los dedos de los pies. Rebuscó un bolígrafo en su maletín, le extrajo el capuchón con los dientes y se escribió en la palma húmeda de la mano los caracteres de la matrícula que creía haber podido distinguir.

Al volver a su vehículo, encendió el motor y puso al máximo el dispositivo antivaho. El limpiaparabrisas hizo un ruido terrible al rascar la superficie helada del cristal. Con los dedos aún insensibles, no le resultó nada fácil marcar en el teléfono. Cerró el puño para echarse aliento y dobló los dedos antes de volver a intentarlo.

Kins respondió al primer tono.

—Hola.

—Se acabó.

—¿Qué?

—Meyers ha emitido su fallo desde la tribuna: House ha conseguido otro juicio.

—¿Cómo ha sido?

—Ya te contaré todos los detalles. Por el momento, necesito pedirte un favor. ¿Puedes buscarme una matrícula? No la tengo completa, así que necesitaré que pruebes con distintas combinaciones o con lo que se te ocurra.

—Espera, que busco un bolígrafo.

—Es de Washington. —Le dio las letras y las cifras que pensaba haber visto antes de aclarar—: Podría ser una *W* en lugar de una *V* y el 3 quizá sea un 8.

—Eres consciente de que las posibilidades van a ser inmensas, ¿no?

Tracy se cambió el aparato de mano y se echó el aliento sobre los dedos de la otra.

—Lo entiendo. Se trata de un camión de plataforma; conque quizá se trate de una matrícula comercial. No pude verla bien.

Volvió a cambiarse el teléfono, dobló los dedos e invirtió la operación.

—¿Cuándo vuelves?

—No lo sé. Parece ser que la tormenta va a arreciar por aquí. Como muy tarde, espero estar allí el lunes.

—Aquí ya la estamos sufriendo. Desde mi mesa oigo los camiones echando arena en las carreteras. Lo odio: cuando lleva un rato nevando, te da la impresión de que estés conduciendo dentro de una caja de esas que usan los gatos para hacer sus necesidades. Me pongo con esto enseguida para poder marcharme a casa. Ya te informaré en cuanto sepa algo.

En cuanto colgó, recibió una llamada.

—Voy hacia la cárcel —le dijo Dan—. Vamos a celebrar una rueda de prensa cuando suelten a House.

—¿Adónde piensa ir?

—No he hablado con él de eso. ¿No es paradójico?

—¿Qué?

—Que su primer día de libertad nos haya apresado a todos la tormenta.

CAPÍTULO 50

Tras la vista, Roy Calloway no regresó a casa sino a donde había ido siempre, casi todos los días de su vida, los últimos treinta y cinco años, con lluvia o con sol, laborable o festivo; al lugar en que se sentía más cómodo que en su propia sala de estar, pues, a la postre, pasaba más tiempo en su despacho que en su domicilio. Se sentó tras el escritorio cuyo tablero mostraba rayones y otras marcas en el ángulo en que acostumbraba posar sus botas; el escritorio en el que había dicho siempre a todos que un día hallarían su cuerpo sin vida, porque no tenía la intención de dejarlo hasta que la perdiera o hasta que lo sacaran de allí con grúa gritando y pataleando.

—No me pases llamadas —ordenó al sargento que atendía en recepción antes de volver a sentarse tras su mesa, poner los pies en la esquina y balancearse en la silla mientras contemplaba la trucha embalsamada.

Quizá había llegado el momento de dedicar más tiempo a la pesca y a mejorar su marca en el golf; de hacerse a un lado y dejar que lo sustituyera Finlay, un hombre todavía joven y que merecía tomar el relevo, de consagrar sus días a consentir a sus nietos. Parecía una buena idea; parecía que eso era lo correcto. Parecía un pretexto, y Roy Calloway no se había andado nunca con pretextos; en la vida había huido de nada y no iba a empezar a hacerlo a esas alturas. Tampoco tenía intención de ponérselo fácil a nadie. Podían tildarlo de terco, obstinado, orgulloso...; lo que quisieran, a él le importaba un bledo. Ya podían llamar a los federales, al Departamento de Justicia, a la infantería de marina o a quien se les viniera en gana: no pensaba ceder su escritorio ni su puesto a nadie sin resistencia. Ya podían hacer cábalas, tachar de cuestionables sus pruebas o hablar de delito; pero ¡que intentaran demostrarlo!

No iban a encontrar nada en absoluto. ¡Que le lanzaran acusaciones y lo señalaran con el dedo! Que lo abordaran con actitudes petulantes, con discursitos sobre la integridad del sistema judicial... ¡Qué sabrían ellos! No tenían la menor idea. Calloway, en cambio, había tenido veinte años para pensar en todo; veinte años para preguntarse si había hecho lo correcto; para confirmar lo que había sabido desde el instante mismo en que habían tomado entre todos la decisión. Y no tenía intención de cambiar nada, ni un puñetero ápice.

Alargó la mano para coger la botella de Johnnie Walker que guardaba en el cajón inferior de su escritorio, se sirvió dos dedos y, tras beber un sorbo, sintió la quemazón del licor. Que vengan, aquí estaré yo esperándolos.

༄

El *sheriff* había perdido la noción del tiempo cuando el teléfono lo devolvió de golpe de sus ensueños al presente. Apenas un puñado de personas tenían su número personal. En el identificador de llamada leyó: «Casa».

—¿Vienes ya? —preguntó su esposa.

—Ya mismo —dijo—. Estoy acabando.

—Lo he visto en las noticias. Lo siento.

—¡Vaya! —exclamó él.

—La nieve está apretando de verdad. Deberías volver antes de que te sea imposible. He hecho estofado con las sobras.

—Muy apropiado para una noche como esta. No tardaré.

Calloway colgó el teléfono y lo guardó en el bolsillo de la camisa. Volvió a meter el vaso vacío y la botella en el cajón y, ya estaba a punto de cerrarlo, cuando vio pasar por los cristales ahumados aquella sombra que conocía tan bien. Vance Clark no se molestó en llamar al llegar a la puerta: entró con las trazas de quien ha aguantado tres asaltos deteniendo golpes de un peso pesado. Llevaba el cuello de la camisa sin abrochar; el nudo de la corbata, flojo y de medio lado... Dejó caer el maletín y el abrigo en una de las sillas como si tuviera los brazos demasiado extenuados para sostenerlos un segundo más y se desplomó en la otra. Tenía la frente surcada de profundas arrugas de desasosiego. En calidad de fiscal del condado, tenía obligación de comparecer ante las cámaras y hablar con la prensa tras un juicio tan sonado. Así lo estipulaba la circunscripción a la que representaba, pero Calloway apenas recordaba que hubiese tenido que hacerlo más de un puñado de veces. Hacía veinte años, después de la condena de Edmund House, el *sheriff* había estado a su lado en la rueda de prensa. Tracy se había sumado a ellos, como también lo habían hecho James y Abby Crosswhite.

—¿Muy mal? —preguntó Calloway.

Clark se encogió de hombros con toda lo energía que había podido reunir. Los brazos le colgaban de la silla como un par de tallarines flácidos.

—Como cabía esperar.

El otro volvió a sentarse y a sacar la botella. Esta vez colocó dos vasos sobre la mesa. En uno de ellos echó dos dedos de alcohol antes de deslizarlo hasta el ángulo de la mesa en que se había sentado Clark y servirse otro a sí mismo.

—¿Te acuerdas? —preguntó.

Hacía veinte años habían brindado allí mismo tras la condena de Edmund House y James Crosswhite los había acompañado.

—Me acuerdo.

Clark tomó su vaso y lo inclinó hacia Calloway antes de echarse el contenido a la boca y tragarlo con una mueca.

El *sheriff* cogió de nuevo la botella, pero el otro declinó con un gesto una segunda copa. Calloway hizo girar entre el pulgar y el índice, a la manera de la hélice de un helicóptero, un clip doblado mientras escuchaba el tictac del reloj de la pared y el zumbido grave de las luces fluorescentes, una de las cuales seguía parpadeando entre chasquidos.

—¿Vas a interponer un recurso?

—Es un formalismo —dijo Clark.

—¿Cuánto puede tardar el tribunal de apelaciones en denegar o conceder un segundo juicio?

—No tengo claro que me vaya a corresponder a mí. El nuevo fiscal podría querer retirarse antes de seguir encajando derrotas —respondió Clark, resignado ya a todas luces a perder su puesto—. Traerá su excusa preparada; le echará la culpa al viejo y dirá que metí la pata de tal modo que es imposible ganar un segundo juicio. ¿Para qué gastar el dinero del contribuyente? ¿Por qué va a echarse una mancha en el historial por las chapucerías de otro?

—Son todo insinuaciones y conjeturas, Vance.

—Ya está hablando la prensa de corrupción y conspiración en Cedar Grove. Dios sabe con qué más pueden salir los periodistas.

—Los de este condado saben bien quién eres tú y lo que representas.

El rostro de Clark dibujó una sonrisa, pero tenía un aire triste y no tardó en esfumarse.

—Ojalá. —Dejó el vaso sobre el escritorio—. ¿Crees que formularán cargos criminales contra nosotros?

Tocaba al *sheriff* encogerse de hombros.

—Tal vez.

—Supongo que me inhabilitarán.

—Y a mí me acusarán de prevaricación.

—No parece preocuparte.

—Si tiene que ser, será, Vance. No me voy a andar arrepintiendo a estas alturas.

—¿Nunca has pensado en ello?

—¿En si era o no lo que teníamos que hacer? Ni una sola vez. —Apuró el vaso y pensó en la advertencia que le había hecho su esposa sobre la tormenta—. Te aconsejo que vuelvas a casa ahora que puedes. Ve a besar a tu mujer.

—Sí —dijo el fiscal—. Siempre nos queda eso, ¿verdad?

Calloway volvió a mirar la trucha.

—¿Y qué otra cosa puede haber?

—¿Y House? ¿Tienes idea de adónde irá?

—No lo sé, pero dudo mucho que pueda alejarse mucho con esta tormenta. ¿Conservas todavía aquel nueve milímetros?

Clark asintió.

—Quizá deberías tenerlo cerca.

—Ya he pensado en eso. ¿Y DeAngelo?

Calloway negó con la cabeza.

—Yo estaré pendiente, aunque dudo mucho que House sea tan listo. Si no, ya hace tiempo que habría interpuesto un recurso de apelación por asistencia letrada ineficaz y nunca llegó a hacerlo.

CAPÍTULO 51

Tracy retrocedió con su Subaru, metió la marcha y pisó por tercera vez el acelerador. En esta ocasión, las ruedas rebotaron sobre el escalón de nieve y hielo que se había formado al final del camino de entrada de la casa de Dan y provocaron un terrible sonido rasgado bajo su automóvil. Lo adelantó cuanto pudo para dejar espacio detrás al Tahoe. El ruido hizo saltar el sistema de alarma: del interior de la casa salió a recibirla un coro de aullidos y ladridos, aunque la plancha de contrachapado que seguía cubriendo la ventana le impidió ver a los perros.

Cuando se bajó del vehículo, las botas se le hundieron hasta media pantorrilla en la nieve que había ocultado el caminito de piedra. Las luces del césped a medio sepultar habían creado charcos de oro líquido. Encontró la llave de repuesto que guardaba Dan encima de la puerta del garaje y llamó a *Sherlock* y a *Rex* mientras abría la cerradura de seguridad de la entrada principal. Los ladridos habían alcanzado un tono enfebrecido. Al abrir la puerta, suponiendo que se le echarían encima, se echó a un lado para evitar el impacto. Sin embargo, no salió ninguno de los dos: *Rex* no mostró interés alguno en ella y *Sherlock* se limitó a sacar la cabeza para comprobar, a todas luces, si la seguía Dan y, al no ver a su dueño, volvió a entrar.

—Se está bien dentro, ¿verdad? —dijo mientras cerraba la puerta—. Y mejor aún con un baño caliente.

La adrenalina que la había mantenido en pie durante aquella semana había desaparecido dejando paso a la fatiga física y emocional, pero su cabeza seguía batallando con las letras y las cifras que conformaban la matrícula del camión de plataforma.

Echó la llave y dejó las botas, los guantes y el abrigo en la alfombrilla que había al lado de la puerta. Encontró el mando a distancia en el sofá y encendió la televisión para buscar entre los canales noticias de la vista y del fallo inesperado del juez Meyers mientras se dirigía a la cocina. Se detuvo al llegar al Channel 8, que había centrado su programación nocturna en los reportajes de la Vampirelt, sacó una cerveza de la nevera y la abrió. A continuación, regresó a la sala de estar, se dejó caer sobre los cojines del sofá y sintió de inmediato que se le distendían los músculos y se deshacía en él. La cerveza sabía mejor de lo que podía haber siquiera imaginado: fría y refrescante. Puso los pies, cubiertos con calcetines, sobre la mesa baja y examinó los rasguños que tenía en la rodilla. Aunque eran superficiales, pensó que sería recomendable limpiarlos. Sin embargo, no pensaba tomarse semejante molestia: le tocaría a Dan llevarla escaleras arriba y meterla en la cama.

Su pensamiento volvió a recalar en la matrícula, en la *V* que podía haber sido una *W* y en el 3 que quizá fuese un 8. ¿Seguro que era comercial? No lo sabía. Dio un sorbo a la cerveza y trató de apaciguar su mente. Todo se había resuelto en una conclusión tan repentina y dramática que ni siquiera había tenido tiempo de asumir las consecuencias de lo ocurrido. Como todos los demás, había dado por supuesto que el juez Meyers pondría fin a la vista y daría su fallo por escrito dentro de un tiempo. Jamás habría imaginado que Edmund House saldría del juzgado convertido en un hombre libre: Tracy había supuesto que lo enviarían de nuevo a la cárcel a esperar que el tribunal de apelaciones se pronunciase sobre su solicitud de un segundo juicio. Su mente la llevó de nuevo al día aquel en que, en el penal de Walla Walla, había dicho él con aquella sonrisa odiosa:

—La cara que va a poner toda esa gente cuando me vea pasear otra vez por las calles de Cedar Grove.

De pronto iba a tener la ocasión de comprobarlo, aunque no de manera inmediata, ya que en aquel momento las vías de la ciudad se encontraban desiertas. De hecho, aún habrían de estarlo unos días, pues, tal como había dicho Dan, la tormenta los había convertido a todos en reclusos.

Aun así, House había dejado de contarse entre sus prioridades. Ya no le importaba lo que pudiese ocurrir en su segundo juicio, tampoco si llegaba a celebrarse uno o no: en adelante, tenía que centrar su atención en que se reanudara la investigación del caso de Sarah, ese, al cabo, siempre había sido su objetivo. Dudaba de que la decisión estuviera en manos de Vance Clark. Tras el rapapolvo que había recibido de Meyers desde la tribuna, era muy probable que dimitiera de su cargo de fiscal del condado. Eso no le había alegrado nada, pues conocía bien a Clark, a su mujer y a sus hijas, que habían estudiado con ella en el instituto de Cedar Grove. Todo apuntaba a que en el caso de Roy Calloway también era lo más recomendable una salida semejante, aunque Tracy sabía que el *sheriff* era demasiado terco como para retirarse. De poco iba a importar que lograra presionar al Departamento de Justicia para que destinase sus recursos a investigar si los dos habían participado en una conspiración destinada a meter entre rejas a Edmund House. Y, por más que pudiera ser un testigo valioso, tampoco estaba segura de que la investigación fuera a incluir a DeAngelo Finn, dado el estado en que se hallaba y los años que tenía.

Bebió un trago de cerveza y se encontró pensando de nuevo en la conversación que había mantenido con este último en la escalera trasera de su casa:

—Ten cuidado; a veces es mejor dejar sin respuesta nuestras preguntas.

—Ya no queda nadie a quien pueda herirse, DeAngelo.

—Sí que queda.

Roy Calloway se había mostrado igual de reflexivo la noche que había acudido a la clínica veterinaria.

—Tu padre... —había empezado a decir antes de que algo lo detuviese.

Se había preguntado si el terrible relato que había hecho George Bovine del sufrimiento de su hija no los habría convencido, a él y a los demás, de que, ya que no podían dar con el asesino de Sarah, la mejor opción consistía en meter en la cárcel para el resto de sus días a un animal como Edmund House. Durante años había tenido esta por la teoría más verosímil. Su padre había sido siempre un hombre de tamaña integridad y ética que no resultaba nada fácil imaginarlo implicado en nada semejante. Aun así, el hombre que había sido estuvo ausente por completo las semanas que siguieron al secuestro. La persona con la que había colaborado en su despacho en la búsqueda frenética de su hermana se había visto poseída por un espíritu distinto: el de un ser furioso, resentido, consumido por la muerte de Sarah y, según suponía Tracy, su propia culpa por no haber estado aquel día en Cedar Grove; por no haberlas acompañado al campeonato de tiro; por no haber estado presente como siempre para protegerlas, pues tal era el deber de un padre.

Comenzó el telediario estatal. Como cabía esperar, igual que había ocurrido durante tres días con el resto de la vista, la sentencia del juez Meyers ocupaba el lugar más destacado.

«Sobrecogedor lo ocurrido hoy en la vista de revisión de condena de Edmund House, en el condado de Cascade —dijo el presentador—. Después de veinte años, House, condenado por violación y asesinato, ha vuelto a ser un hombre libre. Nos ofrece más información en directo Maria Vanpelt, que en estos momentos está desafiando una tormenta de nieve en la puerta de la cárcel del condado, donde esta misma tarde han ofrecido una rueda de prensa Edmund House y su abogado.»

La periodista se hallaba de pie bajo un paraguas, bañada por el resplandor de un foco. A su alrededor se arremolinaba tal cantidad de copos de nieve que apenas era posible distinguir la fachada del centro penitenciario del condado de Cascade que había elegido como telón de fondo. Las rachas de viento agitaban el paraguas y amenazaban con volverlo del revés y el forro de pieles de la capucha de su anorak centelleaba como un león que agitase su melena.

«Sobrecogedor es, en efecto, la palabra que mejor describe los acontecimientos del día —afirmó Vanpelt, quien resumió a continuación el testimonio de Tracy y el de Harrison Scott, que habían llevado al magistrado a disponer la puesta en libertad de Edmund House—. Tras calificar el proceso de "farsa judicial", el juez Meyers ha considerado responsables a todos cuantos participaron en él, incluidos Roy Calloway, *sheriff* de Cedar Grove, y Vance Clark, fiscal del condado. Esta misma tarde hemos asistido a la rueda de prensa celebrada en el edificio que tengo a mis espaldas poco antes de que saliera de él Edmund House convertido en un hombre libre, al menos, por el momento.»

Sus palabras dieron paso a las imágenes tomadas durante dicha comparecencia. En ellas se veía a Dan sentado al lado de House tras un manojo de micrófonos dispuestos sobre la mesa. La diferencia de proporciones que presentaban ambos, manifiesta ya en la sala del tribunal, se hizo más pronunciada aún al aparecer House con una camisa vaquera y un chaquetón.

Sonó el teléfono de Tracy, que lo cogió del sofá y silenció el televisor.

—Te estoy viendo por la tele —dijo—. ¿Dónde estás?

—Tenía un par de entrevistas más con la prensa nacional —contestó él—. Voy para allá, pero llamaba para avisarte de que la autopista sigue hecha un desastre. Hay retenciones por todas partes y tardaré en llegar a casa. Parece ser que ha habido apagones y algún que otro árbol caído.

—Por aquí todo bien.

—En el garaje hay un generador, por si lo necesitas. Lo único que hay que hacer es enchufarlo en la toma de al lado del cuadro eléctrico.

—No sé si tendré fuerzas.

—¿Están bien mis niños?

—Los tengo aquí, echados en la alfombra. De todos modos, cuando llegues querrán que los saques a hacer sus necesidades.

—¿Y tú?

—Yo creo que puedo hacerlas solita, gracias.

—¡Vaya! Veo que vamos recuperando el sentido del humor.

—Sigo un poco aturdida. En mi futuro próximo lo único que veo es un baño de agua caliente.

—Eso suena muy bien.

—Ahora te llamo, que quiero ver la rueda de prensa.

—¿Salgo bien?

—¿Seguimos con sed de cumplidos?

—Sabes que sí. De acuerdo; llámame ahora.

Colgó y volvió a dar voz al televisor.

—Ya veremos cuando llegue el momento —estaba diciendo Dan—. Dado el error judicial, sospecho que el tribunal de apelaciones se pronunciará con brevedad. En cuanto lo haga, habrá que esperar a ver qué decide el ministerio fiscal.

—¿Qué se siente al estar en libertad? —preguntó Vanpelt a House.

Él movió la cabeza para retirarse la trenza del hombro.

—Como ha dicho mi abogado, todavía no estoy en libertad; pero... —dijo sonriendo— sienta muy bien.

—¿Qué es lo primero que va a hacer cuando salga?

—Lo mismo que cualquiera de ustedes: dejar que me den en la cara el viento y la nieve.

—¿Está usted furioso por lo que ha salido a la luz?

Su sonrisa se desvaneció.

—Yo no diría furioso.

—Así que ha perdonado a los responsables de su encarcelamiento —dijo Vanpelt.

—Tampoco diría yo eso. Lo único que está en mis manos es enmendar mis errores pasados y hacer lo posible por no repetirlos, eso es lo que quiero hacer.

—¿Tiene idea —quiso saber un periodista situado fuera del cuadro— de lo que pudo llevar a quienquiera que lo hiciese a inventar pruebas comprometedoras contra usted?

Dan se inclinó hacia los micrófonos.

—No vamos a hacer comentarios sobre las pruebas...

—La ignorancia —respondió, no obstante, House—. La ignorancia y la arrogancia; pensaban que podrían salirse con la suya sin sufrir las consecuencias.

Vanpelt fue quien formuló la siguiente pregunta:

—Señor O'Leary, ¿tiene intención de exigir al Departamento de Justicia que investigue el asunto, tal como ha dado a entender el juez Meyers?

—Esa es una decisión que debo tomar con mi cliente.

Sin embargo, House volvió a tomar la delantera.

—Yo no tengo intención de hacer que el Departamento de Justicia castigue a nadie.

—¿Desea decir algo a la detective Crosswhite? —añadió la periodista.

Él sonrió con los labios apretados.

—No creo que haya palabras para expresar lo que siento ahora mismo, aunque espero poder darle las gracias en persona algún día.

Tracy sintió un estremecimiento semejante a una araña que se paseara por su columna vertebral.

—¿Qué desea ahora? —preguntó otro de los presentes.

La sonrisa de House se hizo más dilatada.

—Una hamburguesa con queso.

La imagen volvió a mostrar a Vanpelt delante de la cárcel, haciendo lo posible por aferrarse al paraguas mientras el viento crepitaba en el micrófono.

—Como he dicho, la rueda de prensa se ha grabado esta misma tarde y, después, Edmund House ha salido en libertad de la cárcel frente a la que nos encontramos.

—Maria —dijo el presentador—, no deja de ser sorprendente que un hombre que ha pasado veinte años entre rejas por un crimen que ahora se ha sabido que no había cometido pueda estar tan dispuesto a perdonar. ¿Qué va a pasar ahora con los presuntos implicados?

Vanpelt se había llevado un dedo al oído y gritaba para hacerse oír pese al viento.

—Mark, esta tarde he tenido ocasión de hablar con un profesor de Derecho de la Universidad de Washington que me ha dicho que, con independencia de que Edmund House los demande por la violación de sus derechos civiles, el Departamento de Justicia podría decidir intervenir y presentar cargos contra ellos por lo criminal. También podría ser que se propusiera investigar lo que ocurrió de veras a Sarah Crosswhite. De cualquier modo, esta historia no ha acabado aún ni mucho menos, ya que la vista ha suscitado más preguntas de las que ha resuelto. Sea como fuere, Edmund House se encuentra en libertad y, como han oído, en busca de una buena hamburguesa con queso.

—María —dijo el presentador—, te dejamos que busques un sitio en el que refugiarte antes de que te lleve el viento, pero primero dime: ¿has conseguido hablar con la detective Crosswhite?

La periodista se sujetó al paraguas para hacer frente a otra ráfaga de viento y, una vez superada, contestó:

—He conversado con ella durante un receso y le he preguntado si se sentía resarcida por el fallo del tribunal. Ella asegura que no se trata de eso sino de averiguar lo que ocurrió a su hermana. Por el momento, esa es la pregunta que está en el aire y que, por desgracia, quizá no obtenga nunca una respuesta.

En ese instante sonó el teléfono y Tracy vio que era Kins.

—Te acabo de enviar la lista por correo electrónico —dijo él—. Es larga, pero manejable. ¿Es el camión de la luz de freno fundida?

—Es un camión y tiene fundido el piloto de freno trasero, aunque no tiene por qué ser el mismo.

—Dicen las noticias que han liberado a House.

—Nos ha pillado a todos por sorpresa, Kins. Suponíamos que el juez Meyers se tomaría un tiempo para reflexionar y presentar después sus conclusiones por escrito; pero si no fallaba hoy, iba a tener que esperar hasta después del fin de semana y estaba resuelto a no dejar que Edmund House pasara un día más en la cárcel.

—Parece que el peso de las pruebas era abrumador.

—Dan ha hecho un gran trabajo.

—Pues no se te oye muy contenta.

—Estoy cansada y no dejo de pensar en todo lo demás; en mi hermana, en mi padre, en mi madre... Son muchas cosas para digerirlas tan de golpe.

—Imagina cómo debe de sentirse House.

—¿Qué quieres decir?

—Veinte años en Walla Walla es mucho tiempo para encontrarse de pronto en la calle. Una vez leí un artículo sobre los veteranos de Vietnam a los que enviaban a casa sin dejarles un tiempo para amoldarse a la nueva situación; un día estaban en la selva viendo morir a gente y, al día siguiente, caminando por la acera de cualquier ciudad de Estados Unidos. Muchos de ellos no fueron capaces de asumirlo.

—Con el temporal de nieve que han anunciado, dudo mucho de que hoy vayan a estar precisamente concurridas las aceras.

—Aquí han dicho lo mismo. Encima, con la que está cayendo, esa gente no podrá acceder a la montaña. Cuídate y no te resfríes. Yo me voy a casa antes de que esta panda de histéricos tapone las salidas.

—Gracias, Kins. Te debo una.

—Y me la cobraré.

Tracy colgó y buscó la aplicación de correo para abrir lo que le había enviado Kins. Le bastó una ojeada para hacerse a la idea de que la relación de combinaciones de matrículas no era desdeñable. A continuación, volvió a revisarla mirando los nombres y las ciudades de origen de los propietarios en busca de algo que pudiera reconocer. Aunque al principio no tuvo demasiada suerte, al topar con la palabra «Cascadia» se detuvo inevitablemente: el vehículo estaba registrado al nombre de una empresa llamada Cascadia Furniture. Llevó el teléfono al rincón en que tenía Dan su equipo informático, agitó el ratón e introdujo el nombre en el buscador.

—¡Vaya! —exclamó sorprendida al ver que arrojaba más de un cuarto de millón de resultados.

Aunque redujo su número de forma considerable añadiendo «Cedar Grove» a la búsqueda, seguían siendo demasiados para revisarlos. Echó hacia atrás la silla, dispuesta a levantarse e ir por otra cerveza, cuando recordó dónde había visto antes aquel nombre. En un rincón de la cocina estaban apiladas las cajas que contenían los expedientes que había ido acumulando mientras investigaba la desaparición de Sarah. No había hecho falta que Dan las llevase todas al tribunal todos los días. Colocó la de arriba sobre la mesa y hojeó los documentos hasta encontrar lo que buscaba. Sentada, pasó las páginas de la transcripción que contenía el testimonio prestado en el juicio por la detective Margaret Giesa. Conocía bien las declaraciones del proceso, las había estudiado más de una vez, y no tardó en dar con la parte que le interesaba, correspondiente al interrogatorio que efectuó Clark:

FISCAL: ¿Encontró su equipo algo más de interés en el habitáculo de la camioneta?

TESTIGO: Rastros de sangre.

FISCAL: Detective Giesa, voy a colocar en el caballete lo que se ha marcado como prueba número 112 de la acusación. Se trata de una fotografía aérea de la propiedad de Parker House. ¿Le importaría indicar al jurado por dónde prosiguió el registro?

TESTIGO: Seguimos este camino para buscar en el primer edificio que puede verse aquí.

FISCAL: En ese caso, vamos a marcar con el número 1 la estructura que está usted señalando. ¿Qué encontraron en el interior?

TESTIGO: Aquí había herramientas de carpintero y varias piezas de mobiliario en diversas fases de fabricación.

En ese momento, se produjo una explosión que sacudió las ventanas e hizo temblar la casa entera. *Rex* y *Sherlock* respondieron poniéndose en pie de un respingo y corriendo entre ladridos hacia la ventana cubierta de contrachapado una fracción de segundo antes de que la vivienda se sumiera en la oscuridad.

CAPÍTULO 52

Vance Clark se disponía a recoger de la silla el maletín y el abrigo y a levantarse para salir del despacho de Calloway cuando crepitó la radio del escritorio y percibieron, apenas audible por los parásitos, la voz de Finlay Armstrong. El *sheriff* ajustó el dial.

—Roy, ¿está usted ahí? —Daba la impresión de que estuviese hablando desde el interior de su vehículo con la ventanilla bajada.

—Sí —respondió él inmediatamente antes de oír lo que al principio le pareció un trueno en la distancia, pero acto seguido identificó como una explosión.

Los fluorescentes parpadearon, se atenuaron y, a continuación, se apagaron por completo. Había estallado un transformador. Calloway renegó y oyó que arrancaba el generador de emergencia como arranca el motor de un aeroplano que aguarda el momento de despegar. Las luces volvieron a encenderse.

—¿Jefe?

—Nos hemos quedado sin electricidad durante un segundo. Espera; se ha vuelto a poner en marcha el generador. Te estoy perdiendo. No te oigo bien.

—¿Qué es?

—Te oigo a saltos.

Las luces hicieron ademán de ir a apagarse y, a continuación, volvieron a brillar.

—La tormenta está apretando... —El ayudante gritaba a voz en cuello—. Se han... rachas de viento... Tiene usted que venir, Roy. Tiene que ver... Tiene usted que... aquí.

—Espera, Finlay. No te oigo. Repito: no te oigo.

—Tiene usted que venir.

—¿Adónde?

La radio crepitó; las interferencias apenas dejaban oír la transmisión.

—¿Adónde? —repitió Calloway.

—A casa de DeAngelo Finn.

∾

La fuerza del viento había derribado árboles y los había dejado sin electricidad. El centro de Cedar Grove parecía una ciudad fantasma en la que las corrientes que azotaban la nieve la amontonaban en cúmulos ingentes en las aceras desiertas de farolas sin vida y escaparates a oscuras. El que las ventanas de las casas situadas hacia la periferia estuvieran también sin luz indicaba que el apagón había afectado, al menos, a todo el municipio.

Los copos de nieve se deslizaban sobre el parabrisas y formaban remolinos ante los conos de luz de los faros del Tahoe, que se afanaban por iluminar las ramas desgajadas de los árboles por el viento y diseminadas por la carretera; lo que obligaba a Dan a reducir la marcha y cambiar de rumbo con frecuencia. Al acercarse al cruce con Elmwood, vio que en lo alto de un poste telefónico se había declarado un incendio que lo hacía semejar una antorcha distante. Se trataba de un transformador y, al arder, había inutilizado toda la red eléctrica de Cedar Grove. La ciudad carecía de un sistema de emergencia para estos casos, una mejora muy costosa en la que había preferido no invertir el ayuntamiento hacía unos años por considerar que la mayoría de los lugareños tenía sus propios generadores. Claro es que estos no resolvían el problema de recepción que sufrían los teléfonos en un municipio de montaña, especialmente durante un temporal de nieve de aquella envergadura.

Dan accedió al camino de entrada de su casa y vio que, si bien se distinguían rodadas en el suelo, no había ni rastro de la Subaru de Tracy. Su ausencia lo alarmó de inmediato. Consultó el teléfono, pero no tenía cobertura: por más que intentó llamarla, no obtenía más respuesta que un pitido insistente. «¿Dónde diablos se habrá metido?», se preguntó. Abrió la guantera y buscó una linterna. *Rex* y *Sherlock*, que se habían puesto a ladrar en el momento de llegar él, se fueron animando a medida que se aproximaba a la puerta.

—¡Tranquilos...! —les dijo mientras la abría y se preparaba para hacer frente a aquellos ciento treinta kilogramos que competían por tener su atención—. Ya, ya... —Los acarició al mismo tiempo que recorría la sala con la luz de la linterna.

Vio el maletín de la detective colgado del respaldo de una de las sillas altas de la encimera de la cocina.

—¿Tracy?

No obtuvo respuesta alguna.

—¿Adónde ha ido, chicos?

No hacía ni media hora que habían hablado y ella le había dicho que se encontraba bien.

—¿Tracy? —Recorrió la casa pronunciando su nombre—. ¿Tracy?

El teléfono seguía sin cobertura. Aun así, volvió a marcar el número. Por descontado, no sirvió para nada.

—Quietos —ordenó a los perros mientras abría de nuevo la puerta principal, pero ninguno parecía tener mucho interés en seguirlo al garaje y allí encendió el generador portátil que tenía conectado al cuadro de luces principal.

Al entrar vio que el televisor se hallaba encendido, aunque sin sonido. Recogió una cerveza a medio terminar de la mesa baja. La botella seguía estando fría al tacto. Activó el volumen desde el mando a distancia: el hombre del tiempo estaba explicando la magnitud de la tormenta y su evolución con ayuda de una serie de diagramas, hablando de sistemas de altas y bajas presiones y prediciendo medio metro más de nieve para cuando amaneciera.

«Lo que más debe preocuparnos ahora no es la nieve sino el viento, que no deja de cobrar fuerza», advirtió el meteorólogo.

—¡No me digas, *Sherlock*! —exclamó Dan.

El perro gimió al oír su nombre. «Debido al cambio tan brusco de temperaturas, se está formando hielo en los cables eléctricos y en las ramas de los árboles. Algunos ya las habrán visto caídas en las carreteras o las habrán oído partirse. También nos han avisado de que el incendio de un transformador ha dejado sin luz a casi todo Cedar Grove.»

—Di algo que no sepamos —se quejó Dan.

En ese momento apareció en la pantalla el presentador sentado tras la mesa del estudio de televisión.

«Más tarde volveremos a conectar con Tim para conocer minuto a minuto la que está resultando ser una tormenta de nieve de graves consecuencias.»

Dan soltó el mando a distancia y se dirigió a la cocina.

«En este momento nos informan del fuego que se ha declarado en la carretera de Pine Crest de Cedar Grove.»

La noticia captó de inmediato su interés. Claro está que, habiendo crecido en la ciudad, conocía aquel lugar; pero el nombre despertaba en él algo más que un recuerdo de infancia, algo más reciente que sacudía su memoria.

«Nos dicen que el *sheriff* y el personal del cuerpo de bomberos han respondido de inmediato y han logrado contener las llamas, aunque la vivienda ya había sufrido daños considerables. El portavoz de la comisaría local nos ha informado de que el domicilio está habitado al menos por un vecino de edad avanzada.»

Sí, Dan había escrito la dirección en la citación que no habían llegado a cursar, una citación destinada a hacer comparecer a DeAngelo Finn en la vista de la solicitud de revisión de condena. Sintió un escalofrío y se le revolvió el estómago. Miró de nuevo hacia el maletín de Tracy y, a continuación, cogió las llaves de su automóvil y se dirigió hacia la puerta.

Fue entonces cuando vio la nota que había fijado ella con cinta adhesiva por encima de la cerradura.

∽

Las luces del techo del vehículo de Finlay Armstrong y de los dos camiones de bomberos giraban y lanzaban destellos rojos, azules y blancos cuando Roy Calloway dobló la esquina de la manzana en dirección a la casa de una planta de DeAngelo Finn. Los faros del Suburban iluminaron vigas abrasadas que sobresalían de aquellos restos del tejado que parecían el costillar de un animal muerto devorado por las alimañas.

Calloway estacionó detrás del más voluminoso de los dos camiones y salió de su vehículo. Caminando con dificultad, rebasó a los bomberos que se afanaban en aplastar y volver a enrollar las mangueras. Desde la escalera de entrada, su ayudante lo vio llegar y agachó la cabeza para avanzar hacia él pese al viento y la nieve. Se encontraron en la valla, parte de la cual habían derribado aquellos para hacer pasar las mangas que habían conectado al surtidor situado frente al edificio. Armstrong tenía vuelto el cuello de la chaqueta del uniforme y las orejeras de la gorra bajadas y abrochadas por debajo de la barbilla.

—¿Saben qué ha sido lo que lo ha provocado? —preguntó el *sheriff* a gritos para hacerse oír sobre una ráfaga de viento.

—El jefe de bomberos dice que huele a combustible. Probablemente gasolina.

—¿Dónde?

El ayudante entornó los ojos. Tenía cubiertas de hielo y nieve las pieles que le enmarcaban el rostro.

—¿Qué?

—Que si saben dónde empezó el incendio.

—En el garaje. Creen que ha podido ser el generador.

—¿Han encontrado a DeAngelo?

Armstrong giró la cabeza y levantó una de las orejeras. Calloway se inclinó hacia él.

—¿Han encontrado a DeAngelo?

El otro negó con la cabeza.

—Acaban de apagarlo e intentan determinar si es seguro entrar.

Calloway se acercó al porche, donde había dos bomberos analizando la situación, y Armstrong lo siguió. El *sheriff* saludó por el nombre de pila a Phil Ronkowski.

—Hola, Roy —respondió este mientras le daba la mano enguantada—. Un incendio durante una tormenta de nieve. Ahora sí que puedo decir que lo he visto todo.

El recién llegado alzó la voz.

—¿Habéis encontrado a DeAngelo?

Ronkowski negó con la cabeza antes de dar un paso atrás y señalar el tejado calcinado.

—El fuego se ha extendido enseguida por ahí arriba y ha inundado todas las habitaciones. Ha tenido que haber alguna clase de combustible. Gasolina, probablemente. Los vecinos dicen que el humo era denso y muy negro.

—¿Puede ser que haya salido?

Ronkowski respondió con una mueca.

—Reza por que así sea. De todos modos, cuando hemos llegado, aquí fuera no había nadie. Podría ser que se hubiera refugiado en casa de un vecino, aunque ya habrían venido a informarnos.

Oyeron un crujido sonoro y se encogieron de manera instintiva. En medio del patio cayó entonces una rama que hizo dispersarse a los bomberos, acabó con una porción de la valla y a punto estuvo de alcanzar uno de los camiones.

—Tengo que entrar ahí, Phil —dijo Calloway.

Ronkowski negó con la cabeza.

—No tenemos claro que la estructura vaya a aguantar, Roy. Con este viento...

—Pues me arriesgaré.

—Maldita sea, Roy. Se supone que soy yo el que está al mando.

—Pues escribes donde sea que ha sido decisión mía. —Tomó la linterna de Finlay y ordenó a su ayudante—: Espera aquí.

El marco de la puerta mostraba los daños ocasionados por los bomberos al forzar la entrada. Las manchas de hollín y las burbujas de la pintura revelaban el lugar en que había lamido el fuego el bastidor en busca de oxígeno. Una vez dentro, el *sheriff* oyó el viento silbar a través de la vivienda y el goteo del agua. El haz de su linterna baileteó por paredes y restos de mobiliario carbonizados. Desperdigados por la moqueta yacían fotografías enmarcadas y otros chismes acumulados durante toda una vida. Iluminó un fragmento de cartón yeso empapado que pendía del techo como una sábana húmeda de un tendedero. La nieve caía por una abertura. Calloway se cubrió la nariz y la boca con un pañuelo, porque el aire del interior seguía cargado de humo y olor a madera y aislante térmico quemados. Sus botas formaban charcos en la alfombra a su paso.

Se asomó a la puerta que se abría a su izquierda y recorrió la cocina con la luz de la linterna. DeAngelo no estaba allí. Se abrió paso por entre los escombros de la sala de estar y el angosto pasillo que daba a la parte trasera de la vivienda, llamándolo sin obtener respuesta alguna. Forzó con el hombro la primera de dos puertas, que resultó ser la del dormitorio de invitados. Quizá por encontrarse la habitación en el lado opuesto al lugar en que creía Ronkowski que se había declarado el incendio, el fuego apenas había dañado nada. El que estuviera cerrada también debía de haber reducido el flujo de oxígeno necesario para alimentar las llamas. La linterna le reveló una cama de matrimonio y un armario. Lo abrió y vio que no tenía más que una barra y perchas de alambre. Salió del cuarto y abrió la segunda puerta, que también había quedado encajada en el batiente. Era el dormitorio principal. Aunque tenía las paredes y el techo manchados de humo negro, también allí, en comparación con el resto de la casa, el daño era limitado. Calloway pasó la luz por una cómoda que había quedado a medio enterrar bajo un tabique caído de yeso e hincó la rodilla en tierra para levantar el volante de la cama y mirar bajo el colchón. Nada.

Sin incorporarse, volvió a gritar:

—¿DeAngelo?

«¿Dónde demonio andará?», pensó. Lo acongojó más aún el mal presentimiento que lo había asaltado al saber del incendio.

Finlay se unió a él.

—Van a entrar. ¿Lo ha encontrado?

—No está —dijo Calloway mientras se ponía en pie.

—¿Habrá salido?

—Pero ¿dónde está? —preguntó el *sheriff*, incapaz de zafarse de la sensación que lo había acometido al oír a Armstrong pronunciar el nombre de Finn por la radio: algo semejante a un estremecimiento que le helaba hasta la médula. Se dirigió al armario y tiró del pomo, pero la puerta estaba embutida con fuerza en el marco—. Pregunta a los vecinos —ordenó a su ayudante—: Quizá esté desorientado.

—Voy —asintió Armstrong.

Calloway había apoyado una mano en el quicio a fin de hacer más fuerza cuando reparó en dos puntos más oscuros que asomaban por la madera con una separación de poco menos de un metro. A la luz de su linterna parecían dos clavos salidos de una pistola neumática que hubiesen perdido la cabeza al ir a clavarse en ella, aunque tenían un tamaño mucho mayor que los hacía más semejantes a barrotes de hierro.

—¿Qué diablos...? —exclamó.

Tiró de la puerta y, al ver que no se movía, apoyó un pie en la pared y volvió a hacer fuerza. Esta vez se abrió la hoja con más rapidez de lo que había esperado y con un peso y una violencia que a punto estuvieron de arrancarle el pomo de la mano.

—¡Dios! —gritó mientras se echaba hacia atrás tambaleante y chocaba contra la cómoda.

CAPÍTULO 53

Tracy sintió esforzarse el motor de la Subaru mientras las ruedas hacían lo posible por avanzar por una capa de nieve que se hundía a su paso. No lograba ver las líneas de la carretera comarcal, tampoco el arcén: todo era una colosal extensión blanca. Aunque iba haciendo camino con la tracción en las cuatro ruedas activa y la marcha baja, no cobraba velocidad. Los limpiaparabrisas, que mantenían su ritmo constante, tampoco lograban mantener el cristal limpio de nieve, y la visibilidad había quedado reducida a unos palmos por delante del parachoques. Tracy se afanaba por sustraerse a la tentación de pisar el freno cada vez que la cegaban unos instantes las rachas de viento al arrojar masas de nieve de las ramas cargadas de los árboles, toda vez que sabía que, en caso de detenerse, lo más seguro era que no pudiera volver a poner en marcha el vehículo.

Al volver una de las curvas, la deslumbró momentáneamente una ráfaga de luz que la llevó a pegarse aún más a la pared de piedra. El golpe de viento provocado por el camión de dieciocho ruedas que cruzó en el otro sentido zarandeó su vehículo y lo roció con la nieve que escupían sus cadenas. Tal vez estuviera loca por ponerse al volante con aquel tiempo, pero no pensaba aguardar sentada en casa de Dan a que cesara la tormenta. De pronto, todo había cobrado sentido con tal claridad que no podía sino sentirse consternada y enfurecida por no haber considerado antes esa posibilidad. ¿Quién más tenía acceso a la Chevrolet roja? ¿Quién tenía la ocasión de colocar en el cobertizo y la camioneta los pendientes y los cabellos? No podía ser sino alguien cuya presencia en la propiedad no resultara sospechosa. Tenía que ser alguien que viviera allí y en quien confiase Edmund House.

Tenía que ser Parker.

En su afán febril por condenar a Edmund, nadie se había molestado en comprobar la coartada de su tío. Este había asegurado que tenía turno de noche en la serrería, pero a nadie se le había ocurrido confirmarlo. ¿Para qué, si había a mano un violador convicto a quien echar la culpa? Sin embargo, era igual de probable que Parker, cuya afición a la botella conocían todos, hubiera estado empinando el codo en alguno de los establecimientos de los alrededores, decidiese volver a casa por la comarcal a fin de evitar a la patrulla en la interestatal y topase con Sarah, quien, con el vehículo inutilizado y calada hasta los huesos, no habría dudado en subir a la cabina de aquel hombre cuya cara conocía. ¿Qué pudo ocurrir a continuación? Quizá Parker trató de propasarse y montó en cólera cuando ella lo rechazó. Tal vez forcejearon y Sarah se golpeó la cabeza. Pudo ser que él se asustara y ocultase el cadáver en una bolsa de basura hasta dar con el momento y el lugar en que enterrarla sin peligro. Tenía que saber que la presa iba a empezar a funcionar pronto, ya que no vivía lejos de la zona que iba a inundarse. Asimismo, conocía las pistas forestales que recorrían las colinas y, al haber formado parte de los equipos de búsqueda, supo cuándo y dónde debía inhumar el cuerpo de Sarah. Además, lo que es más importante, tenía un chivo expiatorio que ofrecer cuando llegase Calloway a hacer preguntas: su sobrino, condenado por violación.

La serrería de Pine Flat en la que trabajaba Parker en el momento de la desaparición de Sarah cerró un tiempo después. ¿Cómo se había ganado la vida él desde entonces? ¿De dónde había sacado el dinero necesario para pagar las facturas? Cuando Tracy vivía aún en Cedar Grove, Parker había hecho muebles por afición y, de cuando en cuando, los había dejado en depósito en el comercio de Kaufman. Al parecer, había acabado montando un negocio por su cuenta, Cascadia Furniture, amén de comprar un camión de plataforma con la intención de repartir sus productos.

Tracy pensó de nuevo en la pregunta que había hecho a Dan. ¿Adónde iba a ir Edmund House una vez recuperada su libertad? Sin embargo, él ya había respondido la primera vez que se había reunido con ellos en Walla Walla:

—La cara que va a poner toda esa gente cuando me vea pasear otra vez por las calles de Cedar Grove.

¿Adónde más podía ir, si no a la casa que tenía su tío en las colinas? Edmund House había insistido en que Calloway y Clark habían conspirado para condenarlo y, si bien todo apuntaba a que así había sido, lo cierto es que eso no explicaba quién había escondido las joyas en la lata del café del taller y colocado los cabellos rubios. No podían haberlo hecho el *sheriff* ni el fiscal, pues andaban por allí Edmund, que estaba bien alerta, y todo un equipo de la científica registrando el lugar. ¿Y si Edmund también había sospechado que su tío formaba parte de la confabulación, que había ayudado de buen grado a Calloway y Clark a fin de encubrir su propio crimen?

Tracy apartó los ojos de la carretera para comprobar el teléfono y confirmar que no tenía cobertura. Se preguntó si habría llegado a casa Dan y si habría encontrado su nota, también si habría ido a buscar a Roy Calloway. Vio un montón de nieve que parecía retirado de una carretera perpendicular y apilado en el arcén y redujo la marcha a fin de observar el lugar con más detenimiento y tratar de recordar si era la vía que llevaba a la propiedad de Parker. Si no acertaba, era muy probable que se quedase atascada y no pudiera dar la vuelta.

Giró y pisó el acelerador a fin de salvar la pendiente. Las ruedas de la Subaru dieron en los surcos que acababa de hacer un vehículo de ruedas más voluminosas y más separadas: un camión de plataforma. El automóvil temblaba como si estuviera montado sobre los rieles de una atracción de feria, mientras los faros cabeceaban y rebotaban en los troncos y las ramas de los árboles que el viento agitaba con violencia. Tracy adelantó el torso para observar a través de la porción de parabrisas cada vez más reducida que le dejaban libre la nieve y el hielo. Al segundo siguiente, tuvo que frenar de golpe y la camioneta se detuvo con una sacudida. Sus luces apenas alcanzaban lo suficiente para iluminar los dos árboles caídos que atravesaban el camino. No podía seguir adelante. Miró a su alrededor, sin saber con seguridad cuánto quedaría para llegar a la propiedad de Parker House ni si había tomado el camino correcto. Volvió a mirar el teléfono, pero seguía sin cobertura. No tenía modo alguno de saber si Dan y Calloway se habían puesto en marcha, aunque el instinto le decía que no podía perder un solo segundo.

Comprobó el cargador de la Glock, volvió a colocarlo en su lugar y dispuso una bala en la recámara. Tras echarse dos cargadores más al bolsillo de la chaqueta, se colocó el gorro y los guantes de nieve y sujetó la linterna que había encontrado en un cajón de la cocina de Dan. Sirviéndose del antebrazo para hacer frente al viento y evitar que la cerrase, abrió la puerta de un empujón y se preparó para desafiar el tiempo y todo lo que pudiera ocurrir.

CAPÍTULO 54

DeAngelo Finn pendía crucificado del interior de la puerta del armario. Tenía los brazos alzados por encima de los hombros y las palmas de las manos atravesadas por dos clavos de metal de grandes dimensiones desde los que caía la sangre que chorreaba por la madera. Sostenía el peso de su cuerpo una cuerda que tenía atada en torno a la cintura y amarrada a un gancho. La cabeza le caía a un lado. Tenía los ojos cerrados y su rostro se mostraba ceniciento ante el intenso haz de luz de la linterna del *sheriff*.

Roy Calloway pegó una oreja al pecho del anciano y oyó un latido tenue. Finn gimió.

—Está vivo —dijo Armstrong con incredulidad.

—¡Tráeme un martillo o lo que sea!

El ayudante recorrió la sala dando tumbos y tirando al suelo cuanto podía quedar sobre la cómoda. Calloway pensó liberarlo de la cuerda, pero enseguida supo que, si lo hacía, todo su peso recaería en los clavos que le atravesaban las manos.

—¡Aguanta, DeAngelo! Ya vienen a ayudarnos. DeAngelo, ¿me oyes? Aguanta, que te vamos a sacar de aquí.

En ese momento llegaron Ronkowski y dos de sus hombres siguiendo a Armstrong. Uno de ellos llevaba una luz potente.

—¡Dios santo! —exclamó el primero.

—Necesito algo con lo que sacarle los clavos.

—Si lo haces, lo vas a matar del dolor —sentenció el jefe de bomberos.

—¿Y si sacamos las puntas desde atrás? —propuso uno de sus subordinados.

—Vas a tener el mismo problema.

—Podemos cortarlos —dijo Calloway.

Ronkowski se restregó el rostro con una mano.

—De acuerdo; eso vamos a hacer. Podemos levantarlo para aliviarle el peso de las manos. Dirk, ve por la sierra.

—Déjalo —intervino Armstrong, deteniendo al bombero—. Mejor quitamos los pernos a las bisagras y desmontamos la puerta entera para usarla de camilla.

—Tiene razón —dijo Ronkowski—: Eso es lo mejor. Dirk, ve por un martillo y un destornillador. —Dicho esto, se acercó a DeAngelo—. Le cuesta respirar. Levántalo para aliviarle el peso del tórax.

Calloway lo sujetó por la cintura. El anciano se quejó. Armstrong volvió de la cocina con una silla y se la colocó debajo; pero Finn estaba demasiado débil para levantarse. El *sheriff* siguió sosteniéndolo mientras regresaba Dirk, que apareció poco después con un mazo y un cincel y se puso a golpear el pasador de arriba.

—No —le dijo Armstrong—. Saca primero el de abajo. Nosotros sujetamos mientras la puerta.

El bombero desmontó el gozne de abajo y a continuación el central mientras el *sheriff* y su ayudante sujetaban la madera.

—¿Lo tenéis? —preguntó el bombero.

—Ahora —dijo Armstrong.

El bombero sacó el perno y Calloway sostuvo el peso de Finn y de la puerta mientras él y su ayudante se las componían para tumbar la puerta poco a poco y colocarla sobre la cama.

—Traed las cintas —dijo Ronkowski—: Tenemos que sujetarle el cuerpo a la puerta para sacarlo de aquí.

A continuación, le colocó una máscara de oxígeno en el rostro y estudió sus constantes vitales. Cuando llegó su subordinado con las cintas, le quitaron la cuerda y, tras pasar aquellas por debajo de la puerta, le sostuvieron los tobillos, la cintura y el pecho.

—Ahora —dijo el jefe de bomberos—, a ver si podemos sacarlo de aquí.

Calloway cogió el extremo de la hoja en el que descansaba la cabeza de la víctima y Armstrong, el de los pies.

—A la de tres —anunció Ronkowski.

Lo levantaron al unísono, tratando de evitar movimientos bruscos. Finn volvió a gruñir.

Mientras cruzaban el umbral, Armstrong preguntó:

—¿Quién ha podido ser capaz de algo así, Roy? ¡Por Dios! ¿Quién iba a hacerle esto a un anciano?

CAPÍTULO 55

El frío helador parecía encontrar la menor costura de su ropa para acribillar su piel como con docenas de agujas. Tracy bajó la cabeza para protegerse del viento, pasó por encima de uno de los árboles caídos y siguió las rodadas pendiente arriba. Aun así, las botas se le hundían hasta la pantorrilla y dificultaban cada paso. No tardó en verse sin resuello, pero siguió caminando por miedo a detenerse. Apartó todo pensamiento de volver atrás diciéndose que, en todo caso, no a serviría de nada, pues no podría descender la colina marcha atrás ni darle la vuelta. Además, era ella quien había echado a rodar aquellos acontecimientos y, por tanto, quien debía pararlos.

Llevaba andados unos doscientos metros cuesta arriba cuando dio en el límite de un claro. En las cercanías, por entre los remolinos de nieve, solo alcanzaba a distinguir el resplandor tenue de una luz y las sombras de algún que otro edificio y montículos cubiertos de nieve. Recordó las fotografías aéreas del juicio de Edmund House, en las que podían verse numerosos edificios de cubierta metálica y vehículos y aperos a medio reparar desperdigados por el patio de su tío Parker. Suponía que aquello no debía de haber cambiado mucho y concluyó, por tanto, que tenía que haber llegado a su destino. Apagó la linterna y caminó con cuidado hacia la luz que veía encendida detrás de la propiedad para acabar deteniéndose tras el parachoques del único vehículo que no estaba sepultado en la nieve: el camión de plataforma que había visto delante del tribunal. Limpió el hielo y la nieve de la matrícula y confirmó que se trataba del mismo número que figuraba entre los que le había dado Kins. Satisfecha, estudió la construcción desvencijada de planchas de madera. Sobre el techo se habían acumulado dos palmos de nieve y de los aleros pendían carámbanos de unos treinta centímetros como dientes afilados. Del cañón de la chimenea no salía humo. El viento dio con una abertura entre el cuello de su chaqueta y el gorro e hizo que le corriera un escalofrío por la espalda. Tenía los dedos entumecidos pese a los guantes y temía seguir perdiendo movilidad si esperaba mucho más tiempo.

Caminó a duras penas desde el camión hasta los escalones de madera. Estos, limpios de nieve desde no hacía mucho, se combaron bajo su peso. Ya en el porche diminuto, pegó la espalda a la fachada y aguantó unos segundos antes de inclinar el cuerpo para mirar por una de las ventanas, cuyo cristal estaba cubierto de hielo por fuera y empañado por dentro.

Se quitó los guantes con los dientes y se desabrochó la chaqueta. Tomó la Glock y sintió el frío que le agarrotaba los dedos. Los unió para echarles su aliento y cogió el picaporte de la puerta. Lo sintió girar y empujó con suavidad. La puerta se detuvo y por un instante pensó que estaba echada la llave. Sin embargo, a renglón seguido, se separó del batiente. Los cristales se agitaron y la obligaron a aguardar otro segundo con el viento azotando su espalda y amenazando con arrancarle la hoja de las manos. Entonces se coló en el interior y, en silencio y con gran rapidez, volvió a cerrar. Se había liberado del viento, que ululaba alrededor de la vivienda, aunque no del frío; la habitación estaba helada e invadida del hedor acre de desechos en descomposición.

Dobló los dedos para tratar de mejorar la circulación e intentó orientarse sin perder tiempo. Había una mesa y una silla bajo una ventanilla de cuatro cuarterones, así como una encimera con forma de *L* dotada de un fregadero de metal, tras la cual se abría otra habitación de la que partía la luz que había visto desde el exterior. Aunque caminaba con cuidado, los listones del suelo crujían bajo sus pies sin que hiciera gran cosa por disimular su sonido el zumbido apagado de un generador —del que debía de proceder la electricidad que mantenía con vida aquel fulgor—. Tracy siguió la encimera hasta llegar al marco de la puerta que separaba ambas salas y, pistola en mano, se asomó a la jamba.

El resplandor era aún más hiriente porque procedía de una bombilla desnuda. La pantalla había caído junto a un sillón de color óxido que le daba la espalda. En el suelo había también un alargador naranja que cruzaba la estancia como una sierpe para perderse por un pasillo a oscuras. Entró y se detuvo al ver una coronilla de cabello gris asomar por encima del respaldo del sillón: había alguien desplomado en él. No observó reacción alguna ante su llegada. Dio un paso más a fin de rodear el asiento y el suelo siguió delatando su presencia. En el momento de rebasar una mesilla situada al lado del sillón, pudo ver el rostro de quien lo ocupaba tras la oreja del mueble.

—Dios —exclamó ella con la barbilla levantada y los ojos bien abiertos mientras él volvía la cabeza para mirarla.

Se trataba de Parker House.

CAPÍTULO 56

Miró a Tracy levantando los párpados con gesto sobresaltado. Su expresión no era de sorpresa sino la inconfundible actitud de miedo prolongado que tantas veces había visto ella en su trabajo en las víctimas de crímenes violentos. Los brazos del sillón estaban empapados en sangre allí donde le habían atravesado las manos dos clavos de metal. A estos había que sumar los que le habían dejado sujetos al suelo de madera los pies y las botas, bajo cuyas suelas se habían formado también sendos charcos de sangre.

Apartó la mirada del rostro macilento de Parker y recorrió la sala con la vista tan rápido como le fue posible. Se dirigió al pasillo en tinieblas que se abría a la derecha de una estufa de leña y encendió la linterna. El corazón se le aceleró y la cabeza comenzó a darle vueltas mientras regresaba mentalmente a sus años de formación y avanzaba por la oscuridad con el arma ante ella y moviendo la luz de un lado a otro. Pegó la espalda a una de las paredes, de esta guisa rodeó el marco de una puerta y recorrió con la linterna la cama sin hacer y la cómoda barata del cuarto en el que acababa de entrar. Volvió a salir y repitió la misma operación en la habitación siguiente, también vacía salvo por una cama individual, una cómoda y una mesilla de noche. Regresó a la sala de estar para tratar de entender la situación.

El otro había cerrado los ojos. Tracy se arrodilló y le posó la mano con suavidad en el hombro.

—Parker... Parker.

Esta vez, cuando abrió los ojos, no lo hizo por completo: quedó con ellos caídos, entornados, y sonrió como si aquel gesto insignificante le provocara dolor. Movió los labios, aunque sin emitir palabra. Tomó aire con inspiraciones tan breves como ásperas y tragó con lo que pareció un esfuerzo considerable. Al final fueron saliendo las palabras con jadeos fantasmagóricos:

—Traté de...

Tracy se inclinó más aún.

—Traté de... avisar...

Sus ojos se apartaron de Tracy para mirar algo situado por encima de ella, quien, sin embargo, se dio cuenta demasiado tarde del error cometido. La luz no había sido más que un señuelo destinado a atraerla como una polilla a la llama mientras el ronroneo del generador acallaba todo ruido.

Aunque se puso en pie de un salto, no logró girar antes de sentir el golpe sordo en la nuca que hizo que le cedieran las piernas y se le escapara el arma de la mano. Sintió unos brazos que le rodeaban la cintura para apresarla y mantenerla erguida y, a renglón seguido, un aliento cálido que le decía al oído.

—Hueles igual que ella.

༄

Roy Calloway y Finlay Armstrong cruzaron la casa con Finn sobre la puerta del armario. Al llegar al camino de entrada tuvieron que andar con mucho cuidado para que las ráfagas de viento no les arrancaran de las manos la camilla improvisada como si fuese una cometa.

—Despacio —advirtió Calloway.

Al comprobar que las botas resbalaban en el suelo del sendero cubierto de hielo, hizo más corto su paso y arrastró un pie tras otro hasta que lograron meter la puerta en la ambulancia.

—En marcha —dijo Ronkowski.

Antes de apartarse del vehículo, el *sheriff* se inclinó para susurrar al oído de Finn:

—Voy a acabar con esto. Voy a hacer lo que tenía que haber hecho hace veinte años.

—Hay que sacarlo de aquí, Roy —insistió el jefe de bomberos—. Tiene las constantes vitales por los suelos.

Calloway le hizo caso y, tras cerrar Ronkowski las puertas de la ambulancia, el vehículo dio una sacudida, se afanó en cobrar agarre y comenzó por fin a avanzar. Siguió marchando por entre la nieve con las luces del techo encendidas. El *sheriff* los vio alejarse con los bomberos que habían quedado atrás, de pie como congelados al lado de Finlay. Su equipo estaba cubierto de nieve y tenía cristales de hielo en las barbas, los bigotes y las cejas.

—¿Alguien tiene cobertura? —preguntó Calloway.

Nadie.

—Quiero —dijo entonces dirigiéndose a Armstrong— que vayas corriendo a casa de Vance Clark. Dile que tienes órdenes mías de hacer que te acompañen; que agarre su escopeta y que no se separe de ella.

—¿Qué está pasando, Roy?

Calloway lo sujetó por el hombro, aunque mantuvo la voz serena.

—¿Me has oído?

—Sí, sí; lo he oído.

—Luego quiero que vayas a mi casa y recojas a mi mujer. Llévalos a los tres a la comisaría y espera allí con ellos atento a la radio.

—¿Qué les digo?

—Que yo he insistido. Mi señora puede llegar a ser terca como una mula. Hazle saber que yo he dicho que no hay discusión que valga. ¿Me has entendido?

El ayudante hizo un gesto de asentimiento.

—Entonces, ponte en marcha y haz lo que te he dicho.

Las botas de Armstrong se hundían en la nieve mientras trataba de llegar a su vehículo. Cuando este se perdió entre los remolinos de nieve, Calloway se introdujo en su Suburban, sacó la Remington 870, la cargó con cinco cartuchos y se echó al bolsillo un puñado más. Si tenía que despedirse del cargo, lo haría cumpliendo con su deber. Encendió el todoterreno y, ya estaba a punto de salir a la calzada, cuando se acercaron unos faros que apuntaban directamente a su parachoques delantero. Tras deslizarse hacia un lado en el último tramo, se detuvo un Tahoe ante él. Del asiento del conductor salió de un salto Dan O'Leary embutido en un chaquetón grueso y un gorro y dejando la puerta abierta, las luces encendidas y el motor en marcha.

Calloway bajó la ventanilla.

—¡Quita de en medio ese dichoso trasto, Dan!

El recién llegado le tendió una hoja de papel, que el *sheriff* leyó antes de hacer una bola con ella y estampar el puño contra el volante.

—Aparta el vehículo y entra.

CAPÍTULO 57

Dan se aferró al asidero que había sobre la puerta y apoyó la otra mano contra el salpicadero. Tener los pies bien plantados sobre la alfombrilla del suelo solo lo estabilizó de forma parcial cuando el Suburban enfiló la carretera comarcal derrapando con las ruedas traseras. Calloway lo enderezó y pisó el acelerador; los neumáticos giraron antes de tomar agarre y aquel colosal vehículo se lanzó hacia delante. Los copos de nieve arremetían contra el parabrisas y limitaban el alcance de los faros, cuyos tenues conos de luz devoraba la oscuridad a escasos palmos del capó. Dan volvió a recolocarse en el asiento corrido cuando el *sheriff* dio un volantazo a fin de evitar una rama caída.

—James estaba consternado —dijo Calloway—. Sabíamos que lo había hecho House; ninguno de nosotros se tragaba el embuste del listón que se había astillado y le había cortado la cara y los brazos; pero no podíamos demostrar que fuese mentira. Le dije a James que no íbamos a conseguir nunca que lo condenaran si no encontrábamos nada que lo vinculase a Sarah. Sin cadáver y sin pruebas, House iba a librarse de la cárcel. Todavía no se había enjaulado a nadie por asesinato en primer grado sin un cuerpo de por medio. La científica no trabajaba como ahora.

—¿Y se prestó a darle las joyas y el cabello?

—Al principio, no. De hecho, ni quería oír hablar de ello.

—¿Qué hizo que cambiara de opinión?

Calloway lo miró para decir:

—George Bovine.

—¡Rama! —Dan apretó los pies contra el suelo mientras el conductor giraba y esquivaba por poco una rama de grandes dimensiones. Tras darse un instante para tomar aliento, prosiguió—: Recurrió usted a Bovine para que lo convenciese, igual que hizo conmigo hace poco.

—¡Y un cuerno! Bovine fue a hablar con él cuando se difundió la noticia de la desaparición de Sarah. Yo no tenía ni idea. James me llamó y me pidió que fuese a su casa. Tracy y Abby habían salido. James cerró las puertas de su estudio y Bovine nos contó lo que supongo que te dijo también a ti. Una semana más tarde, volvió a llamarme James y me dio los pendientes y los cabellos en dos bolsas de plástico. Nunca pensé en la posibilidad de que uno de ellos pudiera ser de Tracy. Como te digo, entonces no estábamos muy pendientes de esas cosas. Lo metí todo en el cajón de mi escritorio y estuve varios días dándole vueltas a la cabeza antes de llamar a Vance Clark para hablar con él del tema. Los dos teníamos claro que las pruebas no iban a servir de nada si no conseguíamos una orden que nos permitiera registrar la propiedad de Parker y el único modo que teníamos para hacerlo consistía en dar con un testigo que implicase a House y pusiera en tela de juicio su coartada.

—¿Cómo convenció a Hagen para que testificase? ¿Con la recompensa?

La parte trasera del todoterreno patinó al entrar en una curva. Al enderezar la dirección, el vehículo tembló y el motor se aceleró hasta que las ruedas volvieron a sujetarse al suelo.

—Yo conocía a Ryan desde que nació, porque su padre y yo habíamos sido compañeros de academia. Cuando lo mataron durante un control ordinario de tráfico, organicé una colecta para la familia. Ryan venía siempre a verme cada vez que tenía que viajar a Cedar Grove.

— Así que estaba enterado de lo de Sarah.

—Como todo el estado. En una de nuestras conversaciones, le dije que necesitaba a alguien que pudiera decir que recorría con frecuencia esta carretera en horas poco frecuentes del día y de la noche. Él consultó su agenda y me informó de que aquel día había hecho una visita de negocios. Lo único que necesitaba era que declarase que cogió la comarcal y vio la camioneta de House. Estaba convencido de que, cuando la científica diese con las pruebas, House se daría cuenta de que no tenía nada que hacer, nos diría dónde había enterrado el cadáver de Sarah y podríamos dar por concluido el asunto. Confesaría a cambio de una cadena perpetua sin condicional y se acabó. Nunca pensé que tendríamos que ir a juicio.

Calloway redujo la marcha y giró el volante a la derecha. El Suburban dio un bote y una sacudida al dejar la comarcal y empezar a ascender la montaña.

—Aquí hay rodadas frescas —anunció Dan.

—Ya.

—Entonces ¿llevaba consigo las joyas y las muestras de cabello al ir a ejecutar la orden de registro?

Calloway entornó los ojos y esperó a que pasara una ráfaga de viento.

—No podía hacerlo estando presente el equipo de la científica ni podía ir de nuevo a la propiedad sin que House recelara de mí. Así que lo hizo Parker.

—¿Parker? ¿Y por qué iba él a inculpar a su sobrino?

El *sheriff* meneó la cabeza.

—Sigues sin enterarte de nada, ¿verdad, Dan?

CAPÍTULO 58

Sarah tenía puesto uno de los compactos de Bruce Springsteen de Tracy e iba cantando y siguiendo con los dedos sobre el volante el ritmo que marcaba la E Street Band. En realidad, la incondicional era su hermana, ella ni siquiera se sabía toda la letra; simplemente le gustaba el trasero que le hacían al Boss los pantalones vaqueros. En aquel momento, sin embargo, «Born to Run» la estaba ayudando a apartar el pensamiento de la idea de que Tracy estaba a punto de irse. Cierto es que no se iba físicamente; pero, en cuanto se casara, las cosas no volverían a ser iguales.

El regreso desde Olympia había sido largo y melancólico. Estaba contenta por Tracy, pero también sabía que nada volvería a ser igual en cuanto su hermana tuviese a Ben. Tracy siempre había sido su mejor amiga y, en cierto sentido, una segunda madre para Sarah. Lo que más iba a echar de menos eran las noches que pasaban despiertas hasta tarde hablando de nada y de todo, desde su afición por el tiro hasta los estudios o los chicos. Siempre le preguntaba si podrían seguir viviendo juntas cuando ella se casara y no pudo evitar sonreír al recordar las noches en que se metía en su cama para que su calor reconfortante la ayudase a dormir. Recordó la oración que decían juntas: nunca la olvidaría. Muchas noches no había otro modo de que Sarah conciliase el sueño.

Oyó la voz de su hermana en su cabeza: «No...».

—No... —repitió ella en voz alta.

«No me da miedo...»

—No me da miedo...

«No me da miedo la oscuridad.»

—No me da miedo la oscuridad.

Sin embargo, tenía ya dieciocho años y seguía temiéndola.

Sarah echaría de menos compartir la ropa con ella y despertarse juntas el día de Navidad; deslizarse por el pasamanos y esperar tras una esquina para asustar a Tracy y sus amigas. También echaría de menos su casa y el sauce llorón, de cuyas ramas se colgaba para balancearse sobre el césped sumida en alguna fantasía en la que este era un Amazonas infestado de cocodrilos. Echaría de menos muchas cosas.

Se secó una lágrima que le corría por la mejilla. Se había convencido de que estaba preparada para aquel día, pero, cuando llegó se dio cuenta de que no era así y de que nunca lo estaría. «El curso que viene tú estarás en la universidad —se dijo— y, ahora, por lo menos, Tracy tendrá a su lado a Ben.»

Sonrió al recordar cómo se había puesto Tracy cuando le habían dado la hebilla de plata. Parecía que le hubiese picado una avispa en el trasero. No tenía ni idea de por qué la había dejado ganar. De hecho, estaba demasiado furiosa como para advertir siquiera que Ben se había puesto una camisa nueva y un pantalón de vestir. Sarah lo había ayudado a elegir los dos, porque Dios sabía que él habría sido incapaz de hacerlo solo. La había llamado dos semanas antes del torneo para decirle que quería proponer matrimonio a su hermana en su restaurante favorito de Seattle, pero solo había podido reservar mesa a las siete y media; y, como no les daría tiempo si no iban allí directamente desde la competición, Sarah tendría que volver sola a casa y los dos sabían que Tracy ejercería de hermana mayor. Necesitaba hacer algo para que no quisiera acompañarla de vuelta a

Cedar Grove y no tuvo que pensar mucho tiempo para dar con la solución; aunque su hermana odiaba perder, fuera a lo que fuese, no había nada que más la fastidiara que el hecho de que Sarah se dejase ganar.

Si bien estaban cayendo goterones que se estrellaban contra el parabrisas, aquello distaba mucho de ser el diluvio que tanto había preocupado a Tracy. «¡Como si aquí no lloviera nunca, por favor!»

Estaba cantando a voz en cuello otro de los versos de la canción haciendo dúo con el Boss cuando la camioneta dio una sacudida. Sarah se irguió, comprobó el retrovisor central y los laterales, convencida de que debía de haber golpeado algún objeto de la carretera; pero estaba todo demasiado oscuro para distinguir lo que quedaba tras ella.

El vehículo volvió a tambalearse. Esta vez estaba segura de no haber chocado con nada. La camioneta empezó a renquear y perdió velocidad; la aguja indicadora de esta última cayó con rapidez hacia la izquierda y en el salpicadero se encendió la luz del combustible.

—¡No puede ser!

La manecilla revelaba que el depósito estaba vacío. Sarah dio unos golpes al plástico con el dedo, pero la manecilla no se movió. No era posible.

—Dime que no es posible —dijo.

No era posible: lo habían llenado el viernes. Tracy no había querido repostar por la mañana por miedo a retrasarse y Sarah había comprado en la tienda una Coca-Cola sin azúcar y un paquete de Cheetos para el viaje. Su hermana la había regañado:

—¿Esa basura vas a desayunar?

El motor había dejado de funcionar y le costaba horrores girar el volante. A fuerza de brazos, logró doblar la curva siguiente. Aunque la ligera pendiente de la carretera le permitía avanzar en punto muerto, no bastaba, claro está, por cerca que pudiera encontrarse, para salvar la distancia que debía recorrer aún para llegar a Cedar

Grove. Al ver que la camioneta perdía velocidad, giró para sacarla a la cuneta de grava, que crujió bajo las ruedas, y frenó. Accionó la llave y el motor gimoteó como si se estuviera riendo de ella. A continuación, se limitó a emitir un chasquido. Apoyó la espalda en el respaldo y reprimió un grito. Springsteen seguía lloriqueando y lo acalló apagando la radio.

Tras unos instantes de angustia, se dijo:

—De acuerdo; vamos a pensar. —Su padre siempre decía que había que ser flexible y tener un plan—. Bien: ¿cuál es mi plan? —Y lo primero que tenía que solventar era lo siguiente—: ¿Dónde diablos estoy?

Miró por el retrovisor y no vio luces a su espalda. De hecho, no veía nada. Observó entonces los alrededores. En su momento había conocido bien aquella carretera; pero desde que habían abierto la autopista no la había transitado mucho. Era incapaz de saber a qué altura se encontraba. Con la esperanza de poder hacer una estimación de cuánto le quedaba para llegar, miró el reloj y trató de calcular el tiempo que había transcurrido desde que salió de Olympia; pero tampoco podía determinar con exactitud a qué hora había dejado el aparcamiento. Sabía que entre el desvío que llevaba a la comarcal y la salida de Cedar Grove había un trayecto de veinte minutos. Suponía que había pasado diez en la carretera; de modo que debían de quedarle entre seis y diez kilómetros. No era un paseo, desde luego, y menos aún con la lluvia; pero tampoco un maratón. Quizá tenía suerte y se cruzaba con algún vehículo, aunque aquel camino apenas tenía tráfico desde que todo el mundo tomaba la interestatal.

—Vete por la autopista —le había dicho su hermana—: ¿Me lo prometes?

¿Por qué no le habría hecho caso? Tracy la iba a matar.

Gruñó y se permitió unos instantes de autocompasión antes de volver a centrarse en la necesidad de trazar un plan. Pensó en la posibilidad de pasar la noche en la camioneta; pero rechazó la idea al imaginar el susto que podía llevarse su hermana cuando llamara a casa por la mañana (cosa que iba a hacer con seguridad, pues tendría noticias que contarle) y ella no contestase: Tracy era muy capaz de hacer volver a sus padres de Hawái y poner al FBI y a Cedar Grove al completo a buscarla.

—En fin —concluyó tras sopesarlo unos instantes—: Aquí sentada no vas a ninguna parte; conque más te vale ponerte en camino.

Se enfundó en la chaqueta y tomó del asiento el Stetson negro de Tracy. Bajo él encontró su hebilla de plata, que metió en un bolsillo con la intención de devolvérsela por la mañana y recordarle cómo se había puesto por nada. Las dos se reirían del asunto y el trofeo les recordaría siempre la noche que se prometió en matrimonio. Pensó que podía mandar enmarcarla.

Estaba retrasando el momento de salir del automóvil, pues no le hacía ninguna gracia ponerse a recorrer un kilómetro tras otro bajo la tormenta. Se caló el Stetson al bajar del habitáculo y cerró la puerta. Como si quisiera burlarse de ella, la lluvia se hizo más intensa, convertida en una verdadera avalancha estruendosa. Caminó en paralelo a la calzada con la esperanza de hallar abrigo bajo el ramaje del bosque. Minutos después, le empezó a chorrear agua por la espalda.

—Esto va a ser divertidísimo. A más no poder.

Apretó el paso y se puso a cantar, para hacer más ameno el recorrido, la letra de «Born to Run». No lograba quitársela de la cabeza:

—«Everybody's out on the road tonight, but there's nothing...» ¡Si ni siquiera me sé la letra!

Siguió adelante y, tras unos minutos, se detuvo a escuchar, convencida de haber oído un motor, aunque el sonido del agua que azotaba los árboles y caía a chorros en la carretera le impedía determinarlo con seguridad. Se acercó a la cuneta y miró a la carretera enderezándose para escuchar mejor. ¡Allí! Unos faros hirieron el asfalto durante un segundo o dos antes de que el utilitario doblase la curva. Sarah saltó al arcén, se inclinó y comenzó a agitar un brazo por encima de su cabeza mientras usaba la otra mano para evitar que la cegase la luz. El vehículo redujo la velocidad hasta detenerse. Ella vio entonces que no se trataba de un utilitario sino de una camioneta Chevrolet roja.

CAPÍTULO 59

Tracy abrió los ojos y comprobó que seguía totalmente a oscuras. Desorientada, con la cabeza sumida en una bruma de confusión y dolor, se afanó en despejarse y recordar lo ocurrido. Al levantar la cabeza, sintió una punzada aguda que se le extendió por la parte alta del cráneo. Hizo un gesto dolorido. Cuando notó cierto alivio, se obligó a sentarse apoyándose en un brazo. El cerebro le palpitaba y le pesaban las extremidades. Entonces comenzaron a llegarle imágenes como destellos: la casa destartalada a la que se había acercado; el camión de plataforma cubierto parcialmente de nieve; la puerta que daba a la cocina; el paso a la sala principal; la coronilla que asomaba tras el respaldo del sillón; Parker House volviendo la cabeza y abriendo los ojos. «Hueles igual que ella.»

Alguien le había asestado un golpe por la espalda. Cuando acercó una mano para tocarse la nuca, sintió pesada la muñeca. Agitó los brazos y oyó el tintineo de cadenas. El corazón se le aceleró. Hizo lo posible por ponerse en pie, pero la asaltaron las náuseas y volvió a caer al suelo de rodillas. Se llenó los pulmones varias veces hasta que le desapareció aquella sensación y volvió a intentarlo. Se levantó poco a poco y, aunque tambaleante, consiguió recobrar el equilibrio.

Palpó las esposas que le apresaban las muñecas y pasó una mano por la cadena de un palmo aproximado que las unía. De ella partía una más gruesa. Siguió sus eslabones alternando una mano con otra hasta llegar a lo que le pareció una plancha rectangular. Con la punta de los dedos trazó el contorno de dos tornillos de cabeza hexagonal. Apoyó un pie en la pared, enroscó la cadena en una mano y tiró de la lámina de metal, que cedió ligeramente antes de que la acometiera una nueva oleada de ansia y de dolor punzante.

Oyó un ruido a sus espaldas. Una cuña de luz tenue acuchilló entonces las tinieblas y se fue ensanchando lentamente: estaban abriendo una puerta. Sobre el leve fulgor se recortó entonces una silueta antes de que volviera a cerrarse la hoja y la sumiera de nuevo en la negrura. Presionó la espalda contra la pared, levantó los brazos y se preparó para asestar un puñetazo o una patada.

Trató de seguir el sonido de los pasos que se arrastraban por la sala, pero en medio de aquella oscuridad daban la impresión de proceder de todas partes. Escuchó un zumbido extraño al que siguió un repentino parpadeo de luz intensa que la cegó unos instantes. Miró al suelo mientras se despejaban las manchas blancas y negras. Entonces levantó una mano para protegerse del resplandor y vio que procedía de una simple bombilla desnuda que pendía de un cable sujeto a una de las dos vigas de madera que atravesaba en horizontal un techo de tierra en el que se observaban las cicatrices dejadas por una pala.

Bajo la lámpara había una figura arrodillada de espaldas que giraba una manivela inserta en el costado de una caja de madera. Cada vuelta producía un sonido semejante a las alas en movimiento de un enjambre de insectos invisibles y hacía brillar el filamento encerrado en la bombilla, cuyo color fue cambiando de naranja a rojo y, por último, a un blanco refulgente que apartó las sombras y le mostró cuanto la rodeaba y las circunstancias en las que se hallaba.

Calculó que la habitación debía de tener unos seis metros de largo y dos y medio de alto. Cuatro puntales ajados hacían las veces de pilares sobre los que descansaban las dos vigas. Como había supuesto, tenía las muñecas sujetas por esposas oxidadas que no le permitían separarlas más de treinta centímetros. La segunda cadena, que debía de tener un metro y medio de longitud, estaba soldada a la plancha rectangular que había tentado con las manos y que a su vez se hallaba atornillada a una pared de hormigón. El suelo estaba cubierto a trozos por retales de moqueta que casaban mal unos con otros. En un rincón había una cama de hierro forjado con un colchón raído y, a su lado, una silla no menos desgastada. En una de las paredes había estanterías toscas, una con latas de conserva y la otra con libros en rústica y, al lado de estos, un Stetson negro que hacía veinte años que no veía.

Edmund House se irguió y se dio la vuelta.

—Bienvenida a casa, Tracy.

CAPÍTULO 60

Una rama cargada de nieve golpeó el parabrisas con un estallido de polvo blanco. Calloway no frenó: siguió las rodadas hasta doblar la siguiente curva y a punto estaba de acelerar cuando, de pronto, pisó con fuerza el freno y detuvo el Suburban a escasos centímetros del parachoques trasero de la Subaru de Tracy.

Esta tenía la ventanilla trasera y el techo cargados de nieve, pero la capa no superaba los dos dedos de grosor. Dan miró al frente y vio las ramas que asomaban del manto blanco que por lo demás había sepultado un árbol caído de través en la carretera. El *sheriff* soltó un reniego entre dientes y tomó el micrófono de la radio, toqueteó los mandos, dio sus siglas de identificación y preguntó si alguien lo recibía. No obtuvo respuesta. Tampoco al siguiente intento logró más que silencio.

—Finlay, ¿estás ahí? ¿Finlay?

Volvió a colocar el micrófono en su sitio y apagó el motor.

—¿De qué tengo que enterarme? —preguntó Dan.

Calloway lo miró.

—¿Cómo?

—Dice que no me entero de nada. ¿De qué?

El otro sacó la escopeta de donde estaba asegurada y se la tendió.

—De que no le tendimos una trampa a un inocente, Dan, sino al asesino.

Dicho esto, abrió la puerta y se enfrentó a la tormenta. Dan, anonadado, ni siquiera se movió. ¿Qué diablos había hecho? Tomó la nota de Tracy, que Calloway había arrugado y lanzado a uno de los asientos, y la desplegó. «El camión que disparó a la ventana era de Parker House —volvió a leer—. Nadie comprobó su coartada. Salgo a buscar respuestas. Trae a Calloway.» Estaba convencida de que había sido Parker. Creía que Parker había matado a Sarah.

Se puso el gorro y los guantes y salió del todoterreno. Las piernas se le hundieron en la nieve hasta la rodilla y sintió de inmediato el viento gélido. Se abrió camino hasta la parte trasera del Suburban. El *sheriff* se estaba colocando al hombro la correa de una escopeta de caza y guardando unos cuantos proyectiles en el bolsillo de su chaqueta.

—¿Cómo lo sabe? —Tuvo que gritar para que Calloway lo oyera pese al viento.

El otro sacó dos linternas de uno de los guardabarros traseros y, tras probar una de ellas, se la dio. A continuación, le tendió dos pilas de repuesto.

—Roy, ¿cómo diablos sabe que fue Edmund y no Parker?

—¿Cómo? Ya te lo he dicho, igual que se lo he dicho a todo el mundo: porque me lo dijo él.

Cerró de golpe el portón trasero y se echó a seguir el rastro de las pisadas, que ya habían empezado a llenarse de nieve recién caída.

Dan no se detuvo.

—¿Y por qué iba a reconocer que lo hizo él?

Calloway se detuvo y gritó para hacerse oír:

—¿Que por qué? Pues porque es un puto psicópata. Por eso.

Se dirigió al tronco caído y avanzó hasta donde se encontraba el tocón enterrado en la nieve. Hincó una rodilla para despejarla y Dan pudo ver el corte recto que indicaba que habían derribado el árbol con una motosierra.

Calloway se levantó y entrecerró los ojos para protegerse de la nieve cegadora mientras miraba colina arriba.

—Sabía que íbamos a venir.

Retomó la pista de las huellas dejadas por las botas con Dan armado tras él. No habían recorrido un gran trecho cuando comenzó a faltarle el aliento. Después de un centenar de metros, tuvieron que detenerse los dos casi sin resuello.

—Si enterró el cuerpo, ¿cómo es que no lo encontraron? —preguntó con gran dificultad el abogado.

El frío había dibujado en las mejillas y la nariz del *sheriff* un mapa de carreteras de venas rojas y moradas.

—Porque ahí sí mintió. House no la mató de inmediato. Estaba jugando con nosotros; conmigo, y ahora con vosotros.

—Pero dice usted que registraron la propiedad. Si no vieron a Sarah y House no la enterró, ¿dónde estaba?

Calloway señaló con la cabeza en dirección a las montañas.

—Allí; estuvo todo el tiempo allí arriba.

CAPÍTULO 61

Por más que se sirvió de la mano a manera de pantalla para protegerse de la luz de los faros, le fue imposible ver el rostro del conductor que abrió la puerta del habitáculo del automóvil y se asomó al exterior. Oyó una voz de hombre por encima del ruido de la lluvia:

—¿Es tuya la camioneta que hay ahí atrás en el arcén?

—Sí —respondió ella.

—¿Quieres que te acerque a algún sitio?

—No hace falta. Ya me queda poco camino.

El hombre se apeó y corrió a colocarse delante del capó para que ella pudiera verlo. A Sarah le vino a la cabeza una sola expresión para evaluarlo: *una maravilla*. De hecho, con la camiseta blanca, los vaqueros y las botas de trabajo desgastadas se daba cierto aire al Boss. Los bíceps le tensaban el tejido de aquella, que empezaba a mojarse y a adherirse a su pecho.

—¿Qué te ha pasado?

—Creo que me he quedado sin gasolina —dijo ella.

—Por si no tenías bastante con la que está cayendo; ¿verdad? —Se apartó el pelo de la cara y lo sostuvo tras las orejas. Su sonrisa hizo que se le iluminaran los ojos—. No te mortifiques por eso, yo también he hecho a veces lo de comprobar cuánto soy capaz de hacer que me dure el depósito. —Señaló su camioneta con el pulgar—. En la parte trasera tengo un bidón. Lo malo es que está vacío, pero creo que hay una estación de servicio en Cedar Grove.

—Supongo que Harley ha debido de cerrar ya. Lo normal es que los sábados abra hasta las nueve más o menos.

—¿Vives allí? —preguntó él.

Por eso había mencionado el nombre del señor Holt: para dejar claro que era del municipio, que conocía a los de allí y que los de allí la conocían.

—En las afueras, más o menos.

Él echó a andar hacia la puerta.

—Ven, que te llevo.

Ella, sin embargo, no se movió.

—¿De dónde vienes?

Él se volvió para hablarle desde el otro lado del capó.

—De Seattle. He ido a visitar a mi familia. Hace una noche perfecta para conducir por la carretera; ¿verdad? Tendría que haberme quedado, pero necesitaba volver. Vivo en Silver Spurs; conque si la gasolinera está cerrada, no me importa dejarte en tu casa.

—Está cerca —dijo ella en un tono que pretendía parecer despreocupado—. Puedo ir andando.

—¡Venga ya! Todavía deben de quedarte... ¿Cuánto? ¿Ocho kilómetros más?

—No es tanto.

—Es verdad, pero esta noche bastan para ahogarse. —Sonrió—. Vamos a hacer una cosa. Me adelanto y miro si han cerrado o no. Si sigue abierto, relleno el bidón y vuelvo para que podamos llenarte el depósito y, si no, me acerco a tu casa y les digo que estás aquí.

Sarah sabía que Harley ya no estaba en la estación de servicio y que en su casa no había nadie, ya que Tracy había salido con Ben y sus padres se encontraban en Hawái. Lo iba a mandar a buscar una aguja en un pajar.

—No hace falta que hagas todo eso.

—No me importa. —Se acercó y le tendió la mano—. Yo soy Edmund.

—Yo, Sarah; Sarah Crosswhite.

—¿Crosswhite? En el instituto de Cedar Grove tenemos una señorita Crosswhite. Da ciencias, creo.

—¿Trabajas en el instituto?

—Soy uno de los conserjes de noche.

—Pues nunca te he visto por allí.

—Porque trabajo de noche; solo me ven los vampiros. ¡Qué va! Es que me han dado el trabajo hace poco.

Ella sonrió. Además de guapo tenía gracia.

—Es rubia, ¿verdad? Y se te parece mucho.

—Nos lo dice todo el mundo.

Él asintió con la cabeza.

—Tu hermana, ¿no? Se te ve en la cara.

—Tiene cuatro años más que yo y es maestra de química.

—O sea que tienes la matrícula de honor asegurada.

—¡Qué va! Si ya me he graduado. En otoño me voy a la universidad.

—Así que eres una lumbrera…

—Tampoco. —Sabía que se estaba ruborizando—. La lumbrera de la familia es Tracy.

—Ya. Yo tengo un hermano así: todo un Einstein en pequeño.

Empezó a llover con más fuerza. Otra manta de agua. A él le caía la melena casi hasta los hombros. La camiseta, empapada a esas alturas, revelaba cada una de las prominencias de su pecho y su estómago. Se frotó los brazos antes de decir:

—En fin: ¿por qué no me esperas debajo de los árboles, cerca de ese mojón, para que sepa dónde encontrarte, mientras yo voy a buscar gasolina? —Acto seguido se volvió en dirección al habitáculo.

—Está bien.

—¿Qué? —preguntó él girando una vez más para mirarla.

—Voy contigo.

—¿Estás segura?

—Sí, sí; no vas a hacer todo el camino y volver luego.

—De acuerdo. —Se dio prisa en rodear el capó, subió a la cabina y se inclinó para abrir la puerta del acompañante mientras le dedicaba una sonrisa—. Deja que te ayude con eso.

Sarah le tendió la mochila y se sujetó a la puerta para entrar en el vehículo. Se quitó el sombrero, agitó el cabello y disfrutó del aire caliente que arrojaban los ventiladores.

—He tenido suerte de topar contigo.

—Si te llegas a cruzar con algún desquiciado —observó él mientras ponía en marcha el vehículo— de esos que te recogen y te hacen desaparecer para siempre...

CAPÍTULO 62

Dan sabía que Calloway estaba apuntando en dirección a la cima de las colinas que se elevaban sobre el municipio, aunque la oscuridad y la nieve no le permitían ver nada que hubiese a más de cinco metros de distancia.

—La mantuvo con vida en una cámara de la mina de Cedar Grove hasta que vio que faltaba poco para que empezase a funcionar la presa y entonces la enterró en la zona que sabía que iba a quedar inundada.

—¿Cómo lo sabe?

—Es fácil deducirlo si se tiene en cuenta el lugar en que encontramos sus restos.

—Quiero decir que cómo sabe que la retuvo en la mina.

—Tenemos que seguir.

El *sheriff* reanudó la marcha. Dan iba a su lado y hacía cuanto podía por oír cuanto le decía.

—Parker encontró el escondrijo. Edmund solía salir de su casa en el todoterreno para recorrer el monte. Cuando lo condenaron, Parker se acordó de la mina y se preguntó si era allí a donde iba durante aquellas salidas. Vino a contármelo y los dos fuimos al lugar con una cizalla para cortar el candado de la puerta de entrada.

Al principio no encontramos nada, pero no tardé en darme cuenta de que una de las paredes de la oficina parecía demasiado tosca para una compañía minera de importancia. Cuando la observé más de cerca noté un resquicio como de una puerta: House había construido un muro falso y retenido a Sarah encadenada en la división que había quedado tras él. Encontramos una túnica gris en el suelo, esposas y una cadena que las ataba a la pared. —Calloway negó con la cabeza—. Sentí náuseas solo de pensar en Sarah encerrada en un lugar así y en lo que debió de hacerle él. Lo dejamos todo como estaba, cerramos de nuevo la entrada y no volvimos nunca por allí.

Dan lo sujetó entonces por el hombro y lo detuvo en seco.

—Entonces ¿por qué diablos no se lo dijo a nadie, Roy?

Calloway le apartó la mano de un golpe.

—¿Qué, Dan? ¿Que mentimos todos? ¿Que manipulamos las pruebas, pero estábamos arrepentidos y queríamos hacerlo bien? House habría salido entonces en libertad para matar a la hija de otro. Lo hecho hecho estaba, y no había vuelta atrás. House estaba encerrado de por vida y Sarah estaba muerta.

—Entonces ¿por qué no se lo dijo a Tracy?

—No pude.

—¿Por qué no, Roy? ¡Dios santo! ¿Por qué diablos no pudo?

—Porque juré que no lo haría.

—¿Y la dejó sufrir durante veinte años por no saberlo?

El forro de pieles del gorro de Calloway se había congelado por completo y tenía cristales de hielo que le llegaban a las cejas.

—No lo decidí yo, Dan, sino James.

El otro entornó los ojos con gesto de incredulidad.

—¡Por Dios bendito! ¿Y por qué iba a querer hacer una cosa así a su propia hija?

—Porque la quería.

—¿Cómo puede decir eso?

—James no quería que Tracy pasara el resto de su vida atormentada por la culpa. Sabía que no iba a ser capaz de superar algo así.

—¡Pero si lleva veinte años conviviendo precisamente con ese sentimiento!

—No —sentenció Calloway—. Con esa clase de culpa, no.

&

Edmund House estaba sentado sobre el generador. La luz que pendía sobre su cabeza crepitaba y emitía un leve zumbido.

—Es raro, ¿verdad?

—¿Qué? —quiso saber Tracy.

—Ha tenido que pasar mucho tiempo para que nos encontremos, al fin, aquí.

—¿De qué estás hablando?

—De ti y de mí. Los dos, aquí. —Desplegó los brazos con una sonrisa de oreja a oreja—. Esto lo construí para ti.

Ella vaciló mientras recorría la estancia con la mirada.

—¿Qué?

—Es verdad que la mayor parte del trabajo la hizo la Cedar Grove Mining Company; pero yo me encargué de poner los detallitos que hacen que esto parezca un hogar: las alfombras, la cama, los estantes... Sabía que te gustaba leer. Sé que ahora no presenta muy buen aspecto; pero es que las cosas se estropean cuando se pasa uno veinte años sin hacer limpieza general. —Sonrió—. Si tengo que decir la verdad, me sorprende que siga aquí tal como lo dejé. Nunca llegaron a encontrarlo.

—Si yo ni siquiera te conocía, House...

—Pero yo a ti sí. Lo había estudiado todo sobre ti desde el momento en que llegué a Cedar Grove y te vi en el instituto. Me gustaba ir a ver salir a los escolares y, un buen día, saliste tú rodeada de alumnos. Al principio pensé que eras una más, pero por cómo te comportabas entendí que eras más madura.

»Desde ese momento en que te vi supe que eras la elegida. Nunca había tenido una profesora, aunque había fantaseado con varias, tampoco había tenido una rubia. Cuanto te vi me propuse pasar por allí delante por la tarde, a la hora de salir. Necesitaba saber qué clase de vehículo llevabas, aunque uno no puede presentarse con demasiada frecuencia en los alrededores de un centro de enseñanza sin que se entere algún vecino fisgón; así que, cuando supe que conducías una camioneta Ford, iba a buscarla en el aparcamiento de los profesores y, si no estaba allí, me iba al centro de la ciudad, a la cafetería a la que te gustaba ir a corregir exámenes. Un día entré a beber una taza de café. Si tampoco estabas allí, salía a las afueras por si la veía estacionada en el camino de entrada de tu casa.

»Encontré un punto de la carretera desde el que se veía mejor la ventana de tu dormitorio. Había noches que me quedaba horas observándote. Me gustaba verte salir de la ducha y mirar al exterior con el pelo envuelto en una toalla. Sabía que lo que teníamos era especial, hasta cuando empezaste a salir con ese fulano. Nunca llegué a comprender qué pudiste ver en él o por qué quisiste mudarte de aquella enorme mansión antigua a aquella casucha de mierda. El otro complicó mucho las cosas, porque siempre estaba en medio. Como yo no podía llamar a la puerta o esperarte dentro de la casa, entendí que debía crear yo mismo la ocasión perfecta. Fue entonces cuando se me ocurrió la idea de hacerle unos ajustes a tu camioneta para que se estropeara.

El hecho de que la hubiese estado observando le erizaba el cabello; pero la mención que había hecho de la camioneta suscitaba otra posibilidad más estremecedora aún. Aquella noche era Sarah la que llevaba su vehículo. Tracy miró el Stetson negro que descansaba en el estante.

—Me quedé helado la primera vez que vi a tu hermana —dijo él—, un día que entró en la cafetería mientras estabas trabajando, se colocó detrás de ti sin que te dieras cuenta y te tapó los ojos. Creí que estaba viendo doble.

—Aquella noche pensaste que era yo.

House se puso en pie y comenzó a caminar de un lado a otro.

—¡Pues claro! ¡Si erais dos gotas de agua! Hasta os vestíais casi igual.

Tracy había empezado a sudar pese al frío gélido de aquella cueva.

—Cuando vi la camioneta en el arcén y luego a ella caminar bajo la lluvia, sola y con ese sombrero negro en la cabeza, supuse, claro, que eras tú. Figúrate la sorpresa que me llevé cuando salí de la mía y descubrí que me había equivocado. Al principio me sentí defraudado y hasta pensé llevarla a casa y volverme. Sin embargo, luego me dije: «¡Qué diablos! Después de tanto trabajo...». Además, ¿quién decía que no iba a poder teneros a las dos?

Tracy se dejó caer contra la pared con las piernas flojas.

—Y lo he conseguido.

—No la enterraste: por eso fuimos incapaces de encontrarla.

—De entrada no; habría sido todo un desperdicio, pero tampoco podía dejar que se escapara como Annabelle Bovine. —Al decir esto contrajo la mandíbula y se le ensombreció el semblante—. Por esa perra tuve que pagar seis años de mi vida. —Se señaló una sien—. El hombre sabio aprende de sus errores y yo tuve seis años para reflexionar sobre cómo podía hacerlo mejor a la siguiente. Aquí pasamos ratos muy buenos tu hermana y yo.

Sarah había desaparecido el 21 de agosto de 1993 y la presa de Cascade Falls había comenzado su actividad a mediados de octubre. Tracy sintió un reflujo ácido que le subía poco a poco por la garganta. Notó también calambres en el estómago y se dobló por la mitad dando arcadas.

—Pero ese malnacido de Calloway no dejaba de presionarme y, cuando me habló del testigo, de Hagen, supe que más tarde o más

temprano me llegaría la hora. Ese hombre no tiene integridad ninguna. Decepcionante, ¿verdad? Supongo que tú debiste de sentir lo
mismo con tu padre.

Tracy echó un escupitajo de hiel y alzó la mirada para clavarla
en él.

—Que te den, House.

La sonrisa de House se hizo más grande.

—Seguro que tu padre ni siquiera imaginó que, algún día, las
joyas y los pelos que usó para inculparme iban a servir para sacarme
de aquel agujero ni que tú serías la que me iba a ayudar a hacerlo.

—No lo he hecho por ayudarte.

—No seas así, Tracy. Yo al menos nunca te he engañado.

—¿De qué me estás hablando? ¡Pero si ha sido todo una mentira colosal!

—Te dije que me tendieron una trampa, que manipularon las
pruebas; pero nunca te he dicho que fuera inocente.

—Estás delirando. ¡Si la mataste!

—No —dijo él negando también con la cabeza—. No; yo la
quería. Fueron ellos quienes la mataron. Calloway y tu padre, con
todas sus mentiras. No me dejaron otra opción. Me obligaron a
hacerlo al entrar en funcionamiento la presa. Yo no quería, pero ese
pez gordo de Calloway no podía dejarlo correr.

CAPÍTULO 63

Sarah levantó la cabeza cuando oyó desde el extremo de la mina el eco del chirrido de la puerta. Había llegado antes de lo que esperaba. Si, por lo común, la luz se apagaba por completo antes de que él volviera, en aquel momento seguía emitiendo su enclenque resplandor amarillo.

Corrió a acabar lo que estaba haciendo: tomó trocitos de hormigón y los metió en el agujero que había hecho. La luz de la bombilla solitaria seguía disminuyendo y le costaba ver bien para cerciorarse de que los había encontrado todos; pero tampoco tenía tiempo de seguir buscando; conque volvió a dejar el clavo en el hoyo y lo rellenó con polvo antes de aplastar la superficie.

La puerta del muro se abrió en el instante en que ella volvía a dejar la alfombra en su lugar, corría a sentarse con la espalda apoyada en la pared y recogía el libro que le había llevado él. Edmund House entró en la habitación, colocó una bolsa de plástico sobre una mesa plegable y accionó la manivela del generador. El filamento brilló con fuerza y la obligó a cerrar los ojos.

Él se volvió hacia Sarah y estuvo más tiempo de lo habitual examinándola. Su mirada se clavó entonces en el retal de alfombra del suelo y ella advirtió que no lo había colocado de nuevo en la misma posición que había ocupado antes de su partida.

—¿Qué has estado haciendo? —quiso saber él.

Ella se encogió de hombros y levantó el volumen que tenía en la mano.

—¿Qué quieres que haga? Me he leído dos veces cada libro. La historia no tiene tanta gracia cuando ya se sabe uno el final.

—¿Tienes alguna queja?

—¡Qué va! Solo era un comentario. Quizá no estaría mal tener algún libro nuevo.

Según sus cálculos, hacía ya siete semanas que la había llevado allí. Aunque sin ventanas no era fácil llevar la cuenta de los días, ella lo usaba a él de reloj: hacía una marca en la pared cada vez que regresaba, porque daba por supuesto que ya debían de haber pasado veinticuatro horas. La había secuestrado el sábado 21 de agosto y, si sus estimaciones no fallaban, tenía que ser lunes, 11 de octubre.

Cuando llevaba un mes de cautiverio, había dado con un clavo de metal de grandes dimensiones medio hundido en la base de uno de los maderos verticales que sostenían el techo. Había supuesto que serviría para fijar los rieles por los que transitaban los carros que sacaban la plata de la mina. Tenía un palmo de longitud y un extremo plano que debió de emplearse para amartillarlo. Desde entonces, lo había estado usando para hacer saltar trocitos de hormigón de alrededor de la plancha metálica que había aferrado al muro su carcelero. La ligera holgura que presentaban los tornillos le permitía rascar bajo la plancha sin que él lo advirtiera. Si conseguía soltarla lo suficiente, quizá pudiera arrancarla de la pared.

—¿Has traído los víveres? —preguntó ella.

Él negó con la cabeza. Daba la impresión de estar preocupado, triste, como un niño pequeño.

—¿Por qué no?

Edmund se apoyó en la mesa haciendo resaltar los músculos de sus brazos.

—Ha venido otra vez el jefe Calloway.

Ella sintió un rayo de esperanza, pero reprimió su alegría.

—¿Qué quería hoy el muy imbécil?

—Dice que tiene un testigo.

—¿De verdad?

—Eso dice él: que tiene un testigo que está dispuesto a declarar que nos vio juntos en la comarcal. Yo no me acuerdo de nadie. ¿Y tú?

Ella negó con un movimiento de cabeza.

—Tampoco.

Él se retiró de la mesa para acercarse a ella con voz cada vez más irritada.

—Está mintiendo. Sé que está mintiendo, pero él dice que su testimonio bastará para conseguir una orden de registro. ¿Qué crees que va a encontrar?

Ella se encogió de hombros.

—Nada; dices que has tenido cuidado.

Edmund House tendió una mano para tocarle una mejilla con la punta de los dedos. Ella contuvo el deseo de apartarse, pues sabía que solo serviría para enojarlo.

—¿Sabes lo que creo?

Ella negó con la cabeza.

—Que me quieren tender una trampa. —Dejó caer la mano y se alejó—. Si se han inventado un testigo, no les costará sacarse de la manga alguna prueba contra mí. ¿Y sabes lo que significa eso?

—No.

—Que podría ser la última vez que nos viéramos tú y yo.

Ella sintió que la invadía una oleada de ansiedad.

—No van a poder atraparte. Eres demasiado listo. De hecho, ya los has burlado.

—Pero si hacen trampa... —Soltó un suspiro mientras cabeceaba—. He mandado a Calloway a la mierda y le he asegurado que ya te había violado, matado y enterrado en el monte.

—¿Y para qué le has dicho eso?

—¡Que le den! —exclamó mientras paseaba de un lado a otro elevando la voz—. No puede demostrar nada. ¡Que cargue con eso sobre la conciencia el resto de su vida! Le he dicho que no pienso revelarle jamás dónde he enterrado tu cadáver. —Se echó a reír—. ¿Quieres saber qué es lo mejor de todo?

—¿Qué? —preguntó Sarah, cada vez más nerviosa.

—Que no estaba grabando la conversación. Estábamos los dos solos: no tiene ninguna prueba de que yo haya dicho nada.

—Podríamos salir de aquí —propuso ella tratando de parecer entusiasmada—. ¿Y si nos vamos juntos a alguna parte y desaparecemos?

—Ya lo había pensado —respondió él mientras sacaba prendas de ropa de la bolsa.

Ella reconoció su camisa y sus vaqueros. Estaba convencida de que él los había quemado.

—Te los he lavado.

—¿Por qué?

—¿No me vas a dar las gracias?

—Gracias —dijo ella, aunque seguía recelando de sus intenciones.

Él se los lanzó a los pies y, al ver que no se movía, le dijo:

—Venga, póntelos. No puedes salir de aquí vestida de ese modo.

—¿Me vas a soltar?

—No puedo retenerte aquí más tiempo. Calloway no deja de hostigarme.

Ella se deshizo de la túnica que le había dado él desprendiéndosela de los hombros y haciendo que cayera al suelo. Quedó desnuda ante House, quien la contempló mientras ella cogía los vaqueros y se los ponía. Le quedaban anchos de caderas.

—Parece que he perdido peso —dijo.

Tenía marcadas las costillas y las clavículas.

—El que te sobraba. Me gustas delgada.

Sarah levantó los brazos.

—Las muñecas —dijo.

Él sacó la llave del bolsillo y le abrió la manilla de la izquierda. Ella deslizó el brazo por la manga de su camisa Scully y esperó a que el otro volviese a ajustarle las esposas. House, en cambio, le abrió la manilla derecha y dejó caer al suelo, a los pies de ella, las cadenas y el resto. Era la primera vez en siete semanas que se veía con los dos brazos libres. Se acabó de poner la camisa y la abrochó tratando de mantener la calma.

—¿Adónde vamos a ir? —preguntó—. Podríamos ir a California. Es grande; allí les será imposible encontrarnos.

House se dirigió a los estantes y tomó de uno de ellos la lata en la que había guardado los pendientes de jade y el collar. Hizo ademán de tenderle el sombrero negro de Tracy; pero tras pensárselo un instante, volvió a dejarlo en el estante. En cambio, le devolvió las joyas.

—Póntelas también; no tiene sentido que me las quede yo.

Ella contuvo las lágrimas.

—¿Me vas a soltar?

—Sabía que tenía que llegar este momento.

Sarah tenía húmedas las mejillas.

—No te vayas a poner a llorar.

No podía evitarlo: volvía a casa.

—¿Cuándo nos vamos? —quiso saber.

—Enseguida —respondió él—. Ya podemos.

—No voy a decir nada —aseveró ella—. Lo prometo.

—Ya lo sé. —Señaló la puerta con un movimiento de cabeza y, al verla vacilar, añadió—: Vamos.

Lo que le ocurría a Sarah es que estaba luchando por no echarse a correr. No veía la hora de salir de allí, de respirar de nuevo el aire fresco, de ver el cielo, de oír el canto de los pájaros y de aspirar el aroma de los perennifolios. Probó a dar un paso hacia la puerta y volvió la cabeza para mirarlo. El rostro de él era una máscara sin expresión.

Con el segundo paso, pensó en Tracy y en que no tardaría en ver de nuevo a su familia, en despertarse en su propia cama, en su hogar. Entonces se convencería de que todo aquello no había sido más que una pesadilla, una pesadilla horrible. Tenía intención de no volver a pensar en lo que le había hecho Edmund House: seguiría adelante con su vida, iría a la universidad, se graduaría y después volvería para vivir de nuevo en Cedar Grove como habían planeado hacía mucho su hermana y ella. Tan emocionada estaba que ni siquiera oyó a su secuestrador recoger la cadena del suelo.

Había llegado ya a la puerta cuando la cadena le envolvió con fuerza el cuello y la estranguló. Trató de meter los dedos bajo los eslabones y de arañar los brazos a su agresor; pero este tiró de ella hacia atrás con tanta fuerza que la levantó del suelo. La luz que se colaba por la puerta se volvió distante, como si Sarah estuviese cayendo por un pozo oscuro. Trató de alcanzarla con los brazos tendidos y creyó ver a Tracy en el instante mismo en que daba con violencia con la nuca en el muro de hormigón.

CAPÍTULO 64

—Detesté tener que matarla. —Edmund House, que había recuperado su asiento en lo alto del generador apoyó los antebrazos en sus muslos como quien cuenta una historia de miedo en torno a un fuego de campamento—. Sin embargo, sabía que no se me iba a presentar otra ocasión como aquella de librarme de su cadáver y no estaba dispuesto a volver a la cárcel.

Se enderezó y la voz se le tiñó de rabia.

—Tenía que haber quedado fuera de peligro; al traerla aquí, lo tenía todo calculado al milímetro; pero el *sheriff* tuvo que inventar todas esas pruebas falsas y poner a todos de acuerdo: a Finn, a Vance Clark, a tu padre... Hasta mi tío se volvió contra mí. Conque decidí que, ya que iba a pasar en el infierno el resto de mi vida, tenía que arrastrar conmigo a Calloway. Por eso le conté con pelos y señales lo que le había hecho a Sarah.

Sonrió.

—El único problema era que no lo estaba grabando. Sabía que eso lo iba a sacar de sus casillas; pero en ningún momento, ni en mis sueños más descabellados, llegué a imaginar que se usaría para hacer que se ahorcase con su propia soga. ¡Le ha salido el tiro por la culata! Cuando entré en mi celda de Walla Walla y cerraron la puerta a mis espaldas, pensé que iba a pasar allí el resto de mi vida.

Edmund House se detuvo a contemplarla de un modo que la enfermaba.

—Un buen día viniste tú a hacerme preguntas. —Se echó a reír—. Y, cuanto más hablábamos, más claro me quedaba que nunca te habían contado lo que habían hecho.

»Me dijiste que sabías que tu hermana no llevaba aquel día los pendientes que aparecieron en el registro, que ella no podía ponérselos, pero que nadie te hacía caso. Tengo que reconocer que me hice ilusiones, hasta que caí en la cuenta de que había cavado mi propia fosa al dejar su cadáver en el fondo del embalse. Así que me volví a hacer a la idea de que tendría que cumplir íntegra mi condena. Sin embargo, parece que el destino me había preparado un final diferente.

Tracy se dejó deslizar por la pared de hormigón al sentir de súbito que se quedaba sin fuerza en las piernas. Sabía quién había tomado la decisión de no decirle nada. Fue precisamente eso lo que calló DeAngelo Finn el día que había ido a visitarlo y lo que había estado a punto de decirle Roy Calloway en la puerta de la clínica veterinaria: aquello había sido cosa de su padre; su padre les había hecho jurar que jamás se lo dirían. Tracy era la persona a la que se había referido Finn: la única de la familia que quedaba aún con vida; la persona a quien tanto había querido su padre.

Calloway y él habían comprendido que era Tracy a quien había perseguido House; que a ella había estado destinado en un principio aquel infierno; que era ella de quien había deseado abusar desde el principio el psicópata que tenía delante. James Crosswhite había prohibido a los demás revelarle nada, sabedor de que el peso de la culpa la habría abrumado; de que aquello la habría matado.

—Me temo que ahora tengo que salir. —House se puso en pie—. Aún me queda un asunto pendiente.

—No te vas a salir con la tuya, House. Calloway lo sabe todo y va a venir por ti.

Él sonrió.

—Eso espero.

CAPÍTULO 65

El *sheriff* se detuvo al llegar a lo que Dan supuso que debía de ser el límite de la propiedad de Parker House. Ambos habían perdido el resuello. El viento seguía ululando.

—Harley encontró la fuga en el conducto de la gasolina. Edmund debió de provocarla en Olympia, mientras ellas competían. Tal vez probó para ver qué ocurría, hasta dónde llegaba el vehículo.

—Eso no salió a relucir durante el juicio —dijo Dan mientras se encogía para hacer frente a una ráfaga de viento. Tenía las manos y los pies entumecidos.

—Se trataba de la camioneta de Tracy, que además había dejado a Sarah su Stetson negro. Con él se protegió aquella noche de la lluvia. Las dos se parecían muchísimo; tanto que a House le fue imposible distinguirlas en la oscuridad. Cuando me contó lo que le había hecho a Sarah, cuando me hizo saber que la había violado una y otra vez antes de matarla, se rio y me dijo: «Y eso que ni siquiera era la que yo estaba buscando». De eso tampoco se dijo nada en el juicio: James no quería que Tracy tuviera que vivir con aquel peso.

—La habría matado, desde luego —dijo Dan—. Pero, Roy, ¿no era mejor detenerla antes de que llegase hasta aquí? ¿Por qué no se lo dijo?

—Porque nunca pensé que esto podría acabar así. Yo no sabía lo de la fotografía del campeonato ni que Sarah no podía ponerse los pendientes de las pistolas. Tracy se lo guardó para sí, convencida de que se trataba de una conspiración. Y tampoco tenía ni idea de que los cabellos procedieran de un cepillo que usaban ambas. En el momento de presentarlos, ni lo pensé. Además, cualquier cosa que pudiera decir yo para tratar de disuadirla la habría convencido más aún de que mentía. Su padre había muerto y su madre nunca estuvo enterada de nada; no había nadie que pudiera hacer que se olvidara del asunto.

Calloway distinguió la luz tenue que procedía del edificio situado en la parte trasera de la propiedad.

—Nunca creí que fuera a volver a este lugar. —Miró de hito en hito a su acompañante—. No tengo claro con qué podemos topar ahí dentro. Si ocurre algo, no dudes en disparar. No te pares siquiera a apuntar: limítate a apretar el gatillo.

Avanzaron de un montón de nieve al siguiente hasta alcanzar la casa destartalada. Cuando el *sheriff* se quitó los guantes, Dan siguió su ejemplo y guardó los suyos en el bolsillo. La culata de la escopeta estaba congelada. Los dedos le dolieron cuando fue a doblarlos para cerrar los puños. Trató de calentárselos con su propio vaho, pero tenía la boca totalmente seca y, además, no acababa de recobrar el aliento.

Calloway sostuvo en alto el cañón de su nueve milímetros mientras alcanzaba la puerta con la mano que tenía libre. Al ver que el pomo cedía lanzó a Dan la misma mirada de complicidad que le había dirigido al descubrir el tocón del árbol. «Sabía que íbamos a venir.»

Entró. Dan se aferró a la hoja para evitar que el viento la abriese de golpe, siguió a Calloway y la cerró con cuidado tras ellos. Dentro de la casa, oyeron el zumbido de un generador. El *sheriff*, siempre con él detrás, pasó a la habitación contigua calculando cada uno de sus movimientos y mirando con rapidez a izquierda y derecha. A mitad de camino, se detuvo de pronto y se acercó enseguida al sillón que encontraron en el interior. En él estaba sentado Parker House, con las manos clavadas a los brazos del asiento, cubiertos de sangre, y las botas al suelo. Allí también se habían formado dos charcos rojos.

—¡Por Dios bendito! —exclamó Dan.

Calloway se llevó un dedo a los labios. Se adentró en el pasillo que se abría al otro lado de la sala y encendió la linterna para apuntarla junto con el cañón de su escopeta a los dos dormitorios que allí había. A continuación, volvió al lado del asiento y puso dos dedos en la garganta de Parker. Tenía el rostro macilento y los labios morados.

—Está vivo —susurró.

Parecía imposible. Parker abrió los ojos con un movimiento mínimo que, sin embargo, resultó estremecedor. Era como si la muerte hubiera cobrado vida. Tenía los ojos apagados y daba la impresión de estar medio dormido.

El *sheriff* se arrodilló.

—¿Parker? ¿Parker?

El otro parpadeó con rapidez.

—¿La tiene?

House fue a hablar y se detuvo con una mueca de dolor mientras hacía lo imposible por tragar.

—Tráele algo de beber.

Dan corrió a la cocina y abrió y cerró varios armarios hasta dar con un vaso que llenar bajo el grifo. Cuando regresó, Calloway regresaba del pasillo con mantas y demás ropa de cama. Envolvió con ellas a House y, cogiendo el vaso, lo llevó a los labios de aquel desdichado y lo inclinó. Él bebió un sorbo breve.

—¿Tiene a Tracy? —preguntó de nuevo.

—En la mina —respondió él con un carraspeo.

El otro dejó el vaso en el suelo y se enderezó para anunciar a Dan:

—Necesito que vuelvas y uses la radio.

—La radio no funciona, Roy.

—Sí que funciona: lo que pasa es que no hemos dado con nadie. Finlay, a estas alturas, ya debe de haber llegado a comisaría. Le dije que no se separase de ella. Lo único que tienes que hacer es pulsar el botón de encendido. Dile que envíe una ambulancia y a todos los agentes que haya disponibles en el condado de Cascade. Y que traiga motosierras.

—Van a tardar una eternidad.

—Si te das prisa, no. Ve, haz lo que te he dicho, vuelve y enciende una hoguera. Si no encuentras leña, con tal de que Parker no pierda el calor mientras llegan, quema muebles. Eso es lo único que podemos hacer en este momento. Cuando venga Finlay, dile que siga mis huellas. Infórmale de que House la tiene retenida en la antigua mina de Cedar Grove.

—Si va a subir allí, iré con usted.

—Necesitamos más hombres, Dan. Uno de nosotros tiene que volver para solicitar ayuda.

—Sin embargo, ni siquiera está usted seguro de que vaya a poder comunicarme con nadie, ¿verdad?

—Estamos perdiendo tiempo —le soltó el *sheriff*—. Lo que necesito ahora es que hagas lo que te he dicho. Tracy está viva, pero puede ser que no tarde mucho.

—¿Cómo lo sabe?

—Porque esta vez House no intenta esconderse. Podría haber matado a DeAngelo y a Parker y no lo ha hecho. Ha dejado su rastro de miguitas de pan.

—¿Para quién?

—Para mí; me está buscando a mí. Me odia a mí.

—Razón de más para esperar.

—Si me espero, Tracy podría morir. Perdí a Sarah y a uno de mis mejores amigos, yo también llevo veinte años viviendo con ello. No pienso dejar que ese hijo de perra se lleve también por delante a Tracy.

—Roy...

—No tenemos tiempo de discutir esto, Dan. Uno de nosotros dos tiene que volver, coger la radio y traer refuerzos. Tú no sabes dónde está la mina; conque ve a buscar ayuda si no quieres que mueran los dos.

Dan soltó un reniego entre dientes y tendió la escopeta a Calloway.

—Ten, toma esta.

El abogado declinó el ofrecimiento con un gesto.

—Voy a ir más rápido si no llevo peso.

El *sheriff* se dirigió a la puerta trasera. Al abrirla, irrumpieron en la sala copos de nieve arrastrados por el viento.

—Roy.

Calloway se volvió. Aquel gigantón siempre había tenido una presencia imponente: él representaba la ley en Cedar Grove, cuyos habitantes se sentían mejor sabiéndolo. Sin embargo, lo que vio Dan ante sí fue un hombre que, pese a haber superado ya la plenitud de la vida, se disponía a adentrarse en una tormenta de nieve para dar con un psicópata.

El *sheriff* bajó la barbilla una sola vez y salió a dejarse tragar por el temporal.

CAPÍTULO 66

Aunque el generador seguía sonando, la luz había empezado a apagarse con rapidez. A Tracy no le daba la cadena para llegar hasta él y accionar la manivela. El filamento había ido perdiendo fuerza y de blanco había pasado a rojo y luego a naranja pálido. El avance sobrecogedor de las tinieblas la llevó a pensar en Sarah; a imaginarse a su hermanita, que tanto miedo tenía de la oscuridad, encadenada al muro. ¿Qué podía haber hecho durante tantas horas de soledad? ¿Habría pensado en Tracy? ¿La habría culpado de su suerte? Miró el retal solitario de moqueta que había apoyado contra el muro de hormigón del fondo de la estancia y se preguntó si habría sido aquel el lugar en que se había sentado. Lo palpó, llevada de la necesidad de sentir una conexión con ella, y notó arañazos leves pero perceptibles en la pared. Separó el tejido y se inclinó para examinar lo que parecían surcos. Los siguió con la punta de los dedos y vio que se trataba de letras. Se acercó más aún para apartar de un soplido el polvo blanco y fino. Repasó las marcas y pudo así empezar a distinguir lo que decían:

«No».

Se le hizo un nudo en el estómago. Volvió a soplar y a apartar la suciedad con la mano con una urgencia mayor para seguir reconociendo las muescas:

«No me da».

Rascó una segunda línea de letras, situada inmediatamente por debajo de la anterior:

«No me da miedo».

A continuación había una tercera, aunque los trazos eran menos claros:

«No me da miedo».

Siguió recorriendo el muro con la mano, aunque no palpó ninguna otra marca. Se echó a un lado para evitar hacerse sombra con el cuerpo; pero tampoco vio el resto de la oración que compartían las dos hermanas: todo apuntaba a que Sarah no había llegado a acabarla.

A la derecha de aquellas letras percibió más hendiduras, si bien estas eran verticales. Volvió a colocarse de tal modo que no tapara la escasa luz que quedaba.

/

Se reclinó mientras se llevaba una mano a la boca. Por sus mejillas corrieron lágrimas.

—Lo siento, Sarah —dijo—. Siento tanto no haber podido salvarte...

En ese instante, la asaltó otro pensamiento. La función del calendario era evidente: Sarah pretendía llevar la cuenta de lo que duraba su cautiverio; pero ¿y la oración? De todo lo que podía haber escrito, ¿por qué había elegido algo que solo conocían ellas dos? Podía haber puesto su nombre o cualquier otra cosa.

Se volvió y miró hacia la puerta que se recortaba en la otra pared. Sus ojos fueron de allí al Stetson negro del estante. Entonces lo supo.

—Te lo dijo, ¿verdad? —susurró—. Te dijo que era yo a quien estaba buscando.

Sarah debió de temer que ella pudiera verse un día encadenada a aquel mismo muro y le había dejado un mensaje. Sin embargo, no eran solo aquellas palabras lo que le transmitía su hermana: había algo más allá de su oración.

—¿Con qué lo escribiste? —Palpó de nuevo los surcos y se convenció de que no los había podido hacer con las uñas.

Tenía que haber usado algo aguzado y rígido. Hacía veinte años, el hormigón no debía de haber estado tan debilitado por el paso de lustros de humedad procedente de la tierra que cubría aquel espacio y el aire que lo henchía.

—¿Con qué lo escribiste? —Recorrió el suelo con la mirada—. ¿Qué usaste y dónde lo escondiste para que él no lo viera?

ᦔ

La boca del pozo minero podía estar a dos kilómetros y medio colina arriba, pero Calloway no tenía claro que fuese a dar con ella. Si cuando Parker House lo había guiado durante la desaparición de Sarah la naturaleza había reclamado ya buena parte del camino que llevaba a la mina, dos décadas después se habría dicho que la exuberante vegetación había consumado su reivindicación, por no mencionar el manto de nieve de varios palmos que lo cubría en aquel momento.

Barrió su superficie con el haz de luz de la linterna en busca de pisadas y topó con las marcas de trineo que dejan las motos de nieve. Partían de un cobertizo situado por detrás de la vivienda y se dirigían a la montaña. Entró en la cabaña y recorrió con la linterna un todoterreno y herramientas herrumbrosas y deterioradas; pero no vio una segunda moto. Su aliento dibujaba nubes en el aire. Iluminó la pared y se detuvo al dar con un par de raquetas de nieve viejas, hechas de madera y cuerda entretejida, que pendían de un gancho.

Las descolgó y se quitó los guantes para colocárselas. No tardó en dejar de sentirse los dedos. Los puntos de apoyo eran demasiado angostos para sus botas, aunque los forzó y se ajustó las cintas lo mejor que pudo a fin de fijarlas bien. Volvió a meter las manos en los guantes y salió. El viento lo recibió con una ráfaga que podía entenderse como saludo o como advertencia. Bajó la cabeza para protegerse y siguió colina arriba las marcas dejadas por los patines. Los primeros pasos le resultaron desgarbados, ya que el bastidor de madera no dejaba de hundirse en la nieve; pero no tardó en distribuir el peso sobre la parte media del pie y enseguida se adaptó.

Minutos más tarde le quemaban los músculos de los muslos y las pantorrillas y sentía los pulmones como si tuviera un peso que se los comprimiese y le impidiera obtener el oxígeno necesario para llenarlos. Se concentró en colocar un pie delante del otro y se sirvió del paso descansado de los montañeros a fin de reservar energías y recobrar el aliento. De cualquier modo, tuvo cuidado de poner todo el cuerpo en movimiento por temor a quedar paralizado en caso de bajar la guardia. Daba un paso, estiraba la pierna, descansaba un instante y proseguía, zancada tras zancada, rebelándose contra el cansancio y la voz interior que no cesaba de repetirle que haría mejor si daba media vuelta y regresaba. No podía hacer tal cosa, pues si tenía algo claro era que House quería sangre. A Tracy no la había escondido como a Sarah y no iba a esperar mucho a Calloway: si no llegaba pronto, la mataría. El viento que lo azotaba también borraba las huellas de la moto de nieve y las hacía más difíciles de seguir. Con todo, no dejó en ningún momento de subir la ladera.

Esta vez estaba resuelto a poner punto final a aquel asunto y no albergaba duda alguna de que Edmund House tenía la misma intención.

CAPÍTULO 67

Dan se derrumbó jadeante sobre el capó cubierto de nieve del Suburban. No lograba recobrar el resuello. Le dolía el pecho y sentía los pulmones como si estuvieran a punto de estallar, como si se estuviese ahogando. Le ardían el rostro, las manos y los pies del frío. No sentía los dedos y le pesaban todas las extremidades.

Se había abierto paso por la nieve con toda la rapidez que le había sido posible, usando el rastro que habían ido dejando Calloway y él de camino a la propiedad de Parker House. Se había obligado a seguir avanzando en todo momento y a no pensar en otra cosa que llegar al todoterreno, pedir ayuda —si es que funcionaba la radio en medio de la tormenta— y volver para ayudar a encontrar a Tracy. En cierta medida seguía creyendo que el *sheriff* le había encomendado aquella misión por librarse de él y evitar que corriera más peligro.

Recorrió tambaleante el costado del vehículo y a punto estuvo de caerse. Sin embargo, logró asirse al tirador de la puerta y mantener el equilibrio. Cuando abrió el vehículo, parte de la nieve del techo cayó al interior. Cogió el volante y lo usó para enderezarse. Dejó la linterna en el asiento corrido. Una vez dentro, se dio un instante para calmar la respiración, que tiñó el aire con nubes blancas de vaho. Se quitó los guantes, unió los dedos para echarse el aliento y los frotó a fin de desentumecerlos. Encendió el interruptor de la radio, que al iluminarse le ofreció un primer signo venturoso. Desenganchó el micrófono, tomó aire y habló con la respiración aún agitada:

—¿Hola? Hola. ¿Hola?

Solo se oían interferencias.

—Aquí, Dan O'Leary. ¿Me reciben? ¿Finlay? —Se detuvo para recuperar el ritmo de la respiración—. Necesitamos toda la ayuda disponible en la propiedad de Parker House. Traigan motosierras: hay árboles derribados en la carretera.

Echó la cabeza hacia atrás y la apoyó en el respaldo del asiento mientras esperaba una respuesta, pero no oyó nada. Soltó un reniego mientras giraba el dial tal como había visto hacer a Calloway poco antes y volvió a intentarlo.

—Repito. Necesitamos de inmediato todos los refuerzos posibles. Envíen una ambulancia y motosierras a la propiedad de Parker House. Finlay, ¿está usted ahí? ¿Finlay? ¡Maldita sea!

De nuevo oyó interferencias por toda contestación. Repitió el mensaje una tercera vez antes de volver a colgar el micrófono. Tenía la esperanza de que lo hubiese oído alguien. Sin embargo, no podía esperar más: su organismo amenazaba con venirse abajo y los miembros le pesaban cada vez más. Su ser racional y su instinto de supervivencia pugnaban contra su necesidad de volver a internarse en el viento helado y la nieve cegadora.

Flexionó los dedos, sopló sobre ellos una última vez y se puso de nuevo los guantes. A continuación recuperó la linterna del asiento y abrió la puerta.

Entonces crepitó la radio.

—¿Jefe?

Tracy estudió el polvo blanco del hormigón y la eflorescencia que se filtraba por las grietas. Se llevó los dedos a la punta de la lengua. Aquella sustancia tenía un gusto amargo y ácido y al olerlo detectó un ligero olor a azufre.

Se reclinó y levantó la mirada al techo de tierra lleno de cicatrices. Sobre él crecía todo un bosque de helechos, arbustos y musgo: todo un ecosistema que llevaba millones de años floreciendo y marchitándose con el paso de las estaciones. Las plantas y los animales en descomposición se habían ido incorporando de nuevo al suelo, donde las lluvias persistentes y la nieve derretida obligaban a las sustancias químicas que creaban a filtrarse a través de la roca y la tierra. El hormigón no era lo más recomendable en semejantes condiciones de humedad, pues los sulfatos provocaban reacciones químicas en el cemento y debilitaban la sustancia aglutinante.

Se puso de rodillas y tomó una muestra. Se había picado y se desprendió en pequeñas escamas. Tracy tiró de la cadena y notó que la plancha que había fijada a la pared cedía una fracción: los tornillos que la sujetaban debían de haberse oxidado y expandido, con lo que el hormigón de detrás del rectángulo de metal se habría agrietado más aún y habría permitido así la filtración de agua. Volvió a tirar y separó el conjunto algo más de un centímetro del muro. Palpó el espacio que quedaba entre ambos elementos y notó con los dedos muescas que indicaban que alguien había estado rascando aquella zona. Sarah había tratado de liberar la plancha de la pared, pero aquella debió de ser una labor mucho más ardua veinte años antes.

—Pero ¿cómo? ¿Cómo lo hiciste?

Se puso en pie y se alejó del paramento tanto como se lo permitió la cadena a fin de delimitar la zona en la que pudo haberse movido Sarah. Caminó formando un arco. La luz que pendía sobre su cabeza seguía perdiendo intensidad. Las sombras se deslizaban bajas por el muro de hormigón y cubrían el mensaje de Sarah.

No me da
No me da miedo
No me da miedo

Tracy estudió los retazos cuadrados de moqueta y volvió a hincarse de hinojos para levantarlos y buscar imperfecciones en el suelo. Se puso a escarbar con las manos.

—¿Dónde está? ¿Qué usaste?

El filamento había perdido casi toda su fuerza y arrojaba un tono naranja desvaído. A medida que encogía el círculo de luz, descendían las sombras más cerca del suelo.

No me da miedo

Hurgó con más rapidez. Con la punta de los dedos tocó al fin algo sólido y, con ritmo frenético, desenterró una piedra pequeña y redonda. Soltó un reniego y miró hacia la puerta del muro. Aunque no tenía idea de cuándo iba a regresar House, sabía que no iba a poder explorar toda la porción del suelo que estaba a su alcance: era demasiado amplia y tenía la impresión de que su secuestrador no pensaba permanecer allí tanto tiempo como con Sarah: todo apuntaba a que se había embarcado en algún género de misión o de ajuste de cuentas. Siguió tanteando, ya casi a oscuras, y tuvo la extraña sensación de que alguien le cogía la mano para colocarla a escasos centímetros del lugar en que había descubierto la piedra. Notó una imperfección en el suelo, como un montículo de polvo, y, al pasar la mano, reparó en la ligera depresión que tenía al lado. Escarbó y a escasos milímetros de la superficie dio con algo duro. Recorrió su superficie con los dedos, retirando el polvo que la cubría ya totalmente a ciegas. Fuera lo que fuese aquel objeto, no era redondo sino rectangular. Cavó a su alrededor tratando de buscar un borde definido y, al encontrarlo, hundió más los dedos hasta tocar el fondo. Consiguió hacer palanca con un dedo y, cuando tiró hacia sí, sintió que la tierra cedía a regañadientes. Logró meter otro dedo y, a continuación, uno más. Sujetó el objeto y, con un último esfuerzo, lo sacó del suelo.

Era un clavo grande de metal.

CAPÍTULO 68

Roy Calloway se obligó a ir más allá de lo que pensaba que sería capaz su organismo a esas alturas. Por suerte, la nieve había dejado de caer, aunque el viento seguía azotándole el rostro descubierto a medida que alcanzaba cotas mayores. Había empezado a sufrir calambres en los músculos de las piernas; tenía los pulmones como si le fuesen a estallar en el pecho y no se sentía las manos ni los pies. Cada vez notaba una urgencia mayor de detenerse, coger aire y descansar. Tras unos cuantos pasos más, el camino se hizo más recto y lo llevó a recordar el momento en que, hacía veinte años, había llegado con Parker House a la cima de aquella colina. Si no se equivocaba, la entrada a la mina quedaba a la izquierda; pero ¿cómo iba a encontrarla?

Recordaba una abertura rectangular no mucho mayor que una puerta cochera de una sola hoja. Los maderos que la sostenían habían empezado a inclinase a la izquierda como si estuviesen a un paso de desplomarse y, al igual que en el caso de la carretera, los años transcurridos habían cubierto también parcialmente de follaje la entrada de la mina. Aunque a esas alturas debía de estar crecida la espesura, el *sheriff* contaba con que Edmund House tendría que haber despejado el acceso para meter a Tracy.

Recorrió la superficie nevada con el haz de la linterna. Habían desaparecido las huellas de la moto de nieve, pero tampoco veía el vehículo: House debía de haberlo escondido para cargar con Tracy durante el tramo final. Miró con más atención y encontró un solo juego de pisadas de bota. La mina no podía estar lejos.

Siguió las huellas con la luz: llegaban hasta un elemento que tomó primero por una roca, pero resultó ser, en realidad, un agujero negro practicado en la ladera de la colina. No hacía mucho que habían apartado la nieve a fin de agrandar la abertura. Se arrodilló y miró a su alrededor. Tomó la escopeta que llevaba al hombro y se quitó los guantes, tras lo cual movió los dedos con la intención de recuperar la sensibilidad. Se deshizo de las raquetas, las clavó en la nieve y se puso a escuchar —aunque no oyó otra cosa que el ulular del viento— y a escrutar la oscuridad. Trató de calentarse los dedos con el aliento, sujetó el arma, recogió la linterna y se puso en pie.

Alumbró el suelo y dio un paso: la bota se le hundió hasta la rodilla. Tiró de la pierna para liberarla y dio otro paso idéntico al anterior. Se colocó más a la izquierda, donde el rastro de las huellas había apisonado la nieve, y comenzó a avanzar colina arriba con más rapidez, aunque el ritmo seguía siendo muy trabajoso. Estaba más cerca del agujero cuando puso la pierna derecha en la siguiente depresión... y, esta vez, en lugar de hundirse, topó con algo sólido.

La nieve que había bajo su pie estalló como un géiser y le roció toda la cara. Oyó un chasquido y acto seguido sintió dientes de metal que le mordían la porción carnosa de la pierna, tras lo cual se produjo un segundo crujido.

Calloway gritó de dolor y cayó sobre la nieve. En ese instante, le cayó algo pesado que le robó el aliento y, hundiéndolo más todavía, empezó a ahogarlo. Luchó por levantar la cabeza en busca de aire. Alguien lo sujetó de los brazos y se los levantó por encima de los hombros para colocarle unas esposas que pellizcaron sus muñecas.

Levantó la vista, ciego aún en parte por la nieve y el dolor.

Una figura encapuchada caminaba de espaldas por la pendiente que desembocaba en la oquedad negra, arrastrando al *sheriff* por los brazos como quien acarrea una pieza de caza hasta su antro subterráneo.

CAPÍTULO 69

En el pozo de la mina reverberaron gritos pavorosos, semejantes a los aullidos de un animal herido. Tracy, no obstante, sabía que eran humanos; House había vuelto y traía compañía.

El filamento de la bombilla estaba a punto de extinguirse por completo y la cámara había vuelto a sumirse en la negrura casi total. La detective corrió a hacer un último grabado en el muro, resuelta a acabar lo que había empezado Sarah:

No me da
No me da miedo
No me da miedo LA OSCURIDAD

Los alaridos aumentaron de volumen, como gemidos de agonía y dolor, hasta que, de un modo tan repentino como horrible, cesaron.

Tracy barrió los últimos fragmentos diminutos de hormigón que había extraído alrededor de los tornillos que sujetaban la plancha a la pared y tapó con ellos el agujero que había creado al desenterrar el clavo de Sarah. A continuación, presionó para dejarlo plano. Del otro lado del muro llegó un gran estrépito en el preciso instante en que alineaba con el resto el fragmento de moqueta.

La puerta se abrió de golpe. Por ella entró House, dándole la espalda y gruñendo mientras se afanaba en arrastrar hasta el interior un bulto pesado. Dejó su presa cerca de uno de los postes a la luz grisácea del umbral. Las sombras impidieron a Tracy distinguir con claridad el rostro de aquel cuerpo, pero dio por supuesto que debía de ser Parker.

A continuación, Edmund lanzó una cadena sobre la viga más cercana, la sujetó y dio un paso atrás. Tiró de los eslabones alternando la tracción de las dos manos, como quien iza la vela de una embarcación. El cuerpo se fue levantando con los brazos tendidos por encima de la cabeza y House no se detuvo hasta dejarlo colgado como un corte de res en el escaparate de una carnicería. Con un último gruñido, asió uno de los eslabones al gancho que sobresalía del poste para dejar pendiente el cuerpo. Cuando terminó, se dejó caer contra uno de los otros maderos verticales con las manos en las rodillas, encorvado y con la respiración pesada. Tras concederse un minuto para recobrar el aliento, asestó un puñetazo al aire, trastabilló hacia delante y cayó de rodillas. Tracy alcanzó a oír su resuello mientras accionaba la manivela de la dinamo. El filamento palpitó y resplandeció al mismo tiempo que se renovaba el zumbido. El círculo de luz espantó las sombras y reveló poco a poco el cuerpo.

Roy Calloway se hallaba prendido por las muñecas y desplomado contra el poste, pues la altura de la viga no era suficiente para levantarlo del suelo. Cuando la luz bañó su rostro, Tracy pensó que estaba muerto. De su cara y sus ropas caían nieve y hielo. La claridad regaba su cuerpo y el nueve milímetros que llevaba en una pistolera a la cintura. Más abajo podía verse su pierna izquierda sobresalir en un ángulo extraño y retorcido debajo de la rodilla, donde habían hecho presa los dientes metálicos de una trampa para osos. Tenía los pantalones rasgados y empapados en sangre.

Tracy se puso de rodillas y se acercó al *sheriff*, pero el largo de la cadena no le dio para alcanzarlo. House dejó de girar la manivela y se derrumbó contra la mesa con el pecho aún agitado. Tenía el pelo pegado a la cabeza por la nieve derretida y el sudor que corrían por su cara. Se quitó los guantes, se desabrochó el abrigo y se agitó para deshacerse de él antes de lanzarlo todo a la cama. Tenía la camisa de manga larga pegada al pecho y la mirada clavada en Calloway como quien admira un alce abatido digno de un galardón cinegético antes de destriparlo.

El *sheriff* lanzó un gemido. House tendió una mano para sujetarle el rostro.

—Eso es; ni se te ocurra morirte, hijo de perra. Eso sería mucho más de lo que te mereces. La muerte es demasiado premio para ninguno de vosotros: vais a sufrir tanto que veinte años van a parecer un suspiro. —Dicho esto, le volvió la cabeza de tal modo que quedase mirando a Tracy—. Echa un vistazo, jefe: después de tanto esfuerzo y tantas mentiras, ni siquiera te has salido con la tuya.

—¡Serás imbécil! —le espetó Tracy.

House soltó al otro.

—¿Qué me has llamado?

Tracy cabeceó con aire burlón.

—Imbécil.

Se acercó a ella, pero quedando siempre fuera de su alcance.

—¿Has pensado de veras adónde te lleva todo esto?

Calloway movió las piernas y trató de enderezarse y su grito de dolor hizo que House volviera a centrar en él su atención. Apoyando un brazo en uno de los maderos, se colocó de manera que casi tocaba con su nariz la del *sheriff*.

—¿Sabes lo que es estar en una celda de aislamiento, Roy? Es como si te metiesen en un hoyo y te privasen de todos los sentidos. Es como si dejaras de existir, como si dejara de existir el mundo. Eso es lo que voy a hacerte: voy a dejarte aquí metido y hacer que sientas que no existes. Voy a hacer que quieras estar muerto.

—De verdad que eres tonto de remate —insistió Tracy.

House se apartó del madero.

—Tú no tienes ni pajolera idea. De lo contrario, no estarías aquí.

—Sé que la cagaste, dos veces. Sé que te dejaste atrapar, dos veces, y sé que acabaste en la cárcel, también dos veces. ¿Te has detenido a pensar que quizá es porque no eres ni la mitad de listo de lo que crees?

—Calla la boca. No sabes nada.

—«El hombre sabio aprende de sus errores» —se volvió a mofar Tracy—. ¿No era eso lo que decías? Pues a mí me parece que tú no has aprendido una mierda.

—He dicho que te calles.

—¿Cómo se te ha ocurrido traer aquí al *sheriff* de Cedar Grove? Desde luego, no se puede ser más estúpido. Tu tío sigue vivo, Edmund. ¿Te crees que Calloway ha venido solo? Saben todos dónde te escondes. Vas a volver a la cárcel. Y van tres, Edmund; y a la tercera, se acabó lo que se daba.

—Yo no voy a ninguna parte hasta que haya saldado lo que tengo pendiente con él. Después, me ocuparé de ti.

House colocó el generador sobre la mesa y le dio la vuelta. La parte de atrás de la caja estaba abierta y dejaba ver los cables que salían de celdas electroquímicas de gran tamaño, como había sospechado Tracy. Aflojó las tuercas de mariposa y conectó dos cables de cobre con los extremos pelados a los pernos que sobresalían en la tapa de la batería. Cuando se volvió para hablar con la detective, se tocaron de manera involuntaria los extremos de aquellos y produjeron una chispa. House hizo una mueca y se sobresaltó.

—¡Maldita sea! —exclamó.

—¡Mira que eres tonto!

House dio un paso hacia ella con los cables en la mano.

—No me vuelvas a llamar tonto.

—¿Cómo crees que hemos llegado aquí? ¿Te has parado a pensarlo? Van a venir por ti, Edmund, y otra vez vas a perder.

—¡Calla!

—No has aprendido nada. Habías quedado en libertad; ni siquiera te iban a hacer otro juicio. Ibas a salir limpio, pero has tenido que dejar que se meta en medio tu ego.

—Yo no quería salir limpio: quería vengarme y lo estoy haciendo. He tenido veinte años para pensar con detalle lo que haceros, a ellos y luego a ti.

—Por eso has perdido ya dos veces: porque eres idiota.

—¡Deja de llamarme idiota!

—Te han dado la oportunidad con la que sueña todo convicto y la has echado a perder por estúpido.

—Deja de llamarme...

—No has ganado nada; has vuelto a perder. Lo que pasa es que eres demasiado estúpido para darte cuenta. Eres idiota.

Él soltó los cables y se abalanzó hacia ella con los ojos desorbitados y rojo de ira. Tracy esperó y lo dejó acercarse mientras sujetaba el extremo plano del clavo que tenía escondido en la bota. Cuando lo tuvo a un paso de ella, se levantó haciendo fuerza con una pierna mientras su brazo describía un arco desde el suelo. Arremetió con la punta afilada del clavo debajo de la caja torácica de House, cuyo ímpetu, sumado al empuje de ella, hizo que el metal se hundiera bien adentro en la carne. Él rugió de dolor y cayó hacia atrás.

Tracy giró, tomó impulso empujando la pared con una bota, se enrolló en las manos un tramo de cadena y tiró con fuerza de la plancha de metal. Saltaron por los aires trozos de cemento y polvo de yeso que cargaron el ambiente de la sala cuando saltaron de la pared los tornillos oxidados. Con las muñecas aún esposadas y unidas entre sí por un palmo de cadena, se lanzó por el revólver de gran tamaño que tenía Calloway en la cintura. Estaba forcejeando para liberar el broche de la pistolera cuando se vio arrojada con violencia hacia atrás. Edmund House había cogido la cadena para tirar de ella como si fuera una correa de perro. Tracy fue a sentarse en el suelo, se puso de rodillas, se levantó y volvió a tender el brazo para hacerse con la pistola; pero House le envolvió la cadena alrededor del cuello. Tracy alzó una bota para impulsarse con el poste y lanzarse de espaldas contra él.

Los dos fueron a estrellarse contra la mesa improvisada y, al volcarla, tiraron al suelo el generador. Tracy cayó de espaldas encima de House, que siguió estrangulándola. Arrojó la cabeza hacia atrás para golpearlo, pataleó y la emprendió también a codazos; pero la cadena cada vez se estrechaba más. Hizo lo posible por meter los dedos bajo los eslabones, aunque su agresor era demasiado fuerte y no dejaba espacio entre la cadena y el cuello. Entonces bajó una mano, buscó la cabeza del clavo y, al dar con ella, aplicó presión. House se echó a gritar y a renegar, pero no soltó la cadena.

Ella tiró hacia arriba del metal con fuerza. House dio un alarido y aflojó. Esta vez, al asestar un cabezazo hacia atrás, Tracy fue a dar con algo sólido y oyó crujir el puente de la nariz de él. La cadena se distendió más aún; lo suficiente, de hecho, para que ella se la sacara por la cabeza. Se apartó rodando e hizo cuanto pudo por volver a respirar con normalidad. Le ardía la garganta. Se dispuso a atravesar a gatas la habitación, con la esperanza de que la cadena, que seguía teniendo sujetada House, contara con la holgura suficiente. Llegó a donde estaba Calloway y, esta vez, logró liberar la pistola y asir la culata antes de que el otro volviese a tirar de la cadena con fuerza y sacudiera violentamente las muñecas de Tracy. El revólver salió disparado de sus manos y fue a estrellarse en algún lugar de la cámara sumido en las sombras.

House se había puesto en pie tambaleante con los eslabones enroscados en su colosal antebrazo. Tenía sangre en la camisa, alrededor del lugar en que asomaba el extremo romo del clavo y la que le caía de la nariz corría hasta su barbilla. Tracy intentó levantarse, pero él atrajo de nuevo la cadena hacia sí y la hizo caer al suelo. Entonces se acercó a ella. El generador yacía a su lado. Ella tomó los dos cables de cobre y se irguió de un salto. House volvió a dar un tirón y ella no se resistió.

A continuación se abalanzó sobre él y lo lanzó hacia atrás. Cuando cayeron a tierra, presionó los cables pelados contra el clavo de hierro y generó una chispa. Se hicieron perceptibles un chasquido y, a continuación, olor a carne quemada. House se estremeció, se retorció y se puso a dar sacudidas mientras la electricidad le atravesaba el organismo. Ella recordó a su alumno Enrique y se lo imaginó gritando: «Un conductor». Perdió la conexión y, cuando la volvió a recuperar, el cuerpo de House se agitó de nuevo hasta que, poco después, dejó de moverse.

Tracy se zafó de nuevo. Esta vez apartó la cadena del brazo de él y recorrió a gatas la habitación en busca de la pistola. House gemía a sus espaldas. Miró por encima de su hombro y lo vio girar para apoyarse sobre las manos y las rodillas, como un oso que luchase por ponerse en pie. Palpó a ciegas el suelo hasta dar con la pared.

House se levantó. La mano de Tracy seguía buscando con un movimiento de barrido. Él avanzó a trompicones. Ella tocó el arma. House cruzó la sala con rapidez; tanta que casi nadie habría sido capaz de encajarle un disparo dadas las circunstancias.

Casi nadie. Tracy rodó sobre su espalda mientras amartillaba el arma. Disparó, amartilló, disparó, amartilló y volvió a disparar por tercera vez.

CAPÍTULO 70

Tracy se sirvió de su propio cuerpo para contrarrestar el peso muerto de Roy Calloway, que pendía del otro extremo de la cadena. Cuando tuvo holgura suficiente para liberar el eslabón del gancho que lo había estado sujetando, lo hizo descender con cuidado al suelo. El *sheriff* murmuró frases incoherentes. Tenía la respiración agitada y bronca. Daba la impresión de estar perdiendo y recobrando la conciencia por momentos. Seguía vivo, pero no podía decir cuánto tiempo iba a poder resistir así.

House, en el extremo opuesto de la habitación, yacía con la cara contra el suelo. La primera bala le había atravesado el esternón y había parado en seco su avance. Antes de que diera con sus huesos en tierra, lo había alcanzado la segunda, cinco centímetros a la izquierda, y le había reventado el corazón. La tercera le había hecho un agujero en la frente antes de destrozarle la parte trasera del cráneo.

Encontró la llave de las esposas en el bolsillo del pantalón de House. Después de liberarse, hizo jirones la ropa de la que se había desprendido su agresor y practicó un torniquete en torno a la pierna de Calloway. No se atrevió a tratar de retirar la trampa para osos por miedo a abrir más la herida y provocarle un *shock*, cuando no la muerte por desangramiento. Apoyó la cabeza del *sheriff* en su regazo y lo llamó.

—Roy... Roy...

Calloway abrió los ojos. Pese al frío que seguía reinando en la habitación, tenía el rostro empapado en sudor como aquejado de una fiebre mortal.

—¿Y House? —preguntó con un susurro débil.

—Muerto.

Él sonrió con los labios apretados antes de volver a cerrar los párpados.

—Roy —repitió ella dándole una palmada en la mejilla—. Roy, ¿sabe alguien más que estamos aquí?

—Dan —musitó él.

CAPÍTULO 71

Dan se reunió con Finlay Armstrong, un ayudante segundo del *sheriff* y dos vecinos de Cedar Grove con motosierras en el Suburban de Calloway. Mientras los dos últimos cortaban los árboles derribados y despejaban el paso a la propiedad de Parker House, aquellos tres partieron montaña arriba hacia la casa y la explanada de los automóviles y los aperos.

La nevada y el viento habían amainado, lo que facilitó la caminata e impuso una inquietante calma como las que imperan en el ojo de un huracán. Al llegar al edificio, hallaron a Parker aún vivo, si bien en condiciones aún más lastimosas.

—Quédate aquí —dijo Armstrong a Dan— y espera a que llegue la ambulancia.

—Ni muerto —respondió él—. Yo pienso ir contigo a buscarla.

Cuando el otro hizo ademán de replicar, Dan empleó la misma táctica que había usado Calloway con él:

—No podemos perder tiempo en discusiones. Cada segundo que pasemos aquí es un segundo más que tiene House para matarlos a los dos. —Y echó a andar hacia la puerta de atrás—. Vámonos.

Armstrong y Dan subieron a la montaña. Dado que ambos habían crecido en Cedar Grove y habían pasado la vida haciendo excursiones por aquellas colinas, conocían los alrededores de la antigua mina. Aunque la nieve confería a todo aquello un aspecto diferente, la ruta que habían de seguir estaba marcada por huellas que debían de pertenecer a Calloway.

Llevaban veinte minutos caminando cuando toparon con un par de raquetas de nieve clavadas a unos cinco metros por debajo de lo que parecía la entrada de una cueva que alguien había hecho algo mayor no hacía mucho. Vieron marcas profundas de botas que habían creado un camino hacia la abertura y desde ella, así como un rastro alargado que daba la impresión de haber sido provocado por alguien al que hubiesen arrastrado por la nieve. Si tal cosa resultaba de suyo desconcertante, más lo era el reguero de sangre que manchaba la nieve y llevaba a la bocamina.

Se arrodillaron frente a esta y Finlay alumbró el túnel antes de entrar primero con la escopeta preparada. Dan llevaba el fusil de Calloway. Los dos conos de luz de sus linternas recorrieron el pozo.

—Apágala —susurró el abogado mientras predicaba con el ejemplo.

Se encontraron sumidos en una oscuridad completa. Sin embargo, tras unos segundos, Dan divisó un tenue resplandor naranja unos seis metros por delante de ellos. Caminaron hacia él y llegaron a una puerta que daba a una sala. Finlay se detuvo en el exterior antes de encender de nuevo la linterna y entrar con la escopeta preparada. Dan lo siguió con su linterna y el fusil. Los haces de luz barrieron lo que a ojos vista debía de haber sido un despacho de escritorios y sillas de metal y archivadores de color verde castrense.

El fulgor anaranjado llegaba a través de una abertura practicada en la pared de paneles que había al fondo de la sala.

—¡Estoy aquí! —dijo Tracy—. ¡Aquí!

Dan se dirigió hacia la puerta, pero Finlay lo cogió por el brazo.

—¿Tracy? —la llamó Finlay—. ¿Está usted bien?

—Sí —respondió ella—. House está muerto.

El ayudante del *sheriff* entró en la cámara seguido de Dan.

De un cable pendía una bombilla desnuda y, bajo ella, apoyada en un poste de madera, estaba sentada Tracy con la cabeza de Roy Calloway en el regazo. En el rincón opuesto yacía Edmund House, con la nuca y la camisa llenas de sangre.

Dan se arrodilló para abrazarla.

—¿Estás bien?

Ella asintió sin palabras antes de mirar a Calloway y afirmar:

—Pero él no va a aguantar mucho.

∾

Llegó la mañana y con la noche se fue la tormenta. Tracy estaba de pie cerca de la entrada de la mina, que habían excavado Finlay y cuantos habían respondido a su llamada de socorro. Se envolvió en la manta isotérmica mientras estudiaba retazos de cielo azul y los rayos de sol que acuchillaban la capa nubosa de tonos magenta, rosa y naranja propia de la calma que sigue a la tormenta. En el valle distante, los tejados de las casas de Cedar Grove parecían pirámides diminutas. El humo ascendía en espiral de las chimeneas y formaba volutas en el aire inmóvil. Tracy había conocido una vista similar a aquella desde la ventana de su dormitorio y el convencimiento de conocer a tantos de cuantos habitaban aquellos hogares le había producido siempre paz y consuelo.

En ese momento, llamó su atención un ruido procedente del pozo. Al volver la vista vio al personal sanitario que sacaba a Roy Calloway de la mina en un trineo y arropado con mantas. Al pasar a su lado, la miró. Tracy los siguió al exterior y los observó mientras colocaban el vehículo sobre el manto blanco y lo ataban a dos motos de nieve.

—Sigue siendo el mismo tipo duro de siempre, ¿verdad? —preguntó Dan al llegar a su lado.

—Más que un filete de dos dólares —respondió ella.

Dan le pasó un brazo por los hombros y la atrajo hacia sí.

—Igual que tú, Tracy Crosswhite. Además, no puede negarse que sigues sabiendo disparar.

—¿Y Parker?

—Está en estado crítico. DeAngelo Finn también.

—¿DeAngelo?

—Sí. Parece ser que House tenía intención de ajustar cuentas con todo el mundo. Espero que hayamos llegado a tiempo. Ojalá se recuperen.

—Yo no tengo muy claro que ninguno de nosotros llegue nunca a recuperarse —concluyó ella.

Dan le colocó bien la manta que le cubría los hombros.

—¿Cómo te las ingeniaste para liberarte?

Tracy contempló un hilo de humo que se había enroscado en el cielo procedente de una de las chimeneas y pendía inmóvil como la estela de vapor dejada por un reactor.

—Fue Sarah.

Él le lanzó una mirada inquisitiva.

—El objetivo de House había sido yo desde el principio —siguió diciendo ella.

—Ya lo sé; me lo dijo Calloway. Lo siento, Tracy.

—Debió de decirle a Sarah que tenía intención de secuestrarme a mí después y ella me dejó un mensaje en la pared. Aunque él lo hubiese visto, no habría sabido lo que significaba. Yo era la única que lo sabía: se trataba de la oración que decíamos juntas por la noche. Ella la había escrito para mí. Quería que supiera que había encontrado algo con lo que escarbar la pared y soltar los tornillos. No debió de darle tiempo. Además, el hormigón debía de ser mucho más resistente hace veinte años que ahora.

—¿Qué quieres decir?

—Pura química —dijo ella con un suspiro—. Ese muro lo hicieron hace unos ochenta años, si no más. Con el tiempo, las sustancias químicas de las plantas en descomposición se fueron filtrando a través del suelo y reaccionaron con el hormigón. Cuando este se deteriora, se agrieta y sabemos que el agua siempre encuentra un camino a través de cualquier resquicio. Al llegar a los tornillos, hizo que se oxidaran y se expandiesen. Con esto se resquebrajó aún más el hormigón. Cuando Sarah grabó el mensaje, lo que estaba haciendo de veras era usar el clavo afilado para rascar el hormigón que había tras la plancha y alrededor de los tornillos.

—La señora Allen estaría orgullosa de ti.

Tracy apoyó la cabeza en el hombro de él.

—Siempre recitábamos esa oración cuando Sarah era pequeña. Tenía miedo de la oscuridad. Se colaba en mi cuarto y se subía a mi cama. Yo le decía entonces que cerrase los ojos y la decíamos juntas. Luego, apagaba la luz y ella se dormía. —Se puso a llorar sin molestarse siquiera en limpiarse las lágrimas—. Era nuestra oración. Ella no quería que nadie supiera que tenía miedo. La echo de menos, Dan. No sabes cuánto la echo de menos.

Él la estrujó con fuerza.

—Da la impresión de que no se ha ido, de que sigue estando a tu lado.

Ella levantó la mirada y se retiró para contemplarlo.

—¿Qué pasa? —preguntó él.

—Eso es lo más extraño. Ahí dentro la sentí, Dan. Sentí su presencia a mi lado, como si me guiase hasta donde estaba el clavo. No se me ocurre otro modo de explicar por qué lo busqué en ese lugar exacto.

—Creo que lo acabas de explicar.

CAPÍTULO 72

La tormenta de nieve había retenido a la prensa, que había acudido de toda la nación a fin de asistir a la vista para la revisión de condena, tanto en Cedar Grove como en los municipios aledaños. Cuando se supo lo que había ocurrido en casa de DeAngelo Finn y de Parker House, así como en la mina, los periodistas y sus camarógrafos no perdieron tiempo en dejar sus hoteles y subir a las furgonetas. Maria Vanpelt no cabía en sí de satisfacción: emitía desde todos los puntos de la ciudad para decir a todo aquel que estuviera dispuesto a escucharla que ella había sido quien había sacado a la luz la noticia en *KRIX Undercover*.

Tracy había observado la vorágine periodística desatarse en el televisor desde la comodidad del sofá de Dan, con *Rex* y *Sherlock* tumbados en el suelo a su lado como para protegerla de la horda de reporteros que había acampado frente a la casa. Sabiendo que los medios de comunicación no la dejarían en paz hasta que hubiera hablado con ellos, anunció que ofrecería una rueda de prensa en la primera iglesia presbiteriana, el único edificio de la ciudad lo bastante amplio para dar acogida a la multitud que se esperaba. Era el templo en el que habían celebrado el funeral de su padre.

—Es por aplacar a los jefazos —dijo a Kins por teléfono.

—No seas mentirosa—respondió él—. A mí no me engañas: tú tendrás tus motivos.

෨ఞ

Tracy y Dan se encontraban en un rincón de la parte frontal de la iglesia, fuera de la vista del gentío que llenaba los bancos y los pasillos.

—Lo has vuelto a hacer —dijo él—: te las has compuesto para dar relevancia a Cedar Grove. Tengo entendido que el alcalde no se cansa de aseverar que vivimos en un lugar pintoresco y tranquilo, lleno a rebosar de oportunidades y siempre dispuesto a acoger toda clase de iniciativas. Hasta está hablando de recuperar el proyecto de Cascadia.

Tracy sonrió. Aquella vieja ciudad merecía una segunda oportunidad. En realidad, se la habían ganado todos.

Observó el mar de rostros y se detuvo en particular en la muchedumbre que no tenía asiento. Los medios de comunicación se hallaban sentados delante, pertrechados con cuadernos y grabadoras. Los camarógrafos habían tomado posiciones en los pasillos. También habían acudido vecinos y curiosos, ente los cuales no faltaban quienes hubieran acudido a las exequias de Sarah y a la vista. George Bovine estaba en un banco de las primeras filas, con su hija sentada entre él y una mujer que debía de ser su esposa. Por teléfono había revelado a Dan que, a su entender, el final de aquella historia, el hecho de saber muerto a Edmund House, podía ayudar a Annabelle a pasar página de una vez por todas y comenzar poco a poco a recuperar una vida propia.

Sunnie Witherspoon y Darren Thorenson también se hallaban presentes y, cerca del fondo, había visto la cara inconfundible de Vic Fazzio un palmo por encima del resto de cuantos lo rodeaban, así como a Billy Williams y a Kins.

—Deséame suerte —dijo antes de salir a enfrentarse a los disparadores de docenas de cámaras y el remolino de flashes.

El ramo de micrófonos que se había congregado ante la tribuna era aún más reseñable que el que había dado la bienvenida a Edmund House durante la rueda de prensa que ofreció en la cárcel tras la vista.

—Me gustaría que esta ocasión fuera lo más breve posible —dijo Tracy mientras desplegaba la hoja de papel en la que llevaba apuntada una serie de notas—. Muchos de ustedes se preguntan qué ocurrió tras la vista que culminó en la puesta en libertad de Edmund House. Resultó que yo tenía razón: a House lo condenaron de manera arbitraria. Sin embargo, también estaba equivocada al pensar que era inocente. Edmund House violó y asesinó a mi hermana, Sarah, tal como confesó al *sheriff* Roy Calloway hace veinte años. Aun así, no la mató ni la enterró en el acto: la tuvo prisionera durante siete semanas en una mina abandonada de las montañas y, poco antes de que se pusiera en marcha la presa de Cascade Falls, acabó con ella y sepultó su cadáver. Aquella región quedó anegada y su crimen quedó oculto para siempre. Al menos, eso creía él.

Respiró hondo y se compuso.

—Muchos de ustedes quieren saber quién fue el responsable de la condena de Edmund House. Yo he estado veinte años planteándome lo mismo. Hoy sé que fue mi padre, James Crosswhite. Entiendo que una cosa así pueda resultar difícil de creer a quienes lo conocían, pero he de rogarles que no lo condenen: él nos quería a Sarah y a mí con todo su ser. Su desaparición lo destrozó: nunca volvió a ser el mismo. —Miró a George Bovine—. Lo que hizo lo llevó a cabo por amor a mi hermana y en nombre de cualquier padre que quiere a su hija. Estaba resuelto a garantizar que nadie más tuviera que sufrir nunca el dolor que había provocado Edmund House a George Bovine y a él mismo.

Tras tomarse otro momento para refrenar sus emociones, prosiguió:

—La única conclusión lógica y razonable es que, después de la confesión que hizo el asesino al jefe Calloway, a quien provocó diciendo que nunca podrían condenarlo sin el cuerpo de mi hermana, mi padre cogió cabellos de Sarah del cepillo que había en el cuarto de baño que compartíamos las dos en nuestro hogar de infancia para colocarlos en la Chevrolet Stepside. También fue él quien escondió los pendientes de mi hermana en un calcetín metido dentro de una lata en el cobertizo de las herramientas de la propiedad de Parker House. En calidad de médico rural, él hacía numerosas visitas domiciliarias, también a casa de este. Mi padre se encargó asimismo de revisar cada una de las pistas que se recibían acerca de Sarah y fue él quien llamó a Ryan Hagen y lo convenció de que había visto la camioneta roja aquella noche que había pasado por nuestra ciudad. Actuó solo en todo momento: deseo hacer hincapié en que ni Roy Calloway, ni Vance Clark ni nadie más, hasta donde alcanza mi conocimiento, tuvieron participación alguna en las irregularidades en que incurrió mi padre. Sus actos fueron fruto del dolor y la desesperación. Y si bien podemos ponerlos en tela de juicio, nadie se atreverá a cuestionar sus motivos.

»A quienes conocieron a mi padre quisiera pedirles que lo recuerden como el esposo leal, el padre amantísimo y el amigo fiel que fue. —Dobló sus notas y levantó la mirada—. Estaré encantada de responder a cualquier pregunta.

Los asistentes le plantearon todo un aluvión de ellas y Tracy las capeó bien, respondiendo cuantas le fue posible, desviando otras y afirmando no saber nada cuando era necesario. Transcurridos diez minutos, Finlay Armstrong, *sheriff* en funciones de Cedar Grove, dio por concluida la rueda de prensa. A continuación, ofreció escolta policial a Tracy y a Dan para salir de la iglesia y regresar al domicilio de este, donde volvieron a recluirse con la protección del mejor sistema de seguridad de la ciudad.

Al día siguiente, Tracy fue a visitar a Roy Calloway a la habitación del hospital del condado de Cascade en que se hallaba ingresado. Estaba incorporado, aunque con un ángulo de cuarenta y cinco grados de inclinación y la pierna suspendida por encima de la cama.

—Hola, jefe.

Él meneó la cabeza.

—Ya no; me he jubilado.

—¿Qué ha pasado? ¿Se ha helado el infierno?

—Durante tres días, sí.

Ella sonrió.

—Tienes razón. ¿Cómo está esa pierna?

—El médico dice que no la voy a perder, aunque todavía tendré que pasar unas cuantas veces por quirófano. Me quedará cierta cojera y necesitaré bastón, pero podré pescar cuanto quiera.

Tracy le tomó la mano.

—Siento haberte metido en esto, Roy. Ya sé que mi padre te pidió que no me dijeses nada y que, cuando me lancé a exigir respuestas, te puse en una situación en la que sentiste la necesidad de proteger a Vance y DeAngelo y tratar de convencerme de dejarlo correr.

—Tal como lo cuentas parece que sea uno un héroe —respondió él—, cuando en realidad también estaba cubriéndome las espaldas. ¿Sabes? Estuve tentado de contártelo todo.

—No te habría creído.

—Eso es lo que me figuré. Por eso ni lo intenté. Tú ya te habías decidido y yo sé que eres tan terca como tu viejo.

Tracy volvió a sonreír.

—Un poco más.

—Él no quería que sufrieses más de lo que estabas sufriendo, Tracy. Había perdido a Sarah y no quería perderte a ti también. Tenía miedo de que no fueses capaz de sobrellevar la culpa y no era eso lo que él quería: no quería que te sintieras responsable de la muerte de tu hermana. Tú sabes que no te lo puedes achacar: House era un psicópata y, si la mató, fue solo porque tuvo la ocasión. Aunque no hace falta que te cuente nada de esto: supongo te has tenido que enfrentar a muchos más de estos asesinos de lo que tenemos en Cedar Grove.

—¿Qué crees que le pasó, Roy?

—¿A quién? ¿A tu padre?

—Tú lo conocías mejor que nadie. ¿Qué crees que pasó?

Calloway dio la impresión de pensarse la respuesta.

—Yo tengo para mí que no pudo superar la pérdida. El dolor fue demasiado para sobrellevarlo. Os quería muchísimo a las dos y la culpa que sintió por no haber estado aquí cuando ocurrió todo pudo más que él. Ya sabes cómo era: estaba convencido de que, de haber estado presente, podría haberlo evitado de un modo u otro. Su matrimonio también se vio afectado. ¿Lo sabías?

—Me lo imaginaba.

—Él culpaba a tu madre del hecho de haber estado en Hawái y no aquí en aquel momento. No lo hacía, pero sí. Entonces, cuando empezó a sospechar que no íbamos a ser capaces de hacer justicia a Sarah, creo que sintió que no podía pasarle nada peor. Sabes que era un hombre de principios elevados y estoy convencido de que el hecho de colocar pruebas falsas también acabó por volverse contra él. No lo juzgues, Tracy; tu padre era un gran hombre. Él no se quitó la vida, fue la pena la que lo hizo.

—Ya lo sé.

Calloway se llenó los pulmones y dejó escapar un suspiro.

—Gracias por lo que hiciste en la rueda de prensa.

—Me limité a decir la verdad. —No pudo reprimir una sonrisa.

Él soltó una risita.

—Lo que no tengo claro es que el Departamento de Justicia vaya a conformarse con eso.

—Tienen cosas más importantes de las que ocuparse. —Además, Tracy pensaba que DeAngelo Finn tenía razón: no siempre se tiene derecho a las respuestas, sobre todo cuando pueden hacer más mal que bien. No sentía ninguna culpa por responsabilizar a su padre—. Él lo habría querido así.

—Tenía buenas espaldas. —Calloway tomó el vaso que había en la mesilla, bebió un sorbo de zumo con ayuda de la pajita y volvió a dejarlo—. Dime, ¿cuándo te vas?

—Sigues sin ver la hora de librarte de mí, ¿no?

—En realidad, no; hacía mucho que no nos veíamos.

—Prometo volver de vez en cuando.

—No va a resultar nada fácil.

—Uno no puede enterrar sus fantasmas sin enfrentarse a ellos. Y yo ahora sé que no tengo por qué dejar marchar a Sarah, ni a mi padre ni Cedar Grove: siempre serán parte de mí.

—Dan es un buen hombre.

Ella sonrió.

—Ya lo he dicho; voy a tomarme las cosas con calma.

—¿Sabrás vivir con ello ahora que lo sabes todo? —preguntó él—. Si algún día necesitas hablar, no dudes en llamarme.

—Lo que sí voy a necesitar es tiempo para asumirlo.

—Eso nos va a hacer falta a todos.

❧

DeAngelo Finn estuvo igual de filosófico cuando fue a verlo a su habitación.

—Habría acabado reuniéndome con mi Millie —dijo— y eso no es nada malo, ¿sabes?

—¿Adónde vas a ir? —le preguntó ella.

—Tengo un sobrino cerca de Portland que dice que necesita arrancar las malas hierbas de su huerto.

❧

La última visita de la ronda fue la de Parker House. Cuando entró a su habitación recordó que, como decía su padre durante el juicio, él también sufría con aquella situación. No quería imaginar siquiera lo que podía estar sintiendo en aquel momento.

House tenía las dos manos vendadas (y era de suponer que también los pies, aunque estaba tapado con una fina sábana hospitalaria). Estaba pálido y demacrado, más de lo normal, y ella no pudo menos de preguntarse si, además del dolor de las heridas, no estaría acusando también las consecuencias de no haber probado una gota de alcohol en varios días.

—Lo siento, Tracy —le dijo—, pero estaba bebido y tenía miedo. Edmund no estaba bien; ya se le veía desde que se vino a vivir conmigo, pero era el hijo de mi hermano y yo me sentía responsable.

—Lo sé.

—No tenía intención de hacerles daño, ni a usted, ni a Dan, ni a sus perros. Solo quería asustarlos y que no siguiesen adelante con su plan. Supongo que nunca había pensado que llegaría el día en que se vería en la calle y me aterraba pensar en lo que podía llegar a hacer. Me entró el pánico. Fue una torpeza tremenda la de echarles abajo la ventana.

—Quiero que sepa, Parker, que mi padre nunca pensó que tuviera usted la menor culpa de lo que ocurrió. Y yo tampoco; ni entonces, ni ahora.

Parker hizo un gesto de asentimiento con los labios apretados.

—La suya era una familia muy buena, Tracy. Siento de veras todo lo que tuvieron que pasar, todo lo que ocurrió por él. A veces pienso en cómo habrían sido las cosas si él no hubiera asomado nunca por aquí, en cómo podría haber sido Cedar Grove. ¿Usted lo ha hecho alguna vez?

Ella sonrió.

—De cuando en cuando —reconoció—; pero intento no hacerlo.

CAPÍTULO 73

Estuvo en Cedar Grove todo el tiempo que pudo, pero la tarde del domingo no pudo retrasar más lo inevitable. Necesitaba volver a Seattle. Volver a su trabajo. Dan y ella estaban en el porche. Él la estaba envolviendo con los brazos y la besaba lentamente. Cuando al fin separaron los labios, dijo:

—No sé quién te va a echar más de menos, si yo o ellos.

Rex y *Sherlock* estaban sentados a su lado con aire triste. Ella le dio un golpe de broma en el pecho.

—Más te vale ser tú.

Dan la soltó y ella fue a acariciar la protuberancia ósea que tenía *Rex* sobre la cabeza, libre ya del cono de plástico. El veterinario había dicho que iba a quedar como nuevo. *Sherlock*, que no tenía intención de ser menos, le acarició la mano con el hocico para reclamar su atención.

—No os preocupéis, que no me voy a olvidar de ninguno —dijo—. Vendré a visitaros y vosotros podéis venir a Seattle siempre que queráis, aunque vais a tener que esperar a que tenga casa con patio. Además, no sé si a *Roger* le vais a hacer demasiada gracia.

Prefería no imaginar siquiera la reacción de su gato cuando viera su santuario invadido por ciento treinta kilos de perro.

Durante el tiempo que había estado convaleciente en casa de Dan, él no le había preguntado una sola vez sobre su futuro, sobre si estaba dispuesta a planearse la idea de quedarse. Sin embargo, tal como le había dicho ella a Parker House en el hospital, a veces no podía evitar pensar en el Cedar Grove que había conocido, por más que intentase evitarlo. Aun así, tanto ella como Dan sabían que cada uno tenía su vida y ninguno de los dos podía romper de repente con la suya. Tracy tenía su trabajo y Dan había vuelto a recuperar su vida en Cedar Grove. Tenía que cuidar a *Sherlock* y a *Rex*. También su carrera como abogado criminalista parecía a punto de florecer después de la fama que se había granjeado con la defensa de Edmund House, así como con todo lo que había venido después.

Dan y los perros la acompañaron a su vehículo.

—Llámame cuando llegues —le pidió él.

Sentaba muy bien tener a alguien que se preocupara por ella. Posó la mano en el pecho de él.

—Gracias por entenderlo, Dan.

—Tómate tu tiempo. Los niños y yo estaremos aquí, esperándote, cuando consideres que estás preparada. De momento, continúa resolviendo casos.

Tracy agitó la mano a modo de despedida mientras daba marcha atrás para salir a la calzada y también cuando se alejó. Se enjugó la lágrima que le humedecía la mejilla y, al llegar a la entrada de la autopista, pasó de largo, pues ya no sentía tanta prisa por marcharse, y dobló a la derecha para visitar el centro de Cedar Grove. Aquella parte del municipio tenía mejor aspecto un día soleado. Pasaba con todo. Daba la impresión de ser más animada y los edificios no parecían tan deteriorados. Había personas paseando por la calle y vehículos estacionados ante los escaparates. Tal vez el alcalde fuera capaz de dar vida nueva a la antigua ciudad. Tal vez lograra incluso dar con un promotor dispuesto a acabar Cascadia y a convertir Cedar Grove en destino turístico. En otro tiempo había sido un lugar de disfrute y solaz para una jovencita y su hermana y aún cabía confiar en que podía volver a serlo.

Pasó al lado de las casas de una sola planta en cuyos patios jugaban niños ataviados con prendas de abrigo al lado de muñecos de nieve derretidos casi por completo. Más hacia las afueras, contempló las casas de mayor tamaño con terrenos más amplios, cuyas líneas sobresalían por encima de setos vivos bien cuidados. Redujo la marcha al aproximarse al mayor de estos últimos y vaciló un instante antes de internarse en el camino de entrada por un hueco del cercado enmarcado por dos pilares de piedra.

Estacionó frente a la cochera y se dirigió a pie al lugar en que había estado en otro tiempo el sauce llorón como un custodio majestuoso de la propiedad. A Sarah le gustaba encaramarse a sus ramas y fingir que el césped era un pantano plagado de cocodrilos. Desde allí llamaba a Tracy a voz en cuello para que la protegiese de sus poderosas mandíbulas y sus dientes afilados como cuchillas.

«¡Socorro! ¡Ayúdame, Tracy! Que me comen los cocodrilos.»

Ella caminaba con cuidado por el sendero hasta llegar a la piedra más cercana al árbol, se inclinaba por encima del césped y le tendía una mano.

«¡No me llega el brazo!», decía Sarah, sumida por entero en su fantasía.

«Balancéate —le respondía ella—. Balancéate hacia mí.»

Y Sarah empezaba a mover las piernas y el cuerpo para mecer las ramas. Sus dedos se rozaban entonces; con el siguiente empujón, se tocaban y, por último, quedaban lo bastante cerca para que Tracy cogiese su mano y ambas pudieran entrelazar los dedos.

«Suéltate... ¡ahora!», diría Tracy.

«Estoy muerta de miedo.»

«No te preocupes —diría entonces Tracy—. No voy a dejar que te pase nada.»

Aquel era el momento en que se soltaba siempre Sarah para que Tracy tirase de su hermanita y llevarla a un lugar seguro.

La puerta principal se abrió detrás de ella. Tracy se dio la vuelta. Habían salido al porche una mujer y dos niñas a las que calculó doce y ocho años.

—Me ha dado la impresión de que era usted —dijo la primera—. La he reconocido por la fotografía del periódico y los telediarios.

—Perdone la intromisión.

—Tranquila. Tengo entendido que vivía usted aquí.

—Sí —respondió ella mientras miraba a las dos niñas—, con mi hermana.

—Por lo que cuentan, debió de ser horrible —dijo la mujer—. Lo siento muchísimo.

Tracy observó a la mayor.

—¿A que te gusta lanzarte por la barandilla de la escalera?

La niña sonrió y alzó la vista para observar a su madre mientras su hermana se echaba a reír.

—¿Le gustaría entrar y echar un vistazo? —ofreció la mujer—. Esta casa debe de traerle muchos recuerdos.

Tracy estudió el que había sido su hogar. Ese era precisamente el motivo que la había llevado allí: quería dar comienzo al proceso de hacer memoria de los buenos tiempos que había compartido allí su familia, para que aquellos recuerdos sustituyesen a los malos. Volvió a sonreír a las dos hermanas, que en aquel instante susurraban con aire travieso.

—Creo que estoy bien —respondió—. Creo que voy a estar muy bien.

EPÍLOGO

Tracy se ató el nudo de su pañuelo rojo un tanto de medio lado, removió la tierra con la punta de la bota, separó las piernas y cuadró los hombros. Entonces recorrió mentalmente la progresión de disparos.

—¿Lista, Kid? —preguntó el director—. Puedo repetir la secuencia si lo necesitas. Sé que puede resultar difícil retenerlo todo. Queremos que todos tengan ocasión de hacerlo bien. Sobre todo los principiantes.

Hacía una mañana espléndida de sábado y el sol se filtraba por entre el follaje de los árboles. Hacía un mes que había regresado a Seattle. El sol añadía cierto encanto a las réplicas de fachadas de comercios del viejo Oeste y proyectaba sus sombras sobre la docena aproximada de participantes que, vestidos con atuendos de vaqueros de otro tiempo, charlaban amigablemente o se preparaban para cuando llegase su turno.

Tracy volvió a mirar a los blancos a través de sus lentes de tirador tintados de amarillo.

—De acuerdo —respondió, convencida de que no le venía mal repasarlo. Además, su padre le había enseñado a aprovechar cualquier ventaja que se le ofreciera en la competición.

—Dos disparos a cada blanco —le informaron—. Luego pasas a la segunda mesa y con la escopeta disparas a las lápidas. Cuando acabes, corres a aquella fachada de comercio e intentas abatir a través del escaparate los cinco blancos de color naranja. Un disparo a cada uno.

—Gracias. Creo que lo tengo.

—Pues ¡vamos allá! —Dio un paso atrás y preguntó—: ¿Está listo el tirador?

—Sí —contestó ella.

—¿Listos los observadores?

En ese momento levantaron la cabeza tres hombres y dieron un paso al frente.

—Listos.

—A mi señal —anunció el director—. ¿Tienes alguna frase que te guste usar?

—¿Una frase? —preguntó ella.

—Para avisarme de que estás lista. Hay quien dice cosas como: «Odio las serpientes». Yo, por ejemplo, digo: «Lo nuestro no son las palabras: lo nuestro es el plomo». Es de *Los siete magníficos*.

Ella recordó su frase de siempre: la que pronuncia Rooster Cogburn en *Valor de ley* antes de echarse a cabalgar a campo raso disparando sin cesar al enemigo: «Gordo y tuerto, ¿eh? ¡Ahora veremos!».

—Sí, tengo una.

—Pues dímela en cuanto estés lista.

Se llenó los pulmones de aire y lo soltó a continuación antes de gritar:

—¡No me da miedo la oscuridad!

El cronómetro emitió un pitido. Tracy cogió el fusil de la mesa, disparó y preparó la segunda bala mientras la primera hacía sonar el blanco de metal. Acertó una segunda vez, preparó la siguiente, volvió a disparar y siguió así hasta haber alcanzado dos veces cada uno de los otros cuatro blancos en rápida sucesión. Se dirigió enseguida a la segunda mesa y cogió la escopeta para derribar la primera lápida. Antes de que llegase al suelo había accionado ya el mecanismo de bombeo para acertar a la segunda. Iba de izquierda a derecha, haciendo rugir aquella colosal boca de fuego. Soltó el arma y corrió a la fachada falsa, se colocó en el interior, se cuadró, desenfundó y disparó por el escaparate para abatir en sucesión los blancos, que sonaron con ruido metálico.

Cuando acabó, hizo girar la pistola en torno a un dedo y volvió a guardarla.

—¡Tiempo! —exclamó el director.

Nadie pronunció una sola palabra, pero todos los participantes estaban mirando la escena con atención. El aire de la mañana había quedado marcado por hilillos de humo y por el dulce olor de la pólvora que tan bien conocía. Los tres observadores levantaron el puño, mirándose como presas de la incertidumbre. Ella, en cambio, no abrigaba duda alguna: sabía que no había errado un solo disparo.

El director contempló el cronómetro, miró a otro participante con gesto incrédulo y volvió a fijar la vista en el reloj.

—¿Qué pasa, Coyote? —La pregunta la había formulado un oponente veterano que aguardaba sentado sobre un barril. Tenía las piernas separadas y las manos apoyadas en los muslos. Se hacía llamar *el Banquero* por el bombín y el chaleco de cachemir rojo que formaban su atuendo, rematado con un reloj de bolsillo de oro—. ¿No te funciona bien? —Su bigote de guías retorcidas se inclinó a un lado mientras la boca dibujaba una sonrisa burlona.

—Veintiocho con cinco —anunció.

Los demás observaron a Tracy y luego se miraron unos a otros.

—¿Estás seguro? —dijo uno.

—No puede ser —sentenció otro—, ¿verdad?

Había superado en seis segundos al tirador más rápido, aunque llevaba tres de retraso respecto del mejor tiempo que había hecho cuando competía en serio.

—¿Cómo decías que te llamabas? —preguntó el director.

Tracy se apartó de la fachada y enfundó el Colt.

—The Kid —dijo—. Solo The Kid.

∾

La luz del día había empezado a desvanecerse cuando cruzó el suelo de grava del aparcamiento tirando del mismo estuche con ruedas que le había hecho su padre. Lo había retirado del almacén junto con las armas cuando había ido a recoger parte del mobiliario de los Crosswhite. Se había mudado a una casa de dos dormitorios del sector occidental de Seattle y necesitaba amueblarla. Tenía un patio enorme para cuando fuesen a visitarla *Rex* y *Sherlock*.

El Banquero, que no la había perdido de vista durante el resto de la competición, le dio alcance y le preguntó:

—¿Ya te vas?

—Sí —respondió ella.

—Si todavía no han anunciado al ganador...

Ella sonrió.

—¿Qué vamos a hacer con la hebilla?

—¿La que ha estado disparando hoy es tu nieta?

—Mi nieta, ¡sí, señor!

—¿Cuántos años tiene?

—Acaba de cumplir trece, pero lleva disparando desde que aprendió a andar.

—Pues dásela a ella —dijo Tracy— y dile que nunca lo deje.

—Muchas gracias. Hace veinte años vi a una pistolera que se hacía llamar Kid Crossdraw, creo, aunque todos la llamaban The Kid a secas.

Tracy se detuvo. El Banquero sonrió y siguió diciendo:

—La vi en Olympia. La mejor tiradora que había conocido en mi vida... hasta hoy. Después de aquello, sin embargo, no volví a verla. Su padre y su hermana también eran muy buenos. No habrás oído hablar de ella por casualidad, ¿verdad?

—Sí —contestó—, pero te equivocas.

—¿Por qué?

—Porque sigue siendo la mejor.

El Banquero se retorció una de las guías del bigote.

—Me encantaría verlo. ¿Sabes cuándo compite?

—Sí, tendrás que esperar un poco, porque ahora está disparando a blancos de más altura.

AGRADECIMIENTOS

Como siempre, son muchos quienes se han ganado mi gratitud. En primer lugar, antes de que me escriba nadie para echarme en cara que ando mal de geografía, he de decir que Cedar Grove es una ciudad ficticia que he decidido situar en las North Cascades. Es verdad que hay ya un Cedar Grove en Washington; pero yo no he estado nunca allí. Elegí el topónimo porque me gustaba su sonido y, más tarde, cuando supe de la existencia de la ciudad real, no quise cambiarlo. Así que ¡ahí queda eso!

He recibido tanta ayuda y de tantas procedencias distintas que no es fácil saber por dónde empezar. Este libro lleva mucho tiempo fraguándose, de modo que algunas de las entrevistas y parte de la documentación que lo han hecho posible se llevaron a cabo hace varios años. Como es costumbre, las personas que aquí se mencionan son expertas en sus respectivos ámbitos. No es mi caso; conque yo soy el único responsable de cualquier error u omisión que contengan estas páginas.

Gracias a Kathy Taylor, antropóloga del departamento de medicina forense del condado de King, por toda la información relativa a la excavación de una fosa de décadas de antigüedad en terreno boscoso y escarpado, y también a Kristopher Kern, científico integrante del Crime Scene Response Team de la policía estatal de Washington, por los datos que ha puesto a mi alcance.

Gracias a la doctora Jennifer Gregory, supervisora del Western Regional Medical Command-Care Provider Support Program de la Joint Base Lewis-McChord, y al doctor David Embry, coordinador del PT Research Program de la Children's Therapy Unit del Good Samaritan Movement Laboratory. David se puso en contacto conmigo durante la Pacific Northwest Writer's Conference cuando compartí con el auditorio la idea general de la novela que tenía pensado escribir y me puso en contacto con Jennifer Gregory. Ambos me ofrecieron datos tan fascinantes como pavorosos sobre la mente de los sociópatas y los psicópatas. Su colaboración me fue de gran ayuda a la hora de escribir esta novela y la siguiente.

También he tenido la suerte de conocer a un buen número de integrantes maravillosos del gremio policial, siempre dispuestos a prodigar su tiempo y sus conocimientos. Me habría sido imposible escribir esta novela sin la ayuda de Jennifer Southoworth, detective de la sección de Crímenes Violentos de la unidad de homicidios de la policía de Seattle. Me brindó ayuda por primera vez cuando trabajaba en la unidad científica. Desde entonces, la han ascendido a homicidios y me ha inspirado el presente volumen. Gracias también al detective Scott Thompson, integrante de la Major Crimes Unit/Cold Case Homicides de la comisaría del *sheriff* del condado de King. Su eterna disposición a mantenerme informado con sus conocimientos o a ponerme en contacto con quienes puedan proporcionarme los datos que necesito en cada momento no tiene precio. Uno de estos últimos ha sido Tom Jensen, de la Major Crimes Unit de dicha comisaría. En determinado momento fue el único agente activo de la fuerza operativa del caso del asesino del río Green, que, después de veinte años de dedicación, logró por fin dar con las pruebas necesarias para condenar a Gary Ridgway.

Gracias también a Kelly Rosa, primera asesora jurídica de la fiscalía del condado de King y amiga mía de toda la vida. Kelly me ha ayudado en casi todas las novelas que he escrito y es única a la hora de darles publicidad. He pensado que ya iba siendo hora de que diese un paso más y se tornara en personaje y me ha parecido que el de antropóloga forense le iba como anillo al dedo. Gracias, Kelly: sigues siendo la mejor.

Un aplauso para Brad Porter, sargento de la policía de Kirkland (Washington). Conocí a Brad durante un juicio terrible celebrado en el condado de King respecto de un caso cuya investigación había dirigido él. Desde entonces es mi amigo y consejero. También me ha servido de inspiración para el personaje de Kinsington Rowe, *Sparrow*, aunque la vida personal de Kins es inventada.

Gracias también a Sue Rahr, en otro tiempo *sheriff* del condado de King y hoy directora ejecutiva de la academia de policía de Washington. Aunque en el momento de escribir la novela no era consciente de ello, Tracy tiene también atributos de Sue: su dureza, su determinación y su sentido del humor. Gracias por dedicar parte de tu tiempo a informarme de lo que comporta una trayectoria como la tuya en lo que sigue siendo una profesión dominada por hombres. En este sentido, estoy también en deuda con la detective Dana Duffy, de la sección de Crímenes Violentos de la policía de Seattle. Ella fue la primera mujer detective con que contó el departamento de homicidios de la policía de Seattle y ha tenido la paciencia necesaria para hablar conmigo con total franqueza de su carrera profesional y su puesto de trabajo, así como para situarme en el punto de vista necesario para escribir sobre ello.

Estoy en deuda con Kim Hunter, fiscal de Covington (Washington), experta en procesos de revisión de condena y derecho criminal. Estaba atascado cuando la conocí y ella supo sacarme del atolladero.

La mejor parte de mi trabajo la conforman actividades tan divertidas como la de asistir a un certamen de tiro con armas clásicas una mañana neblinosa de invierno en el Fish & Game Club de Renton (Washington). Fue como volver a los tiempos del viejo Oeste. Los participantes llevan atuendos de aquella época y se toman muy en serio sus responsabilidades, incluidos, claro, los asuntos relativos a la seguridad. También sus habilidades son para quitarse el sombrero: son gentes de uno y otro sexo que, sin lugar a dudas, saben disparar. Además de una acogida excelente, me ofrecieron información que jamás habría sido capaz de encontrar en una biblioteca. Gracias, pues, a Diamond Slinger, Jess Ducky, Driften Rattler, Dakota y Kid Thunder, y a todos los demás que dedicaron su tiempo a responder a mis preguntas.

Otro aspecto impagable de mi trabajo es el de asignar personajes por donativos —en este caso, destinados al instituto de mi hijo—. Gracias a Erik y Margaret Giesa por la generosa contribución que brindaron a cambio de permitirme convertirlos en parte de este libro. Ojalá tuviese aquí espacio para reproducir el correo electrónico que me envió Erik al objeto de describir a su esposa. ¿Qué mujer no querría tener un marido que la presente como «hermosa hasta lo indecible, de curvas espectaculares, pantorrillas increíbles y una sonrisa a juego con su corazón»? Felices bodas de plata a los dos.

Leo mucho a fin de documentar mis novelas y lo cierto es que no suelo hacer reconocimiento alguno a estas fuentes escritas. Con todo, me gustaría relacionar aquí cuando menos algunos de los libros, manuales y artículos que me han resultado útiles:

Godwin, Maurice, y Fred Rosen, *Tracker: Hunting Down Serial Killers* (trad. esp.: *El rastreador: el perfil psicogeográfico en la investigación de crímenes en serie*, Alba, Barcelona, 2006).

Reichert, David, *Chasing the Devil: My Twenty-Year Quest to Capture the Green River Killer*.

Yancey, Diane, *Tracking Serial Killers*.

Keppel, Robert D., y William J. Birnes, *The Psychology of Serial Killer Investigations: The Grisly Business Unit.*

Morton, Robert J., *Serial Murder: Multi-Disciplinary Perspectives for Investigators*, Behavioral Analysis Unit, National Center for the Analysis of Violent Crime.

Brooks, Pierce, «Multi-Agency Investigative Team Manual», United States Department of Justice, National Institute of Justice.

Gracias a la superagente Meg Ruley y su equipo de la Jane Rotrosen Agency. Meg sigue obrando maravillas para mí. Me considero muy afortunado por haber sido uno de sus autores durante casi una década. Tiene un optimismo contagioso y tanto ella como quienes trabajan con ella saben ofrecer sugerencias interesantes a mis originales. Estoy muy agradecido por vuestro apoyo, sin el cual mi trabajo no sería igual.

Gracias a Thomas & Mercer por creer en *La tumba de Sarah* y en mí y, sobre todo, a Alan Turkus, director editorial; Charlotte Herscher, directora; Kjersti Egerdahl; Jacque Ben-Zekry; Tiffany Pokorny, y Paul Morrissey. Si me he dejado atrás a alguien, que sepa que tiene también mi reconocimiento.

Gracias a Tami Taylor por el espléndido trabajo que hace con mi página web; a los lectores que analizan mis esbozos y me ayudan a mejorar el original, y a Pam Binder y la Pacific Northwest Writers Association por el apoyo ingente que brinda a mi obra.

Gracias también a todos los lectores leales que se ponen en contacto conmigo para hacerme saber cuánto disfrutan con mis libros y con cuánta impaciencia esperan la aparición del siguiente. Vosotros sois el motivo por el que estoy siempre buscando grandes historias que contar.

He dedicado este volumen a mi cuñado Robert A. Kapela, un hombre bueno dotado de un gran corazón y una sonrisa aún mayor. En los últimos años, perdió la alegría de vivir por los efectos persistentes de una enfermedad grave y un divorcio polémico. Su vida se apagó el 20 de marzo de 2014. Mi familia tuvo la suerte de poder acogerlo en casa la última semana que estuvo entre nosotros. Mis hijos querían a rabiar al «tío Bert», y mi mujer, a su hermano. Era el tío divertido que hacía memorables en particular los veranos pasados en su embarcación.

Soy consciente del vacío tremendo que deja la muerte de un ser querido. Lo sentí cuando me despedí de mi padre hace seis años y pienso en él a diario. Nunca voy a poder llenar por entero su ausencia. El fallecimiento de Robert nos afectó a todos profundamente. La mañana que siguió a su muerte me senté en el porche a ver amanecer y mi mujer salió a acompañarme. El cielo tenía un color magenta hermosísimo, y mientras lo contemplábamos, recordé de pronto que, la víspera de mi boda, el sacerdote me preguntó qué deseaba y yo le contesté:

—Quiero ver salir el sol con Cristina el resto de mi vida.

Estoy convencido de que el amanecer de aquel día fue un regalo de Robert, que nos recordaba con ello la necesidad de ver la belleza de Dios en cada día, sentir su amor y permanecer siempre del lado de la luz. Mis plegarias y mis pensamientos siguen estando con Robert y con sus tres hijos.

A Cristina, el amor de mi vida y mi alma gemela, que ha estado a mi lado con cada paso de mi viaje existencial. Cada día que pasa ganas en belleza. Recuerda las albas que nos hemos prometido mutuamente y no pierdas tu capacidad para ver la belleza, el amor y la luz que nos ofrece cada nuevo día. A mi hijo, Joe, todo un hombre ya, le deseo cuanto sea necesario en esta vida para ser feliz. Te quiero. A mi hija, Catherine, que ilumina cada estancia en la que entra. Nunca pierdas tu fulgor ni tu alegría vital.

ÍNDICE